目　次

はしがき

第一章　不動の涙——崩れた霊験の証し……11
一　泣不動の二種類の涙　11　二　不動でない不動の涙1　15　三　不動でない不動の涙2　18　四　病悩苦痛の涙から感動哀憐の涙へ　26　五　霊験の証しが崩れたわけ　30　六　不動になった不動の涙　36

第二章　命代わり——霊験を引き出したもの……45
一　住吉明神の除病譚　45　二　歌徳説話としての出発　48　三　身代わり説話への道　51　四　孝行恩愛説話への分岐　57　五　前泣不動説話との交錯　63　六「命にかはる」　75

第三章　女の髪と地蔵——進化する霊験の証し……83
一　鬘掛地蔵の二種類の持ち物　83　二　娘の髪から母の鬘へ　89　三　鬘巻の地蔵から鬘掛の地蔵へ　96　四　山送りの地蔵から鬘巻地蔵へ　101　五　清水観音霊験譚との関係　106　六　現代異説横行事情　114

第四章　髑髏の痛み——強調される霊験……121
一　澁澤龍彦『三つの髑髏』の「下敷」　121　二　後白河院の髑髏と三十三間堂　124　三　近世以降の拡がり　132　四　因幡堂の関与　145　五　霊験の強調　149　六　権威の付与　156

目　次

第五章　折れる刀――霊験の一人歩き……161
一 日本ノモリヒサ 161　二 光とそのゆくえ 165　三 盛久と日蓮 175　四「刀尋段段壊」の観音離れ 182　五「刀尋段段壊」の一人歩き 186　六 中国霊験譚との関わり付刑場のマリア 190
第六章　矢負から矢取へ――霊験の精神的背景……199
一 羅城門町の矢取地蔵 199　二 近世の矢負地蔵 204　三 空海と守敏の対立 210　四 接点としての矢と嫉妬 218　五 不合理性の解消 224　六 矢負から矢取へ 229
第七章　封じられた秘術――霊験への期待と危惧……237
一 金光教の布教書『御道案内』 237　二 増幅するおかげ話 241　三 身代わりのおかげ話と住吉明神霊験譚 246　四 秘術「お持替」との接点 251　五 おかげに対する危惧 258　六『御道案内』の葛藤と身代わりのおかげ話 267
付　章　新生守敏――西寺所蔵守敏伝……271
一 西寺と守敏関係什物群 271　二 翻刻『守敏僧都一代行状縁起』『西寺開祖守敏大僧都略縁記』 273　三 近世偽作守敏伝 284　四 新生守敏登場 291　五 弘法大師伝の摂取 298　六 矢取地蔵という契機 303
補注・図版紹介 307
あとがき

はしがき

昭和五十七年九月五日のこと、児島湾を臨む岡山市の横樋《よこひ》海岸で、釣りをしていた小学生が、半ば砂に埋もれた高さ三十センチ足らずの観音菩薩坐像を発見した。やがてその像が、堤防の上に祀られるようになると、足の痛みがとれたとか腰痛が完治したとかいう霊験譚が語られるようになり、それが参詣者の増加を招いて、ついには『山陽新聞』やNHKが取材に訪れたりした。そして、昭和六十一年には「横樋観音奉賛会」が結成され、霊験・利益《りやく》を受けたという人々の体験談をまとめた『横樋観音礼賛記』が発行されるようになる。鈴木岩弓氏「『流行神』の誕生と霊験譚―横樋観音の場合―」(『島根大学教育学部紀要』26、平4)において検討された事例である。

一方、今から千年余りも昔のちょうど西暦一千年ごろのこと、因幡国すなわち現在の鳥取県の海中から光を放っていた薬師如来立像が引き上げられ、近くに建てたお堂に安置された、という。その薬師像は、間もなく平安京にまで飛んできたと伝えられ、「因幡薬師」と呼ばれて祀られた。すると、「小霊験所」(『中右記』永長二年〈一〇九七〉一月二十一日条)として広く知られるようになり、京の人々の信仰を集めた。中世には、因幡薬師のそうした縁起・由来と、法皇を頭痛から救うなどした霊験・利益の数々を描いた、『因幡堂縁起』(東寺観智院本)が作成されるに至る。

それぞれ山陽の海岸と山陰の海中から見出されたという出現の霊異はいずれも、古代中国以来見られる仏像の水辺出現伝承（寺川眞知夫氏『日本国現報善悪霊異記の研究』〈和泉書院、平8〉第三章第五節「仏像霊異譚の伝来と変容」など参照）に属するものと言えようか。前者の横樋観音の場合は、伝承でなく、現代に現実に起こった事実であるが、伝承であれ現実であれ、ともに海辺にて不思議な出現の仕方をした、右の二つの仏菩薩像は、その後も、安置されると霊験を発揮して評判になり、霊験譚を集積した文献が作成されるようになる、という似通った経緯を辿った面が見られる。千年前と現代と時代は隔たっていても、霊異を示して出現した仏菩薩像などに対して、何らかの霊験・利益を求めようとする人々の心は、さほど変わっていないのだろう。それで、そうした霊験・利益がもたらされたという具体的な話、霊験譚が、古来、実に多く生み出されてきたし、今なお生み出されつつある。

殊に、個人的または社会的な何らかの不安が高まった時、人々は普段にも増して霊験・利益を期待し、それに救いを求めたりするのだろう。例えば、武士を中心に歌われた長編の歌謡である早歌《そうか》（宴曲）において、嘉元四年（一三〇六）『拾菓集』以降の撰集になると社寺関係の曲が急増し、「鹿島霊験」「石清水霊験」「鶴岡霊験」というように「霊験」を曲名に付したものが現われたりするのは、天災や疫病、外敵による当時の社会的不安と関係しており、霊験・利益に対する人々の期待と欲求が反映したものかと見られている。あるいは、大正十二年の関東大震災に際しては、震災に関する霊験譚（おかげ話）を集成したものとして、翌月の十月二十二日に天理教より『大震災霊験談』第一輯（天理教よのなか社編輯部編、天理教東京教務支庁救護団発行）、七か月後の翌年四月五日に金光教から『震災おかげ集』（金光教徒新聞社）が、各々発行されているが、それらにも、不安を背景とした霊験・利益（おかげ）に対する希求の念が反映していることだろう。

ただし、霊験譚は無論、霊験・利益を求める人々の側にだけ存在してきたのではない。各寺社や教団の側では、それぞれの教理を人々に理解させ信仰へと向かわせるのに、種々の説話の類を有効な手段として利用してきたが、中でも、人々の直面する苦難を除き、人々に何らかの幸福をもたらしたというような内容の霊験譚は、手っ取り早く人々を引きつけ信仰に向かわせるのに、最も効果的であったことだろう。そのため、各寺社や教団の側から、色々と工夫を凝らして霊験譚を発信し、霊験のあらたかさを強調し鼓吹してきた。そうした状況の一端は、本書第四章で先の因幡薬師の事例について検討することになろう。霊験譚は、期待した霊験・利益を授けられた（と感じた）人々のなかで醸成されつつ、信仰を集めようと霊験・利益の大きさを説く各寺社や教団の側から発信されてもきたのである。近代の金光教などにおいては、両者の間に霊験譚の流通回路とでも言うべきものが結ばれていたこと、拙稿「近代新宗教説話序論―金光教のおかげ話をめぐる二、三の問題について―」（『説話論集』第十一集、清文堂出版、平14）にて窺っておいた。

さて、本書は、右のような霊験譚、中でも、神仏が霊験・利益をもたらす話「神仏霊験譚」を取り上げる。例えば、平成十五年十二月四日から二か月余りに亘って神奈川県立金沢文庫で開催された企画展「寺社縁起と神仏霊験譚」も、本書と同様の意味で「神仏霊験譚」という語を使用しているようである。もちろん、霊験を発揮したり利益をもたらしたりするのは、すなわち霊験の主体となるのは、何も神仏に限ったことではない。例えば、中国の固有の宗教である道教に関する霊験譚を、道士の杜光庭（八五〇～九三三）が集成した『道教霊験記』（道蔵本）は、基本的に霊験主体によって分類して多くの霊験譚を収載する。まず「宮観霊験」として道観などの建造物にまつわる霊験譚を載せ、そのあとは、「尊像霊験」「老君霊験」などとして太上老君を始めとする道教の神々やその像がもたらした霊験の話、「経法符籙霊験」として道教教典などがもたらした霊験の話、「鐘磬法物霊験」として鐘などの法具がもたらした霊験の話、「齋醮拝章霊験」として各種の道教儀礼がもたらした霊験の話を、順に収載している。「神仏霊験譚」は、右の『道教霊験記』の分類の中では「尊像霊験」や「老君霊験」に相当するものである。

霊験譚は、もちろん内容も様々であるが、本書では「身代わり」の要素を持った話を、主たる検討対象とすることとなった。そのようにした理由が特にあるわけではなく、いくらか検討を重ねたのを振り返ってみるとそうなっていたというのが、正直なところである。しかし、身代わりの要素は、霊験譚に広く見られる、一つの典型的なモチーフと言ってもいいようなので、意図せず右のようになったというのにも、それなりに必然性があってのことなのかもしれない。いずれにせよ結果、付章は別にして、第一章から第七章までのうち第四章以外は、身代わりの要素を含んだ霊験譚を問題としている。ただ、第一章にて取り上げる泣不動の霊験譚が身代わりの要素を二重に持つ一方で、第五章で取り上げる刀の折れる霊験譚の場合は、身代わりの要素が必ずしも表に大きくは出てこない。すなわち、身代わり説話を中心に取り上げるけれども、それらの身代わりの色彩は決して一様でない。

ところで、先の『道教霊験記』のような、霊験譚を収載あるいは集成した、通常は「霊験記」と称される作品については、平成以降では、出雲路修・千本英史・野口博久の三氏によるシンポジウム「霊験記の世界」が『説話文学研究』第24号（平1）に掲載され、「説話の講座」第三巻『説話の場—唱導・注釈—』（勉誠社、平5）には渡浩一氏「霊験記の世界—地蔵説話集を中心に—」が収載され、そして、その呼称自体の見直しをも迫る根源的で斬新な「霊験記」論である千本英史氏『験記文学の研究』（勉誠出版、平11）が公刊された。また、大島建彦氏監修によって十四巻本『地蔵菩薩霊験記』の翻刻・注釈が刊行されてもいる（三弥井書店、平14・15）。本書は、そうした研究史を有する「霊験記」類を取り扱うことは少なくないけれども、基本的にそれ自体を検討対象として取り上げるものではない。取り上げるのは、「霊験記」あるいは「験記」という作品の枠組を外した、一つ一つの霊験譚である。

結局のところ本書は、一部を除いて濃淡様々に身代わりの要素を含む、神仏が霊験主体となった個々の霊験譚を取り上げる。かなり限定された狭い範囲の霊験譚を検討対象とすることになる。しかも、霊験譚が古来、実に多く生み出されてきたと先に述べながら、実は、主に京都とその周辺を舞台とした話あるいは一連の話群を、各章に一つずつ、わずかに計七つ取り上げるに過ぎない。それに、古代から近代まで幅広い時代のものを含むようにするなど配慮している面もあるが、それら七つであることの特別の意味があるわけではない。そのうえ、取り立てて新しい検討方法や切り口を持っているというわけでもないし、神仏霊験譚の本質に迫ろうというような大それた目標を見据えているというわけでも特にはない。ただ、それでも、各章の副題「崩れた霊験の証し」「霊験を引き出したもの」

「進化する霊験の証し」「強調される霊験」「霊験の一人歩き」「霊験の精神的背景」「霊験への期待と危惧」に示したような視点を持ちつつ、一つ一つの神仏霊験譚にできる限り寄り添い密着してあれこれ検討していけば、そのうちに、神仏霊験譚なるものが発現し躍動する、その息吹きのようなものがわずかでも伝わってくるのではあるまいかと、淡い期待を寄せるものである。

各章は、基本的に独立しているが、他面、相互に関連し合っているところも少なくない。例えば、泣不動説話を取り上げる第一章と、同説話と同じく二重の身代わりの要素を持つことになる住吉明神の霊験譚を扱う第二章は、内容上関連する部分が多くあるし、それら二つの章は少々意外にも、近代の新宗教の一つ金光教の霊験譚を取り上げる末尾の第七章へと、繋がっている面もある。また、第一章は、「霊験の証し」というキーワードによって、髪の毛を持った地蔵の霊験譚を取り上げる第三章と呼応してもいる。さらに、神仏霊験譚を取り上げたものではないが、第六章と深く関連するものとして、付章を最後に置くことにした。第六章に取り上げるところの、空海の身代わりに矢を受けたという地蔵の霊験譚がかなり流行する、その裏側で起こっていたかと思われる、空海の宿敵によるささやかな抵抗に、目を向けている。

なお、本文引用に際しては、基本的に通行の字体に改めたほか、私に句読点や振り仮名を加えたりもした。また、仮名書きに対応する漢字や正しい仮名遣いを（　）に入れて傍記した場合もある。

第一章　不動の涙――崩れた霊験の証し

一　泣不動の二種類の涙

三井寺（園城寺《おんじょうじ》　滋賀県大津市）の僧の智興《ちこう》が瀕死の重病に陥った際、身代わりになることを申し出た弟子の証空に、安倍晴明（九二一～一〇〇五）が病を移し替える。晴明でも根本的に消し去ることのできない、深刻な病だった。結果、智興の方は順調に快方に向かうものの、代わって証空がその病に倒れてしまう。すると今度は何と、証空の守り本尊であった不動明王の絵像が、涙を流しつつ証空の身代わりになってくれる。それで、証空も助かって、結局は師弟ともに事無きを得た。(1)

右は、二重の身代わり説話であり、師弟間の情愛物語であり、そして、不動明王の霊験譚でもある、通常は泣《なき》不動説話とよばれている話である。同説話は、平安時代末期ごろ以降の種々の文献に見られ、古来甚だ著名。例えば正中二年（一三二五）成立『真言伝』(2)巻五証空伝は、同説話を記載したうえで「此事世《ノ》人委《ク》知《ルニ》依《テ》コマカニシルサス」と断っている。また、「右の袂《タモト》左の袖のなき不動《ドウ》」（延宝八年〈一六八〇〉『遠舟千句附』）「絵に書ど妙有《ル》三井の泣不動」（元禄五年〈一六九二〉『千代見草』）などと、江戸時代の俳諧に詠み込まれてもいる。(3)あるいは、先年に朝日新聞に連載されＮＨＫでテレビドラマ化されもした北村薫の小説『ひとがた流し』（朝日新聞社、平18）も、第四章を「泣不動」と題し、その中に同説話をめぐっての登場人物たちの会話などを盛り込んでいる。

　そんな泣不動説話は、身代わりの要素を始めとする大小さまざまな要素から成っていて、しかも、それら各々の構成要素のあり方などが、同説話を収載する数多くの諸文献の間で、複雑に入り組んだ形で相違する。それで、「説話系統上に諸伝を定位」しようにも「急速の断定は下し得ない」と、従来の研究の中で述べられていたりする。(4)

　そこで小稿では、一つの試みとして、広く各要素に目を配るということは敢えてしないで、泣不動説話であるからには諸伝共通して存在するはずの要素で、「泣不動」という名称が端的に示す通り話全体のクライマックスと言ってもいいであろう、不動が泣く場面に、特に焦点を絞って検討してみようと思う。複雑な様相を呈する全体像を見渡していたのでは見えにくい何かが見えてくるのでは、と期待してのことなのだが、実際、その場面に注目してみるに、同じ泣不動が流す涙にも意味の異なる二種類のものがあるらしいという、一つの興味深い事実にまず気付かれてくる。

　泣不動説話を収載する諸文献のうち、例えば建保五年（一二一七）の〔A〕『三井往生伝』（伊地知鐵男氏編『中世文学　資料と論考』笠間書院、昭53）第七話は、不動の涙の場面を、

〔A〕証空有二画像《ノ》本尊不動明王一、合掌恭敬愁《シテ》レ得二師《ノ》病一高声《ニ》唱云、「南無帰命頂礼大聖明王臨終正念往生極楽」。如レ是三反、非レ夢非レ幻明王告白、「汝既代レ師、我又代レ汝」。忽礼二尊像一、如レ有二病気一、自レ眼出レ涙連々《トシテ》不レ止。証空復師弟共《ニ》存。

と描く。代わって病を受けた証空が、本尊の不動明王画像に極楽往生を祈請するなどしたところ、不動が、今度は自らが証空の身代わりになろう（波線部）と告げる。そこで尊像を見ると、眼から涙を流していた（実線部）という。この場合の不動の涙は、破線部によれば、証空に代わって受けた病に伴う苦痛の涙、すなわち病悩苦痛の涙と言うべきものであろう。例えば、『扶桑略記』（新訂増補国史大系）巻二十六・応和二年（九六二）条所載「穴穂寺縁起」でも、身代わりに射られた観音像が「慈眼似レ泣、金体如レ悩」き状態であったと伝えるし、『頬焼《ほおやけ》阿弥陀縁起』（新修日本絵巻物全集）でも、身代わりになって火印を頬に捺された阿弥陀像が「なみたをなかし、まことに苦痛まします体」で夢中に現れている[5]。それらと同様の事例である。

一方、〔B〕仮名本『曽我物語』（日本古典文学大系）巻七に収載された泣不動説話の場合は、少々事情が異なるように思われる。泣不動説話は、身代わりになる前に証空が、老母に今生の別れを告げに行くという場面を含むことが少なくないが、本書ではその場面が大きく増幅しており、引き留める母をようやく説得して戻ったあと、証空が師の身代わりになり、そして、不動の涙の場面になる。

〔B〕年来たのみたてまつる絵像の不動明王をにらみてまつり、「はれ、二なき命をめしとりて、屍を檀上にとゞむ。正念に住して、安養浄刹にむかへとり給へ。知我心者、即身成仏、あやまり給ふな」と、一心の願をなしければ、明王、[a]あはれとやおぼしけん。絵像の御眼より、紅の御涙はら〳〵とながさせ給ひて、[b]「なんぢ、たうとくも法恩をおもくして、一人の親をふりすて、命にかはる心ざし、報じてもあまり有。われ又、いかでかなんぢが命にかわらざるべき。行者をたすけん。かたいしゆくのちかいは、地蔵薩埵にかぎらず。うくる苦悩を見よ」と、あらたに霊験あらはれければ、明王の御頂より、猛火ふすぼりいで、五体をつゝめたまふ。たうとしとも、かたじけなし共いひがたし。すなはち、証空が苦悩とゞまりけり。智興上人もたすかり給ふ事、在難かりし例なり。

証空が不動明王の絵像に極楽往生を祈請するなどしたのに応じて、不動が証空にお告げするという展開は、先の〔A〕『三井往生伝』第七話と同様である。しかし、その展開の中で不動が泣くタイミングは〔A〕と異なっている。〔A〕のように不動がこれから身代わりになること（波線部）を証空に告げたあとではなく、それよりも前、だから当然のこと、証空の病を身代わりに受ける以前に、不動は涙を流している（実線部）。したがって、その涙は、〔A〕に見られたような病苦の涙ではあり得ない。病による「苦悩」は、これから受けることが不動によって告げられ（二重傍線部a）、実際そのあとに涙とは違う形で現れている（二重傍線部b）。では、この〔B〕における不動の涙とは、一体何なのか。

不動が涙を流す実線部の前後、破線部aあるいはbの記述をもとに考えるに、それは、感動哀憐の涙とでも言うべきものであろう。『曽我物語』は、「師の恩をおもくすれば、法にあづかる例あり」として、その「例」に泣不動説話を掲げ、それを掲げたあとにも「師匠の御恩は、かやうにこそおもき事にて候へ」と記す。「法恩」（破線部b）すなわち「師の恩」「師匠の御恩」を何よりも重んじて、「一人の親をふりすて」（破線部b）「二なき命」（傍点部）を差し出してまで身代わりになろうとする、「たうとく」「報じてもあまり有」「心ざし」（破線部b）に心動かされ、そんな殊勝で健気な証空のことを「あはれと」「おぼし」（破線部ａ）た、その結果の涙と捉えられているに違いない。

このように、同じ泣不動説話であっても、そのクライマックスと言うべき不動の涙には、Ａ病悩苦痛の涙とＢ感動哀憐の涙と、意味の全く異なる二種類のものが見られるのである。

二　不動でない不動の涙１

右の〔Ａ〕〔Ｂ〕以外にも存する多くの事例では、不動の涙はどのように理解されているだろうか。

〔Ａ1〕『真言伝』巻五

証空、画像本尊《ノ》不動明王《ノ》前《ニ》至《テ》合掌シテ唱言《テ》、「南無帰命頂礼大聖明王臨終正念往生極楽」《ト》唱《ル》コト三反、其時夢《ニ》非《ス》ウツ、ニ非《ス》明王告曰《ク》、「汝《ハ》師《ニ》カハル、我《ハ》又汝《ニ》カハラン」ト曰《フ》。尊像《ヲ》礼スルニ御眼ヨリ泪《ヲ》流《シ》玉フ。証空《カ》病平復シテ師弟共《ニ》存命シニケリ。

先引〔Ａ〕『三井往生伝』第七話と同じく、証空が極楽往生などを祈請すると、不動が、今度は自分が証空の身代わりになろう（波線部）と告げたあと、眼から涙を流す（実線部）。さらに、そうした大体の内容だけでなく表現面に至るまで〔Ａ〕と酷似しており、それを直接的典拠としているかとさえ見られる程である。[6] そうであるならば、不動の涙の方も、〔Ａ〕と同じく病悩苦痛の涙と理解されていたものと考えられよう。ただ、病苦による涙であることを明らかに物語る〔Ａ〕の破線部「如レ有二病気一」に相当する記述は、ここには見えない。前節冒頭部に引用した通り「コマカニシルサス」と断る『真言伝』

の方針に従い、自明のこととして省略された、というようにでも推測されようか。

〔A2〕『元亨釈書』（新訂増補国史大系）巻十二・三井証空

空生平持二不動尊一。此日非レ夢非レ覚、明王告曰、「汝已代レ師取レ死。我豈不レ換二持者一乎」。空感喜礼レ像。熟見二其像一、似レ有二病質一、涙滴在レ眸。応レ時空疾即痊。

この場合、不動のお告げ（波線部）を受ける前に証空が祈請したりしないのは異なるが、それ以外は、〔A1〕ほどではないものの先の〔A〕と相当に近い。破線部「似レ有二病質一」も〔A〕の破線部と同様であって、実線部の不動の涙は、やはり、病悩苦痛の涙であるに違いない。

〔A3〕『園城寺伝記』（大日本仏教全書）巻六

有二一本尊一。不動明王也。非レ夢非レ幻《マボロシニ》、告二証空一、「汝既代二師範一、我当レ代二行者一」。一持二秘密呪一生生二加護一文。即画像明王、悲涙余《アマリ》レ眼、病気遍《アマネシ》レ体也。師弟互平安。

病悩苦痛の涙であることを明示する〔A〕の破線部と同様の記述「病気遍レ体」（破線部）が見える点、まず注意される。しかし、〔A〕が「如レ有二病気一」（破線部）く、〔A2〕が「似レ有二病質一」（破線部）て、不動が涙を流したと、涙の原因が病気であることをはっきり示唆するのに対して、右の〔A3〕の場合は、「病気遍レ体」（破線部）が「悲涙余レ眼」（実線部）と並列されていて、両者間、すなわち病気と涙との間に因果関係があるとは明瞭には解し難くなっている。が、それでも、全体として〔A〕や〔A2〕に近似していることも勘案するならば、この〔A3〕も、病気の苦痛による涙と捉えられていると見るのが、最も自然であろうと思われる。[7]

〔A4〕『寺門伝記補録』（大日本仏教全書）巻八（巻十五にも）

父師智興供奉、年二十五嬰二於重病一。医述（ママ）無レ験。追レ日逼悩甚焉。命在二危急一。証空不レ堪二悲歎一、跪二明王前一、誓請三我代二師命一。時明王尊像、苦相現レ面、血涙余二双眼一、而滴二于心上一。応レ時父師病立愈。弟子亦免焉。

右には、不動が涙を流す場面だけでなく、泣不動説話全体を掲げた。他の諸例に見られるような、晴明によって智興の病を移し替えられたあと、証空が守り本尊の不動に向かって極楽往生を願う、といった展開にはなっていない。そもそも晴明自体登場せず、師の智興の身代わりになることを証空が、晴明に申し出るのでなく不動に祈請する（点線部）。そして、不動が涙を流す（実線部）。不動は、智興の病を、証空の願い通り証空に移し替えるのでなく、自らが身代わりとなって引き受けたらしく、その病によると見られる「苦相」を「面」に現している（破線部）。不動が両眼から溢れた涙を胸にまで滴らせていたと続いて記す（実線部）のは、そうした「苦相」を具体的に描写したものであって、この涙は、病による苦痛の涙であるに違いない。

〔A5〕『雑談《ぞうたん》鈔』（水府明徳会彰考館文庫蔵『扶桑蒙求私注』付載写本[8]）

証空忽向二本尊一、亦合掌祈念。此時ニ空ノ中ニ唱云。「汝者替レ師。我ハ替レ汝」ト云声聞ユ。傍人々聞レ之。則本尊絵像也証空公之頭ニ落懸ル。此時証空忽病患消除シ天、気力如レ本也。爰証空住二本心一ニ。静奉レ拝二見本尊ヲ一之処、血涙自二左右御眼一流下レリ。

今度は自分が汝の身代わりになろう（波線部）と言ったあと、証空の受けた病を自らに移すためなのか、本尊の不動絵像が証空の頭に落ちかかってきた（二重傍線部）。すると証空は病が治って、落ちてきた本尊をそっと拝見すると、両眼から涙を流していた（実線部）。その間に、病苦による涙であることを示唆するような記述が見られるわけではない。しかし、証空の病が治ってから、すなわち証空の病を引き受けたあとに、涙したというのは、感動哀憐の涙にしてはタイミングがずれているだろうから、ひとまずは病悩苦痛の涙と見ておくのが妥当だろう。

以上の五例における不動の涙は、いずれも、Aの系統の涙、病悩苦痛の涙であると、確認されるか、もしくは推量されるのである。

三　不動でない不動の涙2

〔B1〕七巻本『宝物集』（新日本古典文学大系）巻四

〔証空〕としごろの本尊、絵像の不動尊にむかひて、「今生の命は師にかはる。ねがはくは、明王、臨終正念にしてころし給へ」といひてぬかづきければ、絵像の不動尊、眼より紅の涙をながして、「汝は師に、我は行者にかはらん」とのたまひて、証空病やみ、智興命いきぬ。

この場合、先の〔B〕の二重傍線部に見られたように病に伴う苦痛が涙とは異なる別の形で描かれているというわけではないが、〔B〕と同様、代わって病を受けよう（波線部）と証空に告げるよりも前、あるいはそれとほとんど同時、すなわち、いずれにせよ病を引き受けるのよりは前に、不動は涙を流している（実線部）ようなのであって、その涙は、引き受けた病の苦痛によるものだとは考え難い。ならば、〔B〕の破線部「あはれとやおぼしけん」に相当するような記述も見えないけれども、〔B〕と同じく、証空の殊勝さ、健気さに心動かされての感動哀憐の涙と捉えておくのが妥当ではないかと思われる。なお、『宝物集』諸本の中には本話を収載しないものもあるが、それ以外、右の如き捉え方に影響するような諸本間の本文上の差異などは認められない[9]。

〔B2〕『発心集』（新潮日本古典集成）巻六―1

年比持ち奉りける絵像の不動尊に向ひ奉りて申すやう、「我、年わかく、身さかりなれば、命惜しからざるにあらねど、師の恩の深き事を思ふによりて、今すでに彼の命にかはりなんとす。勤め少なければ、後世きはめて恐し。願はくは、明王あはれみを垂れて、悪道におとし給ふな。病苦すでに身をせめて、一時もたへしのぶべからず。本尊を拝み奉らん事、只今ばかりなり」と泣く泣く申す。その時、絵像の仏眼より血の涙を流し、「汝は師にかはる。我は汝にかはらん」とのたまふ御声、骨にとほり、肝にしむ。「あないみじ」と掌を合はせて念じ居たる間に、汗流れぬる身さめて、すなはちここちさはやかになりにけり。

〔B3〕『三国伝記』（三弥井書店刊「中世の文学」シリーズ）巻九―6

年来持奉《リ》ケル画像《ノ》不動尊《ニ》奉《リ》レ向申《ス》様、「我《レ》年《シ》若《ク》身大《イニ》盛ナレバ……本尊《ヲ》拝《ミ》奉《ン》事《モ》只今計也」《ト》泣々申《スニ》、其《ノ》時、画像《ノ》御眼《ヨリ》涙《ヲ》流《シ》給《テ》、「汝《ハ》師《ニ》代《ル》、我《ハ》行者《ニ》替《ン》」《ト》言《フ》御音骨《ニ》徹《トヲリ》肝《ニ》染《ム》。弥《々》合《セテ》レ掌《ヲ》念誦《シ》イリタル間《ニ》、遍身《ヨリ》汗《セ》流《テ》ヌルミサメテ、則サハ〔ヤ〕カニ成《ニ》ケリ。

『発心集』から『三国伝記』へという両書間の影響関係は早くから知られるところであり、右の両記事もほとんど同文である。(10) 基本的な叙述の流れが共に、感動哀憐の涙かと見られた〔B1〕の場合に等しく、やはり、証空の身代わりになろう（波線部）と告げるよりも前、あるいはほとんど同時に、不動は涙を流している（実線部）。さらに、不動が涙を流してから証空の病が治るまで、すなわち不動が証空の病を引き受けるまでに、二重傍線部の記述がはいっている分、〔B1〕に比べてその間の時間的隔たりがはっきりと感じられる。よって、不動の涙は、証空の病を肩代わりしての苦痛の涙とは一層認め難く、感動哀憐の涙であることがより明らかであろう。

〔B4〕『直談因縁集』（和泉書院刊日光天海蔵本翻刻）巻五―24

時、我旦道場《ヲ》構《ヘ》、懸《ケ》不動《ヲ》一、臨終《ヲ》祈《リ》、念仏申。能々見《レハ》、絵像不動、涙《ヲ》流《シ玉フ》也。時《ニ》、天有《テ》レ声一、「秀興《ハ》、志《シ》切《ナレハ》師匠《ノ》命《ニ》替《ル》。我《ハ》、秀興《カ》命《ニ》替《ン》」《ト》虚空《ニ》告《玉フテ》、「我《ハ》不動是也」云云。

サレハ、師《ノ》病平癒《シ》、而、其《ノ》人《モ》存生也。

この場合も基本的な叙述の流れは〔B1〕〜〔B3〕と同じであり、そのうえ、不動が涙を流したことを記す実線部と、証空（秀興）の身代わりになろうと告げる不動の言葉すなわち波線部とが、別々の文に置かれ、かつ両者の間に二重傍線部が盛られているので、不動が泣き始めてから身代わりになろうと告げるまでに、〔B1〕〜〔B3〕と違い一定の時間が介在していることをはっきりと感じさせよう。したがって、不動の流した涙が、身代わりに病を受けた時点よりもある程度遡った段階のもので、病の苦痛による涙であり得ず「志《シ》切」（波線部）なる証空に対しての感動哀憐の涙であること、かなり明白だろう。

〔Ｂ５〕

『不動利益縁起』（新修日本絵巻物全集）

年来たのみをかけたてまつる本尊不動尊の御まへにて、五体を地になけ遍身にあせをなかして、なく〳〵申様、「人身のうけかたきこと、海上の憂曇のことし。……たゝたのむこころは、生々加護のちかひなり」とそ、心をひとえにし、おかみをなむしける。其時、絵像の明王の忿怒の御眼より涙をなかし、降伏の御ことはやはらかにして、「汝は師にかはる。我は汝にかはらむ」との給て、壇の上におちかゝり給ぬ。其時、証空帰命□思ひきもにめいし、渇仰の心ほねを□をす。苦痛たちまちにやみて、心もとのことくになりにけり。

右の例でも、身代わりになろう（波線部）と証空に告げる前、あるいはそれとほとんど同時に、不動は涙を流している（実線部）ようなので、その涙はやはり、病悩苦痛の涙でなく感動哀憐の涙ではないかと、一応まずは見当を付けておいてよかろう。そのうえで、不動が泣く場面に「忿怒の御眼より涙をなかし」とあることに注意される。第一節に触れた北村薫『ひとがた流し』の中でも

「お不動様って、恐い顔してるんじゃなかった？　手に剣か何か持っててさ、背中で火が燃えてる。いつも怒ってるんだよね。――泣くようなタイプじゃないでしょ？」

「ええ。それが泣くから面白いんじゃないかな」

美々は納得して、

「不動の目にも涙か。――どうして、そんなことになったの」

という会話が交わされているが、「不動明王恐しや、怒れる姿に剣を持ち、索を提《さ》げ、後に火焔燃へ

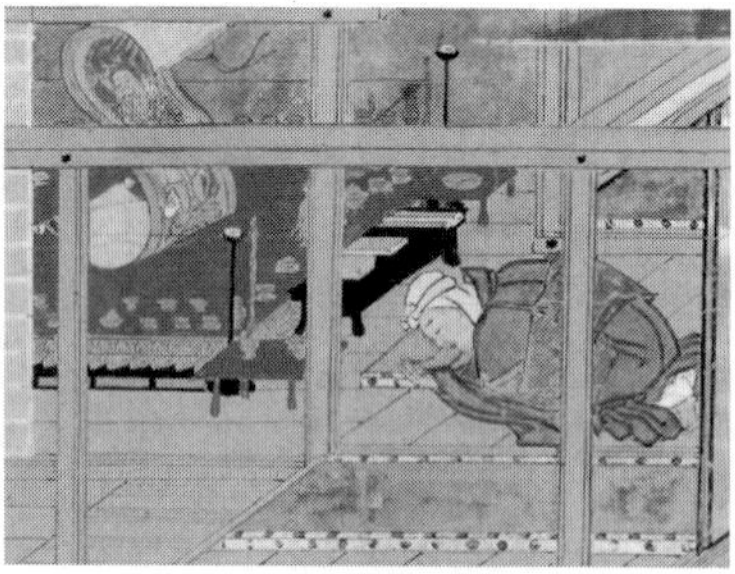

図1　『泣不動縁起絵巻』
（清浄華院蔵　不動の絵像が壇上に落ちかかる場面。右は証空）

上るとかやな、前には悪魔寄せじとて降魔の相」（『梁塵秘抄』巻二、新日本古典文学大系）という、「泣くようなタイプじゃない」不動が、その怒れる眼から、それとは裏腹の感動哀憐の涙を流した、ということであろう。さらに、そのことは、「降伏の御ことはやはらかにして」（破線部）と一対を成しており、「忿怒」や「降伏」という本来の性格[11]との対比を通して、それらとは一見正反対の感動・哀憐という不動の想いが、よりはっきりと打ち出されているのだろう。感動哀憐の涙と見てまず間違いあるまい[12]。なお、身代わりになることを証空に告げた後の不動について「壇の上におちかゝり給ぬ」（二重傍線部、図1参照）とするのは、先引〔A5〕『雑談鈔』の「証空公之頭ニ落懸ル」（二重傍線部）と同趣であって、先にも触れた通り、証空の病を自らに移すための行動だろうか。それとも、病を受けて倒れたということだろうか。いずれにせよ、不動が証空の病を受けるのはこの行動の後かそれと同時であって、それ以前に流された不動の涙は、病による苦痛の涙ではあり得ないことになる。

〔B6〕謡曲「泣不動」（校註日本文学大系）

証空といつし小僧の、師匠の命にかはらんとて、此の明王の御前にまゐり、「願はくは我が一命を召されつゝ、内供を助けたまへ」とて、肝膽を砕きて祈誓せしに、その願や成就したりけん、内供の病はたちまち平癒し給ひて、……証空は其の身も弱々と、……今を最期の事なれば、持仏堂に参りて明王にいとま申しつゝ、既に限りと見えし時、夢ともなく現とも定めがたき御声にて、あらたに示現し給へり。「証空は師匠の命に替り、此の世を去らんとのこゝろざしは真なれば、我亦汝が命にかはり、証空を助くべし。然れば定業を転ずる事、仏もかなはねば、三世了脱（ママ）の悲願にて、汝を今助くる」とて、御影の御まなこに涙を流し給へば、常住院の泣不動と御名を申ししは、有り難かりし奇特かな。

晴明が登場することなく、智興の身代わりになることを証空が不動に祈請するのは、〔A4〕と同じであるが、その願いが一旦実際に叶えられる点は異なり、そのあとは諸例と同様に、さらに不動が証空の身代わりとなる、という筋書になっている。(13) この場合、右の詞章からはいずれの涙であるのか即座には判断し難いけれども、大蔵虎明《とらあきら》（一五九七～一六六二）著『間《あい》の本』「集類注」収載の「泣不動」に「泣不動ト申ハ、証空師匠ノ命ニ代ラント思ヒ、我レニ祈ヲ掛タル志シ、明王ノ殊勝ニ思召シ、涙ヲハラ〳〵ト御流シ有タルニ依テ、勝中院（常住カ）ノ泣不動ト申テ」、和泉流のものとされる間狂言「泣不動」に「泣不動と申すは、証空師弟の儀浅からぬ志を、明王深く感じ給ひ、絵像の御眼より御泪を流させ給ひし故、泣不動と号し奉り」とあることから見れば、不動の流したのは、証空の「殊勝」さに「深く感じ」た（両破線部）結果としての、感動哀憐の涙なのであろう。(14)

〔B7〕『八幡愚童訓』乙本（日本思想大系）上

証空内供の黄不動は御涙を流して、「行者にかはる」との給き。「非情等のもの云ひ、物を思ふが故に、絵像木像の三密の用を顕す事又多し」として、多くの例が挙げられるなかに、右の一文がある。ごく短いこの一文から不動の涙の意味を導き出すのは、そもそも無理というものだろう。しかし、先掲の〔B〕系統の諸例と同様、身代わりになる旨を告げる（波線部）より前あるいはほぼ同時に涙を流している（実線部）ものと読むことができ、少なくともそのことを告げたあとに一定の時間があって涙しているというのではないようであるところから見て、やはり、代わりに病を受けての苦痛の涙とは考え難く、感動哀憐の涙であると解していいだろうか。なお、不動を「黄不動」とするのは、のちにも触れるが、舞台が三井寺であることから生じた混乱であろう。

以上、明確に判断し難いものもあるが、泣不動説話における不動の涙は、先の〔A〕と〔B〕だけでなく、多くの諸例が、両方の系統にほぼ二分されるのである。個々の事例における判定に問題があり、間違っているものがあったり、ひょっとしたらそもそもどちらの涙とも特に意識されていなかったり、あるいは両方の意味合いを含んだ涙もあったりするかもしれない。だが、たとえそうであったにせよ、不動の流す涙の意味するところが、決して一通りに理解されていなかったということは、明らかに確認し得たであろう。不動の涙とはいえ、その意味するところは、揺れ動いていたのであって、不動のものではなかったようだ。

さらに、次の事例は、その揺れ動く状況を、より端的に反映していよう。

〔ＡＢ〕『金玉要集』(15)（和泉書院刊『磯馴帖』村雨篇）第一「師匠之事」
証空入持仏堂ニ一、多年係憑ヲ二本尊不動明王ニ奉向、威儀タ、シクシテ端坐合掌シテ、「仰願ハ、本尊聖者大聖不動明王、生々而加護之御誓願、無設《アヤマリ》給一。此世ヲコソ雖トモ奉別レ一、冥途ニテハ必可奉値一」申シカハ、絵像ノ本尊不動明王流シ涙一、「哀ニ難レ有々シレ々。汝ハ是替師ノ命ニ一、我ハ又替汝命ニ一」トテ、大定智臂ノ御手ヲノヘテ、証空カ頂上ヨリ手足ニテナテ下シ玉ヒケリ。然間、智弘内供温気忽ニ平癒ス。明王ヲメキ玉テ、夜モ漸ク明ケレハ、証空之心モ本心ニ成キ。本尊ノ御眼ヨリ流涙一玉ヒキ。

注意されることには、右の場合、身代わりになろう（波線部）と証空に告げる前と後と、不動が二度に亘って涙を流している（実線部ａｂ）。前者の実線部ａの涙は、身代わりになることを不動が告げたうえで、証空の病気を自らに移すための行動に出る（二重傍線部、〔Ａ５〕と〔Ｂ５〕の各二重傍線部に相当するか）のよりも前に流されているから、病悩苦痛の涙ではあり得ず、不動の言葉「哀ニ難レ有々シレ々」（破線部ａ）から見て感動哀憐の涙に違いあるまい。それに対して、後者の実線部ｂの涙は、不動が代わりに病を受けて「ヲメキ玉」（破線部ｂ）うたというのと同様のもの、すなわち病悩苦痛の涙であろう。つまり、これまで見てきたＡＢ二系統の不動の涙が、それらの間で揺れ動いていた当時の状況を反映して、一話の中に併存しているのである。

四　病悩苦痛の涙から感動哀憐の涙へ

右に挙げた諸例以外にも、例えば『とはずがたり』（新日本古典文学大系）巻五では、「君」すなわち後深草院（一二四三～一三〇四）から受けた「御恩」の深さを言うのに、

〔C1〕三井寺の常住院の不動は、智興内供が限りの病ひには、証空阿闍梨といひけるが、「受法、恩重し。数ならぬ身なりとも」と言ひつつ、晴明に祭り代へられければ、明王、命に代はりて、「汝は師に代る。我は行者に代はらん」とて、智興も病ひやみ、証空も命延びけるに、君の御恩、受法の恩よりも深かりき。

と、泣不動説話が引合いに出される。[16] また、『壒囊鈔《あいのう》』巻十―40（臨川書店刊正保三年版本影印、『塵添《じんてん》壒囊鈔』巻十五―40にも同文）には、次の通り前半部の内容らしきものが載せられている。

〔C2〕三井ノ智興内供ハ鬼病ヲ受テ、安大史清明(ママ)ニ除病ノ祭ヲ誂《アツラヘ》テ、延レ命ヲ給ニ非ヤ。

あるいは、『義経記』（日本古典文学大系）巻五「忠信吉野山の合戦の事」の冒頭にも、

〔C3〕それ師の命に代りしは、ないこうちせうの弟子証空阿闍梨、夫の命に代りしは、とうふがせんぢよなりけり。

天理図書館蔵明応三年（一四九四）写鶴林寺本『太子伝』（和泉書院刊『磯馴帖』村雨篇）にも、

〔C4〕漢土ニハ小林《リン》ノ恵可禅師、伐テ自《ミツカラ》臂ヲ、為達磨付法一。日域ニハ三井ノ証空阿闍梨、伐(ママ)テ師命一ニ、蒙ル明王ノ利益一ヲ。

と、中国の故事と組み合わせてごく簡略に記述されている。いずれも、泣不動説話が流布していたことを示す事例でもあろうが、不動の泣く場面が含まれず、本稿での検討の対象からは外れている。同じく対象外だが、次の二例は、今まで見た諸例よりも年代的に早く、その点注意される。

〔C5〕『今昔物語集』（新日本古典文学大系）巻十九―24

……師ハ既ニ病喩《いえ》ヌレバ、「僧今日ナド死ナムズルニヤ」ト思ヒ合タル程ニ、朝ニ晴明来テ云ク、「師、今ハ恐レ不可給《たまふべから》ズ。亦、『代ラム』ト云シ僧モ不可恐《おそるべから》ズ。共ニ命ヲ存スル事ヲ得タリ」ト云テ、返《かへり》ヌ。師モ弟子モ、此ヲ聞テ、喜テ泣ク事無限《かぎりな》シ。此ヲ思フニ、僧ノ師ニ代ラムト為《す》ルヲ、冥道モ哀ビ給テ、共ニ命ヲ存シヌル也ケリ。

本話は「今昔《いまは》、□ト云フ人有ケリ。□ノ僧也」と書き出され、「智興」「三井寺」などとあるべきところが欠文になっているうえ、師の身代わりになった弟子の名も明かされないで、単に「弟子」「僧」と記されている。その弟子の「僧」が晴明によって病を移し替えられたあと、右の通り、不動に祈請することも何もなく、「冥道」の「哀ビ」（傍点部）で助かっているようである。そもそも不動が全く出て来なくて、晴明の呪術と弟子の身代わりだけを主たる構成要素とする、こうした話が、泣不動説話の前段階としてあったと考えられている。(17)

この〔C5〕が、泣不動説話に関する従来の検討の中で繰り返し問題とされているのに対して、次の例は、ほとんど顧みられていない。

〔C6〕『覚鑁《かくばん》聖人伝法会談義打聞集』（興教大師全集）

三井寺ノ円空内供ノ中間法師、内供ノ病ニ代テリ為㆓陰陽師㆒ト、被㆑察《占》ス為㆓鎮法㆒ヲ。故ニ内供病止テ、件ノ法師病ヌ。第六日ニ
年来ノ本尊〓尊云ク、「汝ハ師ニ代テス死、吾ハ汝ニ代テ只今死スルトテ」、生身ノ〓尊形隠レヌ。件僧存命シタリ。

「法生房御物語也」として三説話を掲げる、そのうちの一つ。(18)「智興」が「円空」となり、証空の名も見えないなど、問題が多いが、梵字は不動の種字であって、泣不動説話と一連のものであること、疑いない。(19)ただ、不動は、先に見てきた諸例と同じように身代わりになることを告げる（波線部）ものの、涙は流していない。そのような形も、泣不動説話の前段階として、しかし、不動そのものが登場しない〔C5〕よりは一歩前進した段階のものとして、存在したのだろうか。むしろ、先の〔C1〕などと同様に、簡略化された結果、涙の要素が単に省略されただけのものと見るべきかもしれない。

さて、右の〔C5〕あるいは〔C6〕のような話が前段階として存在していたとすれば、のちにその延長線上に、不動が登場して涙を流す、まさに泣不動説話が成立してきたことになるが、その原初の時点での不動の涙は、先の二種のうちのいずれであったろうか。A系統の病悩苦痛の涙とB系統の感動哀憐の涙とは、その先後をどのように考え得るだろうか。

両系統の説話を収める文献のうち成立期の比較的早いのは、A系統では建保五年（一二一七）の〔A〕『三井往生伝』あるいは西暦一二〇〇年前後の〔A5〕『雑談鈔』、B系統では十二世紀後半の〔B1〕『宝物集』や十三世紀前半の〔B2〕『発心集』であるが、それらの間に年代上の格差は特に認められず、その点から判断することは難しい。ただ、所収文献の性格に一つ気に掛かることがある。A系統の涙を載せる文献には、B系統の涙を載せる文献に比べて圧倒的に、三井寺関係のものが多い、ということである。

〔A〕『三井往生伝』は三井寺に限定しての往生伝、〔A3〕『園城寺伝記』〔A4〕『寺門伝記補録』は三井寺の寺記、〔A5〕『雑談鈔』は、三井寺関係の雑録であり、寺僧の口語りを直接筆記した旨の注記が見られたりもする。[20] 一方、B系統の文献の中には、これらに匹敵する程に三井寺に近いものはない。

右の事実からは、少々飛躍するようでもあるが、次の二点が、推測として導き出されてくるのではなかろうか。一つは、三井寺の内部または近辺では、ほぼ一貫してA系統の病悩苦痛の涙との理解が行われていた、ということ。今一つは、逆に、B系統の感動哀憐の涙の方は、三井寺の外側で行われていた、ということ。

図2　『園城寺境内古図』
（園城寺蔵　鎌倉時代。「常住院」の「不動堂」）

ところで、泣不動説話の舞台は、同説話の前段階的存在かと考えられた〔C5〕などでは欠文のため特定し難いが、それ以外ではいずれも三井寺であって、それらに登場する師弟の僧も共に三井寺の寺僧であるし、例えば〔B6〕や〔C1〕が記すように不動の絵像も、三井寺内の常住院にあったものらしい（図2参照）。そのことからは、泣不動説話というものが、三井寺の内部・近辺でそもそも成立し、特に初期の時点ではそこを中心に伝承されていた、ということが推測されてこよう。先述通り〔B7〕『八幡愚童訓』乙本も恐らくは混乱して「証空内供の黄不動」と記していた、智証大師円珍（八一四～八九一）感得という、その有名な黄不動画像を所蔵することなどによって、「不動の寺」とも称される、不動信仰の一大メッカ・三井寺は、泣不動説話の発祥そして伝承の場として誠に相応しいとも言えよう。(21)

以上、先の二点と右のことを総合するならば、泣不動説話は本来、A系統の病悩苦痛の涙を不動が流す話として、三井寺の内部あるいは近辺で出発し、後に寺外においては、その不動の涙がB系統の感動哀憐の涙へと変質・展開したりもしたのだ、というように考えられるのではないだろうか。

五　霊験の証しが崩れたわけ

前節の推測に大過ないとして、では、いかにして、病悩苦痛の涙から感動哀憐の涙が展開してきたのだろうか。あるいは、それはいかなる意味を持つことなのだろうか。

A系統における、病のための苦痛によって流した涙というのが、生理的な涙であるのに対して、B系統における、心動かされて流した哀憐の涙というのは、より感情的な涙であると言えよう。A系統からB系統への展開は、生理的な涙から感情的な涙への展開でもある。例えば、天文九年（一五四〇）の『守武千句』（古典俳文学大系）墨何第十が

ほとけさへだに恋をめさるゝ
夕暮のそらうちながめなき不動
火花ちらすやかなしかるらん

と、「泣不動説話の泣不動を、恋のために泣く不動とした」[22]のは、右の図式にあてはめるならば、感情的な涙への展開のさらに延長線上にあって、感動哀憐の涙を恋情の涙へと転換したもの、ということになる。冒頭に掲げた「右の袂《タモト》左の袖のなき不動《ドウ》」も実は、「仏法あれは恋もありけり」という前句に対する付句なのであって、同様に泣不動の涙を恋のための涙と見なしたものに違いない。

　しかし、その流した涙こそ生理的であって感情的なものでないとはいえ、A系統の諸例においても、不動の感情というものは充分に伝わってくる。例えば〔A〕『三井往生伝』では、不動の抱いた感情などについて特別記述されている訳ではないが、「汝既代レ師。我又代レ汝」（波線部）と言って身代わりになったという不動の言動から、証空の志への感動や証空に対する哀憐の情は読み取れよう。それによって涙を流すか否かは別にして、そのような感情が不動をして証空の救出へと向かわせた、少なくともその一つの大きな要因となった、と理解されるのは、ABどちらの系統でも同じなのである。さらにその点、不動の登場しない先の〔C5〕でも、「冥道」が「哀ビ給テ」助けるのであって、同様である。すなわち、B系統の涙をもたらすのと同様の感情は、A系統の不動もすでに持っているのであって、そこに、そのA系統からB系統へと展開していくための基本的下地を認めることができよう。

　また、「色ならぬ心のうち現はすもの、涙に侍り」（『無名草子』新潮日本古典集成）などとされる涙というものは、実に幅広い種々の刺激や感情に伴い、それゆえ、それらのいずれとも容易に結び付けられ得るだろう。[23]そういう涙の多義性が、右の基本的下地のうえに背景として加わるならば、病悩苦痛の涙を流すA系統の不動にも読み取れる感動哀憐という感情が、その涙と結び付けられて、本来の生理的な病悩苦痛の涙から感動哀憐という感情による涙へと移行せられるのは、すなわち、A系統からB系統への展開が成し遂げられるのは、相当にスムーズなことであるように思われる。

さらに、もっと偶発的な契機も想定し得るかもしれない。先にABいずれの系統の涙であるかを判断するのに、不動が涙を流すのが、代わって病を受ける旨、証空に告げるよりも前か後かということを、一つの重要な判断材料としてきたが、〔B6〕謡曲「泣不動」の場合は、『間の本』「集類[注]」収載「泣不動」や和泉流のものという間狂言「泣不動」の記述を重視して、感動哀憐の涙であると判断しておいた。しかし、先引通り〔B6〕では、代わって病を受けようと告げる不動の言葉（波線部）よりも不動が涙を流したと伝える記事（実線部）の方が後に出てきており、その点ではA系統の諸例と同じなのであって、それだけ見れば、逆の判断、病悩苦痛の涙との判断がなされてもおかしくないところだろう。実際、謡曲「泣不動」の米沢異本[24]では、不動が涙を流す場面に「……汝が命にかわるべし。去ながら定業にかわる苦しみ見よや』とて、御ゑひ《(影)》の御眼に涙を流させ給へば」とあるから、病悩苦痛の涙と理解されているものかと見られる。結局、謡曲「泣不動」をめぐっては、両様の理解が可能であり、また、事実行われているらしいのである。そのことが示唆するように、AB両系統の差異には微妙で曖昧な面があるのであって、それゆえにたまたま生じたような誤解の類が、B系統への展開の一つの契機となることもあっただろうか。

以上の如く、A系統からB系統が派生していくための条件が色々と揃っているように見られる。しかしながら、一方で、B系統への展開には、霊験譚の骨格に関わる一つの大きな問題が絡んでおり、その点、考慮しておかなければならない。

A系統の話では、身代わりになることを証空に告げると、その通り、不動が代わりに病を受けて病悩苦痛の涙を流すのであって、不動の涙は、不動が確かに身代わりに病苦を受けたこと（代受苦）を証する、霊験の証しとしての意味を持っている。例えば、中国の『冥報記』巻中や『法苑珠林』巻三十一、さらに日本の『今昔物語集』巻六–14に載る張亮の話でも、雷のために倒れてきた柱に当たったのに痛みがなかったが、日頃供養していた仏像を見ると、身代わりになったことを示す傷痕があった、というように伝える。この種の話は数多い。仏菩薩等の像による身代わりの霊験譚においては、その真実性を保証する身代わりの霊験の証しが、その像に何らかの形で残される。[25] それが、早くからの伝統的な定型であった。泣不動説話の後半部は、不動による、まさにそういう身代わり霊験譚であって、A系統の話は、その定型に則り、身代わりの証し、霊験の証しとして、不動の絵像に病悩苦痛の涙を流させているのである。そのA系統がB系統よりも先行したと見られるのであって、右の如き定型をきっちりと踏んだ霊験譚として、泣不動説話は出発していたことになる。

ところが、他方のB系統では、不動の涙は、代わりに引き受けた病とは無関係の、それを受ける以前の段階の感動哀憐の涙と化していて、もはや身代わりに病を受けたことの証しとしての意味を完全に失っている。結果、身代わりの霊験を証すべき証しが崩れ去り、身代わり霊験譚の踏むべき定型の欠落を引き起こしているのである。B系統の中で比較的後代の先引〔B〕『曽我物語』が、「明王の御頂より、猛火ふすぼりいで、五体をつゝめたまふ」（二重傍線部b）と、不動が証空の身代わりになったことによって「うくる苦悩」（二重傍線部ａ）を新たに叙述するのは、そうした崩壊・欠落を別の形で補完しようとしたものであるに違いない。

Ｂ系統への展開は、霊験の証しの崩壊と身代わり霊験譚の定型の欠落を伴うものであった。そうした事態を招いてまで泣不動説話がＢ系統へと展開し得たのは、先に見たような種々の条件が備わっていたからだということになろう。ただ、その事態は霊験譚にとっては相当に重大な事態であるに違いなく、そうした条件のみならず、展開の起きた環境の方にも目を向けておきたい。

先述通り、三井寺の内部あるいは近辺ではほぼ一貫してＡ系統の涙として伝承されていたのに対して、Ｂ系統への展開は寺外で起こったかと考えられる。三井寺の内部や近辺においては、不動の霊験というものから話の重心が他へ傾いてしまうのは、恐らく望ましいこととは考えられなかっただろう。三井寺の寺記〔Ａ4〕『寺門伝記補録』所載話では、晴明が登場することもなく、証空は師・智興の身代わりになることを不動に祈請し、不動は、智興の病を証空に移し替えずに自ら引き受けており、不動の霊験へと話の焦点が完全に絞られていたりもする。しかし、寺外では事情が違って、必ずしも不動の霊験が絶対ではなかっただろうし、その霊験の証しが定型通りに盛り込まれていることを、特別に重要視するということもなかったであろう。結果、泣不動説話が寺外に出るに及んで、不動の霊験以上に、殊勝にも師の身代わりになろうとする証空の志や、そのための母との悲しい別離といったものに一層目が向けられ、より強い感銘が抱かれて、そのあまり、本来霊験の証しとしての意味を持っていた、不動の生理的な病悩苦痛の涙をも、そうした意味を持たない、自らが抱いたのと同様の感情、すなわち感動哀憐という感情がもたらした涙として、理解してしまおうとする機運が生じたのではないだろうか。泣不動説話が内在させていたとも言うべき先の諸条件のうえにさらに、右の如き事態を招きやすい、寺外という泣不動説話の置かれた環境が作用して、霊験の証しの崩壊や霊験譚の定型の欠落を伴うB系統への展開が成し遂げられたものと思うのである。

なお、すでにいくらか触れてきたところだが、〔A1〕〔A4〕や〔B6〕のように、前半の証空による身代わり説話の中に、母との別れの場面が全く含まれない場合もあれば、〔B〕や〔B5〕のように、それが大きく増幅した場合もある。[26]〔B5〕では、証空による身代わり説話の枠からはみ出し、続く不動による身代わり説話よりもさらにあと、最末尾に、回復した証空が別れた母と再会するという後日譚まで描かれていたりする。先の諸例について、こうした母との別れの場面のあり方を一覧するに、

A	△
A1	×
A2	△
A3	△
A4	×
A5	△
B	◎
B1	△
B2	○
B3	○
B4	△
B5	◎
B6	×
B7	×
AB	△

×……全く含まれない
△……含まれる
○……増幅している
◎……大きく増幅している

となる。「コマカニシルサス」という〔A1〕や、ごく短い一文のみの〔B7〕は除くとして、三井寺の内部あるいは近辺で成立・伝承していったと見られるA系統に比して、寺外で派生してきたものと推測されたB系統の方が、母との別れの場面を増幅させる傾向の強いこと、ほぼ明らかであろう。このことは、寺外においては不動の霊験以上に母との悲しい別離などに一層目が向けられたのではないかとした先

の想定と、呼応する現象であると言えよう。

六　不動になった不動の涙

ここまでの検討は、実は、基本的に中世あるいはそれ以前の文献に見られる泣不動説話を対象としていて、近世以降のものは含んでいない。しかし、無論、近世以降にも同説話は伝承されている。

〔A6〕『本朝神社考』（続日本古典全集）巻六・晴明
空生平持《ス》二不動尊《ヲ》一。此《ノ》日非レ夢《ニ》非レ覚《ニ》、明王告《テ》曰、「汝已《ニ》代《テ》レ師《ニ》取《ル》レ死《ヲ》。我豈不《ンヤ》レ換《ラ》二持者《ニ》一乎」。空感喜《シテ》礼《ス》レ像《ヲ》。熟〱見《ルニ》二其《ノ》像《ヲ》一、似二有レ病質《ニ》一、涙滴在レ眸《ニ》。応時空《カ》疾即痊《ユ》。

〔A7〕『本朝列女伝』（江戸時代女性文庫）巻五・証空母
空生平持《ス》二不動尊《ヲ》一。此《ノ》日非《ス》レ夢《ニモ》非《ス》レ覚《タルニモ》、明王告《テ》曰、「汝已《ニ》代《テ》レ師《ニ》取《ル》レ死《ヲ》。我豈不《ンヤ》レ換《ラ》二持者《ニ》一乎」。空感喜《シテ》礼《ス》レ像《ヲ》。熟〱見《ニ》二其《ノ》像《ヲ》一、似《リ》レ有二病質一、涙滴在《リ》レ眸。応《シテ》レ時《ニ》空《カ》疾即痊《ユ》。

〔A8〕『釈氏二十四孝』（京都大学附属図書館蔵寛文十年版本）本朝三井証空
空生平持《ス》二不動尊《ヲ》一。此《ノ》日非《ス》レ夢《ニ》非《ス》レ覚《タルニ》、明王告《テ》曰、「汝已《テニ》代《テ》レ師《ニ》取《ル》レ死《ヲ》。我《レ》豈《ニ》不《ンヤ》レ換《ラ》二持者《ニ》一乎」。空感喜《シテ》礼《ス》レ像《ヲ》。熟〱見《ルニ》二其《ノ》像《ヲ》一、似《テ》レ有《ルニ》二病質一、涙滴在《リ》レ眸《ニ》。応《シテ》レ時《ニ》空疾即《チ》痊《ユ》。

これら三者全くの同文である。いずれも、右の部分以外も含めほぼ完全に、〔A2〕『元亨釈書』に基づいている。したがって、不動の涙は、どれもA系統の涙である。なお、〔A8〕『釈氏二十四孝』はそのまま、明治十二年（一八七九）刊『道俗二十四孝』（有隣堂）に再録されてもいる。

〔A9〕『東国高僧伝』（大日本仏教全書）巻十

似レ夢非レ夢。見三不動明王告曰二汝既代レ師取レ死。我独不レ能レ代レ汝耶一。空起礼レ像。熟視二其像一似レ有二病態一。而目有二涙痕一。空尋愈。

〔A10〕『本朝高僧伝』（大日本仏教全書）巻六十六

空常持二不動明王一。自二病牀一起向二尊像一、合掌曰、「帰命頂礼大聖明王。臨終正心、往二生善処一」。時似レ夢非レ覚、明王告曰、「汝已代レ師捨レ命。我豈不レ換レ汝耶」。空感喜礼拝、熟見二尊像一、似レ有二病態一、而眸有二涙滴一。空病尋痊。

右の引用部分だけでなく全体を見るに、先の三例のようにそのまま引き写したというような形にはなっておらず、〔A10〕には〔A〕『三井往生伝』や〔A1〕『真言伝』と共通する要素が加わっていたりもするが、やはり〔A2〕『元亨釈書』に基づくところが大きいようである。

〔A11〕『清浄華院不動尊縁起』（水野恭一郎・中井眞孝両氏編『京都浄土宗寺院文書』同朋舎出版、昭55）

然に空とし比、不動の尊像をもたり。此日夢にもあらす現ともなく明王告て曰く、「汝すでに師にかはれり。われも亦汝にかはらん」とのたまひしかは、空感喜してつら〳〵尊像を拝し奉るに、疾のかたちあるにゝて、涙のしたゝり眸にあり。空のやまひ即いへぬ。

全般に、同じく『元亨釈書』を原拠としているらしく、不動の涙はA系統のものに違いない。清浄華院（もと浄華院　京都市上京区）は、浄土宗四箇本山の一つ。円仁開創・法然中興という寺伝とは別に実際は、著作『三部仮名鈔』が有名な向阿（浄花房証賢・是心上人　一二六五〜一三四五）によって開創された寺院と考えられている。[27] 右の縁起は、末尾に「権大納言淳房／拝書」とあって、当院と関係深い万里小路《までのこうじ》[28]家の淳房《あつふさ》（一六五三〜一七〇九）が、権大納言であった貞享三年（一六八六）から元禄四年（一六九一）の間に著したものとわかる。知られる通り、当院には、近世になって寄進された（「入江孝治寄進状」、先掲『京都浄土宗寺院文書』収載）、〔B5〕『不動利益縁起』の一本『泣不動縁起絵巻』が伝わるが、[29] それと右の縁起には直接の関係はないようである。

なお、この縁起が取り上げる〔A11〕「清浄華院不動尊」については、同縁起の末尾近くに「当院五世の住持向阿是心上人、はしめは三井寺の住侶なりしに、一向専修の門に心さし、此院に入て、礼阿上人に習学す……」と、『真如堂縁起』なども叙述するところだが、向阿が三井寺から移って来たことを述べたうえで、「向阿つねに此不動尊の画像を信して奉持せるゆへに、身をはなたす当院に持来りて、霊宝の其随一となれり。……此像は智証大師の筆となむいひ伝へ侍るなり」とする。向阿が三井寺から持って来たという、智証大師円珍筆と伝わる、この不動画像は、それに相当すると見られるものが清浄華院に現蔵されている。[30] また、より早く永享九年（一四三七）『清浄花院之由記』に「三井寺泣不動智証大師御筆」と登載されるのを始め、以降の清浄華院の霊宝目録類にも繰り返し記載されている。[31]『都名所図会』（新修京都叢書）巻一所載の浄華院の境内図中にも「泣不動」と見える。

右の如く向阿が清浄華院にもたらしたと同院が伝える、三井寺の泣不動の絵像の伝来については、『とはずがたり』巻一の記述から文永七年（一二七〇）には実在したと考えられているが、[32] その後については、〔A5〕『雑談鈔』所載泣不動説話の末尾付記の傍書に「至二後醍醐院御代一其像在レ之。元弘以後不レ知二伝来一」、『園太暦』（太洋社刊翻刻）観応元年（一三五〇）十二月九日条に「自二今日一道昭僧正祇二候仙洞一、修二不動法一。累代相承本尊啼不動奉二随身一云々」(33)、元禄二年（一六八九）の『淡海地志』（『淡海録』）「泣不動」（京都府立総合資料館蔵十二巻十冊写本）に「昔日秘蔵而却テ失セリ矣」(34)とあったりする。これらのこといかに関わるのかも含めて、先の〔A11〕以下の記事に関しては、真偽など明らかでない面があるが、ただ、三井寺から移って来た向阿という人物が、歴史上にせよ伝承上にせよ何らかの形で関与した結果、三井寺とは別に京都の清浄華院に根付いて、泣不動説話が伝承され、円珍筆という泣不動画像が伝来することになったということは、確かであるようだ(35)。

〔A12〕『三井寺物語』（叢書江戸文庫）巻中

つね〳〵不動明王《ふどうミやうわう》を念《ねん》じける行者《ぎやうじや》なれば、「今もってたすけ給へ」と、不動尊《ふどうそん》を念《ねん》じけるに、夢《ゆめ》ともなくうつゝともなく、かけたる絵像《ゑざう》の不動明王声《ふどうミやうわうこゑ》を出しての給はく、「汝《なんぢ》すでに師《し》にかはって命をすてんとす。なんぢはわか持者《ぢしや》として、常《つね》にわれを念《ねん》ず大孝行《かう〳〵》のものなり。我又汝《なんぢ》が身がはりにたゝざらんや」との給ふ。此時証空沙弥《せうぐうしやみ》が身のくるしみ、たちまちにいへてもとのごとし。あやしく思ひて、かの不動《ふどう》の本尊《ほんぞん》をみたてまつるに、絵像《ゑざう》ながらも、病《やまひ》あるがごとくにして、両の御眼《まなこ》より御泪《なみだ》のはら〳〵とこぼれて御かほにながれかゝりて、その痕《あと》きえず。

〔A13〕『安倍晴明物語』（仮名草子集成）巻三

心のうちに不動尊《どうそん》を念ずるに、夢ともなくうつゝともおぼえず、明王つげてのたまはく、「汝は師の命にかはる。我を念する事、年久し。又、心ざし世にたぐひなき菩薩心《ぼさつしん》也。われ又、汝が身がはりにたつべし」との給ふとおぼえしかば、証空《しやうくう》のやまひ、たちまちに平復《へいぶく》し、絵像《ゑざう》の不動尊、やまひのつきけるに似て、両眼より御涙のはら〳〵とこぼれて、御かほにつたひけり。

いずれも、浅井了意（?～一六九一）作とされる仮名草子。共に何に拠るか詳細は不明であるが、(36)不動の涙がA系統のものであることは、明らかである。

〔A14〕『大聖不動明王霊応記』巻二―12（京都大学附属図書館蔵元文二年版本）

時《トキ》ニ証空、平生念ズル所ロノ不動明王帰命《フドウミヤウワウニキメウ》シ、尊《ソン》ノ前《ミマヘ》ニ至《イタ》ツテ合掌《ガツシヨウ》シテ唱《トナ》ヘテ曰《イハク》「南無帰命《ナムキメウ》頂礼大聖《テウライダイシヤウ》不動明王正念往生《シヤウネンワウジヤウ》」ト三遍高之《ベンタカクコレ》ヲ唱《トナフ》。其時《ソノトキ》、夢《ユメ》トモ現《ウツヽ》トモサダカナラズ、明王告《ツゲ》テ曰ク《ノ下ハ》「汝《ナンヂ》ステガタキ命ヲ捨《ステヽ》師ノ病ヒニカハル。我《ワレ》又何《ナン》ゾ汝ニカハラザランヤ」ト言《ノタマフ》 声《ミコヘ》ノ中《ウチ》ニ首《カウベ》ヲ挙《アゲ》テ尊像《ザウ》ヲ礼《ライ》スルニ、明王ノ尊眼《ガン》ヨリ涙《ナミダ》ヲ流《ナガ》シ、尊体《タイ》ワナ〳〵振《フル》ヒタマフヲ見《ミ》ル。此時《コノ》、証空ハ夢《ユメ》ノ覚《サメ》タル心地《コヽチ》シテ病ヒ即ハチ愈《イエ》ヌ。ヨツテ師弟全《マツタ》キコトヲ得《エ》タリ。

元文二年（一七三七）刊行の不動明王の霊験譚集。〔A〕『三井往生伝』や〔A1〕『真言伝』と共通する要素を加えつつ、主として〔A2〕『元亨釈書』に基づくかと見られた〔A10〕『本朝高僧伝』あたりと、近い面が認められる。それらと同じく、やはりA系統であるに違いない。破線部も、涙（実線部）と共に、病を受けての苦痛の現れであろう。

〔A15〕『京わらんべ』(37)（『古浄瑠璃正本集　加賀掾編』第二）

しやうくうばう《（証空房）》ほつねつ《（発熱）》し、身命をくるしめてもんぜつびやくぢ《（悶絶躃地）》しなやまるゝは、きめう《（奇妙）》なりける次第也。あじやり《阿闍梨》はしやうぐうばう《証空房》の御身がはりの事一々残らず聞召、……「扨も〳〵おことは、わか命にかはらんと思ひ立て有けるかや。……ア、うらめしの明王や、もとのごとくあのびやうく《病苦》をわか身にうつし、かれをたすけたび給へ。なふ明王。はやく返し給はれ」とほぞん《本尊》にむかひ打うらみ、……もだへこがれてなき給ふ。時にふしぎや、ふどう《不動》のゑざう《絵像》はまきあがり《巻上》まきさがり《巻下》、さかしまになり立なをり、くるしみ給ふと見へけるまに、しやうぐうばう《証空房》はいき出てそくじ《即時》にほんぶく《本復》有ければ、ちかうあじやり《智興阿闍梨》の御よろこびけにことはりとぞ聞へける。誠にしてい《師弟》の御びやうく《病苦》を明王うけとり給ふと見へ、ゑざう《絵像》の御色へんじ《変》つゝ、大ねつ《熱》うすぼりけふり《煙》たち、なやませ給ふ御ありさま、仏もいかに御しん〴〵《身心》くるしませ給ふにや、もつたいなくも御りやうがん《両眼》より御なみだ《涙》をはら〳〵とながさせ給ふ。

右の場合は、従来の泣不動説話と展開が異なり、智興の病を身代わりに受け取った証空ではなくて、病から救われた智興の方が不動に向かい、元の通り病を自分に移して弟子の証空を助けてくれるよう（波線部）、祈請する。すると、病を不動が受け取り、証空も智興も助かる。不動の涙（実線部）は、破線部などから見て、病悩苦痛の涙だろう。なお、不動の病悩苦痛はほかにも様々に繰り返し描かれており、そのうち二重傍線部は、先の〔B〕『曽我物語』の二重傍線部に近い。

〔B8〕『泣不動明王略縁起』（国立歴史民俗博物館蔵一枚刷版本）

年来所持《しよぢ》の絵像《ゑざう》の不動尊あり。智証大師の真筆也。彼尊像に向て念じ様は、「我、年わかくして命おしまざるにあらず。師恩《おん》のふかきを思ふによりて、かの命にかわらんと欲《ほっ》す。しかれども、つとめすくなければ、後世きわめておそろし。ねがわくは明王、あわれみをたれたまへ。病苦《く》すでにせまり、たゑがたし。尊像をおがみたてまつらん事、たゝいまばかりなり」と、ふかく念じたてまつりけれは、不思議なるかな、絵像の御眼《まなこ》より血《ち》の涙をながし、夢かうつゝのことくに、「汝は師の命にかわる。我は汝が命にかわらん」とのたもふ。御声《こゑ》ほねにとをり、肝《きも》にしむ。「ありがたし」とたなごゝろを合《あわせ》て念じ居《ゐ》たる間に、流汗《ながるゝあせ》たちまちさめて、すなはち心地《こゝち》さわやかになりにけり。

この『泣不動明王略縁起』は、最末尾に「洛陽本山浄花院」とあって、先述の清浄華院から発行されたものと知れる。幕末維新前後のものか。末尾部には「委《くわしく》は元亨釈書《げんかうしやくしよ》幷ニ鴨《かもの》長明発心集等に見へたり」と記され、右箇所は、〔B2〕『発心集』に近い。不動の涙（実線部）も、それと同じく、不動が代わりに病を引き受け証空が回復するよりも以前に流されているのであって、病悩苦痛の涙ではなく感動哀憐の涙であると見られる。同じく清浄華院から発したと覚しいものでも、先引〔A11〕『清浄華院不動尊縁起』と右の〔B8〕とでは、不動の涙の性格が異なることになる。なお、『発心集』にはない点線部は、その〔A11〕の先引点線部「智証大師の筆となむいひ伝へ侍るなり」などと対応する。

その他、『淡海地志』「泣不動」や『都名所図会』巻一「浄華院」にも泣不動説話が見られるが、明確な形では不動の泣く場面が含まれていない。また、宝暦九年（一七五九）の『播陽諸所古今物語』（『播陽万宝智恵袋』[38]巻四十八収載）に「智興阿闍梨ノ孝思ヲ感ジテハ、其ノ病苦ニ伐《代》リテ涙ヲ流シ玉ヘリ」と、泣不動説話がごく簡略に記述されているが、いずれの系統の涙なのか判断を下し難い。そうした事例は除くとして、あるいは『近江輿《よ》地志略』（大日本地誌大系）巻十二が「寺門伝記補録曰」として〔A4〕『寺門伝記補録』を引用するのなども含め、近世の事例においては、わずかに〔B8〕の一例以外全てがA系統に属している点、特に注目されよう。無論、右に取り上げたのがすべてというわけでなく、見落としているものの中にB系統に属する事例が含まれているかもしれないし、また、〔A2〕『元亨釈書』によるものが多いことから、結果的にそうなっているという面もあるだろう。それでも、右に見てきたことだけからでもある程度の傾向は窺えようか。そうだとすれば、病悩苦痛の涙と感動哀憐の涙と、二種類の涙の間で揺れ動いていた泣不動の涙が、近世になると落ち着き概ね不動となって、本来の病悩苦痛の涙へと一本化する傾向にあった、ということになるだろう。

〔C5〕『今昔物語集』に見られるような前段階とも言い得るものを経て、平安時代末期ごろに誕生したと覚しい泣不動説話は、中世には「世人《ノ》委知《クル》」（先引『真言伝』）という状況になるほどに盛んに伝承され、そのなかで、例えば母との別離の場面を大きく増幅させたりしつつ、物語全体のクライマックスと言うべき不動の涙については、伝統的な定型を突き崩し、霊験譚にとって重要な霊験の証しとしての本来の意味を失った形までも派生させていた。ところが、近世に入った頃には、伝承熱が冷めブームが去ったかのように、上記の如き異例とも言うべき形はほぼ消え失せ本来の定型通りの涙へと収束していった。そのように総括することができるならば、泣不動説話の歩んできた道は、人の一生にも似て、同説話にとっては中世という時代が、自らのあり方を根本的に問いながら模索を続ける、エネルギーに満ちあふれた青年期のような時期に相当していた、と言えることになるだろうか。

第二章　命代わり――霊験を引き出したもの

一　住吉明神の除病譚

除病神としての住吉明神については、八木意知男氏にまとまった論考があるが[1]、例えば、中世における次の二つの霊験譚にも、そうした同明神の性格が反映しているだろうか。

直談《じきだん》系の法華経注釈書である『一乗拾玉抄』[2]巻三化城喩品に

後鳥羽院御悩アリ。サマ〳〵御祈祷アレトモ無平癒。然ニ帝王、「願クハ何ナル明神ノ告ニモ此ノ病ヲ何カ様ニモ治セヨト示シ給ヘ」ト深ク祈念アル時キ、夢ノ中ニ白髪ナル翁ナ来テ、「我レハ是、住吉ノ明神也。和光同塵シテ遙カニ法花ノ深義ヲ不聞カ間タ、是ヲ聴聞シテ本覚ノ都ヘ帰リ御悩ヲモ忽ニ平癒ナサン」ト告アリ。仍テ山門ヨリ大和ノ庄俊範ヲ請シ法花ノ深義ヲ御講アリ。……帝王即時ニ御平癒アリト云々。

と見える。後鳥羽院（一一八〇～一二三九）が病気になり、様々に祈祷しても平癒しなかった時、治病の方法を示してくれるよう深く祈念すると、夢中に白髪の翁すなわち住吉明神が現れ、長らく聞いていない法華の深義を聴聞すれば、即座に病気を平癒させようと、お告げした。その夢告に従い、俊範が召し出され法華の深義を講じたところ、たちまち院の病気が平癒した。そんな内容である。

法華経注釈書にとっては、この話の中で「法花ノ深義」に関することが何と言っても問題なのであって、住吉明神という存在自体、話の周縁あるいは背景でしかないことだろう。しかし、それでもやはり、右の話が住吉明神による除病の話であり、同明神の除病神としての性格が反映した霊験譚でもあること、疑いない。病気になるのが、後鳥羽院でなくてその最愛の姫になったり、法華の深義を講ずるのが、俊範でなくてその子の静明《じょうみょう》になったりしつつ、やはり直談系法華経注釈書である『輟塵《てつじん》抄』『鷲林《じゅりん》拾葉鈔』や『法花経品々観心見聞』にも採録されている。(3)

また、永正九年（一五一二）成立の楽書『體源鈔《たいげん》』（覆刻日本古典全集）の巻十二下「蘇合相伝第三」は、「第一ノ秘曲ハ四帖ヲ以テ疫病消除ノ説云事」としたうえで、こんな説話を載せている。

一條院御時、精明祭ヲシテ返リシニ、行合人《ゆきあふ》、此曲ヲ唱哥ニシテ口付ル事アリキ。此人是只人ニアラス、住吉ノ大明神ト云奉ルナリ。香色ノ御直垂《ひたたれ》也。ユヘイカントナレハ、精明カ名誉名ヲウシナハシカタメ、又、神国ノ名ヲモヲラシカタメ、彼是難儀ニ思食、此疫難ヲ精明カ身ニウケニ既ニ死セン事治定ナルヘカリシヲ、住吉大明神ノ御メクミトシテ、四帖御唱哥ヲ以テ他方世界ヘ消除シ給了。依テ此ニ精明ノ病悩ヲノカル。其ヨリ殊ニ名誉ノ名ヲアク。如此《かくのごとき》事共、一々ニ精明御夢想アリ。

登場人物「精明」は、冒頭に「一條院御宇」「祭ヲシテ返リシニ」とあることなどから見て、前章に取り上げた泣不動説話にも登場する、あの安倍晴明のことであるに違いない。しかし右は、晴明がその呪法によって華々しく活躍する、といった話ではない。晴明が「祭」を終えて帰る途中のこと、

「香色ノ御直垂」を着た人が、「此曲」すなわち「第一ノ秘曲」という「蘇合」の「四帖」[4]を唱歌にして口ずさむことがあった。その人は実は、住吉大明神の化身なのであって、「四帖」の唱歌によって「疫病」を「消除」し、病死するはずだった晴明を救ったのだという。

　楽書すなわち音楽の書にあっては、右の話は飽くまで、「蘇合」の「四帖」という「第一ノ秘曲」が持つ「疫病消除」の効能の、一つの顕著な例証話として捉えられているに違いない。しかし、同時に、傍線部にも示される通り、住吉明神が、その「四帖」の唱歌によって「疫難」を「他方世界へ消除」した話、同明神の除病神としての性格が反映した霊験譚でもあること、言うまでもないだろう。前章に取り上げた泣不動説話では病を移し替え、あるいは「除病ノ祭」（前章〔C2〕）をした晴明が、この話では、その住吉明神の除病の霊験によって、病から救われているのである。

　右の『體源鈔』所載の除病譚は、他にあまり見掛けない説話であり、先の『一乗拾玉抄』所載の除病譚も、先述通り諸書に採録されているものの、かなり限定された範囲の中の文献にしか見られないものであるらしい。それに対して、泣不動説話と同じように、古来、広く様々な文献に繰り返し掲載されてきた住吉明神の霊験譚に、赤染衛門住吉祈願説話とでも称すべきものがある。同説話も、八木氏によって、「住吉神に対して除病信仰の心性が存したと考える方が妥当であろう」[5]と捉えられているところの霊験譚である。本章においては、そうした赤染衛門住吉祈願説話の方を取り上げることとして、まずはその展開のあとを辿るところから始めたい。

二　歌徳説話としての出発

中古三十六歌仙の一人、赤染衛門は、生没年未詳だが、弘徽殿女御生子《こきでんのにょうごせいし》歌合に出席した長久二年（一〇四一）二月十二日のあと間もなく、八十年以上の長寿の生涯を終えたとされる。その人生には、良妻賢母としての逸話が少なくない(6)。赤染衛門住吉祈願説話はまず、そんな赤染衛門の家集である①『赤染衛門集』に、次の通り、赤染衛門自身の体験譚として記述されている(7)。

挙周《たかちか》が和泉はててのぼるままに、いとおもうわづらひしに、「住吉のしたまふ」と人のいひしが、みてぐらたてまつられしにかきつけし。

aたのみては久しくなりぬ住吉のまづこのたびはしるしみせてよ

b千世へよとまだみどりごにありしよりただ住吉の松を祈りき

cかはらむといのる命は惜しからで別るとおもはん程ぞかなしき

奉りての夜、人の夢に、ひげいとしろき翁、このみてぐら三つながらとるとみて、おこたりにき。

息子の挙周(8)（?～一〇四六）が和泉守の任期を終えた直後に重病に陥った際のこと、住吉明神が祟られたのだとある人が言ったので、幣《みてぐら》に三首の歌a～cを書き付けて奉納した。すると同夜、髭の大変白い翁が幣を三本とも納める夢をある人が見たかと思うと、挙周の病気が治ったという。

挙周が和泉守であったのは、『小右記』の記事などから、寛仁三年（一〇一九）の春から治安三年

（一〇二三）の春までの四年間であったと推測されている。[9] それに従えば、右の一件は、治安三年春、赤染衛門六十歳代半ばの頃の出来事ということになる。「住吉」は、摂津国の南端付近、和泉国との国境に程近い場所に鎮座しているのであって、挙周が和泉守の任期を終えて上京しようとした途次、住吉社の付近を通過する際に住吉明神が祟った、ということだろうか。人の夢に現れた「ひげいとしろき翁」（二重傍線部）は、その住吉明神に違いない。先引『一乗拾玉抄』では「白髪ナル翁ナ」の姿で現れていたが、同明神は、白い髭を生やした翁として描かれることが、しばしばであった[10]（図3参照）。

最後は、住吉明神が和歌の書き付けられた幣を納めるや、挙周の病気が治っている。赤染衛門の奉納した和歌が、和歌の神でもある住吉明神を動かし、その祟りを鎮めたということであるらしく、右の『赤染衛門集』の記事は、除病神としての性格を背景とした住吉明神の霊験の話でありつつ、それ以上に、歌徳説話[11]としての色彩を濃厚に帯びた話となっていよう。その点に関しては、赤染衛門の意識の問題として、「いわゆる歌徳説話的要素を、赤染自撰と見られる家集の詞書が

図3　住吉神像
（住吉大社蔵　室町時代）

もっていたことは、そこに歌人赤染の自負が表れていると言えよう」「母性愛よりむしろ歌人としての意識の強い歌といえるであろう」と説かれてもいる。[12]

右の『赤染衛門集』と同様の記事が、十二世紀半ばの藤原清輔（一一〇四～一一七七）の歌学書である②『袋草紙』（新日本古典文学大系）上巻にも、次の通り見える。

赤染衛門、

c代らんとおもふ命はをしからでさても別れんことぞかなしき

aたのみては久しくなりぬ住吉のまづこのたびのしるしみせなん

b千代せよとまだみどりごにありしよりただ住吉の松をいのりき

これは、江挙周和泉の任を去りての後、重病に悩みて住吉の御祟《たたり》有るの由なり。仍《よ》りてかの社に奉幣の時、三本の幣《みてぐら》におのおの書く所の歌なり。その時、人の夢に、白髪の老翁社中より出で来てこの幣を取りて入り了《おは》んぬ。その時、病平愈すと云々。

全体的な構成や三首の歌の挙げられる順など、相違点も見られるけれども、内容的には①『赤染衛門集』と全く等しい。そんな記事を右の『袋草紙』は、「仏神感応の歌」を列挙する中に載せている。紀伊国から上京する途中、馬が急に動かなくなった際に、紀貫之が蟻通明神《ありどおし》に歌を奉納すると、馬が起き上がった話や、伊予国に数か月間雨が降らなかった時に、能因（九八八～?）が歌を詠んで三島明神に祈ると、雨が降ったという話など、よく知られた歌徳説話と共に。

右のことは、①『赤染衛門集』所載話について歌徳説話的色彩が濃厚であると先に述べたことと、まさに対応するものに違いない。赤染衛門住吉祈願説話は確かに、歌が「仏神」（この場合は住吉明神）を「感応」させた話、すなわち歌徳説話としての性格を色濃く帯びた形で、出発することになったものと思われる。

三　身代わり説話への道

①『赤染衛門集』に記された先の一件は、②『袋草紙』だけでなく様々な文献に書き止められている。まず、勅撰和歌集を初めとして各種の歌集に出てくることが知られる。

③『後拾遺和歌集』（新日本古典文学大系）巻十八・一〇六九

挙周、和泉任果ててまかりのぼるまゝに、いと重くわづらひ侍けるを、住吉のたゝりなどいふ人侍りければ、幣《みてぐら》たてまつりけるに書き付けける　赤染衛門

a頼みきてひさしくなりぬ住吉のまづこのたびのしるし見せなん

④『詞花和歌集』（新日本古典文学大系）巻十・三六二

大江挙周朝臣を《お》もくわづらひて限りにみえ侍ければよめる　赤染衛門

c代らむと祈るいのちはお《を》しからでさても別れむことぞかなしき

⑤『玄々集』（群書類従）「衛門六首赤染」のうち

たかちかわつらひけるに

cかはらむと思ふ命はおし《(を)》からてわかれん程そかなしかりける

①あるいは②に比していずれも簡略な形になっていて、③よりも④、さらに④よりも⑤において一層、その度合が大きい。③はaのみ、④⑤はcのみと、挙げられる歌が三首でなく一首だけに絞られている点、まず目に付く。そして、そのことと連動して自動的に、歌を書き付けて奉納した幣の本数が三本であったという要素が消滅し、④⑤ではそもそも幣自体出て来ない。さらに、その④⑤においては、住吉明神も登場しない。また、③〜⑤どれにも、挙周の病気平癒が記されていない。

④は、藤原俊成（一一一四〜一二〇四）の⑥『古来風躰《てい》抄』（日本古典文学全集）巻下が、

　大江挙周重く病《わづら》ひて、限りに見えければ詠める　　赤染衛門

c代らんと思ふ命は惜しからでさても別れんことぞ悲しき

　この歌、いみじくありがたく、あはれに詠める歌なり。

と取り上げるし（左注は初撰本にはない）、あるいは、藤原範兼（一一〇七〜六五）撰の私撰集である⑦『後六々撰』（群書類従）には、「赤染八首」の中にcの歌「かはらんと祈る命はおし《(を)》からてさても別れん事そかなしき」が、詞書も左注も伴わず記されている。

さらに、種々説話集にも、以下の通り、赤染衛門住吉祈願説話が見られる。

⑧『今昔物語集』（新日本古典文学大系）巻二十四―51

挙周勢長シテ、文章《もんじやう》ノ道ニ止事無《やむごとな》カリケレバ、公ニ仕リテ、遂ニ和泉守《かみ》ニ成ニケリ。其国ニ下ケルニ、母ノ赤染ヲモ具シテ行タリケルニ、挙周不思懸《おもひかけず》身ニ病ヲ受テ、日来《ひごろ》煩ケルニ、重ク成ニ

ケレバ、母ノ赤染歎キ悲テ、思ヒ遣ル方無カリケレバ、住吉明神ニ御幣《みてぐら》ヲ令奉《たてまつらしめ》テ、挙周ガ病ヲ祈ケルニ、其ノ御幣ノ串ニ書付テ奉タリケル、

cカハラムトヲモフ命ハオ《(オ)》シカラデサテモワ《(ヲ)》カレンホドゾカナシキ

ト。其ノ夜遂ニ愈《いえ》ニケリ。

⑨『古本説話集』（新日本古典文学大系）巻上―5

和泉へ下る道にて、挙周、例ならず大事にて、限りになりたりければ、

c代はらむと思ふ命は惜しからでさても別れむほどぞ悲しき

a頼みては久しく成ぬ住吉のまつこのたびのしるし見せなむ

と書きて、住吉に参らせたりけるまゝに、挙周、心地さは〳〵と止みにけり。

⑩一巻本『宝物集』（続群書類従）

高近《(ママ)》和泉へマカリケルニ、母ノ赤染モクシテ侍ケルニ、高近不例《れいならぬ》ヌコトアリテ、忌セナムトシケレハ、母ノカナシミテ、スミヨシノ御社へ、ミテクラタテマツリケルニ、カキツケテ侍ケル。

cカワ《(ハ)》ラムトオモフイノチハヲシカラテサテモワカレムコトソカナシキ

⑪『十訓抄』（新編日本古典文学全集）第十―15

江挙周、和泉の任さりてのち、病重かりけり。住吉の御たたりある由を知りて、その母、赤染衛門、

cかはらむと祈る命は惜しからでさても別れむことぞかなしき

とよみて、みてぐらに書きて、かの社に奉りければ、その夜、夢に、白髪の老翁ありて、このみてぐらを取ると見て、病いえぬ。

⑫『古今著聞集』（日本古典文学大系）巻五―176

江挙周、和泉の任さりてのち、病をもかりけり。住よしの御たゝりのよしをきゝて、母赤染衛門、大隅守赤染時用女、或順女云々。

cかはらむといのる命はお《を》しからでさてもわかれんことぞかなしき

とよみて、みてぐらにかきて彼社にたてまつりたりければ、その夜夢に、白髪の老翁ありて、この幣をとるとみて病いへ《え》ぬ。

いずれの場合も、和歌説話が列挙される中に収載されており、歌徳説話としての性格を保持している。⑨以外は歌を一首のみ挙げる。⑧⑨⑩は、挙周が和泉国に赴任する際のこととする（実線部）点、和泉守の任期を終えた際のこととする①や②あるいは③⑪⑫と正反対である。また、それら⑧⑨⑩の場合、住吉明神への奉幣は、①②③⑪⑫のように、挙周の病気が住吉明神の祟りの結果であるとの情報に基づいている（各破線部）、というのでもないらしい。あるいは、①②⑪⑫に存する、幣を老翁が受け取るという要素（各二重傍線部）もない。なお、これら⑧⑨⑩のうちでは、和泉下向に際して母の赤染衛門を伴ったとするのが共通するなど、⑧と⑩がより近い。ただ、愛別離苦をテーマとする和歌説話として挙げられている⑩では、最終的に挙周の病が治るという展開では同テーマから外れることになり兼ねないからだろうか、その⑧とも違って挙周の病が治ったことを記さない。最後の

⑫は、元暦二年（一二三九）までに橘成季《なりすえ》著『古今著聞集』の中に『十訓抄』収載の⑪を後補抄入したものであることが知られており、[13]よって、両者ほぼ同文になっているが、それらは、歌が一首である点と、幣が三本というわけではない点以外は、①②に近く、中でも②に一層近い。

以上、建長五年（一二五四）の『古今著聞集』に至るまでの各種文献の記事をざっと通覧した。[14]繁簡様々であるうえ、一部の要素にはかなりの揺らぎも認められる。そんななかで、根本的な性格において大きな変化を見せた事例が出現するようになる。現在に伝わる『古今著聞集』には実は、先述通り同書成立以降に補入された右の⑫巻五―176以外にもう一話、赤染衛門住吉祈願説話が見られる。もとから同書に収載されていた次の⑬巻八―302で、それが、その事例である。

I式部大輔大江匡衡朝臣息、式部権大輔挙周朝臣、重病をうけて、たのみすくなく見えければ、母赤染右衛門住吉にまうでゝ、七日籠て、「このたびたすかりがたくは、すみやかにわが命にめしかふべし」と申て、七日にみちける日、御幣《みてぐら》のしでにかきつけ侍ける、

　　cかはらむといのる命は(を)おしからでさてもわかれんことぞかなしき

かくよみてたてまつりけるに、神感やありけん、挙周が病よく成にけり。

挙周が和泉守の任期を終えた際のことども、和泉国に下向する際のことども、いずれとも記載されないのは、極端に簡略化された④⑤あるいは⑦以外には認められないところである。しかし、今特に注目されるのは、そのことではなくて、波線部である。赤染衛門が住吉社に七日間参籠して、挙周の病気が治らないものならば、自らの命を代わりに召し取るよう祈願した、という。①～⑫のいずれに

も見られなかった内容である（ただ、⑧には「挙周ガ病ヲ祈ケルニ」とだけ記されてはいる）。この祈願をしたうえでcの歌を奉納した結果、願いが住吉明神に通じたのであろう、挙周の病気が治ったとする。赤染衛門は、自らの命と引き替えに、挙周の命を救った。赤染衛門住吉祈願説話が、歌徳説話としての性格を保持しつつ、さらに身代わり説話としての内容を備えるに至っているのである。

しかし、この身代わりの要素は、右の⑬において突然に備わったものなのではない。そもそも当初の①『赤染衛門集』の場合、⑬の波線部のような記述があって、赤染衛門が挙周の身代わりとなることを直接的に祈願するといった内容が盛られ、身代わり祈願の要素が明確に表面化している、というわけではない。けれども、赤染衛門が奉納した三首の歌a～cのうち、

かはらむといのる命は惜しからで別るとおもはん程ぞかなしき

というcの歌にはもともと、赤染衛門が身代わりを祈願するという内容が上句に含まれている。右の⑬の波線部は、このcの歌意に沿って盛られたものに違いない。身代わり祈願の要素は、赤染衛門住吉祈願説話の中に当初より既に潜在していたのである。

その潜在状態から先の⑬における顕在化に至る道程において、特に注意すべきは、右のcの歌の動向である。②『袋草紙』では、①と同じく歌が三首挙げられているが、①と違ってcabの順で、cが先頭に立っている。それ以外の③～⑬は、いずれも一首または二首だけ挙げていて、③がaのみ、⑨がcとaになっているほかは、全てcのみを挙げる。かなり早い段階からcの位置付けに変化が起こり、やがては、赤染衛門が挙周の病気平癒を祈った歌としては、ほとんど専らcのみが想起され

る、という状況になっていったようである。また、⑤と⑦では、赤染衛門の歌八首また六首が挙げられるなかでcの歌のみ採録されており、cが、赤染衛門の代表歌の一つと見なされてもいる。[15] 右の如きcの歌の動向は、身代わり祈願の要素の顕在化と密接に関わるものであろう。c歌が、病気平癒を祈った際の唯一の歌として絞り込まれ、その存在感を際立たせていくのに応じて、同歌の内包する身代わり祈願の要素もより強く意識されることとなり、ついには、それが歌の外側にまで溢れ出して顕在化することになった、というような道筋が想定されよう。[16]

なお、永万元年（一一六五）頃の藤原清輔の私撰集『続詞花和歌集』（新編国歌大観）は、四三九番歌「しで《死出》の山こゆ《越》べきかた《方》もおも《思》ほえずおや《親》にさきだつ《先立》みち《道》をしら《知》ねば」について、先引⑬の中で赤染衛門が「すみやかにわが命にめしかふべし」（波線部）と住吉明神に願ったのと同様に、「父母願をたてて、『わがいのち《命》にめしかへよ』と泰山府君に申」すと、病死した娘が生き返って詠んだ歌だと伝える。こうした話が先行してあったのならば、赤染衛門住吉祈願説話における右の如き身代わり祈願の要素の顕在化は、一層スムーズに行われたことだろう。

四　孝行恩愛説話への分岐

身代わり説話としての性格を開花させたとも言うべき⑬は、実は、先に掲げたIの部分だけで終わっているのではなく、さらに話が続いていて、従来のものには全くなかった展開を見せている。

Ⅱ母下向して、喜ながらこの様をかたるに、挙周いみじく歎て、「我いきたりとも、母を失ては何のいさみかあらん。かつは不孝の身なるべし」と思て、住吉に詣《まうで》て申けるは、「母われにかはりて命終べきならば、速《すみやか》にもとのごとくわが命をめして、母をたすけさせ給へ」と泣々祈ければ、神あはれみて御たすけやありけん、母子ともに事ゆへ《ゑ》なく侍けり。

⑬の後半、このⅡにおける主役は、赤染衛門ではなく病癒《い》えた挙周の方である。挙周は、母の赤染衛門から事情を聞いて大変嘆き、元の通り自分の命を取って、身代わりに立った母を助けてくれるよう、住吉明神に祈願する。前章に見た〔A15〕『京わらんべ』において、病気の治った智興が、証空が身代わりになったことを聞いて、病苦を元通りわが身に移し替えるよう不動に訴えたとするのと、同様の展開である。最後は、挙周の祈願が神に通じたのか、赤染衛門も挙周も無事であった、という。

Ⅰとは逆で今度は、子の方が母を救う話。Ⅰにおいて赤染衛門が挙周の身代わりになろうとしたのと同じように、Ⅱでは挙周が、自らの命と引き替えに赤染衛門を救おうと祈る（波線部）。Ⅰにおいて顕在化した身代わりの要素がさらに今一つ加わって、⑬全体として母子相互の二重の身代わり説話になっている（実際に身代わりになって死ぬわけではないが）。そして、そのことと対応しつつ、恩愛説話としての性格が際立ってきているように思われる。母が子を救うⅠの段階、あるいは先の①～⑫においても、歌徳説話としての性格が色濃いとは言え、一方では多かれ少なかれ、子に対する母の情愛を物語る恩愛説話としての側面を持っていよう。そのⅠのあとに右のⅡが続く⑬の場合は、母子が相互に身代わりになって助命を願うという、そうした母子間の双方向の恩愛の念が前後に響き合って、恩愛説話としての性格が大きく増幅し前面に出てきていると言えよう。前後を結ぶⅡの冒頭部では、自らは死ぬことになっても息子を救うことができた赤染衛門の歓喜と、自らは助かっても母を失うことになる挙周の悲嘆と、両者の恩愛の念が正反対の感情となって交錯する（傍点部）。

また、ⅠをⅡに至る前段と捉えて、Ⅱの方を中心に見るならば、⑬全体は、挙周の親孝行の話すなわち孝行説話として捉えられることにもなろう。実際、貞享二年（一六八五）刊行の孝子伝『本朝孝子伝』(17)巻上―13が、次の通り、末尾に「著聞集」と注記しつつ、この⑬を採録している。

式部権太輔《ノ》大江《ノ》挙周〈匡衡《ノ》子也〉、寝《テ》レ病《ニ》危篤《ナリ》。母赤染右衛門《ノ》、不レ勝二憂懼《ニ》一、詣《シテ》二住吉《ノ》廟《ニ》一、祷《ル》レ代《ランコトヲ》二其《ノ》死《ニ》一。有《リ》二倭歌一。挙周病已《イユ》。右衛門大《ニ》喜《テ》、以《テ》竢《まツ》二己《レカ》死《ヲ》一。挙周知《テ》レ之《ヲ》不レ楽《マ》、潜《カニ》往《テ》二住吉《ニ》一、入《テ》レ廟《ニ》泣《テ》曰《ク》、「嚮《さきニヤ》也我因《テ》二神徳《ニ》一、幸《ニ》獲《タリ》レ不《ルコトヲ》レ死《セ》。無《シ》レ可《キ》二以《テ》報賽《ス》一焉。然《トモ》与《ト》レ母易《ルコトハ》二死生《ヲ》一、我之所《ナリ》レ不《ル》レ忍《ヒ》也。切《ニ》冀《クハ》我病如《カ》レ初《ニシテ》、而母無《シテ》レ恙《ラント》」。懇祈累《テ》レ日《ヲ》、而後還《シテ》レ洛《ルニ》。然《トモ》其身《ノ》不二復《タ》病《マ》一、母亦《モ》得《タリ》レ寿《キヲ》。是《レ》神祉《さいハヒスルカ》二於挙周《カ》之孝《ニ》一乎。　著聞集

（〈　〉内は割注）

⑬の後半、Ⅱの中には歌が出てこない。挙周が歌を奉納するということなどなくて、その祈願が成就している。したがって、Ⅰ・Ⅱ合わせた全体として⑬を見る時、歌の比重は①～⑫と比べて相対的に低くなっていると言えよう。身代わり説話・恩愛説話・孝行説話としての性格が顕在化・増幅・発現する一方で、当初より濃厚であった歌徳説話的性格が後退しているのである。こうした傾向は、Ⅱの方に重点を置く右の『本朝孝子伝』所載話においてはさらに顕著であって、「有《リ》二倭歌一」とするだけで、もはや歌自体挙げられなくなっている。歌徳説話あるいは和歌説話としての性格をほとんど全

く捨て去って、完全に孝行説話と化している、そんな事例も、後世には出現したのである。

なお、右の『本朝孝子伝』だけでなく、元禄十年（一六九七）刊『本朝二十四孝』、寛政八年（一七九六）刊『和朝二十四孝略伝記』、弘化元年（一八四四）刊『倭《やまと》二十四孝』、弘化・嘉永頃刊『和漢二十四孝』、嘉永二年（一八四九）刊『和漢二十四孝図絵』、安政三年（一八五六）刊『皇朝二十四孝』、明治十年（一八七七）刊『本朝二十四孝』、明治十五年（一八八二）刊『本朝廿四孝子伝』と、以降の孝子伝も相次いで、⑬と同様の赤染衛門住吉祈願説話を掲載する。[18] 同説話は近世以降、孝子説話として完全に定着を見ているのである。

ここに見た⑬における質的変化は、部類説話集『古今著聞集』における赤染衛門住吉祈願説話の位置付けのあり方にそのまま反映してもいる。同書の現伝本は先述通り、⑬を収載するだけでなく、当初の①や②に近い従来通りの形の⑫を、元暦二年（一三三九）までに『十訓抄』から後補抄入していた。その⑫の方は「和歌」の部のうち歌徳説話が列挙される中に入れられたが、右の如き質的変化を起こした⑬の方は、「和歌」ではなくて「孝行恩愛」の部に収載されているのである。

そして、いずれにせよ住吉明神の霊験譚であることに変わりはないのだが、赤染衛門住吉祈願説話は後世には、従来通りの⑫と同様のもの＝基本型と、それが変化・展開した⑬と同様のもの＝展開型と、両様の形が伝承されていくことになる。『沙石集』巻五末－1、『類聚既験抄』第57条、『月刈藻集《つきのかるも》』上、『和歌威徳物語』、『和歌徳』112、『和歌奇妙談』、日本大学図書館蔵『古今集教端抄』[19]、『本朝列女伝』巻三、『本朝美人鑑』巻二、『住吉名所鑑』、『住吉名勝図会』巻五、『歌の大意』や、近世の百人一首注釈書『百人一首うひまなび』、『小倉百歌伝註』、『百人一首一夕話』など、多くの文献が前者を載せるが、一方、右引『本朝孝子伝』以下の先に挙げた種々孝子伝のほか『本朝語園』巻二、『和歌徳』1、『住吉松葉大記』、『本朝諸社霊験記』巻三、『摂津名所図会大成』巻七などは、後者を載せる。基本型から展開型が分岐・分流したのであって、⑫と⑬を「和歌」部と「孝行恩愛」部に各々載せることになった『古今著聞集』には、後世にまで亘る赤染衛門住吉祈願説話のそうした分岐・分流が、最も端的な形で反映されていることにもなる。

ところで、赤染衛門住吉祈願説話が、⑬について右に確認したように、Ⅰにおいて身代わりの要素を顕在化させるだけに止まらず、Ⅱを加えて従来には全くない新たな展開を見せることになったのには、それなりの必然性が存在したように思われる。母が子を病から救う話のⅠに続けて、今度は犠牲になろうとする母を子が救うⅡの話が加わるのは、ごく自然な流れでもあろうが（先述通り実際、〔A15〕『京わらんべ』も同様の展開になっていた）、ただそれだけではない、そうならざるを得ない事情があったとも言えるかもしれない。

赤染衛門が身代わりになることを祈るという要素が明確に盛り込まれるようになると、その祈願の結果挙周の病気が治ったのだから、それに対応して赤染衛門が死ぬことになるはずだと理解されてくるはずであろう。実際、⑬のⅡの中で挙周は、「母われにかはりて命終べきならば……」と祈っているし、先引『本朝孝子伝』では「右衛門大喜ニテ、以テ竢《ま》ツ二己レカ死ヲ一」と、赤染衛門自身が自らの死を覚悟してもいる。ところが、ここに問題が生じる。先述通り、この話は、挙周が和泉守の任を終えた治安三年（一〇二三）のことと考えられるが、赤染衛門は長寿で、実際は、その時点から少なくとも二十年近く、長久二年（一〇四一）までは生存している。[20] すなわち、赤染衛門が挙周の身代わりになって死ぬことが予測されるような筋書のままでは、史実との余りに大き過ぎる齟齬が生じることになるのである。そうならないためには、赤染衛門を是非とも生かしておく必要があった。そうした事情を抱えたなかで、この説話は、Ⅰで終わらずに、今度は挙周が赤染衛門を救う話のⅡへと展開していて、身代わりの要素の顕在化に伴って生じかけた史実との齟齬が、無事解消されているのである。

　ただし、『沙石集』巻五末―1やそれに拠ったらしい[21]『類聚既験抄』第57条、また『本朝列女伝』巻三所載話のように、基本型でありつつ⑬のⅠの如く身代わりの要素が顕在化した事例、すなわち、⑬のⅠと同じく身代わりの要素を明確に持ちながら、そのⅠに相当する内容のみで終わってⅡへと繫がらない場合もかなり見られるので、右のようなことがどれほど強く意識されていたかは疑問でもある。前節末に触れた『続詞花和歌集』所載話でも、娘が生き返ったあと、身代わりの願を立てていた父母がどうなったのかについては、そもそも無関心であるらしい。なお、逆に、⑬のⅠのように身代わりの要素が顕在化するということがないままに、Ⅱに相当する内容へと展開している事例は、後世の『摂津名所図会大成』巻七所載話しか見出せておらず、展開型にあっては、Ⅰの身代わりの要素の顕在化をほぼ必然のものとして伴っているようである。

五　前泣不動説話との交錯

平安時代末期ごろ以降、一般に泣不動説話と称される説話が多くの諸書に見られ、広く知られるようになったこと、前章に述べた通りである。三井寺僧・智興が重病に陥った際、誰かに病気を移し替えるしか方法がないという安倍晴明の言葉を承けて、弟子の証空が身代わりになることを申し出る。晴明が病気を移すと、智興は平癒、代わって証空が病を受けるが、今度はその守り本尊である不動明王の絵像が、涙を流しつつ証空の身代わりとなって、証空も助かる。師弟間の身代わりと、人とその信仰対象物との間の身代わりと、それら両者を含んだ、二重の身代わり説話であった。

これも前章の第四節に触れた通り、この泣不動説話の前段階のものと言うべき説話が、『今昔物語集』巻十九―24「師ニ代リテ太山府君ノ祭ノ都状ニ入ル僧ノ語」に見える。

> 今昔《いまは》、□ト云フ人有ケリ。□ノ僧也。……[a]身ニ重キ病ヲ受テ、悩ミ煩ケルニ、……安倍ノ晴明ト云フ陰陽師有ケリ。……晴明来テ云ク、[b]「此ノ病ヲ占フニ、極テ重クシテ、譬《たと》ヒ太山府君《たいさんぶくん》ニ祈請《きしやう》スト云トモ、難叶《かなひがた》カリナム。但シ、此ノ病者ノ御代《かはり》ニ一人ノ僧ヲ出シ給へ。然《さら》バ、其ノ人ノ名ヲ祭ノ都状《とじやう》ニ注《しる》シテ、申代《まうしか》へ試ミム。不然《さらず》ハ更ニ力不及《およば》ヌ事也」ト。……年来其ノ事トモ無クシテ相ヒ副《そへ》ル弟子有リ。……此ノ事ヲ聞テ云ク、[c]「己レ年既ニ半バニ過ヌ。……『同ク死タラム事ヲ、今師ニ替テ死ナム』ト思フ也。速ニ己ヲ彼ノ祭ノ都状ニ注セ」ト。……[e]晴明此レヲ聞テ、[d]祭ノ都状ニ其ノ僧ノ名ヲ注シテ丁寧ニ此レヲ祭ル。……既ニ祭畢《はて》テ後、師ノ病頗《すこぶ》ル減気

有テ、祭ノ験有ニ似タリ。然レバ代《かはり》ノ僧必ズ死《しなむ》トスレバ、……師ハ既ニ病瘉《いえ》ヌレバ、「僧今日ナド死ナムズルニヤ」ト思ヒ合タル程ニ、朝ニ晴明来テ云ク、「師、今ハ恐レ不可給《たまふべから》ズ。亦、[g]『代ラム』ト云シ僧モ不可恐《おそるべから》ズ。共ニ命ヲ存スル事ヲ得タリ」ト云テ返《かへり》ヌ。……此ヲ思フニ、[f]僧ノ師ニ代ラムト為《す》ルヲ、冥道《みやうだう》モ哀《あはれ》ビ給テ、[g]共ニ命ヲ存シヌル也ケリ。

冒頭部の欠文二箇所には、「智興」と「三井寺（あるいは園城寺）」がはいるべきものと見られている。師の僧、恐らくは三井寺の智興が重病に陥った際（傍線部a）、誰かに病気を移し替えるしか方法がないと言う安倍晴明の言葉（傍線部b）を承け、弟子の僧、恐らくは証空が身代わりになることを申し出て（傍線部c）、晴明が太山府君を祭り病気を移し替えると（傍線部d）、師の僧の重病が平癒し代わって弟子が病を受ける（傍線部e）、というところまでは、泣不動説話と基本的に同じである。さらに、最終的に身代わりになった弟子も助かることになる（傍線部g）のもまた、泣不動説話と等しい。しかし、弟子までもが助かることになる、その経緯が異なる。泣不動説話のように不動明王が涙を流して弟子の身代わりになるということはなく、そもそも不動明王自体が登場しない。師僧の身代わりになろうとしたのを、「冥道」すなわち太山府君[22]が哀れに思った（傍線部f）結果、弟子も助かったのだとする。この『今昔物語集』所載話では、太山府君を祭って病気を移し替えたことが明記されている（傍線部bd）から、晴明の要請を受けて太山府君が、弟子に病気を移し替え、その太山府君が今度は、哀れに思って師だけでなく弟子も救った、ということのようである。

右のような話が前段階としてまずあって、その最後の結末に至る経緯が、不動明王が涙を流しつつ弟子の身代わりになるという内容と入れ換わるような形で、二重の身代わりの要素を持った不動明王の霊験譚・泣不動説話が誕生し、以降、前章に確認した通り同説話の方が、爆発的に普及することになった、と見られる。そういうわけで、泣不動説話に対して、右『今昔物語集』巻十九-24を、〝前泣不動説話〟と称しておこうと思う。

右の『今昔物語集』所載の前泣不動説話が他の文献に採録された事例は知られないけれど、同説話と同様のもので、弟子を「貧家翁」に、師僧をその翁の「男子」すなわち息子に置き換えたような話が、正嘉元年（一二五七）の『私聚百因縁集』巻九-25に見られることは知られている。(23)

一條院《テウノノ》御時、大和国《ヤマトノ》葛城上郡《カツラキノカミノコホリ》、貧家翁《ヒンカヲウト》云《フ》者《ノ》在《リ》。家貧《イヘマトシウシテ》有二諸事障《ニサワリ》耳《ノミ》一。但有《シ》二一男《ナン》一。[a]其男子《ノ》、齢《ヨワイ》未《タ》レ及《ハ》レ半《ナカハニ》将《マサニ》《ス》二病死《ビヤウシセント》一。……晴明此事《ニノ》歎《ヲナケキ》合《スルニ》、晴明申ケルハ、[b]「汝子《ナンチカコ》、誠《マコトノ》定業也。命延事《ノヘン》、纔《ワツカニ》今七日《ニハ》不レ可レ過《スグ》。令《メ》二後世事《ノ》恐《ヲレ》念仏《セ》一ヨ」ト教訓《ケウクン》スルニ、貧家翁、晴明大庭《カニハニ》崩臥《ヒレフシテ》泣悲《ナキミテ》……晴明《セイメイ》、[b]「汝《カ》悲《シム》処《ロ》、実《トニ》哀ナリ。サラハ人身《ヲ》代立《カハリニタテヨ》。祭替《マツリカヘント》」云々。翁云《ノク》、[c]「庵《イホリノ》内我《ニレ》ナラテハ亦人ナシ。残《ノコリ》居悲《イテカナシ》マンヨリモ、我身《カ》祭替《ニマツリカハ》ラン。但《シ》可レ替命《ル》更《ハ》不《ニネ》レ惜《ヲシカラ》トモ、其ヨリモ別《ヘツシテソ》悲カリケル。[c]乍レ爾《ナカラサリ》勾《マケテ》レ理《リヲ》祭替《ヘ》給《ヘト》」云。……晴明《セイメイカ》[d]祭替ラレケレハ、[e]子息《シ》病患《ハヒヤウゲン》タスカリヌ。父翁《ノ》苦痛受《ハクツウヲウケ》取《ル》。……サテ今一《ハ》向《ニ》後世ヲナケキ、昼夜《チウヤ》念仏ヲソ事トシケル。…… 暁天《アカツキノソラニ》父翁《ノヲキナノ》夢得《ニエタリ》二聖告《ノツケヲ》一。紫雲《シウン》空聳《ニタナヒキ》、金色《ノ》光明柴庵《シハノイホリヲ》カコミツ、、阿弥陀如来、観音《クワンヲン》、勢至《セイシ》、無数《ムスウノ》化《ケ》仏、菩薩、百重千重《エ》圍遶《ニイネウシ》マシマス。雲中《ノ》音《チニコヘ》アテ告《テ》云《ク》、[f]「子念《ヲ》親《フヲヤノ》慈悲、衆生憐愍《ヲレンミンニ》思召仏《スノ》御哀《アハレミニ》少《シモ》不レ替《カハラ》事也。況《イハンヤ》親子同心同

音《ニ》念仏勇猛《ユウマウ》也。因《ヨツテ》レ茲《コレニ》聖衆汝等《ナンヂラヲ》擁護《ヲウゴ》スル処也。帝釈《タイシヤク》・炎魔《エンマ》王仰《ニヲホセテ》定業《ノ》命延《ヲノヘテ》引《ク》レ是《コヽニ》。則《チ》称名念仏《ノ》
現生護《コ》念転寿延年利《ノ》生也《ト》」云云。息男《ソクナンノ》除《ソケリ》レ病《ヒ》、父翁命《ノハヽ》延《リヌ》。

貧家翁の息子が病死の危機に瀕した（傍線部a）際に、やはり安倍晴明が登場し、前世からの定まった報い「定業《じょうごう》」であって、あと七日の命だが、身代わりに立つ者がいれば祭り替えよう（傍線部b）と言う。それに応じて、貧家翁が自ら身代わりになることを申し出る（傍線部c）。それで、晴明が祭り替えると（傍線部d）、翁が苦痛を受け取って、息子は病から救われた（傍線部e）。後世を嘆いて二人ともに昼夜念仏していたところ、翁の夢に阿弥陀如来や諸菩薩が現れて、子を思う親の慈悲を哀れに思うとともに親子の念仏の勇猛さに感じて、帝釈天・閻魔王を通じ定業の命を延ばしてやることになった（傍線部f）、と告げた。それで、息子のみならず身代わりになった翁も助かった（傍線部g）。そんな内容である。先の前泣不動説話が師弟間の身代わりであるのに対して父子間の身代わりであるが、瀕死の病に陥った者の関係者が身代わりに立つ点や、その関係者に晴明が病を移すともとの病者が回復する点、仏神が哀れむなどして身代わりに立った者も救われる点など、基本的な骨格が悉く前泣不動説話と共通している。前泣不動説話の話型をほぼそのままに適用したものであって、右の話は、前泣不動型説話とも言うべきものになっていよう。

さらに、永仁五年（一二九七）以降であることは確かだが成立年未詳の『古今和歌集』注釈書、『大江広貞注』[24]が記す、古今集仮名序の一節「目に見えぬ鬼神をもあはれと思はせ」についての注釈の中に、こんな記事が見える。

[a]中納言大伴家持《やかもち》卿妻いたうわつらひ《（煩）》給ひて、いまはとなりにけるを、陰陽士見せたりければ、[b]「定業かきりあり。いかにするともしるし《（験）》あらし。たゝし、この病人をねんころにおもふ人おはせは、祭替《まつりかへ》たてまつらん」といへり。こゝに、いとけなき女す《（進）》ゝみいて《（出）》ゝいはく、[c]「我母のいき《（生）》なんにをきては、われにまつりかへ給へ。これ、さらにいつはり《（偽）》をいは《（言）》す。我母いきなんにをきては、命をすて《（捨）》んにおしから《（惜）》し」と、まめやかにかたら《（語）》ふも《を》、この陰陽士もいとあはれにおほえて、「さほとにおほされんをはいかゝはせん。まつりかへ《（祭替）》たてまつるにこそあらめ」とて、[d]棚を三重にゆひ《（結）》て、そのうへに娘を置、中にはもろ〳〵《（諸々）》のみてくらをさゝけ、したには色〳〵の供物そなへて、祭文よみ神呪ヲ誦シ印むすひなんとしければ、[e]病、後《彼》娘にうつりて、母はくるしみやみにけり。娘、くるしき心ちをねん《（念）》して、かくよみける。

※かはらんとおもふ命はおしから《（惜）》てさてもわかれ《（別）》んことそかなし《（悲）》き

この哥よみもはて、かしら《（頭）》をすこしもたけたるに、赤色の鬼の、しろきたう《（胴）》さ《ま》きしたる、出現して、黄涙をなかして語之、[f]「汝、孝養の心さしを見すといへとも、定業かきりあるによりて、炎王のみかとへい《（率）》てゆく所に、今此哥をよめるによりて、今度は出《いて》ゆかすなりぬる。七十まては、母も汝もことなる《（異）》ことあるへからす。汝また、孝養の心さしふかきゆへに、帝王の后宮たるへし」といひて、かきけつ《（消）》やうにうせ《（失）》にき。こゝに、[g]母も娘もともに病いへにけり。……いつれにても、鬼の、哥にめてたる証哥、これなり。

大伴家持（七一七?～七八五）の妻が重病となり（傍線部a）、「晴明」という名は出ないが陰陽師が、病気を誰かに祭り替えるしかない（傍線部b）と診断する。その時、娘が身代わりになることを申し出る（傍線部c）。そこで、陰陽師が祭り替えて（傍線部d）、結果、母すなわち家持の妻は病気が治るが、娘は病気に陥り（傍線部e）、そして、※「かはらんと」の歌を詠んだ。すると、赤鬼が現れて、その歌によって娘も救われることになったこと（傍線部f）を告げるとともに、娘が将来、天皇の后となるだろうと予言する。結果、母も娘も助かった（傍線部g）。以上のような内容である。なお、末尾の中略部分には、赤鬼の言葉通り、娘が聖武天皇（七〇一～七五六）の皇后・孝謙天皇（七一八～七七〇）の母、すなわち光明皇后（七〇一～七六〇）になったことなどが記される。[25] 右の話も、先の貧家翁の話と同じく前泣不動型説話と言うべきものであること、明らかだろう。

右の家持娘説話は、東山御文庫蔵『古今集注』や写本系『女郎花《おみなえし》物語』下（古典文庫）にも見えることが知られている。[26] 後者では、右の『大江広貞注』と違って、前泣不動説話と同じく「たいさんぶく」（太山府君）を祭って病を移し替えたとする。また、それら以外に今川了俊『落書露顕《らくしょろけん》』（一三二六～一四一四？）（日本歌学大系）も、「愚老が心にしみて存ずる歌」の一つとして家持の娘が詠んだ※「かはらむと」歌を挙げて、「此の歌は、親の命にかはらむと祈りけるに、親のいきかへり侍りしによめるなり。さてもわかれむといふ一言の、ありがたく覚え侍る哉」と記している。

さらに、家持娘説話は謡曲『家持』（謡曲叢書）に仕立てられてもいる。[27] 同謡曲では、『万葉集』撰集のために家持が参内していて留守の間に、娘が秦安国《はたのやすくに》に「母御の御違例をみづからが命にてんじかへ給へ」「おこと左様に辞し申さば、みづから自害に及び候べし」と迫って、「今一時の御命も頼み難」い状態になっていた母の病を自らに移させる。家持が帰宅した時には、母は平癒し、娘が危篤状態に陥っていた。ところが、家持の悲しみのなか、次のようなことがあって娘も助かる。

> 眼は月日をならべ、角は火木《くわぼく》を戴きのべたるよそほひ、牛頭馬頭《ごづめづ》二匹、火車をめぐらし病者をひつ立て乗せんとせしが、今迄は〳〵音せぬ姫のさもよわ〳〵と女の歌の、母が命にかはらんと、
>
> ※かはらんと思ふ此身は惜しからでさても別れむ事ぞ悲しき
>
> いきの下にて詠ずれば、〳〵、牛頭馬頭はつく〴〵とたち聞いて、いかれる眼に感涙をながし、曳いたる火車をば押しもどし、持つたる鉄杖をかつぱと投げすて、感ずるけしき、げに〳〵歌には目に見えぬ鬼神も納受たれたるなり。

娘を連れて行こうとやって来た獄卒の牛頭《ごず》・馬頭《めず》が、娘の詠んだ※「かはらんと」歌を聞いて、感涙を流しながら帰って行ったのである。その涙の場面「いかれる眼に感涙をながし」（破線部）は、前章に見た〔B5〕『不動利益縁起』の「忿怒の御眼より涙をなかし」（実線部）と同趣である。

このように、前泣不動型の家持娘説話は、恐らくは古今集仮名序に対する種々注釈類を介して、かなり広く知られ普及していったようである(28)。

前章に見た通り、泣不動説話は、平安時代末期ごろ以降、様々な文献に次々と採録されて周知のものとなっていった。一方、同説話の前段階の形を示すらしい『今昔物語集』巻十九-24＝前泣不動説話は、それ自体が他の文献に採録された事例など知られないけれども、その話型は後世に継承されて、管見の限り貧家翁説話と家持娘説話という二つの前泣不動型説話が、中世には誕生していた。そ

のうち後者の家持娘説話は、かなり普及してもいった。泣不動説話ほどに強大なものではないが、前泣不動説話から発した前泣不動型説話も、一つの系列をなして伝承されていたのである。

さて、右の如き系列の中にありながら、家持娘説話には、前泣不動説話や貧家翁説話にはない要素が、後半部に見られる。例えば、第三節末に触れた『続詞花和歌集』所載話と、一部本文が異なるものの同じ歌を含む話で、『古今著聞集』巻五の中で、先掲⑫の赤染衛門住吉祈願説話の直前に置かれた話、次に掲げる第一七五話「小式部内侍歌に依りて病癒ゆる事」が、その後半部と類似する[29]。

同式部がむすめ小式部内侍、この世ならずわづらひけり。限になりて、人のかほなども見しらぬ程に成てふしたりければ、和泉式部かたはらにそひゐて、ひたいをおさへて泣けるに、目をはつかに見あげて、母が顔をつく〴〵とみて、いきのしたに、

いかにせむ行べきかたもおもほえず親にさきだつみちをしらねば

と、よはりはてたるこゑにていひければ、天井のうへにあくびさしてやあらんとおぼゆるこゑにて、「あらあはれ」といひてけり。さて身のあたゝかさもさめて、よろしくなりてけり。

瀕死の状態の小式部内侍（?〜一〇二五）が、母の和泉式部の見守るなか、「いかにせむ」歌を詠むと、その歌に感嘆する声が天井から聞こえて、快方に向かった、という有名な話である。家持娘説話では、身代わりになった家持の娘が歌を詠む展開になっていて、この小式部内侍説話と同様の歌徳説話としての要素が、色濃く後半に盛り込まれているのである。だからこそ、歌が「鬼神をもあはれと思はせ」ると説く古今集仮名序の注釈の中に、例証話として掲げられることにもなる。

そして、注意されるのは、家持の娘の詠んだ歌が、※「かはらんと」歌であることである。早く指摘される通り(30)、同歌はまさに、前節までに展開のあとを辿ってきた赤染衛門住吉祈願説話の中で赤染衛門が詠んだ歌a～cのうち、単独で挙げられることも多く、先述通り同説話が身代わり説話としての性格を顕在化させるうえで大きな役割を演じたと見られる、cの歌である。赤染衛門住吉祈願説話からc歌だけが抜け出して、家持娘説話の中に、家持の娘の歌として入り込んでいるのである。

また、こちらは従来注意されていないようだが、先引『私聚百因縁集』所載貧家翁説話にもc歌が隠れている。同説話は歌徳説話になっていないし、どこにも歌は出てこない。しかし、右の家持の娘と同じ役回りを演じていて、息子の身代わりになろうとした翁の言葉の中に、「可レ替《ル》命《ハ》更《ニ》不《ネ》レ惜《ヲシカラ》トモ、其ヨリモ別《ヘツシテソ》悲カリケル」（波線部）と見えることに注意される。それは、赤染衛門の詠んだc歌「かはらむといのる命は惜しからで別るとおもはん程ぞかなしき」（先引①）と、内容上も表現上も極めて近い。c歌に拠った言葉に違いあるまい。とすれば、家持娘説話だけでなく、それと貧家翁説話と、二例確認できた前泣不動型説話が二例とも、c歌を取り込んでいることになる。

先の④『詞花和歌集』の注釈書である広島大学蔵『詞花和歌集注(31)』には、

大江挙周の朝臣、おもく煩ひてかきりに見え侍けれは、よめる。　赤染衛門

かハらむと祈る命はおしからでさても別れん事そかなしき

この歌をよみたれハ、病者のまくらのもとの屏風をふみたおしていかんていふ、「我は焔魔

王の使也。此歌を焔魔王かんして今度の命は助る」とて、家の天井けやふりて出にけり。
是、歌にはおにかみも納受してあはれと思ふとは、これ也。

と見える。④『詞花和歌集』が載せる赤染衛門のc歌を掲げ、詞書には『詞花和歌集』そのままに赤染衛門住吉祈願説話の内容を載せながら、歌の左には、家持娘説話の後半部にあった内容を記載している。恐らくは、右の通り赤染衛門住吉祈願説話の中のc歌が家持娘説話に取り込まれているところから生じた、混乱であり錯誤であろう。

では、赤染衛門のc歌が前泣不動型説話の中にはいり込んだのは、なぜなのだろうか。「代わりに私の命をおとり下さいと祈る、その自分の命は惜しくはなくて、……」というc歌の歌意が、これから息子・母の身代わりになろうとする貧家翁・家持娘にまさにぴたりと当てはまる内容であったので、それら登場人物の発した言葉・歌として取り込まれた、ということであるに違いない。また、c歌をそのまま取り入れて歌徳説話としての性格を獲得した家持娘説話については、ただ歌意だけの問題ではないように思われる。c歌は、先引①『赤染衛門集』以来、和歌の神である住吉明神が感応した歌として伝承されており、それだけ威徳ある歌と認識されていたに相違あるまい。それで、それを聞いて赤鬼や牛頭・馬頭が感涙を流し、娘を連れていくのを止めることになる（先引『家持』）、そういう歌として、c歌が選定されたのでもあろう。あの住吉明神が感応したほどの歌ならば、赤鬼や牛頭・馬頭の如きを「あはれと思はせ」（先引古今集仮名序）るくらいは容易くできるに違いない、と考えられたことだろう。

さらには、こうしたｃ歌自体のこと以外、ｃ歌を含んだ話全体のあり方にも注意する必要が感じられる。二例の前泣不動型説話が二例ともｃ歌を取り込んでいて、そのうち貧家翁説話の場合にはｃ歌を歌としてそのまま取り込んでいるのではないというところから見ると、単にｃ歌のみに関わる問題として、この現象を片付けてしまい難いように思われるからである。ｃ歌の享受という観点からだけではなくて、それを共に含む、赤染衛門住吉祈願説話と前泣不動型説話との関係性という方向からも見ておくべきだろう。

赤染衛門住吉祈願説話のうち、今、特に問題にしたいのは、基本型ではなくて後発の展開型の方である。それでは、まず赤染衛門が息子・挙周の身代わりとなり、次には、回復した挙周が母・赤染衛門の身代わりになろうとする。二重の身代わり説話であり、母子間の相互の恩愛の念を描いた恩愛説話でもあること、先述の通りである。そうした二重の身代わりの要素を含んだ恩愛説話という点では、泣不動説話と共通するところがあろう。同説話も、前章に見た通り、証空が師・智興の身代わりとなり、さらには不動がその証空の身代わりになるという二重の身代わり説話であり、弟子が師を深く思い遣る恩愛の話になってもいる。さらには、証空が老いた母と別離するという、母子間の恩愛が関わる内容を含む場合も少なくなかったし、実際、〔Ｂ２〕『発心集』では、恩愛説話を列挙するなかに泣不動説話を置いてもいる。

また、展開型の赤染衛門住吉祈願説話の後半部、例えば先の⑬のⅡの部分は、『今昔物語集』所載前泣不動説話と相似する。前者の場合、息子の挙周が「命終べき」母の身代わりになることを住吉明神に祈ると、同明神が「あはれみて」助けた結果なのか母子共に無事だったとするが、後者でも、先述通り、太山府君を祭ることによって弟子が瀕死の重病の師の身代わりになるものの、やはりその太山府君が「哀ビ給テ」、師弟共に助かることになる。無論、後者と違って前者では晴明やそれに相当する人物が一切登場しないなど、両者の違いも多く挙げられるが、身代わりになった、あるいはなろうとした人物が、仏神の哀れみを受けて、身代わりの相手共々救われるという、基本的な構造が共通する。

このように、赤染衛門住吉祈願説話の展開型は、泣不動説話そして前泣不動説話と共通・相似する要素や構造を持っているのであって、それが基本型から派生してくると、それと泣不動説話や前泣不動説話とが人々の中で重ね合わせられ、さらには部分的に入りまじってくるということがあったのではないか。前泣不動説話を基盤に生起してきた二例の前泣不動型説話に赤染衛門住吉祈願説話の中のc歌がはいり込んでいるのは、そうした話型どうしの重合・交錯の結果としても捉えられないかと思うのである。ただし、そんな捉え方は、貧家翁説話などの前泣不動型説話が生起してくるのよりも早く、赤染衛門住吉祈願説話の展開型が派生してきていた場合に成り立つことなのだが、両者の先後関係は見極め難い。

なお、いずれにせよ、右に見たように共通・相似する要素や構造が認められるのであれば、遡って、そもそも赤染衛門住吉祈願説話における基本型から展開型への派生自体に、泣不動説話や前泣不動説話の影響した面があったことも、可能性としては考えておいてよいのかもしれない。

六　「命にかはる」

先引『今昔物語集』所載前泣不動説話と、前節に見てきた二つの前泣不動型説話においては、身代わりになって死ぬはずだった人物までもが助かることになる理由が、それぞれに異なっている。

前泣不動説話では、先にも述べたように、「僧ノ師ニ代ラムト為《す》ルヲ、冥道《みやうだう》モ哀《あはれ》ビ給テ、共ニ命ヲ存シヌル也ケリ」（傍線部ｆｇ）とあって、師僧の身代わりになろうとしたのを、「冥道」すなわち太山府君が哀れに思った結果、弟子の方も助かったのだ、と捉えられている。弟子の健気で殊勝な志が、太山府君を動かしたのである。その前泣不動説話から展開したらしい泣不動説話でも、第一章に見た通り、やはり同様の弟子の志に動かされて、不動が弟子のさらに身代わりになっていた。

それに対して、先引『私聚百因縁集』所載貧家翁説話では、これも先に触れたように、「子《ヲ》念《フ》親《ヲヤノ》慈悲、衆生《ヲ》憐愍《レンミンニ》思召《ス》仏《ノ》御哀《アハレミニ》少《シモ》不レ替《カハラ》事也。況《イハンヤ》親子同心同音《ニ》念仏勇猛《ユウマウ》也。因レ茲《ヨツテコレニ》聖衆汝等《ナンヂラヲ》擁護《ヲウゴ》スル処也」（傍線部ｆ）という翁への夢告が記されるから、身代わりになってまで子を救おうとする翁すなわち父親の慈悲と、父子の念仏の勇猛ぶりが、聖衆を動かしたのである。本話は、そうして息子も父も共に助かることになったと記したあとに続けて、「忽《ニ》父子同《シク》出家《シテ》一向《ニ》念仏三昧《ヲ》勤《ゴン》行《ス》。……横河《ヨカハノ》都率谷桂足坊《トソツタニ、ケイソクハウ》ニシテ、七日以前《ニ》知《リテ》二死《シ》期《ゴヲ》一目《メ》出《デ》タク往生シヌ。……其《ノ》後、子息《シソクノ》入道《ニフダウ》、……同《シ》処ニシテ遂《トケリ》二往生極楽《ノ》本意《ヲ》一」と、父子の出家と極楽往生を伝えている。すなわち、前泣不動型の説話が最終的に極楽往生の話へと繋がっているのであって、そのことと対応して、身代わりになった人物の志だけでなく、それとともに念仏が、聖衆を動かしているのである。

東山御文庫蔵『古今集注』所載家持娘説話の場合、家持の娘が「かはらんと」歌を詠んだ時に、やって来た赤鬼・青鬼が「今般の御命、定業必死にておはしませども、只今の御詠歌、又は親孝行やさしくわたらせたまへば、先々今度の御命をばたすけ申」と語っており、身代わりになった娘の歌と親孝行ぶりとによって、「定業必死」の娘が救われたものと捉えられている。先述通り、前泣不動型説話の中に歌徳説話としての性格を色濃く盛り込んだ本話においては、歌が、先の貧家翁説話における念仏に相当しているのである。同じ家持娘説話でも、先引『大江広貞注』所載話では、赤鬼が「汝、孝養の心さしを見すといへとも、定業かきりあるによりて、炎王のみかとへいて《（率）》ゆく所に、今此哥をよめるによりて、今度は出《いて》ゆかすなりぬる」と語っているのだから、母の身代わりになったという「孝養の心さし」では助からなかったのであって、専ら歌が、死ぬはずの娘を救ったのだと理解されている。歌徳説話としての性格に一層対応した形の理解ということになろう。「此哥におに神も心をやはらげ、……いのちをたすくる、と天にこゑありて」と記す写本系『女郎花物語』所載話や、先引謡曲『家持』でも、同様である。

このように、身代わりになって死ぬはずだった人物までもが救われた要因を、『今昔物語集』所載前泣不動説話では、あるいは泣不動説話においても、その人物の健気で殊勝なる志に求めるのに対して、貧家翁説話と家持娘説話の二つの前泣不動型説話の場合は、往生極楽説話と歌徳説話というそれぞれの性格に応じて、そうした志の上に念仏または和歌を加えて、さらには専ら和歌のみによって、理解しているのである。それら二つの前泣不動型説話では念仏または和歌が大きな位置を占めていることになるが、逆に見れば、それらと違って身代わりになった人物の殊勝な志のみに要因を求める前泣不動説話や泣不動説話の存在は、そうした志というものが、念仏や和歌といった特別な行動や技能にも匹敵する重みを持ち得るものであると、捉えられてもいたことを窺わせるだろう。

ところで、泣不動説話でも前泣不動説話・前泣不動型説話でも同じだが、それらに含まれる身代わりは、自らの命を捨てて他者の命を救うという、言わば究極の身代わりである。『日葡《にっぽ》辞書』[32]は、「身代わりに立つ」に対して、「他人の代わりに死ぬ、危難を被る、囚われの身となる、など」と説明するが、ここに列挙されたうち、「危難を被る」や「囚われの身となる」という身代わりに比して、「死ぬ」という身代わりは、一層重い最上級の身代わりであること、誰しもが認めるところであろう。

例えば、前章に引用した『発心集』所載泣不動説話においては、証空が「師の恩の深き事を思ふによりて、今すでに彼の命にかはりなんとす」と話し、同じく仮名本『曽我物語』所載泣不動説話においても、不動が「一人の親をふりすて、命にかはる心ざし、報じてもあまり有」と語るし、同じく『義経記』も「それ師の命に代りしは、ないこうちせうの弟子証空阿闍梨」と記す。また、東山御文庫蔵『古今集注』所載家持娘説話では、娘が「みづからこそ母の御命にかはらん」と名乗りを上げる。『史記抄』（抄物資料集成）巻二・周本紀第四の用例「我レ武王ノ身カワリニ立テ死ナウトテ……我レ命ニカワラウト祷ラレタソ」によっても明らかなように、「命ニカワ」るとは「身ガワリニ立テ死」ぬことであって、右の諸話に描かれる、「命にかはる」究極の身代わりは、ただ「身代わり」と

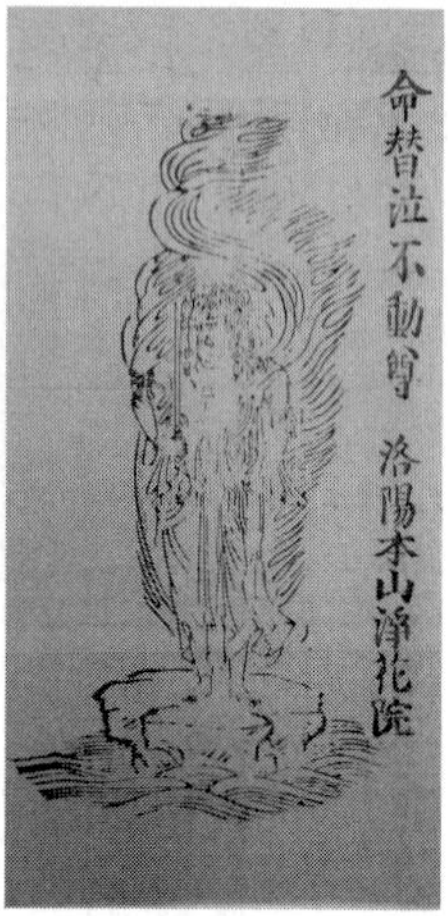

図4　清浄華院発行泣不動像御影
（国立歴史民俗博物館蔵　幕末明治頃、17.3×8.7cm）

いうよりもさらに特定して「命代わり」とも言っていいものであろう。

第一章に述べたように『泣不動縁起絵巻』を所蔵し、泣不動絵像を今に伝える清浄華院では、「命替不動尊」と印字した泣不動像の御影を販売しているし、前章に取り上げた〔B8〕『泣不動明王略縁起』に付属する幕末明治頃版行の同様の泣不動御影にも「命替泣不動尊」とある（図4）。また、〔B8〕の縁起自体にも「命替《いのちがわ》りの不動とも云」と見える。これらの「命替（り）」も、右のような意味の「命代わり」に違いない。『泣不動縁起絵巻』では、『不動利益縁起』などと同様、証空の身代わりになった不動が重病を受けて、閻魔庁へと引き立てられていくという内容を伴っている。単に身代わりになったというような生やさしいものではなくて、身代わりになって死んだ、すなわち「命代わり」になった、それほど有難い不動明王であるのだと強調するために、「身替（泣）不動尊」などとせず「命替（泣）不動尊」としたのだろう。

そんな「命代わり」は、無論、普通の人間にはとても容易にできることではない。『今昔物語集』所載前泣不動説話が、師僧の代わりになる僧を一人出すよう晴明が言った時の弟子たちの様子を、「弟子共モ此レヲ聞テ、『我レ師ニ代テ忽ニ命ヲ棄《すて》ム』ト思フ者一人モ無シ。……『代ラム』ト思フ心ノ露無カラムモ理《こと》ハリナレバ、互ニ貟《かほ》ヲ守テ、云フ事モ無クシテ、居並《ゐなみ》タルニ」と描き、写本系『女郎花物語』所載家持娘説話が、代わりになる女人を募って買い取ろうとした時のことを、「人おほしと申せども、『身かはりにた丶ん』といふ人はなし」と伝える通りである。また、『祇園牛頭《ごず》天王御縁起』(33)でも、三日にうちに牛頭《ごず》天王に殺されるだろうと博士に占われた古端《こたん》将来が「祭リ替」をしてくれるよう願ったのに対して、博士が「何トシテ我身ヲ人ノ身ニ替候ヘキ。七珍万宝モホシカラス」と言って拒絶している。「祭リ替」とは、例えば先引『私聚百因縁集』所載貧家翁説話において、晴明が「サラハ人身ヲ代立《カハリニタテヨ》。祭替《マツリカヘン》」と言ったのと同じものである。

このように、「命代わり」は決して容易なことではなく、通常ではとてもできることではない。そんな「命代わり」を、師や子、母のためにしようとする、そうしたまれに見る殊勝な志であるからこそ、念仏や和歌にも匹敵する重みを持ち、神仏を動かすのに違いない。

さて、赤染衛門住吉祈願説話が、第二節に見たように歌徳説話として出発した際には、主に赤染衛門の詠んだ歌自身が住吉明神を動かし、その霊験を引き出したのだと理解できようし、そう理解されていたことだろう。しかし、第三節に見た通り同説話が身代わりの要素を顕在化させてくると、その身代わりも右の「命代わり」に違いなく、歌そのものと同等に、あるいはそれ以上に、命代わりになっても息子を救おうとする母の心情に、神が感応したものと捉えられていったのではないかと推測される。そして、第四節に取り上げた、恩愛説話としての性格を濃厚に帯びる展開型において、さらに挙周が命代わりの祈願をして母子ともに助かることになるのは、挙周は歌を詠んでいないので、全く歌の力は関与するはずはなく、母を思う息子の懸命な志、一途な孝行恩愛の念が、神を動かしたからに違いあるまい。

右の通り確認するに、赤染衛門住吉祈願説話における、歌徳説話としての出発→身代わりの要素の顕在化→恩愛説話としての展開型の派生という、先に見た流れにあっては、住吉明神の霊験を引き出したものが、歌そのものから命代わりになろうとする人物の志へと、順次移行していることに気付かれる。そのことから逆に、こう捉えかえすこともできようか。「かはらむといのる命は惜しからで」と詠む赤染衛門のc歌の中に、和歌や念仏の力にも匹敵し、稀有な行動として尊ばれた「命代わり」を見出した人々が、住吉明神を動かし霊験を引き出したものを、歌そのものでなくて、その「命代わり」の志に求めようとしたことが、身代わりの要素の顕在化を引き起こし、さらには展開型が派生することに繋がったのだ、と。

右のような赤染衛門住吉祈願説話のあり方は、先述通り、「命代わり」の志が太山府君の霊験を引き出す『今昔物語集』所載前泣不動説話の話型を継承しつつ、そこに念仏や歌の力を加えて、あるいは専ら歌の力を前面に押し出した形で、身代わりになった人物が助かる要因を捉える、貧家翁説話と家持娘説話という二つの前泣不動型説話が展開してきたのとは、ちょうど逆の方向性を示していることになる。赤染衛門住吉祈願説話のc歌が前泣不動型説話にはいり込んでいるのは、話型どうしの重合・交錯の結果でもあるのではと前節末に述べたが、赤染衛門住吉祈願説話における歌の力を前泣不動（型）説話へ、前泣不動説話における「命代わり」の志を赤染衛門住吉祈願説話へと、あたかも交換し合ったかのように見えるのも、右の重合・交錯と一連の現象のようにも思われて、興味深い。

なお、赤染衛門と挙周の互いを思っての「命代わり」に特に胸打たれるというわけでもなく、住吉明神の除病の霊験のあらたかさを大いに有難がるというのでもなく、極めて冷めた目で、赤染衛門住吉祈願説話を見ていたらしい説話集があったことに、最後に触れておきたい。それは十三世紀後半の『撰集抄』(34)で、その巻六―2に、

　哀《あはれ》はかなき世中かな。誰か一人としても、此世にとゞまりはてゝやむはある。王母一万の寿算、夢のごとし。

　　かはらんとおもふ命はお《を》しからでさてもわかれん事ぞかなしき

　とよみて、住吉の明神に祈《いのり》し母もとまらず、いのられし子も百の命をや過《すぎ》し。

とある。人の命の儚《はかな》さを言うのに、中国の神仙である「王母」すなわち西王母の事例と共に、赤染衛門住吉祈願説話を引いている。身代わりになることを祈った母はもちろん、一旦は身代わりになってもらって生き延びることのできた子も、高々百年の命を保つことさえできなかったではないか、と説くのである。実際、赤染衛門は、身代わりの一件以後二十年ほどで八十年といくらかの生涯を終えているし、挙周も、母・赤染衛門のおかげで重病から脱して二十年余り、永承元年（一〇四六）に没している(35)。序でに言えば、やはり住吉明神に除病され命救われたと、本章冒頭に掲げた『一乗拾玉抄』や『體源鈔』が伝える、後鳥羽院と安倍晴明もまた、「百の命」に達することなく、それぞれ五十九歳と八十四歳で死去している(36)。

確かに、人が延命する話はかえって、その命がそれでも結局は、やがて間違いなく尽きることを思う時、人の命の儚さあるいは空しさを、我々に一層鋭く突き付けるものとなるに違いない。

第三章　女の髪と地蔵――進化する霊験の証し

一　鬘掛地蔵の二種類の持ち物

西国三十三所観音巡礼の第十七番札所である六波羅蜜寺（京都市東山区）は、十一面観音立像を本尊としているが、例えば、『今昔物語集』（新日本古典文学大系）巻十七―28に「其ノ女人、聊《イササカ》ニ善心有テ、月ノ二十四日ニ六波羅密ノ地蔵講ニ参テ、聴聞シケルニ」、正和四年（一三一五）「六波羅密寺住侶等言上状[1]」に「当寺者、延喜第三王子空也上人御草創之伽藍、観音地蔵利生之道場也」とあるように、一方で古来、地蔵信仰の盛んな寺院であった[2]。平家の本拠地であった六波羅に所在する同寺はまた、重文の平清盛坐像や清盛塚があることでも知られ、その清盛の関わる六波羅蜜寺地蔵の霊験譚が、鎌倉後期の無住『聖財《しょうざい》集』巻上に見られたりもする（『地蔵菩薩霊験記』巻八―7にも同話）。清盛の命によって処刑されることになった貞守《さだもり》が、「年来」「月詣《ヲ》仕候」という「六波羅《ノ》地蔵」に、後世を祈るべく参詣すると、地蔵が老僧の姿となって清盛の夢中に現れ、「貞守首《カ》切ラハ、入道カ首《ヲ》ツメ殺《ス》ヘシ」と迫った、という話[3]。

ところで、最近に新装なった、本堂裏の宝物館には、右に触れた平清盛坐像や有名な空也上人立像と並んで、立像と坐像の二体の、いずれも重要文化財に指定された地蔵菩薩像が安置されている。そのうち立像の方は像高百五十センチ余り、伏目がちの温雅なやさしさをもつ表情、調和のとれた整ったプロポーション、誇張のない柔軟で自然な肉身の表現、浅く線状的でリズミカルに刻まれた衣文の表現などに、女性的で優美な平安後期彫刻の特色を見せている。このことは、本像を定朝の作としても大過ないように思わせるし、また、かりに定朝の作でないとしても、平安後期の名匠の手になることは疑う余地はない。と評されるような名作で、[4]甚だ特徴的なことには、腰付近に据えた左手に髪の毛の束を握り、その先をだらりと膝近くまで垂らしている（図5）。通称〝**鬘掛**《かづらがけ》の地蔵〟。六波羅蜜寺で今も「地蔵菩薩護符」として頒布されている文化十年（一八一三）板行の御影[5]（図6）も、本像のそうした特徴的な姿形を画く。

さて、この地蔵立像にまつわる霊験譚が、元禄十五年（一七〇二）『山州名跡志』（新修京都叢書巻三「普陀洛山六波羅密寺」条に次の通り見える。

此《ノ》像ヲ**髢挂**《カツラカケ》ノ地蔵ト号ス。其来由《ノライユ》ハ、昔京師《シ》ニスム商人《アキンド》、或《ル》時妻《ツマ》幷ニ女《ムスメ》ヲ残《ノコ》シテ他国ニ行ヌ。然《フ》シテ不《ル》レ帰コト久シ。跡《アト》ニオイテ其《ノ》妻《ツマ》病《ヤン》デ死《シ》ス。女子其遺骸《ユイガイ》ヲ葬送《サウソウ》スルニ便《タヨリ》ナフシテ、且《タヾ》涕泣《テイキフ》シテ守《マモル》レ之《ヲ》。其《ノ》夜ニ及《ン》デ、僧来テ女子ガ愁傷《シウシヤウ》ヲ慰《ナグサ》メ、且《ツ》又亡母《バウモ》ヲシテ沐浴《モクヨク》シ、葬儀《サウギ》ヲ営《イトナン》デ自遺骸《ユイカイ》ヲ負《オフ》テ野径《ヤケイ》ニ葬セリ。女子感悦《カンエツ》ニ堪《タヘ》ズ、「僧ハ何処《イヅク》ニ住《スミ》玉フニヤ」ト問《トヘ》ハ、「愛宕里《ヲタギノ》也」トイヒ捨《ステ》テ帰レリ。其《ノ》後女子彼《ノ》所ニ往《ユキ》テ是ヲ問ニ、凡《ヲヨソ》知人《シルヒト》ナシ。然《フ》ジテ後日ヲ不《ズ》レ経《ヘ》シテ、父帰《カヘリ》ヌ。女《ムスメ》上来《ジヤウライ》ノ旨ヲ告《ツゲ》ル。又翌日《ヨクジツ》ニ及《ン》デ、父トトモニ彼《ノ》所ニイタル。則チ此《ノ》堂ニ詣《マウデ》テ地蔵菩薩ヲ拝スルニ、菩薩ノ左ノ御手《ミテ》ニ髢《カツラ》ヲ挂《カケ》玉ヘリ。女《ムスメ》怪《アヤシン》デ是ヲ見レバ、母ノ所持《シヨヂ》セシ髢ニシテ、則チ葬送ノ時棺中《クハンチウ》ニ入シモノ也。於《テ》レ是《ニ》彼《ノ》僧ハ即《チ》此《ノ》尊《ソン》ノ応化《ヲウケ》シ玉フ処ナリト知《シツ》テ、感涙《カンルイ》深敬《シンキヤウ》ス。髢今猶《ナヲ》御手《ミテ》ニアル也。

図５　鬘掛地蔵像
（六波羅蜜寺蔵）

図６　鬘掛地蔵護符
（六波羅蜜寺販売、17.7×9.2 cm 文化10年版行御影）

商人の父が他国へと出かけたあと、母が亡くなり娘が悲嘆に暮れていると、やって来た僧が葬儀を営み遺骸を葬ってくれた。のちに娘が訪ねてみても僧はおらず、帰って来た父と共に翌日また行って六波羅蜜寺の地蔵を拝すると、母が所持していて棺中に入れたはずの「髢《かつら》」を左手に掛けていた（波線部）。それで、僧がこの地蔵の化身であったのだとわかった（点線部）。そんな内容である。本話によれば、今も**鬘掛**地蔵が手にしている髪は、この母の鬘だということになる。『都名所図会』（新修京都叢書）巻二も、後出『宝物集』所載話を挙げたうえで、「御手に老母の鬘《かづら》を持《もち》て居玉へば、かづらかけの地蔵とも号しける」と記す。

また、『六波羅堂鬘掛地蔵和讃』(6)には、右の霊験譚が次のように記されている。

帰命頂礼ろく波羅の　かづらかけし地蔵尊　凡そ由来を尋ぬるに　六波羅堂の辺《ほと》りにて
貧しき三人くらし居《を》り　雨露凌《しの》ぐばかりにて　見るに見兼ねて父上は　何処《いづこ》ともなく生《いき》別れ
これを母は悲しみて　持病《ちびやう》の癪《しやく》が取つめて　十四の娘を残し置き　冥土の旅路に赴《おもむ》かる
母の死骸に取縋《とりすが》り　誰にたよる人もなし　六波羅堂の地蔵そん　旅の姿と変化《へんげ》して
…………　此場《このば》の難儀《なんぎ》を救《すくは》んと　袈裟を外《はづ》して旅僧は　母の屍体《なきがら》おしつゝみ
背《せ》に負《おひ》つゝ杖をつき　娘をともに引つれて　鳥辺山《とりべやま》にと至りけり　枯葉集めて焼き給ひ
夜《よ》の明《あけ》る迄お経《きやう》あげ　娘は骨をひろひとり　是こそ母の遺物《かたみ》なり　僧への施物《せぶつ》なき故に
乱れし黒髪かき上《あげ》て　心も厭はず切《きり》はらひ　母の菩提と差出《さしだ》せば　御《おん》僧手に取り沁々《しみじみ》と
…………　千万両の金よりも　なほ勝《まさ》りたる布施也と　喜び勇んで受け給ひ
掻消《かきけ》す如《ごと》くに去り給ふ　あとには娘たゞ一人　母の白骨《はつこつ》手に持ちて　六波羅堂へと参詣する
本尊脇立《わきだ》ち地蔵尊　左の御《おん》手に鬘《かづら》かけ　見るより娘驚きて　此《この》黒髪は鳥辺《とりべ》やま
旅僧に渡した我《われ》が髪　寺の和尚《おしよう》に尋ぬれば　残らず聞取る上人《しやうにん》は　正《まさ》しくむすめ母親の
かたみに残す我かづら　地蔵が旅僧に変化《へんげ》して　お救《すくひ》なされる有難や　今に御利益《ごりやく》あらたなり

父がいなくて娘一人、母の遺骸を前に途方に暮れていると、六波羅蜜寺の地蔵が僧と化して母の遺骸を葬ってくれ、のちに六波羅蜜寺に参詣した娘が、地蔵の手に髪を発見する、という基本的な内容は、先引『山州名跡志』と共通している。しかし一方で、最初に父が出て行ったままで帰ってこないとか、鳥部山で母の遺骸を火葬する場面が出てくるとか、先の『山州名跡志』所載話などと異なる点が様々見受けられる。それら相違点の中で特に、地蔵の手にする髪の違いに注目したい。右の和讃では、母の遺骸を葬ってくれた僧に娘が、貧しいために自らの黒髪を切って布施代わりに渡し（実線部）、その髪を地蔵が手に掛けていた（波線部）、と伝える。すなわち、地蔵が手にする髪を、先引『山州名跡志』のように棺に入れた母の鬘というのでなくて、布施代わりの娘の髪とするのである。

六波羅蜜寺所蔵『地蔵菩薩縁起絵巻』断簡の裏書にも(7)

有二洛東貧女一。其母命終、悲歎無レ涯。行脚僧到而背負、孝養葬給。為二其御布施一、娘自切レ髪奉レ之、随喜給。問云、「御僧者何在乎」。「住二於六波羅堂之内一」、言了去。伴女参二詣地蔵尊一、在三御手持二件髪一。感喜敬礼、発心而為レ尼。終遂二往生一云々。故以称二女人成仏導引鬘掛地蔵尊一。

と見える。文化十三年（一八一六）に六波羅蜜寺五十四世の憲寿によって記されたもの。簡略な内容になっていて父は全く登場せず、また、最終的に娘の発心・往生を伝え（破線部）、女人成仏という点にかなりの重点を置く（二重傍線部）。が、母の遺体を葬ってくれた僧に娘が布施として髪を切って渡し（実線部）、それを地蔵が持っていた（波線部）というのは、先の和讃と同じである。

さらに、弘化二年（一八四五）刊『西国三十三所観音霊場記図会』(8)巻三にも、「かづら掛の地蔵」の霊験譚がより詳細に記載されているが、やはり同様にして、地蔵が娘の髪を手に持つに至っている。ただし、同書所載話では髪の持ち方が違っていて、「御手に持《もた》せ玉へるしゃく杖《でう》に、生々《なま〳〵》しき黒《くろ》髪《かみ》かゝり有しが」とする。だが、そのように錫杖に髪を掛けていたと伝える事例は、管見の限り他に見出せないし、先に触れたように、同書刊行の数十年前の文化十年（一八一三）に板行された地蔵の御影も、現在の地蔵像の姿と同じく髪の束を左手に握っているのであって、『西国三十三所観音霊場記図会』の頃に像が実際に、錫杖に掛けるという形の髪の持ち方をしていたとは考え難い。実際の像の姿とは無関係に、伝承上あるいは叙述上、地蔵に付き物の錫杖に掛けるという持ち方が考案されたものと思われる。それは、右の文化十年の御影が画き、現状もそうなっている、髪の束を手に握るという持ち方よりも一層、「**鬘掛**地蔵」という呼称にふさわしい持ち方が求められた、その結果なのかもしれない。確かに、左手に握るという実際の持ち方と呼称「**鬘掛**地蔵」との間には、少々ずれが感じられる。もしかすると、先引『山州名跡志』が「**髢挂**ノ地蔵」「左ノ御手ニ髢ヲ挂玉ヘリ」と記した頃には、長い髪の束を、まさに文字通りに左手に引っ掛けていたのが、御影の板行された文化十年以前のある時点から髪の束の端を左手に握るようになったのであって、『西国三十三所観音霊場記図会』の所伝は案外、より古い時代の持ち方を伝えている面があるのかもしれない。

　こうした持ち方の問題はともかくとして、**鬘掛**地蔵の霊験譚においては、以上の通り、地蔵の持ち物を、棺中に入れていた母の鬘とするものと、布施として僧に渡した娘の髪とするものと、二様の伝承が行われているのである。

二　娘の髪から母の鬘へ

前節に見たのは、いずれもおよそ十八世紀以降の文献に記された事例なのだが、それ以前にも同様の霊験譚のあったことが知られている。

寛文元年（一六六一）刊『本朝女鑑』[9]巻十一「女式《ぢよしき》上」の「夫《おつと》につかふる式」のうちに見られる話は、その一つで、「六はら《波羅》の**かづらまき**《鬘巻》のぢざう《地蔵》の事をきく《聞》には、あはれにもたうと《尊》くもおぼゆ」と書き出される。冒頭部に「むらかみてんわう《村上天皇》の御とき《時》にや」と記すのは、六波羅蜜寺あるいはその前身の西光寺を空也が創建した時期が、天暦五年（九五一）、応和三年（九六三）、応和年中（九六一〜九六四）などと伝えられているが、いずれにせよ村上天皇の時代であって、[10]そのことを意識した時代設定だろうか。そのあと、先引『山州名跡志』所載話のように「商人」でなくて「あをざふらひ《青侍》」である夫が家を出るまでの事情が詳述され、全記述量の三分の二ほどを占めている。その間に描かれる、貧しいなか献身的に夫を支える妻の姿に、「夫《おつと》につかふる式」の例話として本話を掲載する『本朝女鑑』としては、特に目を向けているに違いない。夫が家を出たあとの話は、こう記される。

かくて月日へて、つま《妻》、こゝち《心地》わづらひて身まかりぬ。むすめ《娘》は、はゝ《母》のむなしきかしら《頭》をひざ《膝》のうへ《上》にかきのせ、……なき《泣》けれども、かひなし。日くれ《暮》になりてらうそう《老僧》一人き《来》たり、むすめ《娘》をなぐさ《慰》めて、はゝ《母》のかばね《屍》をうしろ《後》にかきをひ《負》、とりべの《鳥辺野》にてうづ《埋》み玉ふ。むすめ《娘》、御ふせ《布施》とてまいら《参》すべき物なしとて、かみ《髪》をき《切》りてたてまつ《奉》る。らうそう《老僧》、なみだ《涙》をなが《流》しうけと《受取》

り、「わがてら《(寺)》は六はら《(波羅)》なり。たづ《(尋)》ねてこ《(来)》よ」とてかへ《(帰)》り玉ふ。むすめ《(娘)》六はら《(波羅)》にゆき《(行)》てみ《(見)》れども、らうそう《(老僧)》もおはせず、地ざう《(蔵)》の御手にかみ《(髪)》のきり《(切)》たるをまき《(巻)》てたち《(立)》玉ふ。御あし《(足)》はさながらつち《(土)》によご《(汚)》れてあり。らうそう《(老僧)》は地ざう《(蔵)》にておはしけると、うたが《(疑)》ひはれ《(晴)》て、あま《(尼)》になりぬ。いま《(今)》の**かづらまき**《(鬘巻)》の地ざう《(蔵)》、これなり。

「つま」すなわち娘にとっては母が死んで、途方に暮れている娘の前に、六波羅蜜寺の地蔵の化身である老僧が現れ遺骸を葬ってくれるという、前節に見た諸例と同様の展開を辿る。布施として髪を切って差し出した（実線部）のを、老僧が涙ながらに受け取り訪れてくるよう言うので、娘が六波羅蜜寺に行ってみたところ、その老僧はおらず、地蔵の手に自らの髪を発見して（波線部）、老僧が実は地蔵の化身であったとわかり、尼になった、という。地蔵が手にするのは、布施として切って僧に渡した娘の髪である。なお、元禄十年（一六九七）刊『延命地蔵菩薩経直談《じきだん》鈔』[11]巻十一-10の後半にもほぼ同文が記載されており、その末尾に「六波羅密寺縁起并本朝女鑑ニ見ユ」と注記されている。

また、いわゆる御伽草子作品の一つ『六波羅地蔵物語』も、『本朝女鑑』所載話と同様の物語を展開する。唯一知られる伝本の慶應義塾図書館蔵本は「寛文頃以降の写しであろう」[12]とされる絵巻二軸だが、『実隆公記』（続群書類従完成会刊翻刻）大永六年（一五二六）八月二十四日条に「六波羅地蔵縁起一巻今日終書功、則令校合之」と見えたりするから、作品自体の成立は室町期に遡るかと考えられているものである。[13]以下、他の諸問題にもいくらか触れながら、地蔵が手にするのを誰の髪と捉えているか、確認することとしたい。

『六波羅地蔵物語』は『本朝女鑑』所載話の十倍ほどの分量があって、同話と同様の内容がより詳細に叙述されると共に、同話にはない要素や展開もあれこれ見られる。『本朝女鑑』所載話と同じく、村上天皇の時代という設定で、やはり「あをさふらひ」である夫が家を出ることになるのだが、同話とは比重が逆転、夫の出家以降の方に、それ以前の四、五倍に及ぶ記述量を宛てている。また、同話にはない、あとに残った母娘が六波羅地蔵に参詣する場面を二箇所、上巻は含んでおり、母の死から始まる下巻の方は、僧と化して母の遺骸を葬るのを始めとして、同地蔵の霊験に満ちている。

上巻の中で『本朝女鑑』所載話と違って目立つのは、母娘の六波羅蜜寺参詣を伝えること以外では、出家後の夫の行動を巻末に描いていることである。夫は、家を出てからまず高野山で剃髪したあと諸国修行に赴き、最終的には、「みやこのそらもなつかしく、……三井てらのおくに柴のいほりを引むすひ、とまらぬこゝろをすましつゝ、念仏申てゐたりけり」と、第一章にて取り上げた泣不動説話の舞台でもある三井寺の辺りに止住する。三井寺については右以外何も記されないが、高野山や諸国修行中に訪れた立山に関してはかなり詳細に叙述されている。そのうち高野山の方は、次の通り。

かの山の風情、みるに心もすみわたり、きよき御池《みいけ》のれんけ谷、きとくをあらはす三鈷《さんこ》の松、みのりのもとをしらするは、かの南天の大たうをこゝにうつしておかむことも、すつる身ならてはと、いま一しほにありかたきふかき心のおくの院、かたしけなくも大師入定《にうぢやう》のみきりなり。つくりならへし堂たうに瑜伽振鈴《ゆがしんれい》のこゑすみて、霧にましはる香《かう》のけふり、ほのかに雲とたちのほる。かれを見、これを聞につけて、こゝろすますといふことなし。

類型的なものでもあろうが、高野山に対する賛美をも籠めた記事が綴られている。もしかするとそれは、六波羅蜜寺の当時の状況を反映したものであるのかもしれない。先にも一部引用した正和四年（一三一五）「六波羅密寺住侶等言上状」に「当寺者為㆓山門末寺㆒」、貞治二年（一三六三）「沙門勧実六波羅蜜寺修営勧進状」に「誠是天台円宗之別院、衆生利益之霊場也」と見えるように、同寺は南北朝ごろまでは天台宗山門派に属していたが、少なくとも文禄四年（一五九五）の時点には智積《ちしゃく》院末の真言宗に転じていたことが、知られている。[14]『六波羅地蔵物語』成立時にすでに真言宗になっていたとすれば、そのことが、右の如き高野山の描かれ方に反映している面があるだろうか。

下巻においては、地蔵の化した老僧が、先の『六波羅堂鬘掛地蔵和讃』と同様に、母の遺骸を背負って娘も連れて行き「鳥部野」にて葬ってくれる。娘が僧の居所を尋ねると、僧は、地蔵菩薩の慈悲などについて説いたうえで「母がぼだいをとはん、そのためには六はらのちぞうほさつにまいるへし。それかしのてらもそのあたりなり」と告げ、それを聞いた娘が涙ながらに「御そうのかみそりをいたゝき」剃髪することを願うが、僧はそれを思い止まらせる。そのあと娘は、

あまりのかたしけなさに、なにをか御ふせに奉らんとおもへとも、まつしき身のいまなれは、これをせめての心さしにとて、わか黒髪をねもとよりはさみきりて、御僧にたてまつれは、

と、自らの黒髪を切って僧への布施とする。僧は感激の涙を流して黒髪を受け取り、立ち去った。その三日後、娘は六波羅に行くが僧はいない。そして、

むすめ、ふしきに思ひ、まつ六はらにまいりてちさうをおかみたてまつるに、わか御そうにたて

まつりし黒髪は、それなから地さうの御手にかゝりたり。不思議におもひ、立よりてよく〳〵見れは、御《み》あしにはつちのつきて、御手《みて》にはくろかみのかづらをまきておはします。

と、地蔵が手に自らの黒髪を巻いているのを発見する。また、こう記されている。

かのちさうほさつ、きく姫のあたへられし黒髪を御手にまとひおはします故にこそ、かつらまきのちさうとはいまになづけたてまつれ。

やはり、地蔵が手に持つのは、母の鬘でなく、布施としての娘「きく姫」の髪である。

『六波羅地蔵物語』の場合、話はさらに続く。『山州名跡志』所載話と同じく、家を出た夫、娘にとっては父が帰ってくる。しかし、同話と違って、帰ってくるのは娘が地蔵の手に自らの髪を見出したあとであり、妻は死に娘一人が涙に沈んでいるから早く帰るようにという、六波羅地蔵の夢告を受けてのことだった。そして、再会した父娘が母の墓に参った帰途、近江の国司と行き会い、誘われるままに娘はその妻となる。それもまた、この娘を妻にするようにという、国司に対する地蔵の夢告があってのことだった。娘はその後、国司の北の方として末永く栄えたという。

父は出家・剃髪し、母は、「めでたくほとけのさとりにいたりぬ」（地蔵の父への夢告）ということになるものの、娘の方は、『本朝女鑑』所載話が「あまになりぬ」、前節所引『地蔵菩薩縁起絵巻』断簡裏書が「発心而為レ尼。終遂二往生一云々」（破線部）とするのと対照的に、先述通り地蔵が剃髪を思い止まらせたうえ、右のように地蔵の計らいによって富裕や繁栄を得る。極めて現世利益的であって、『六波羅地蔵物語』の描く地蔵は必ずしも、先引『地蔵菩薩縁起絵巻』断簡裏書の言うような

「女人成仏導引」（二重傍線部）の地蔵というわけではなかった。『六波羅地蔵物語』は、最後に六波羅地蔵の別の霊験譚を一つ載せるが、それも、ある侍が地蔵堂に逃げ込んできた時、地蔵が眉間より光を放って追いかけてきた兵たちから侍を守ったという、やはり現世利益の話である。

さらに、神奈川県立金沢文庫所蔵の説草『□□□《(六カ)》地蔵菩薩事　□田寺縁起地蔵』[15] の前半にも同様の話が見られる。本書によって、その種の話が随分早く、鎌倉期には成立していたことがわかる。

六波羅密寺《ノ》地蔵《ニ》一《ノ》不思議《ノ》利生有《リ》。東六条《ノ》渡《リニ》一人《ノ》貧女有《リキ》。a幼《ケル》時、父世《ヲ》早《ス》。只一人有此女子《ヲ》養育《ス》。母漸齢《ヒ》傾《ヌ》□□□次第《ニ》成□《シ》、又孝養《ノ》志《シ》□□□恩《ノ》思他《ニ》□□□父《ノ》事□□□共仏《ヲ》施《テ》経《ニ》訪《ヒ》彼菩提、現□□□仕《ヘテハ》、野辺《ノ》蕨《ヲ》摘、沢《ノ》セリ□尋《テ》、朝夕《ノ》喰《ヲ》進《ム》。カ、ルニ付《モ》、三従《ノ》□形《ヲ》□事《ヲ》歎《キ》、五障《ノ》雲身《ヲ》隠《ス》障《ヲ》厭。何況《ヤ》家貧《シテ》無財、我又独身《ニシテ》助□無人。志雖咎《ヘ》肝胆《ヲ》、力不能水□□《ニ》。亦、母一人《ヲ》養事《タニモ》心《ニ》不叶間、常《ハ》□(泣)々六ハラノ地蔵堂《ニ》詣《テ》現当《ノ》願《ヲ》祈申《ス》。年月《ヲ》送《ト》云《トモ》未其《ノ》験《シヲ》不得。然間、此老母早《ク》病《ニ》沉《テ》□□終死《テ》冥路《ニ》付《ヌ》。貧女□□□□限、婉転《シテ》不安如臥爐炭《ニ》、迷惑《シテ》失□□入雲霧《ニ》。独身《トシテ》夫《モ》無《シ》、貧《シテ》所従不候。女ノ□□□□□ナサハ野《ノ》末《ニ》b送《テ》煙□□□□空骨《ヲ》□独《リ》是《ヲ》悲《ム》。同□□《ヲ》受《ル》中《ニモ》、カ、ル単孤無□身□□□母孝養《ヲ》セヌ事《コソ》悲《シケレ》□□ハラ寺《ニ》□泣々地蔵菩薩《ヲ》念《シテ》恨《ミ》奉《ル》様、「日来功《ヲ》運《テ》歩《ヲ》□(至)《ニ》、□□□《リモ》cナトカ来《テ》訪《ヒ》給サルヘキ。菩薩《ノ》悲願既《ニ》侍《ニ》甲斐無《リケリ》」トモタヘコカレテ悲《ケリ》。而《ニ》其《ノ》日《モ》暮《ケレハ》、夜隠《ニ》臨《テ》一人僧来《テ》、「何事《ヲ》歎《ソ》」ト問《ハレケレハ》、有ノマ、ニ答《ルニ》、「我汝《ニハ》代《テ》母《ノ》孝養《ヲ》可営《ム》」云《フ》。自棺□荷《テ》鳥部山《ノ》麓《ニ》晩《ノ》煙《ト》焼挙《ケツ》。貧女思《ケルハ》、「別《レ》去《ヌ》□《ハ》サル事《ニテ》、此僧《ノ》来御《テ》我《ヲ》助《ケ》給事コソカタシケナキ慈悲ト覚」ト、「自何来給。是誰人ナラ□」ト問ニ、我ヲ知ラム□思ハ、汝ヲ具シテ行キ□棲ヲ□□□六ハラ寺ニ□又門ヲ□入テ□□□レヌ。御堂ニ詣テ地蔵菩薩ノ□□ヲ□□御足ニ土付テ□□レタ□。慈悲ノ眦リ□□クミ、忍辱ノ頸モウナタレタリ。貧女ヲ始トシテ此ヲ見ル人、涙ヲ不流云事無□□心ヲ運テ渇仰スル事無限一。母葬ノ後、女人□、「僧ノ御為ニハ無御要一、我貧シテ無財、女人第一財也」トテ、カツラ一カケ与□、地□切ナリトテ受。六ハラ地蔵菩薩□□□拝見奉ルニ、御足ニツチツキ、□手ニカツラヲ持給ヘリ。

欠損箇所が少なくなく、充分には理解し難い面もある。しかし、父が早くに死ぬ点（点線部a）や前半部に娘の「孝養」ぶりが特に描かれている点[16]、母の死後に娘が六波羅蜜寺の地蔵に恨み言を言ったりする点（点線部b）など、ここまで見てきた事例にはない要素を含んだりしつつも、六波羅蜜寺の地蔵が僧となって現れ、母の遺骸を運んで鳥部山にて葬ってくれた（点線部c）、という展開などが確かに、『本朝女鑑』所載話や『六波羅地蔵物語』と類同していることは、確認できよう。そして、末尾部に、「女人第一財也」と言って娘が僧に「カツラ一カケ」を与え（実線部）、それを地蔵が手に持っていた（波線部）、と記す。地蔵が手にしているのは、やはり娘の髪であるらしい。

以上、本節では、六波羅蜜寺の地蔵が鬘を手にする話を、十七世紀以前に遡って三例見てきた。『本朝女鑑』（『延命地蔵菩薩経直談鈔』）『六波羅地蔵物語』『□□□地蔵菩薩事　□田寺縁起地蔵』のいずれの収載話においても、地蔵が手にするのは、前節に見た二種のうち、娘が僧に与えた髪であって、母の鬘ではない。母の鬘とした事例は、十七世紀以前には管見の限り見当たらない。恐らくは娘の髪を手にするのが本来の形として先行していて、のちに母の鬘を持つ形が異説として派生してきたのだろう。

三　鬘巻の地蔵から鬘掛の地蔵へ

前々節の末尾部において、地蔵の髪の持ち方についても少々臆測を加えておいたが、前節に見た事例には、前々節に見た事例とはまた異なった髪の持ち方が見られる。

前節に挙げたうち『□□□地蔵菩薩事　□田寺縁起地蔵』の場合は、どのような形で髪を持っていたのか窺えないが、先引通り、『本朝女鑑』では「地ざう《（蔵）》の御手にかみ《（髪）》のきり《（切）》たるをまき《（巻）》てたち《（立）》玉ふ」、『六波羅地蔵物語』では「御手《みて》にはくろかみのかづらをまきておはします」「きく姫のあたへられし黒髪を御手にまとひおはします」と（両書先引箇所波線部）、手に髪を巻いているようである。呼称も、その持ち方に対応して、「**かづらまき**のぢざう」「**かづらまき**の地ざう」「**かつらまき**のちさう」（同二重傍線部）すなわち**鬘巻**地蔵となっている。また、『本朝女鑑』挿絵も、確かに左手に髪を巻いた姿で地蔵を画いている（図7）。それに対して、前々節に見た文化十年（一八一三）板行の御影や現在宝物館に安置されている地蔵像は、膝近くまで髪先を垂らしてもう一方の端を左手に握っているし、前々節所引諸話ではいずれも、「**髢挂**ノ地蔵」（『山州名跡志』）「女人成仏導引**鬘掛**地蔵尊」（『地蔵菩薩縁起絵巻』断簡裏書）「**かづら掛**の地蔵」（『西国三十三所観音霊場記図会』）というように（各先引箇所二重傍線部)、あるいは『六波羅堂**鬘掛**地蔵和讃』と、**鬘掛**地蔵と称されていた。恐らく、もとは髪を手に巻いた**鬘巻**地蔵であったのが、後世、髪を手に持って長く垂らす**鬘掛**地蔵へと変化したのだろう。前々節末に述べた通り、その**鬘掛**地蔵の段階にはまた、長い髪をまさに手に掛けた形から一方の端を手に握った形への変遷があったかもしれない。そして推測するに、それらは、霊験譚に描かれる髪の持ち方だけが話の上で変化したということではなくて、実際の地蔵像の姿形も同様に変化したものであろう[17]。

では、そうした**鬘巻**地蔵から**鬘掛**地蔵への変化は、いつ頃に起こったのだろうか。前々節に見た**鬘掛**地蔵の事例がおよそ十八世紀以降のもので、前節に見た**鬘巻**地蔵の事例が十七世紀およびそれ以前のものであるところから、大体の見当が付くのだが、さらに確認するために、近世地誌類に見える呼称を、年代順に列挙してみよう。なお、それら地誌類のうち先に引用した『山州名跡志』以外は、呼称は掲げていても髪を持つに至った具体的経緯を特に記していない。

図7　『本朝女鑑』巻11挿絵
(鬘巻地蔵)

a 延宝五年(一六七七)『出来《でき》斎《さい》京土産』(新修京都叢書)巻三

「此かたはらに**蔓巻**《かつらまき》地蔵とて立給へり。これにはあはれなる物語あり」

b貞享二年（一六八五）『京羽二重』（新修京都叢書）巻二

「**蔓巻**《かつらまき》地蔵　　六波羅蜜寺」

c元禄十五年（一七〇二）『山州名跡志』巻三

「此ノ像ヲ**髢挂**《カツラカケ》ノ地蔵ト号ス。……」

d元禄十七年（一七〇四）序『花洛細見図』（新修京都叢書）巻七

「此かたはらに**蔓巻**《かづらまき》の地蔵《ぢぞう》とて立玉へり」

e正徳五年（一七一五）『都すゞめ案内者』（新修京都叢書）巻上

ア「**かづらまき**地蔵　　六はらみつ寺」

イ「こうぼう大し作。**かつらかけ**のちざう。本堂ノわきニ有」

f宝暦四年（一七五四）『山城名跡巡行志』（新修京都叢書）巻二

「号二**髪掛**地蔵一ト。縁起略之。当寺最初之本尊也。云二六波羅ノ地蔵堂一ト是也」

g安永九年（一七八〇）『都名所図会』巻二

「御手に老母の**蔓**《かづら》を持《もち》て居玉へば、**かづらかけ**の地蔵とも号しける」

h文久二年（一八六二）『花洛名勝図会』（日本名所風俗図会）巻三

「**蔓掛**《かづらかけ》の地蔵ともいふ」

右のうちd『花洛細見図』の記事はa『出来斎京土産』の記事に、e『都すゞめ案内者』のアの方の記事はｂ『京羽二重』の記事に、各々基づいているようであるので、それらを除くと、やはり、西暦一七〇〇年頃を境界として、それ以前は**鬘巻**地蔵、それ以降は**鬘掛**地蔵と、截然と分かれている。

その他、享保十五年（一七三〇）に六波羅蜜寺より発信されたと思われる『六波羅蜜寺由緒記』(18)にも「**鬘掛**地蔵尊」と見えるので、少なくともその頃には同寺においても「**鬘掛**地蔵」と称されていたようである。また、霊元法皇（一六五四～一七三二）作と伝える『地蔵大菩薩四十八体御詠歌』(19)の第三十八番歌に「たらちねの親の屍をかくしつゝ鬘掛けしは賤の女のため」と詠まれているが、真に霊元法皇作だとしても、西暦一七〇〇年前後のいつなのか年代がはっきりしない。

年代が明らかで、**鬘掛**地蔵という呼称が確実に見える最も早い事例は、管見の限りでは、ｃ『山州名跡志』の五年前の元禄十年（一六九七）刊『延命地蔵菩薩経直談鈔』巻十一―10である。先に触れた通り、同話は『本朝女鑑』巻十一に基づいており、その本文は同書所載話とほとんど同じである。したがって、「……地蔵ノ御手《ミテ》ニ髪《カミ》ノ切リタルヲ巻《マキ》テ立《タチ》玉フ。……今ノ**カヅラマキ**ノ地蔵是レナリ」と、『本朝女鑑』所載話と同じく、手に髪を巻いた形で地蔵が立っていたと記され、**鬘巻**地蔵と称されている。ところが、巻十一目録の標題では「洛東六波羅密《ハラミツ》寺**髭掛**《カヅラカケ》地蔵尊之縁起」、欄眉《らんび》の標題でも同じく「洛東六波羅密寺**髭掛**《カツラカケ》地蔵之縁起」と、**鬘掛**地蔵になっている。この本文と標題との齟齬《そご》、言い換えれば一話における両呼称の併存は、『延命地蔵菩薩経直談鈔』の成立した頃が、**鬘巻**地蔵から**鬘掛**地蔵へと移行する過渡期であったことを、如実に物語っているように思われる。

以上のことを総合するに、『延命地蔵菩薩経直談鈔』の成立期あたり、すなわち十七世紀末ごろに、鬘巻地蔵が鬘掛地蔵へと変身を遂げたものと推測される。無論、ある時点を境にすべてが一気に変化したわけでもなかろう。実際の地蔵像の髪の持ち方が鬘巻の形から鬘掛の形へとまず変更されたとして、それに伴って、鬘掛地蔵という呼称が発生・普及し、また、手に髪を巻いていたというのでなくて、掛けていたなどと語られる霊験譚が定着するのには、相応の時間を要したことだろう。

ところで、前節までに見た、娘の髪でなくて母の鬘を地蔵が持っていたとする異説では、先引『山州名跡志』所載話など、その持ち方が鬘巻でなく鬘掛の形になっていて、呼称としても鬘巻地蔵ではなくて鬘掛地蔵の方が使われていた。母の鬘を手に巻いていたと語る事例は、少なくとも今までのところは知られていない。そのことは、母の鬘を持っていたとする異説が、鬘掛地蔵への変化が起こって以降に派生したものであろうという推測を、起こさせるだろう。しかし、同異説は既に元禄十五年(一七〇二)の『山州名跡志』に見られるのであって、鬘掛地蔵への変化後間もなくには発生していたことになる。ひょっとしたら、今に知られないだけで、同変化以前にも存在していたかもしれない。しかし、いずれにせよ、鬘掛地蔵への変化と母の鬘を持っていたとする異説の発生とは、それほど時を隔てることなく起こったものに違いはなかろう。両者の間に何らかの関連性があるのか否か不明だが、十七世紀末ごろが、六波羅地蔵の霊験譚の伝承史にとって一つの大きな変革期となったことだけは、確かであるらしい。

では、鬘巻地蔵から鬘掛地蔵への変化は、いかなる事情あって起こったものなのだろうか。充分に説明し難いが、一つ考えられるのは視覚的効果の増大ということである。髪を手にぐるぐる巻き付けた姿よりも、片端を手に持って膝近くまでだらりと垂らした姿、あるいは長い髪を手に引っ掛けた姿の方が、より速く強く人々の視覚に訴えるところがあろう。そのことは、図7の『本朝女鑑』挿絵が画く**鬘巻**地蔵と図6の**鬘掛**地蔵の御影を見比べることによっても窺われよう。そうした視覚的効果を狙って、地蔵の立像の手に巻き付いていた髪を解いて、その片端を手に握らせたか、もしくは何らかの形で手に引っ掛けさせたのではないだろうか。そんな想像は許されよう。

元禄四年（一六九一）刊『軽口露がはなし』（日本古典文学大系）巻一の第十「六波羅の勧進といふ事」では、「似せ勧進」の「坊主」が「六波羅の勧進」と呼ばわって歩くのに対して、人々が「何と、六波羅の堂が立なをるか。……」と言う。この発言の背景を推測して、六波羅蜜寺が「この頃は荒廃していたのか」と言われてもいる。[20] 仮りにその通りだとすれば、荒廃状態から少しでも脱却しようと、人々の目を一層引き付けるべく、**鬘巻**地蔵を**鬘掛**地蔵へと改装したのかもしれない。

四　山送りの地蔵から鬘巻地蔵へ

掛けるにせよ巻くにせよ女の髪を手にしていることを、姿形の上での大きな特徴としていた六波羅蜜寺の地蔵は、しかし、元からそのような特徴を備えていたわけではなかったようである。六波羅の地蔵に関して、七巻本『宝物集』（新日本古典文学大系）巻四に次のような記事が載ること、既に注目されている。

東山の辺にすむ女ありけり。ちかきほどなれば、六波羅の地蔵へぞつねにまい《ゐ》りける。この女、母をもちたりけるに、を《お》くれにけり。とかくしてとらすべき人もなかりければ、たゞひとりまもらへて、なきゐたりければ、なま夕ぐれに、僧の一人来りて、「何事をかくはなげき給ふぞ」ととひければ、かゝる事のあるといひければ、「やすき事にこそ侍るなれ」とて、かきおひて出にけり。うれしなどもこともを《お》ろかなり。そののち、この僧かきけすやうにみえず。これは地蔵のし給ひ〔し〕なめると思ひて、忌あきてまい《ゐ》りてみれば、御あしにつちつきてぞたちたまひたりける。それより、この地蔵をば**山送り**の地蔵と申侍るなり。こまかには、地蔵の縁起と申文にぞ申ためる。それを見たまふべし。

六波羅の地蔵に常々参詣していた東山辺りの女性が、母の遺骸を前に独り途方に暮れ泣いていると、僧が一人やって来て遺骸を葬ってくれた。地蔵のなさったことだと思った娘が、忌明け後に参詣してみると、地蔵の足に土が付いていた。遺骸を葬る際に付いたものに違いない。それで、「山送りの地蔵」と称された。そう記されている。末尾近くの「地蔵の縁起」は、『宝物集』諸本のうち古鈔本系の最明寺本などでは「地蔵の験記」となっており、[21]「三井寺実叡撰『地蔵菩薩霊験記』（散佚）をさすのであろう」[22]などとされる。いずれにせよ、「こまかには」同書に記載されているというのだから、右の如き話がより早くより詳細な形で行われていたことになる。

前々節所引諸書、『□□□地蔵菩薩事　□田寺縁起地蔵』や『六波羅地蔵物語』『本朝女鑑』に載る話と見比べるに、母の遺骸を前に嘆いていた貧しい娘のために、一人の僧が遺骸を葬ってくれたが、後日に娘が六波羅蜜寺に参詣して、その僧が同寺の地蔵の化身であったと判明する、という大体の筋書が共通する。さらに、右引『宝物集』の中で最も重要で印象的とも言える記事「御あしにつちつきてぞたちたまひたりける」（破線部）も、『□□□地蔵菩薩事　□田寺縁起地蔵』に「御足ニ土付テ□□レタ□」「御足ニツチツキ」、『六波羅地蔵物語』に「御《み》あしにはつちのつきて」、『本朝女鑑』に「御あし《（足）》はさながらつち《（土）》によご《（汚）》れてあり」と、同様に見える（先引各破線部）。右引『宝物集』所載話は、前々節所引諸書と基本的には同じ話を伝えているに違いない。

しかし、一方で相違する点も少なくない。例えば、前々節所引諸書にはいずれも父親が登場するが、右引『宝物集』には全く出てこない。もっとも、同書右引部は末尾近くに「こまかには、地蔵の縁起と中文にぞ申ためる」と記すから、その「地蔵の縁起」では、前々節所引諸書のうち年代的に最も早い『□□□地蔵菩薩事　□田寺縁起地蔵』が冒頭部に「幼ケル時、父世ヲ早ス」（点線部a）と、父親を早々に物語の舞台から退場させているのと同じくらいには、父親が顔を出していたのかもしれない。いずれにせよ、父親が全く登場しないか、登場しても特に目立った役割を演じることのない、初期の段階がまずあって、そこからやがて、『六波羅地蔵物語』や『本朝女鑑』に見られるような、父親が相当に大きな位置を占める形へと、展開したのに違いあるまい。ただし、さらにその先、第一節に見た『六波羅堂鬘掛地蔵和讃』では冒頭部にて父親が「何処《いづこ》ともなく生《いき》別れ」たままになるし、文化十三年（一八一六）の『地蔵菩薩縁起絵巻』断簡裏書では父親が全く姿を見せないのであって、父親は再び、概ね影の薄い存在へと逆戻りするようである。

今、特に注目したい相違点は、こうした父親の存在ではなくて、鬘あるいは髪である。前々節所引諸書ではいずれも、「カツラ」（『□□□地蔵菩薩事　□田寺縁起地蔵』）「黒髪」「くろかみのかづら」（『六波羅地蔵物語』）「かみ」（『本朝女鑑』）を、母の遺骸を葬ってくれた僧に娘が布施代わりとして与え、のちにそれを六波羅蜜寺の地蔵が手にしているのを発見するのであって、極めて重要な要素として髪が出てくる。ところが、右引『宝物集』には、その髪が全く姿を見せていないのである。『宝物集』右引部には「こまかには、地蔵の縁起と中文にぞ申ためる」とあったが、右の如き髪の要素は、決して「こまか」な要素ではなく、「地蔵の縁起」には存在していたのを、『宝物集』が省略して記述しなかったということは、まず考え難いだろう。六波羅蜜寺の地蔵の霊験譚には本来髪の要素は含まれず、同地蔵はもとは髪を手にしていなかったのに違いない。そういう状態であったのが、あとから髪の要素が付加され、髪が地蔵の手に持たされたのであろう。

髪の要素が現れる記事のうち最も時代的に遡る先引『□□□地蔵菩薩事　□田寺縁起地蔵』の叙述のあり方が、実は、右のことを裏付けているように思われる。同書は、母の遺骸を葬ってくれた僧と娘の会話などを描いたあと、「御堂ニ詣テ地蔵菩薩ノ□□ヲ□□御足ニ土付テ□□レタ□。慈悲ノ眦リ□□クミ、忍辱ノ頸モウナタレタリ。貧女ヲ始トシテ此ヲ見ル人、涙ヲ不流云事無□□心ヲ運テ渇仰スル事無限ニ」（破線部前後）と、六波羅蜜寺に参詣して地蔵の足に土が付いているのを発見し、娘らが感涙を流したと記す。この間に髪の要素は現れず、ここまでで、地蔵を拝すると足に土が付いていたと伝えて話を終える右引『宝物集』と同様の形で、話が完結しているように見られる。ところが、叙述はそれで終わらず、そのあとにさらに続けて、「母葬ノ後、女人□、『僧ノ御為ニハ無御要ニ、我貧シテ無財、女人第一財也』トテ、カツラ一カケ与□、地□切ナリトテ受。六ハラ地蔵菩薩□□□拝見奉ルニ、御足ニツチツキ、□手ニカツラヲ持給ヘリ」（実線部・波線部とその周辺）と記す。『六波羅地蔵物語』や『本朝女鑑』所載話と同様の、布施代わりに僧に渡した「カツラ」を六波羅地蔵が持っているのを発見するという髪の要素が加わった形の話を、僧による母の葬送以降の部分のみ重ねて記述しているようである。『宝物集』所載話と同じく髪の要素を含まない話を中心に掲げたうえで、異説的なものとして部分的に付記したものだろうか。こうした記事のあり方は、本来はなかった髪の要素があとから加わってきたという状況を、暗に物語っているのではなかろうか。

そして、髪の要素の加わった右のうちの異説的な形の方にやがて完全に移行して、『六波羅地蔵物語』や『本朝女鑑』所載話が生み出されることになるのであって、髪の要素を含まない本来的な形と異説的な形を併記する『□□□地蔵菩薩事　□田寺縁起地蔵』は、そうした移行の過渡期的な段階に位置するものと捉えられるだろう。では、その移行を、髪の要素を含まない形、「**山送り**の地蔵」（先引『宝物集』二重傍線部）から、『六波羅地蔵物語』や『本朝女鑑』に見られるような**鬘巻**地蔵への移行と、言い換えてしまってよいだろうか。同じように髪の要素を含んでいても、『□□□地蔵菩薩事　□田寺縁起地蔵』の場合は「□手ニカツラヲ持給ヘリ」と、『六波羅地蔵物語』『本朝女鑑』のように地蔵が髪を手に巻いていたとは明記されていないし、「**かつらまき**のちさう」（『六波羅地蔵物語』）「**かづらまき**のぢざう」（『本朝女鑑』）といった呼称も見られない。同じく髪を持っていても手に巻くのとは異なる持ち方をしていた段階が、もしかしたら鬘巻地蔵へと移行する前の過渡期的段階としてあったのかもしれない。それとも、『□□□地蔵菩薩事　□田寺縁起地蔵』は、『六波羅地蔵物語』や『本朝女鑑』と同様の鬘巻地蔵の話を、髪の持ち方などには特に留意することもなく、異説として簡略に記述しているだけなのだろうか。いずれであるか判断するのは難しい。

五　清水観音霊験譚との関係

髪の持ち方において鬘巻地蔵とは異なる過渡期的段階がその前にあったか否かはともかく、髪を持っていなかった地蔵が髪を持つことになったのは、先述の鬘巻地蔵から鬘掛地蔵への変化の場合と同様に、あるいはそれ以上に、視覚的な効果という面が考慮された結果だろうと推察される。先引『宝物集』が記す（破線部）ような、地蔵の足に土が付いているという光景は、視覚的にいかにも地味であり、先述通り、『本朝女鑑』は、地蔵が手に髪を巻いていたことと共に、足が土に汚れていたことも記す（破線部）が、その挿絵（図7）には、手に巻いた髪は画かれていても、足に付いた土など画かれているようには見えない。足に土では、まさに絵にならないのである。それに対して、手に髪ならば格段に目に付くのであって、地蔵が髪を手にした瞬間、人々の視覚に衝撃が走ったことだろう。

しかし、地蔵が髪を持ち、さらには手に巻くことになったのには、右の如き視覚的側面だけでなく、全く別の事情が絡んでいた可能性も考えられる。**鬘巻**地蔵の話であれ**鬘掛**地蔵の話であれ、あるいは『□□□地蔵菩薩事　□田寺縁起地蔵』の末尾部に見える、何らかの形で地蔵が髪を手に持つ話でも、髪の要素を含んだ六波羅地蔵の話は、自らを助けてくれるなどした人物に何らかの物を謝礼として渡したところ、それを仏菩薩像が持ったり身に付けたりしているのを後日に発見して、その人物が仏菩薩像の化身であったことが判明する、という広く見られる話型に属している。『今昔物語集』（新日本古典文学大系）巻十六の第七話から第九話には、そういう話型の霊験譚が並んでいるが、そのうちの第九話「女人、清水観音ニ仕リテ利益ヲ蒙レル語」に見られる清水寺（京都市東山区）の観音の霊験譚が、六波羅蜜寺の地蔵が髪を手に巻くことになるのに関係していた可能性が考えられる。

『今昔物語集』巻十六―9は、およそこんな話である。一人の身寄りのない貧女が、清水坂近くの庵に住む嫗の世話になりながら、清水寺の観音に毎日参詣していた。ある時、参詣の帰途に出逢った陸奥守の息子に見初められ、男と共に京を離れることになる。女は嫗に別れを告げ、貧しいため髪を切って形見として取らせると、嫗は泣いて感謝、その髪を指先に巻き付け、それを目印にまた訪ねてくるよう話す。京を離れて四年後、女は嫗を訪ねるが、嫗はいない。そして、清水寺の観音を見ると、嫗に与えた髪を手に巻いて立っていた。それで、観音が嫗に現じていたのだと判明する。

全体の筋書など大きく異なる全く別の話だが、貧しいために女が自らの髪を切って渡す点と、その髪を菩薩（右の場合は観音）の像が手に巻いて立っていたという点が、『六波羅地蔵物語』や『本朝女鑑』に載る**鬘巻**地蔵の話あるいは『□□□地蔵菩薩事　□田寺縁起地蔵』所載話と、共通または近似すること、特に注目される。それらと同様の形で髪の要素を含んだ話が、それらよりも早く平安時代に、清水観音の話として行われていたのである。

さらに、右二点の髪にまつわる共通・近似点の周辺にも、共通あるいは近似する要素が拡がっている。次に、『今昔物語集』所載話の本文を三箇所掲げ、各々のあとに『六波羅地蔵物語』『本朝女鑑』各所載話の両方または一方の本文を載せて、共通・近似する箇所を示した。波線部が特に注目される右の二点、各実線部が『六波羅地蔵物語』『本朝女鑑』両方との共通・近似箇所、各破線部は『六波羅地蔵物語』の方のみとの共通・近似箇所。いずれにおいても、同一の記号を付した傍線部同士が共通・近似している。

○嫗ノ云ク、「糸哀ナル事カナ。[ア]今吉《ヨ》キ身ニ成リ給ヒナム。秋比《ノコロホヒ》マデハ、恠《アヤシ》クトモ此庵ニテ物ナドハ食ツ、参リ給ヘ」ト云テ、……

（『今昔物語集』）

としのころ八しゆんにたけ給ひぬとみえさせ給ふ老僧の、……きたらせ給ひ、「いかにむすめよ、あまりにな、げきそ。……[ア]なんぢもすゑはめてたかるへし。……」とて、……御そう、おほせ有けるは、「つぼむ花かとそたちたりし果報は、[ア]かならすよかるへし。すゑたのもしく思ひて、それまでをまち給へ。……」とすでにたち出給ふに、……

（『六波羅地蔵物語』）

○此ノ女、「[イ]何ヲガナ形見ニ嫗ニ取《トラ》セム」ト思ヒ廻スニ、[a]身ニ持タル者無クシテ思ハク、「父母ニ別ル、人モ髪ヲコソ形見ニハスレ」ト思テ、[A]左ノ方ノ髪ヲ一丸《ヒトマロ》カレ掻出《カキイダ》シテ押シ切テ、嫗ニ取《トラ》スレバ、嫗、此レヲ取テ[b]打泣テ[ウ]「哀レニ思ヒ知タリケル事」ト云テ、指ノ崎ニ三纏許《ミマキバカリ》巻テ、「……此レヲ注《シルシ》ニテ[c]尋ネ給ヘ」ト云ヘバ、女、何《イカ》ニ云フ事トモ不心得《ココロエ》ズシテ、泣々ク別レヌ。

（『今昔物語集』）

むすめ、あまりのかたしけなさに、「御そうの御宿はいつくにましますそ。かゝる身になりて侍れは、[a]御布施にたてまつるへきものなし」とかたりけれは、御そう、おほせられけるは、「……[c]六はらのちぞうほさつにまいるへし。それかしのてらもそのあたりなり」とのたまへは、……むすめ、あまりのかたしけなさに、[イ]「なにをか御ふせに奉らん」とおもへとも、まつしき身のいまなれは、これをせめての心さしにとて、[A]わか黒髪をねもとよりはさみきりて、御僧にたてまつれは、御そう、[b]なみたをなかし給ひ、[ウ]「こゝろさしのふかきは、まことにたくひなきもの也。くとくは、まさにふかゝるへし。……」と、[b]衣の袖をぬらし給ひて、御そうはかへらせ給ひけり。

（『六波羅地蔵物語』）

むすめ、[a]御ふせとてまいらすべき物なしとて、[A]かみをきりてたてまつる。らうそう、[b]なみだをながしうけとり、[c]「わがてらは六はらなり。たづねてこよ」とてかへり玉ふ。

（『本朝女鑑』）

○四年畢《ハテ》テ上《ノボリ》ケルマヽ、ニ、[d]自ラ行テ見レバ、有シ岳ハ有レドモ、柴ノ庵モ無シ。「哀ニ悲シ」ト思ヒ乍《ナガ》ラ、御堂ニ参テ、……御帳ノ東ノ方ニ立給ヘル観音御《オハ》ス。其ノ世無畏《セムヰ》ノ御手ニ、[B]我ガ切テ嫗ニ取《トラ》セシ髪ヲ纏《マキ》テ立給ヘルヲ見ニ、哀ニ悲キ事無限《カギリ》ナシ。然《サ》ハ、「我ヲ助ケムガ為ニ、[e]嫗ト現ジ給ヒケム事」ヲ思フニ、[エ]難堪《タヘガタ》クテ、音《コエ》モ不惜《ヲシマ》ズシテゾ、泣々ク返《カヘリ》ニケリ。

（『今昔物語集』）

むすめは、けふは御はゝの三日にならせ給ふなるに、六はらにまいりてかの御そうをもたつね奉らんとおもひ、[d]六は羅にいたりて、「しか〳〵の御そうのてらはいつく」とたつぬれとも、「さやうの僧は聞もつたへす」といふ。むすめ、ふしきに思ひ、まつ六はらにまいりてちさうをおかみたてまつるに、[B]わか御そうにたてまつりし黒髪は、それなから地さうの御手にかゝりたり。不思議におもひ、立よりてよく〳〵見れは、御あしにはつちのつきて、[B]御手にはくろかみのかづらをまきておはします。[e]「さては、うたかふところもなく、わか御母を野辺にをくり給ひしは、このちさうにておはしけり。かゝるたうとき、御りやくはあるへしともおほえす」と、地蔵のまへにたをれふして、[エ]かなしきにもかたしけなきにも、なみたはうくはかりなり。

（『六波羅地蔵物語』）

むすめ[d]六はらにゆきてみれども、らうそうもおはせず、[B]地ざうの御手にかみのきりたるをまきてたち玉ふ。御あしはさながらつちによごれてあり。[e]らうそうは地ざうにておはしけると、うたがひはれて、あまになりぬ。

（『本朝女鑑』）

特に注目される髪関係の先の二点（波線部ＡＢ）のほか、その周辺にも確かに、嫗（観音）・老僧（地蔵）が女の将来の幸福を予言する点（破線部ア）、何を形見・布施に与えようと女が思う点（破線部イ）、しかし、何も与えるべきものを女が持っていない点（実線部ａ）、女が切って渡す髪を嫗（観音）・老僧（地蔵）が泣きながら受け取る点（実線部ｂ）、嫗（観音）・老僧（地蔵）が女の誠心に心打たれる点（破線部ウ）、嫗（観音）・老僧（地蔵）が自らを訪ねてくるよう女に告げる点（実線部c）、女が訪ねていっても嫗（観音）・老僧（地蔵）がいない点（実線部d）、嫗・老僧が観音・地蔵の化身であったと女が気付く点（実線部e）、観音・地蔵の深い慈悲に接して女が感涙を流す点（破線部エ）と、『今昔物語集』所載の清水観音の霊験譚と『六波羅地蔵物語』『本朝女鑑』所載の**鬘巻**地蔵の話との間に、共通・近似点が拡がっているのである。右には比較対象として挙げなかったが、『□□□地蔵菩薩事　□田寺縁起地蔵』においても、先述通り地蔵が手に巻いていたとは記していないものの、女が自らの髪を与え、それを地蔵が手にしているのを発見するという髪の要素は同様に盛り込まれているし、右の実線部aや破線部ウエに相当する記事も、「我貧シテ無財」「地□切ナリトテ受」「貧女ヲ始トシテ此ヲ見ル人、涙ヲ不流云事無」などと見える。

また、右の『今昔物語集』巻十六―9と同じ話は、室町期の『三国伝記』巻一―15にも採録されている[23]。同書では、展開が若干異なっていたりするものの、最も注目される髪関係の内容は、「不レ及レ力左ノ鬢《ビン》ノ髪ヲ少シ切リテ嫗ニ取セケルニ」「世無畏《セムヰ》ノ御手ノ御ン指《ユビ》ニ我切テ嫗ニ取セタル髪《カミ》ヲ纏《マトイ》立玉ヘル」と、やはり同様に見られる。さらに、先に見た周辺の実線部・破線部についても、実線部bや破線部ウエ以外は近似する形で存する。

以上の通り、『今昔物語集』あるいは『三国伝記』に載る清水観音の霊験譚と、『六波羅地蔵物語』や『本朝女鑑』に載る**鬘巻**地蔵の話すなわち六波羅地蔵の霊験譚との間には、髪の要素とその周辺において共通・近似する点が大小さまざま認められるのである。だが、だからと言って、両者に直接の

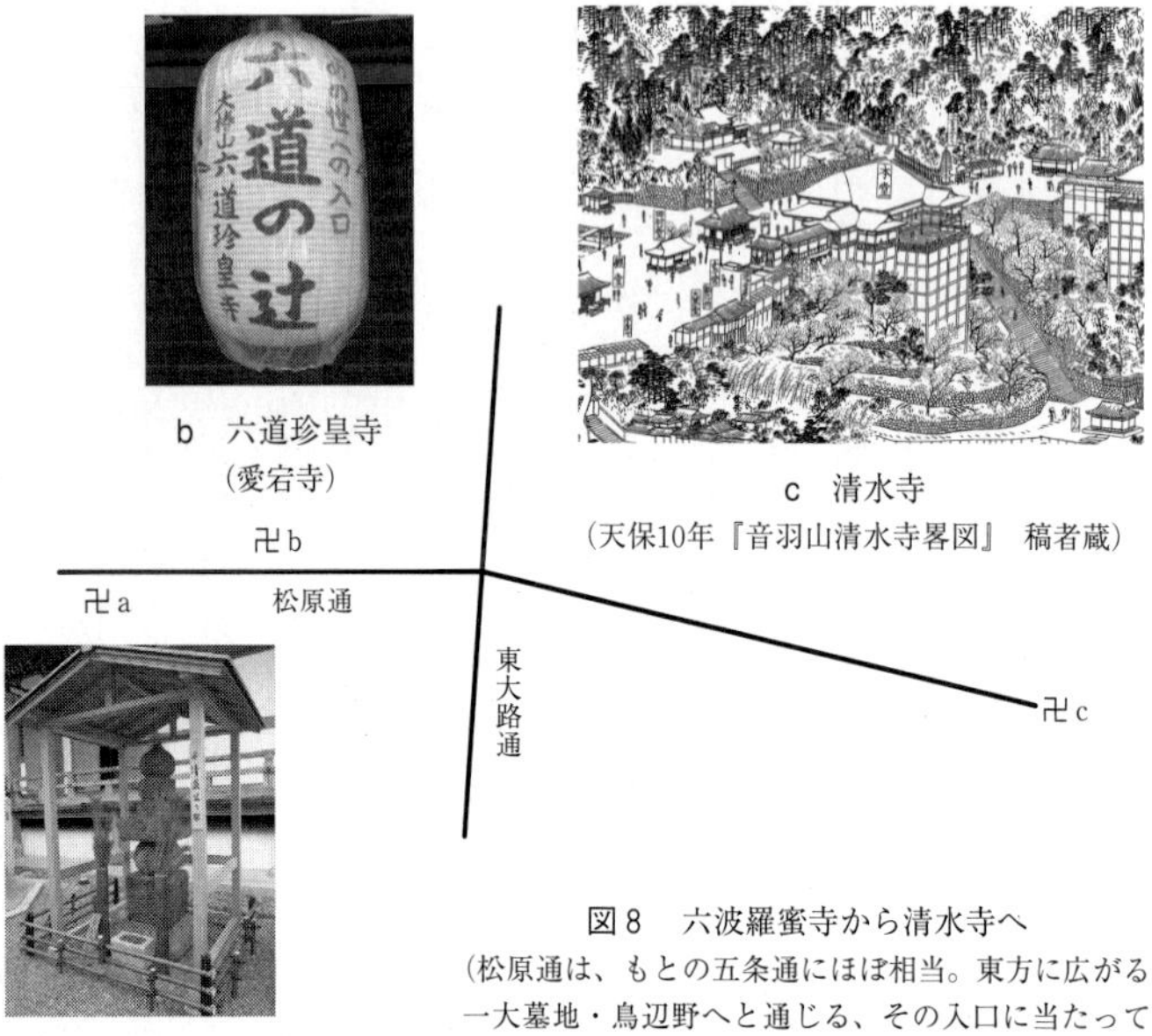

b　六道珍皇寺
（愛宕寺）

c　清水寺
（天保10年『音羽山清水寺畧図』　稿者蔵）

a　六波羅蜜寺
（平清盛公塚、後ろが本堂）

図8　六波羅蜜寺から清水寺へ
（松原通は、もとの五条通にほぼ相当。東方に広がる一大墓地・鳥辺野へと通じる、その入口に当たっているため、六道珍皇寺の門前は、古来「六道の辻」と称される）

関係があったなどと即断することはできまい。しかし、『梁塵秘抄』（新日本古典文学大系）巻二「霊験所歌」に「何れか清水へ参る道、京（極く）だりに五条まで、石橋よ、東の橋詰四つ棟六波羅堂、愛宕寺大仏深井とか、……」と謡われるように、また、先の『今昔物語集』所載話においても、貧女が陸奥守の息子に出逢った場所を、清水参詣の帰途の「六波羅ノ程」とするように、清水寺への参詣道沿いの、同寺から程近い所に六波羅蜜寺が位置しているという、地理的に濃厚な両寺の繋がりに加えて、次のような因縁浅からぬ両寺の関係を考慮するならば、少々事情は違ってこよう。

例えば『河海抄』巻十九・「東屋」所引「彼山（愛宕山）縁起」に、

空也上人於二清水寺一発二誓願一曰、「念仏行何処《いづく》にしてか、慈尊の出世にいたるまで相続の霊地たるへき」と祈念せられけるに、観音告給はく、愛宕《あたご》山月輪《つきのわ》寺は是、補陀落《ふだらく》山同浄土也。魔界断跡、聖衆影向之所也。於二彼所一此行を可レ始之由、有二夢想一。仍彼山にして多年練行。

と記す通り、六波羅蜜寺の開創者として知られた空也が、清水観音の夢告を得て愛宕山で練行したと伝えられている。[24] また、保安三年（一一二二）成立『六波羅蜜寺縁起』所引「空也誄《るい》」は、

書二写金字大般若経一部六百巻一。今在二清水寺塔院一矣。

と、空也の書写した大般若経六百巻が清水寺の塔院にあると記す。[25] このように、空也は清水寺と関係が深かったらしく、それで、そもそも空也が西光寺すなわち後の六波羅蜜寺を、清水寺から程近い六波羅の地に営んだ理由の一つに、その清水寺との親しい関係があったと考えられてもいる。[26] ところが、六波羅蜜寺はやがて、「為二天台別院一」り「不レ接二清水寺一」（『六波羅蜜寺縁起』）、つまり、天台の別院となって南都・興福寺系の清水寺と袂を分かつことになるのである。なお、六波羅蜜寺がその後さらに智積院末の真言宗寺院へと転じたこと、先述通りである。

さて、両寺間の地理的な繋がりの濃厚さに加えこうした浅からぬ因縁を念頭に置いたうえで改めて、髪の要素とその周辺に共通・近似する面が様々に拡がっている先の清水観音霊験譚と六波羅地蔵霊験譚を並べ見るならば、最早それらの間に特別な関係を思い描かざるを得なくなろう。右の繋がり・因縁を背景に、親近感もしくは対抗意識が懐かれるなか、清水寺の観音霊験譚における髪の要素

やその周辺の事項が、六波羅蜜寺の地蔵霊験譚に取り込まれることになったのであろう、と。六波羅蜜寺では、そうやって地蔵の霊験譚の中に髪の要素などを拝借してくると同時に、先に触れた視覚的効果の増大を企図して、実際の地蔵像に髪を持たせたのではないかと思われる。

六　現代異説横行事情

平安時代には、髪など全く手にしていない、足に土が付いただけの、**山送り**の地蔵であった。それが、何らかの中間段階を経たうえであったかもしれないが、中世には娘の髪を手に巻き付けた**鬘巻**地蔵へと変ずる。その変化は、恐らくは清水寺観音の霊験譚の影響下に起こったもので、かつ視覚的効果が期待されてのものであったろう。そして、十七世紀末ごろにはさらに、やはり視覚的効果の一層の拡大が企図されてのことだろうか、髪を手に巻くのでなく、もしかしたら手に掛けた形を経て、手に握って髪を長く垂らした**鬘掛**地蔵へと再び変ずる。また、その変化から間もなく、あるいはほぼ同時に、地蔵の持つのが娘の髪でなくて、その母の鬘であるとする異説も派生した。順次時代を遡らせる形で前節までに検討してきたことを、逆に古い方から時代順に整理すれば、そのようになろう。

ところで、**山送り**の地蔵の足に土が付いていたのは、地蔵が僧と化して母親の遺体を葬ったので、その際に付いたということに違いない。すなわち、足の土は、地蔵が確かに、娘に代わって遺体を埋葬してくれたことを証する、その霊験の証しとなっているのである。昔話「田植地蔵」において、田植えしてくれた地蔵が土で汚れていたと語られるのと同じであり（田植地蔵の話は、七巻本『宝物集』巻四において**山送り**の地蔵の話のすぐ前にも見られる）、第一章に見た泣不動が、証空の身代わりとなって病を引き受けた証しとして病悩苦痛の涙を流しているのと同様である。

娘の髪を**鬘巻**地蔵が手に巻いていたというのもまた、遺体を葬ってくれた僧が間違いなくこの地蔵であることを示す証しとして機能している。『六波羅地蔵物語』や『本朝女鑑』では、足に土が付いていたうえに手には髪を巻いていたと伝えており、霊験の証しを手と足に二重に現出させることによって、地蔵の霊験が現に発揮されたことをより念入りに主張しているのだと言えよう。しかも、新たに加わった手の髪という証しは、人々に強烈な印象を与えることができただろうし、さらに、髪の持ち方を変えた**鬘掛**地蔵像は、その印象を一層強くすることになったと思われる。

このように、霊験の実在あるいはそのあらたかさを、より確実に、より効果的に打ち出すべく、その証しとなるべきものが、時代を経るに従って移りゆき、進化を遂げているのである。

ただ、先引『山州名跡志』などが、霊験の証したる地蔵の持ち物を、娘の髪でなく母の鬘とするのは、実は、その意味するところが充分には把捉し難いように思われる。布施として僧に渡した娘の髪が、僧の正体である地蔵の手にあったという展開は、話として理解できるところだが、先引『山州名跡志』所載話において、棺に入れた母の鬘を地蔵が手にしていた（波線部）というのは、一体いかなる経緯あって棺中の母の鬘を地蔵が持つことになるのか、不可解である。葬送に関わった僧が棺中の死者の鬘などを受け取るという風習でもあったのなら理解できるのだろうが、そういうものの存在を知らない。したがってそれは、続けて「於《テ》レ是《ニ》彼《ノ》僧ハ即《チ》此《ノ》尊《ソン》ノ応化《ヲウケ》シ玉フ処ナリト知《シツ》テ」（点線部）と記されるものの、遺体を葬った僧が地蔵の化身であることの、充分に納得し得る証しになっていないだろう。駒敏郎・中川正文両氏『京都の伝説』（日本の伝説1、角川書店、昭51）が六波羅地蔵の話を載せて、「……お布施《ふせ》をしようにも何もないので、女は母親の鬘を渡した。忌が明けて、お地蔵さんに詣ってみると、その左手には渡した鬘が握られていたという」と、布施代わりに母親の鬘を渡すという従来にない筋書にするのも、基本的に『山州名跡志』所載話などに拠りつつ、それらが有する、棺中の母親の鬘が地蔵の手に渡ることの意味不明さを、何とか解消しようとしたものかと見られる。娘が僧に渡したものを地蔵が手にしているというのであれば、そのものが娘の髪であれ母の鬘であれ、霊験の証しとして理解し得ることになる。

　地蔵が娘の髪を手に巻く『本朝女鑑』所載話や『六波羅地蔵物語』においても、全く別の場面でなら母の髪が印象深く登場する。先引『本朝女鑑』所載話の場合、前半部において、貧しくて売る物の最早なくなった母が、自らの「かみ《（髪）》をきり《（切）》て人にうり《（売）》つつ、そのあたひ《（値）》にて」「いかにもうるはしきいゐ《（飯）》をとゝの《（調）》へて、おとこ《（男）》にそなへ《（供）》」ている。『六波羅地蔵物語』でも冒頭部に同様に「女はう、すこしもその色をおとこには見せす、ひそかに黒かみをはさみきりて、都の人にしろなして、よねをもとめ、……」と、黒髪を切る場面が出てくる。布施とすべきものがなくて、娘は、自らの髪を切って僧すなわち地蔵に渡すが、母も、売る物がなくなり自らの髪を切って、夫のために食事を用意するのである。娘と妻が共に、貧しいなか髪を切るという同じ行動に出て、それぞれ印象的な場面を形成している。もしかすると、そのことが錯誤あるいは混乱を招いて、娘の髪でなくて棺中の母の鬘を地蔵が手にするという納得し難い異説を生んだ面があるのかもしれない。

では、現代では、地蔵の持ち物はどう理解されているだろうか。それを娘の髪と捉える記述が、

吉田さらさ氏『京都、仏像をめぐる旅』（集英社、平20）

西国三十三所札所会編『西国三十三所結縁御開帳公式ガイドブック』（講談社、平20）

内山弘美氏編『京都　仏像めぐり』（JTBパブリッシング、平21）

などの一般書に見られる。先に掲げた六波羅蜜寺蔵『地蔵菩薩縁起絵巻』断簡に付された文化十三年（一八一六）の裏書も娘の髪とするが、先述通りその裏書が六波羅蜜寺五十四世憲寿によるものであるので、少なくともそのころ以降、寺内でも娘の髪とする理解が行われてきたのであるらしく、それは今も変わらない（御住職御示教）。右のような一般書の記述は、その寺内の理解を、直接か間接かはともかく反映したものなのだろう。

ところが一方で、地蔵の持ち物を母の鬘とする異説もかなり広く行われているようで、

加納進氏『改訂版　六道の辻あたりの史跡と伝説を訪ねて』（室町書房、平16）

竹村俊則氏『新版　京のお地蔵さん』（京都新聞出版センター、平17）

福岡秀樹氏『ゆっくり愉しむ京都仏像巡りベストガイド』（メイツ出版、平20）

などのごく最近の一般書にも見られる。当の六波羅蜜寺において娘の髪とする理解がなされているにもかかわらず、しかも先述通り不可解で納得し難い面があるのに、母の鬘とする異説が今なおこのよ

うに少なからず行われているのは、どうしたわけなのだろうか。
母の鬘を手にしていたという異説は、実は右のような一般書だけでなく、
A小林剛氏「六波羅蜜寺の地蔵菩薩立像について―大佛師定朝研究補遺―」（『大和文華』27、昭33）
B毛利久氏『六波羅蜜寺』（中央公論美術出版、昭39）
C柴田実氏「六原と六波羅蜜寺」（『京都　六波羅蜜寺展』昭48）
D木下密運氏「庶民の信仰と六波羅蜜寺」（同右）
E元興寺仏教民俗資料研究所編『六波羅蜜寺の研究』（綜芸舎、昭50）
F『六波羅蜜寺』（古寺巡礼京都25、淡交社、昭53）収載解説
G岩佐光晴氏「六波羅蜜寺地蔵菩薩立像について」（『美術史学』6、昭59）
H松島健氏『地蔵菩薩像』（『日本の美術』239、至文堂、昭61）
など、より専門的な文献も多く採用している。[27] 主として美術史研究の立場からのものである。
例えばFは、Aの記述を承けてのことかと見られるが、
この像について、同じ平安後期に平康頼によって撰せられた『宝物集』に《先引『宝物集』所載話本文の引用…略》という説話が見られ、この地蔵が「山送りの地蔵」として信仰されたことを知ることができる。また『山州名跡誌《ママ》』（元禄一五年・一七〇二）には、この説話の末尾に、《先引『山州名跡志』所載話末尾部本文の引用…略》と記している。このことから、この像は「鬘掛地蔵」としてよく知られ、現在でも通形の地蔵像とは異なって、左手に髢を持つ姿となって信仰

を集めている。

と記す。地蔵の霊験譚として『宝物集』『山州名跡志』各所載話を挙げ、そのうち『山州名跡志』所載話に基づいて、母の鬘を左手に持っていると、「**鬘掛**地蔵」の説明をしている。一方、本章にて取り上げた、『山州名跡志』以前の『□□□地蔵菩薩事　□田寺縁起地蔵』『六波羅地蔵物語』『本朝女鑑』『延命地蔵菩薩経直談鈔』が載せる娘の髪を手に巻いていたとする話、「**鬘巻**地蔵」説話には、全く言及していない。そうしたあり方は、Fに限らず右のA～Hに共通するものである。すなわち、A～Hでは、地蔵の持ち物を娘の髪とする諸文献所載話がそもそも視野に入っていなくて、その結果として必然的に、『山州名跡志』に基づいて母の鬘を手にしているのだと説明しているらしい。ただし、「六波羅蜜寺像をめぐる説話」という項目を立てるGの場合は、先に取り上げた『地蔵菩薩縁起絵巻』断簡裏書に載る、娘の髪を手にしていたという話にも触れる。だが、より早い段階の『□□□地蔵菩薩事　□田寺縁起地蔵』などはやはり視野に入っていないので、逆に同話の方を『山州名跡志』所載話の異説的存在として捉えているようである。

AやGは専門の研究誌に掲載されたものだが、他はE以外広く一般の目に触れるものであり、具体的に記述を右に引用したFなどは特に、六波羅蜜寺に関する有効で便利な参考書として、多く利用されているものと見られる。地蔵の持ち物を母の鬘として紹介する先の一般書の記述は、右に挙げたような主に美術史研究の側の理解・解説が反映したものなのであろう。

美術史研究でなくて日本文学研究の側では、概ね先の美術史研究の側からのA～Hよりも以降のことだが、地蔵の持ち物を娘の髪と伝える『六波羅地蔵物語』の翻刻が『室町時代物語大成』第十三巻（角川書店、昭60）に収載され、『日本古典文学大事典』第六巻（岩波書店、昭60）には「六波羅地蔵物語」の項目（木下資一氏執筆）が立てられて、簡略ながら梗概が記されたうえで、『本朝女鑑』や『延命地蔵菩薩経直談鈔』に類話が載ることも指摘されている。また、『□□□地蔵菩薩事　□田寺縁起地蔵』も、『叢書江戸文庫』44（国書刊行会、平10）月報に掲載された牧野和夫氏「『地蔵縁起』の諸相」の中で紹介され検討が加えられている。しかし、これらはいずれも、六波羅蜜寺の鬘掛地蔵について知ろうとする際に、一般の人々が繙くということはまずないものであろう。

　足に付いた土に始まり、手に巻いた髪、さらには手に掛けた髪へと、先述通り、霊験の実在あるいはそのあらたかさを、より確実に、また効果的に打ち出すべく、霊験の証しが移りゆき進化を遂げてきたのだが、現代においては、右に見たような事情あって、霊験の証しとして必ずしも合理的に機能しているとは言い難いような、近世に派生してきた異説の方が、かなりの幅をきかせているのである。今後、日本文学研究の側の検討結果を承けて、異説が後退し、地蔵の持ち物を娘の髪とする理解の方がより広く行われることになっていくのか否か、注目しておきたい。

第四章　髑髏の痛み――強調される霊験

一　澁澤龍彦『三つの髑髏』の「下敷」

「私は花山院が好きだから書写も好きで、山の上の円教寺へ行ったことがあります」と、晩年に筆談で語っている(1)澁澤龍彦（一九二八～一九八七）に、昭和五十六年度泉鏡花賞を受賞した『唐草物語』という幻想的短編小説集があり、その中の一編に花山院（九六六～一〇〇八）を主人公とした「三つの髑髏」という作品がある。「『唐草物語』に収められた十二篇のなかで、特にお気に入りの作品は」と尋ねられて、「ぼくとしては『三つの髑髏』、わりとあれは評判いいんですよ、みんないいって言ってくれるのね」と澁澤が答えてもいる(2)、その一編である。およそ次のような筋書の一編。

頭痛に悩まされていた花山院が、安倍晴明に占わせると、院の前世は小舎人だったが、七歳で馬に蹴られて死に、その髑髏が竹林の穴に落ち込んでいて竹の根に突かれるので、頭痛がするのだろう、と奏聞した。A確かに七歳の頃、馬がいとおしく清涼殿で左右の馬寮から馬が引き出されるのを眺めていた、そんな情景が、院には思い浮かんでくるのであった。そして、晴明の言う通りの場所を探すと髑髏があって、それを取り上げ厨子に納めたところ、頭痛が平癒した。

ところが、一年もするとまた頭痛が起こる。今度も晴明が、院の前々生は後宮の女房で、十六歳で病死、その髑髏が雨の雫に貫かれるので頭痛がするのだろう、と占う。院の記憶の中にはやはり、B自分が十六歳の女房であった時、作った州浜を見て藤原長能が話かけてきた、という場面が浮かび上がってくる。そして、髑髏を捜し出して厨子に納めると、再び頭痛が治った。

しかし、数年経ってまた頭痛に襲われ、また晴明が占う。院の前々生は大峰の行者で、二十五歳の時に熊野の谷に落ちて死んだが、その髑髏が今や岩の間に陥っているので、雨が降ると岩が水を含んで膨らみ髑髏を圧迫して、頭痛を起こすのだろう、と言う。「熊野」と聞いた時、院の中に、ある生々しい記憶が蘇ってくる。C正暦三年（九九二）、二十五歳で初めて熊野の山にはいった時のこと、那智の滝に龍が現われ、如意宝珠一顆、水精の念珠一連、九穴の蚫貝一枚を院のために落としていった。院は蚫貝から転げ出たアワビタマを、自分のはるか前生の髑髏でないかと考え、うち眺め続けた。……そんな記憶に支配されつつ、院は深い眠りに落ちた。

その時以降、頭痛は鳴りをひそめたが、十年ほど経って四十の坂を越すことになったある日、院が厨子から三つの髑髏を取り出してみると、それぞれが大きく成長しているように見えた。そして、それを確認した途端、頭が痛み出した。十年ぶりに召された晴明が、固く目を閉じて①「わが君のおん前々々生《さきさきさきしょう》は、本朝第六十五代の天皇であらせられました。……」②と言うのを聞いているうちに、院は、何が何だかわからなくなり意識が薄れていった。晴明が目を開くと、目の前に七歳ほどの利発げな男の子が座っていた。

最後の場面、花山院は四十一歳で没するから、その死の直前のことという設定で、晴明が花山院の「前々々々生《さきさきさきさきしよう》」であると言う「本朝第六十五代の天皇」（破線部①）とは、現在の院自身に他ならない。そして、そんな晴明の話を聞くうち意識の薄れていった院は、とうとう七歳ほどの男の子と化す（破線部②）。昭和五十二年刊『思考の紋章学』[3]の中の一編「時間のパラドックスについて」などに窺われるような、時間というものへのこだわりを、「花山院が四生前まで前世の記憶をさかのぼって死者たちの記憶の世界をさまよいながら、ついに死の世界から生へと、しかも七歳の少年の生へと退行的に蘇生してしまう」[4]というフィクションに結実させたものと言えようか。澁澤は、『思考の紋章学』の昭和六十年刊河出文庫版の著者あとがきの中で、「この『思考の紋章学』のなかに、やがてフィクションとして開花すべき観念の萌芽がいくつも認められるような気がするのだ」と述べている。ただし、『三つの髑髏』は、全てが澁澤による「フィクション」というわけではない。『唐草物語』の「あとがき」で、澁澤は、「この『唐草物語』にふくまれる十二篇の物語は、いずれも典拠というか故実というか、そういうものを下敷として利用している」と明かしている。[5]その通り、『三つの髑髏』では、種々の説話などを「下敷」としているようである。

いとおしくて馬を眺めていたという七歳ごろの記憶の情景（実線部A）については、花山院が「むま《馬》をいみじうけう《興》ぜさせたま」（『大鏡』巻三太政大臣伊尹、日本古典文学大系）い、「於㆓清涼殿㆒覧㆓左右馬寮御馬㆒」（『小右記』永観三年二月二日条、増補史料大成）と記録されているのなどを「下敷」とするのであろうし、藤原長能の登場する一件（実線部B）は『長能集』3番歌詞書などに、那智での龍の出現（実線部C）は『元亨釈書』巻十七寛和皇帝や『源平盛衰記』巻三に、各々基づくのであろう。そして、全体の骨格を形作ると言うべき頭痛と前生の髑髏の話は、『古事談』巻六―64あるいは『熊野山略記』や『大和怪異記』巻一―14に載る話を、「下敷」にしたものと思われる。(6) それは、花山院が頭痛に悩んでいた時、院の前生である大峰の行者の髑髏が岩に挟まっていて、雨の時には岩が水に膨らんで頭痛がするのだ、と晴明が言うので、その髑髏を岩間から取り上げたら、頭痛が治った、という話。この話は、『三つの髑髏』の前々々生についての内容（波線部）に特に類似するが、澁澤はさらにその前に、前生と前々生についての同様の話を、積み重ねていったものかと思われる。(7)

二　後白河院の髑髏と三十三間堂

澁澤が取り上げた、『古事談』などに載る頭痛と前生の髑髏との因縁話については、よく似た話が、無住『雑談集《ぞうたん》』（三弥井書店刊「中世の文学」）巻十にも出てくること、知られている。(8) ただし、花山院ではなく、後白河院（一一二七～一一九二）の話として。次の通り。

後白河ノ法皇頭痛《ヅツウ》ノ御労《イタハリ》年久クシテ、大医ヲ被《レ》レ召《メサ》、良薬《ラウヤク》令《シメ》レ服《セ》給フト云ヘドモ、都《スベ》テ無《ク》二効験《カウケン》一シテ、直事《タヾコト》トモ不レ覚《ヲボヘ》。業病ニヤト思食《ヲボシメ》シテ、千手ノ行者ニテヲハシマシケルトカヤ、本尊ニ丁寧ニ御祈念アリケル。示現ニ、「先生《センジヤウ》ニ三井寺法師ニテ、小大進ト云シガ、法華ノ持経者ニテ、経ノ功入テ其ノ徳ニ国王ニナレリ。彼ノ遺骨墓所《ユイコツムシヨ》ニ在レ之。髑髏《トクロウ》ニ松ノ根《ネ》生纏《ヲヒマトハレリ》。其ノ故ニ悩也」

ト示シ給ケレバ、御使ヲ寺ヘツカハシテ、古老ノ者ニ尋ラレケルニ、「サル僧候キ。墓所シカ〳〵ノ所ナリ」トテ、御使トトモニ行《ユイ》テ、ホリヲコシテ見ニ、御夢《ユメ》ニスコシモタガハズ。サテ松ノ根ヲサハ〳〵トキリステケレバ、拭《ノゴヒ》ステタル様ニ、御悩《ゴナウ》ヨロシクヲハシマシケリ。

頭痛に悩んでいた院が、前生の髑髏についての教示を受け、それに従い髑髏を見出し救済すると、頭痛が治る、という概略が、花山院の話と共通する。ただ、前生の髑髏について告げられるのが晴明からでなく本尊の千手観音からである点（実線部）や、その前生が大峰の行者でなく三井寺（滋賀県大津市）の法師である点（傍点部）、髑髏が岩に挟まるのでなく松の根に絡まれる点（破線部a）は、同話と異なる。

右の話といかなる関係にあるのか詳細は不明だが、同様の後白河院の前生譚を、最終的に三十三間堂（京都市東山区）すなわち蓮華王院本堂の創建と結び付けたような話、三十三間堂創建説話が、諸書に記されている。そうした話が最も早く見えるのは、従来の検討[9]によれば、吉田隆長が「兄定房（一二七四―一三三八）の談話を筆記し、あるいはその日記から要事を抄出した」[10]『吉口伝』においてである。同書が嘉元三年（一三〇五）二月六日の「記」を引くなかに、次の通り記載されている。

〔A〕蓮華王院事申沙汰之次、有房卿申云。後白川院御二幸熊野一、被レ祈二申御先生一之時、於二証誠殿御前一有二御夢想一云、「告申三條。還雖下有二其憚一候上、先生ハ当山宮籠ニ蓮華房ト申候しものこそ。帰京之時於二滝尻一他界。其骨ハ在二滝尻一」トテ、被レ差二申在所一。其後還御之時、於二滝尻一任二御夢一有二御覧一之処、果有レ骨。仍令レ取レ之御還御。被レ納二北法華堂一、其後被レ建二立蓮花王院一了。

蓮華ハ御先生之名、其下ニ王ト被レ置之、此故也。此事承二勅語一之由、在二通資卿記一。人不レ知之由、久我前内府相語之旨申也。誠有レ興。仍記レ之。

後白河院が熊野に行幸した際に、本宮の証誠殿で熊野権現から夢告を受けた（実線部）。院の前生は「蓮華房」という行者で、熊野から帰京する途中に「滝尻」（二重傍線部）で他界したので、その遺骨が今もそこにある、と。それで院は、夢告通りの場所で自らの前生の遺骨を得て帰京し、北法華堂に納めると共に「蓮花王院」すなわち三十三間堂を創建した。そういう内容である。

この『吉口伝』よりはかなり時代が下るが、永享十二年（一四四〇）の『初重聞書』（国文学研究資料館蔵琴堂文庫本マイクロフィルム）にも、同様の説話が、

〔B〕後白川《ノ》法皇付《ニテ》物語有《リ》。法皇《ハ》、過去奥《ニ》カツホウ云処《ニ》、蓮華坊云《ト》人《ト》、熊野《ヘ》千度願《ノ》立《ヲ》。此人手行《ハテハイニシテ》熊野《ヘ》参《ル》願《ルニ》未《タ》レ果《テ》、熊野路念仏淵《カニテ》空成《ク》給也。因《テ》二参詣功《ノニ》一、生《玉フ》二後白川《ノ》法皇《ト》一。」天子細々御悩有《リキ》。脳《ヲ》ヤミ給也。此占玉者《ヲセヘ》、過去事語《ノヲルニ》依《テ》、念仏淵《カ》水《ヘ》連入《ヲテ》見給《ヘハ》、死骸《ノカウ》頭《ベ》ヨリ柳生《キタリ》。依レ之頭《ニヲ》ヤミ給也。此頂《ヲ》取《テ》、法皇御影《ノヲリ》造給《ニ》、此頭《ノヲリ》造入《レ》給也。此本尊《ヲ》　三十三間《トシテ》立《ヲ》給也。其三十三間院名《ノノヲ》、昔蓮華坊名《シノ》取《ノヲテ》蓮華王院《トモク》名。又、此頭《ノヲテ》取御影造入《ヘリレ》、頭柳《ノヲ》抜給、王御脳《ノ（ママ）》ヤミ、寿命延《ノヒハ》給、名二得長寿院一《トモ》。又平愈寺《ト》云《モ》也。堂供養時《ノ》、処《ニテ》人三千八百人病《タルニ》、此《ノ》時平癒《スルカ》故也。

と、「後白川法皇付《ノニテ》」の「物語」として記述されている。(11) 法皇の前生は「蓮華坊」という人物で、熊野への千度参詣の願を持っていたが、果たさないまま熊野路の「念仏淵《カ》」（二重傍線部）にて亡く

なった。ただ、参詣の功徳により後白河法皇として生まれた。その法皇が、頭痛に悩まされていた（波線部）。占わせると右の前生のことを語ったので、念仏淵を探索させたところ、確かに髑髏から柳が生えていて、それで頭痛がするのだった（破線部a）。そこで、この髑髏を取り上げ、三十三間堂を建てると、法皇の頭痛が止んだ（破線部b）。そういう内容である。末尾部には、「蓮華王院」「得長寿院」「平癒寺」という各呼称の由来を記すが、後二者に関するものは、長門本『平家物語』巻一や『源平盛衰記』巻一に載る鳥羽法皇御願の得長寿院・三十三間堂の名称由来と近似する。それは、後白河法皇の蓮華王院・三十三間堂としばしば混同される。

例えば、まず前生譚だけが独立してあって（一行目」以前）、それとの関連で三十三間堂創建説話が続いて記述される、という形になっていたり、後白河院の前生譚を語るのが、熊野権現ではなく占者であったり（実線部）など、『吉口伝』の所伝〔A〕と異なる点が少なくない。そして、〔A〕との相違で一層目を引くのは、三十三間堂の創建に至る話のそもそもの発端が、後白河院の頭痛にあったとすることであろう（波線部）。また、それに伴い、〔A〕のように単に前生の「骨」というのでなく、特にそのうちの「頭」、髑髏が問題になっていて、それに「柳」が生えていたので頭痛がし、「頭」から「柳」を抜くとそれが止んだ（破線部ab）、とする点であろう。それらは、柳に貫かれるのと、岩に挟まったり松の根が絡んだりするのとの違いはあるものの、先述の『古事談』所載の花山院の話や『雑談集』所載の後白河院の話あるいは澁澤『三つの髑髏』とも近似するものであり、頭痛とか柳とかいうのは、それを含まない〔A〕の方が例外的なのであって、この〔B〕だけでなく以下に見る諸例にも広く認められるところの、三十三間堂創建説話に一般的な要素となっている。

右の〔B〕とほぼ共通する話は、〔C〕『往因類聚抄』や〔D〕『直談因縁集』巻三―16にも見られる。(12)

〔C〕昔、後白河法王《ノ》御時、彼王、折々病気《ナリ》。然間、祈祷《モ》医師《モ》サマサマ《ナレトモ》、不平愈一。依之一、占者《ニ》ウラナハセ玉フニ、申上《ケルハ》、「キ（ママ）国或河《ノ》候処《ニ》、首有之一。此首《ヲ》柳木《カ》生《ヒ》トヲリタリ。然《ニ》、此柳木《カ》、吹《テ》風動《スル》時、御首病気《スル》也。仍、首申《ハ》大王《ノ》前生《ノ》時《ノ》御首也」申《ケリ》。王、聽《テ》不思儀《ニ》思《テ》、以勅使一被尋一。如申一首有之一。即、勅使持参申《ケリ》。大王、即、彼首《ノ》御訪《ノ》故、又《ハ》御祈祷故《ニ》、千手観音像《ヲ》一千体作《テ》、堂《ヲ》三十三間建立《シテ》安置《ス》。サレハ、観音像一体、彼王《ノ》御首《ヲ》所持《シ》玉フ也云々。

〔D〕後白河《ノ》法皇、折々、頭風《ヲ》ヤミ《玉フ》也。此事《ヲ》、熊野《ノ》権現《ニ》奉祈一、覚召。折節、参籠《シ玉フ》也。熊野路《ヲ》四十打《ニ》成《ス》事《ハ》、後白河法皇《ヨリ》也。其《ノ》時、弥陀《ノ》四十八願表《シテ》、爾定也。而、夢想《ニ》、「汝、宿業《ヲ》不知一。汝《ハ》、先世《ニハ》是《ノ》サイ灯《ヲ》トモス人也。而、此近処《ニ》淵《アリ》。夫へ沈《テ》死《ス》。夫《ニ》汝首へアリ。柳《カ》ヲイトヲリ、風吹時《ハ》動故《ニ》、頭風云々。可尋之一」云々。時、夢想《ニ》任《セ》、不思儀《ト》云《テ》、水練《ヲ》以《テ》見《スル》《ニ》カウへアリ。是《ヲ》取出《シ》、都《ニ》帰《テ》、三十三間《ヲ》造《リ》、三十三体観音《ヲ》造、千手《ノ》中尊《ノ》ミクシ《ニ》収《メ玉フ》也云々。サイ灯《ノ》功徳依《テ》、王位《ニ》生《スル》也。

共に後白河院の「病気」「頭風」を話の発端とする（波線部）のは〔B〕と同じ、院の前生について語るのが〔C〕は占者であるのに対して〔D〕は熊野権現で（実線部）、前者は〔B〕、後者は〔A〕とそれぞれ共通する。また、先の〔B〕では「死骸《ノ》頭《カウ》ベヨリ柳生《キタリ》。依《テ》レ之《ニ》頭《ヲ》ヤミ給也」（破線部a）とするのみだったのが、右二例では、柳が貫いていて、風が吹くと柳が動いて頭痛がする（各破線部）と、より詳しく述べる。そういう点も、以降の三十三間堂創建説話にかなり広く見られるものである。〔D〕が院の前生を「サイ灯ヲトモス人」（柴灯焚き、点線部）とするのは、〔A〕〔B〕〔C〕には見えない記述だが、応永六年（一三九九）の『相国寺塔供養記(13)』が後白河院について、

ことさら熊野御参詣ハ、三十余度にもをよびしやらん。御信仰のあまりに、今熊野を勧請（し）申さる。法皇の御前生、本山のさいとうたきとかやにてわたらせ給ひける故に、かやうに有けりとも申伝たり。蓮華王院とて三十三間の御堂をもたてられき。

と述べる（点線部など）のと、密接に繋がるものであろう。この記事には頭痛や髑髏の話は記されていないが、それらを含んだ〔D〕『直談因縁集』所載話の如きに基づき節略したものだろうか。とすれば、〔D〕のような形の話は、十四世紀には成立していたことになる。

さて、右のうち〔A〕〔B〕が後白河院の前生の名を「蓮華房（坊）」とするのは、「蓮花（華）王院」という院号と結び付けその名称の由来を説明する（点線部）ためであったのだろうが、そもそも「蓮華王」は千手観音の別名であって、そこには、院を千手観音と同一視しようとする意識も働いていたかもしれない。先引『雑談集』も院について「千手ノ行者ニテヲハシマシケルトカヤ」（実線部）と述べていたが、さらに、『転法輪鈔』（『安居院唱導集』上、角川書店、昭54）「後白河院上下」が「五七日表白」を載せたあと、「感応霊験」として掲げるなかに「故前大僧正覚讃夢見、『院生身千手観音ヲハシマス。何今《マテ》参《テ》不二奉拝《ヲカマ》一哉』語人《アリ》」と見られるように、院を生身の千手観音と見做す説が実際に行

われてもいた[14]。そんな後白河院が、先引『相国寺塔供養記』も記す（実線部）通り、何度も熊野詣に赴いたことや京に今熊野社を創建したこと、よく知られている。右の諸話は、そうした院と熊野との密接な関係を背景に、三十三間堂の創建を、前生にまで遡る両者の強固な因縁に発するものとして説明しているのである。

そうであるならば、三十三間堂創建説話の伝承あるいは成立には、熊野の側が深く関わっていたものかと思われる。先掲の〔A〕や〔D〕では、熊野権現が院の前生について教示するのであって、同権現の霊験譚になってもいる。五来重氏『熊野詣』（淡交社、昭42）も、〔A〕～〔D〕と同類の内容を盛り込んだ後世の浄瑠璃『三十三間堂棟由来』を取り上げて、「いま京都観光の花形である三十三間堂も熊野御幸の所産であり、熊野山伏の舌先からうまれたものである」と述べる。ところで、蓮華房が帰京途中に他界しその骨を残した地を、〔A〕は「滝尻」、〔B〕は「念仏淵」とする（二重傍線部）。滝尻は、熊野参詣路のうち中辺路の通る地域で（現和歌山県西牟婁郡中辺路町栗栖川）、九十九王子そして五体王子の一つ滝尻王子社があり（図10ｃ）、熊野という神域に至る境界として知られ、念仏淵は鮎川王子社の近く、滝尻から岩田川（現富田川）を数キロ下った所にあって（図10ａ）、後述するように、現に後白河院関係の伝説が残ってもいる[15]。前生の「首」のあった所を、〔C〕〔D〕がそれぞれ単に「河」「淵」とする（二重傍線部）のも、岩田川、念仏淵を指しているだろうか。滝尻はともかく、念仏淵のような熊野のかなり詳細な地名が出てくることも、本説話の伝承あるいは成立における熊野側の関与を推測させる面があろう。

なお、〔A〕を除いて〔B〕〔C〕〔D〕のすべて、さらには〔E〕を始め後出諸話において、院の髑髏が柳に貫かれているとするのは、いわゆる枯骨報恩譚[16]のうち、敦煌本『捜神記』所載の侯霍の話に「有二死人髑髏一……当二眼匡裏一枝禾生」、『日本霊異記』巻下―27に「有二一髑髏一。笋《たかむな》生二目穴一」、また、『古事談』巻二―27の小野小町説話に「件《くだん》の髑髏の目の穴より薄《すすき》生《お》ひ出でたりけり」とあるような、髑髏の目の穴から植物が生えるという類型的要素と、共通するものであるに違いない。前節末に触れた『熊野山略記』所載の花山院の話も、「自二頭目一木出生」とする。また、先の〔C〕や〔D〕は、風が吹くと柳が動いて頭痛がするのだと記していたが（破線部）、それも、『日本霊異記』巻下―27の右引部のあとに「風吹毎レ動、我目甚痛」とあったりするように、枯骨報恩譚に見られるものである。結局、三十三間堂創建説話は、髑髏が柳に貫かれていて、さらにはそれが風に揺れて痛いという、枯骨報恩譚などの髑髏説話に特徴的な類型が、色濃く反映しているのである。

右の『日本霊異記』巻下―27のような枯骨報恩譚では、第三者が髑髏（遺骨）を発見し、その髑髏（遺骨）を救済した結果、報恩される、という構造を持つ。そもそも三十三間堂創建説話には、そうした枯骨報恩譚の系列下にあって、その第三者を当人に、髑髏をその人物自らの前生の髑髏に置き換えたもの、という側面があるように思われる[17]。ただし、三十三間堂創建説話は報恩の要素は持たない。第三者でなく当人が自らの髑髏を救済するということになれば、報恩の要素が消滅するのは当然である。そして、同じく髑髏が痛みを受けているといっても、枯骨報恩譚の系列下にありながら前生の髑髏を当人自らが救済するという点に眼目のある三十三間堂創建説話やその類話では、柳に貫かれたりした髑髏そのものが直接受けている痛みでなくて、それと連動して起こる、もともとその髑髏の主であった院の、現在の髑髏の痛み、すなわち頭痛が、特に問題にされているのである。

三　近世以降の拡がり

前節に挙げたのは中世の文献に掲載されたものばかりなのだが、三十三間堂創建説話は、近世以降にはより広汎に伝承され流布していったようである。

まず、一連の平《へい》太郎ものの浄瑠璃の中に三十三間堂創建説話が入り込んでいること、よく知られている[18]。延宝（一六七三～一六八一）頃の古浄瑠璃『熊野権現開帳』[19]に、

〔E〕其比、せんてい《先帝》こしら《後白》川の院は、……ずふう《頭風》のごのふ《御悩》ふかく、つねに、きよくたい《玉体》くるしみ給ふ。しかるに、らくやう《洛陽》いなばだう《因幡堂》ひやうとうじ《平等寺》のやくし《薬師》如来、れいけん《霊験》あらたにましますゆへ、御きせい《祈誓》のため、ごかう《御幸》まし〳〵、……七日まん《満》するやはん《夜半》の比、みすし《御厨子》の内より、らうそう《老僧》ゆるき出させ給ひ、……御身のせんしやう《先生》は、れんげわうほう《蓮華王坊》□《とカ》申せししゆ《修》行じや《者》也。……いにしゑ《古》のみ《身》をつらぬきし柳、今、大木となつて、れんけわう《蓮華王》坊のかう《頭》へ斗、こすへにのこれり。

などと見え、その後、宝永元年（一七〇四）初演と推定される[20]『都三十三間堂棟《むなぎ》由来』などを経て、それら「古浄瑠璃に描かれてきた親鸞上人の弟子平太郎と三十三間堂の棟木の由来のことを、白河法

皇の時代に置き換え、平忠盛・祇園女御の話とからませ、源義親・太宰帥季仲の謀反を仕組んだ作品[21]」、『祇園女御九重錦』が、宝暦十年（一七六〇）に大坂豊竹座で初演されるに至る。

『祇園女御九重錦』では、頭痛に悩む白河院が、その前生である蓮華王坊の髑髏が柳の枝に掛かっているとの夢告を得たため、熊野からその柳を伐り運び、それを棟木として三十三間堂を創建したという、前節に見た三十三間堂創建説話と同類の内容を含む。そして、髑髏が枝に掛かった柳の木の精であるという女性・お柳《りゆう》が登場し、自らの正体を告げ蓮華王坊の髑髏を渡して、夫・平太郎および一子・緑丸と別れるといった、所謂「葛の葉」ものから借りた趣向を、右の内容に絡めたりしている。そのお柳の子別れの場面を含む三段目は特に好評で、それだけ独立した『三十三間堂棟由来』が、文政八年（一八二五）以降繰り返し上演されている[22]。三段目のうち、例えば、平忠盛の家臣・家貞が、平太郎の留守中にその住居を訪ねて、柳伐採の院宣をお柳に伝える場面は、次の通り。

〔F〕（家貞）「サレバ〳〵。右申シた白川の法皇。御不例《れい》と申スは頭痛《づつう》の病《やまふ》。……地ウある夜熊野大権現。キン三夜に続《つゞく》ウふしぎの霊夢《れいむ》。ハル法皇の前ン生を告《つげ》色給はく。詞先キ生は蓮華《れんげ》王坊と云し修験者《しゆけんじや》にて。三熊野に歩《あゆみ》を運《はこ》び。つゐに当山に入て身まかりなる。……地ウ去によつて次の宿ク成ル柳を切。トル堂の棟《むなぎ》に寄附《きふ》せらるべき。フシ院宣《いんぜん》也」と語るにぞ。「地色ハル扨は左様で候か」と点《うなづ》く母に驚クお柳。

右の浄瑠璃のうち『祇園女御九重錦』あるいは『三十三間堂棟由来』は、樹木の精霊が人間の男と婚姻するものの、その樹木が伐られることになって男と別離し、抵抗しつつも樹木は伐られて建物などの材料になる、という昔話「木霊女房[23]」と、共通する内容を含んでもいることになるが、三十三間堂創建説話は、その「木霊女房」型または同類の「木霊婿入」型の話（併せて「木霊婚姻譚」）として昔話化・伝説化してもいる。『日本昔話通観』（同朋舎）などに登載する木霊婚姻譚「全一〇五例中四六例」において、伐られた樹木が「三十三間堂の用材となっており」（すなわち三十三間堂創建説話になっていて）、「その分布も東北は宮城県から、北九州は佐賀県にまで及んでいる」のである。こうした木霊婚姻譚の状況については、「近世初期以降、京都の三十三間堂棟木の由来が、浄瑠璃に語られ続けていることと無関係ではないだろう」と説かれている。[24]

そうした昔話化・伝説化した三十三間堂創建説話のうち多くは、後白河院も熊野も、また髑髏も登場しない。柳の精が人間と結婚するものの、その柳が三十三間堂の棟木に使われることになってやむなく別離するという、柳を主役とする、柳の物語となっている。当初は後白河院の前生の髑髏を貫くという重要な役割を担いながらも飽くまで脇役であった一本の柳が、浄瑠璃を介して昔話化・伝説化するに及んで、主役を務めるまでに生長したということになる。例えば、宝暦三年（一七五三）『裏見寒話』[25]追加所載話は、三十三間堂の棟木を善光寺（長野県長野市）の棟木にそっくり置き換えたような話になっている。それは、したがってもはや三十三間堂創建説話ではあり得ないのだが、「木霊婚姻譚」として昔話化・伝説化した三十三間堂創建説話においては、何と言っても柳が問題で、肝腎の三十三間堂さえ置換可能な存在と化している面があることを窺わせる。

また、寛永元年（一六二四）の『南北二京霊地集』[26]巻下が、「蓮華王院」について記すなかに、

〔G〕後白河ノ法王立玉フ。法王御頭痛甚シ。熊野御行《カウ》、御参籠シテ祈玉フ。御夢ニ、「平安城ニ西天将

図９ａ　三十三間堂の楊枝浄水供
（平成23年１月16日）

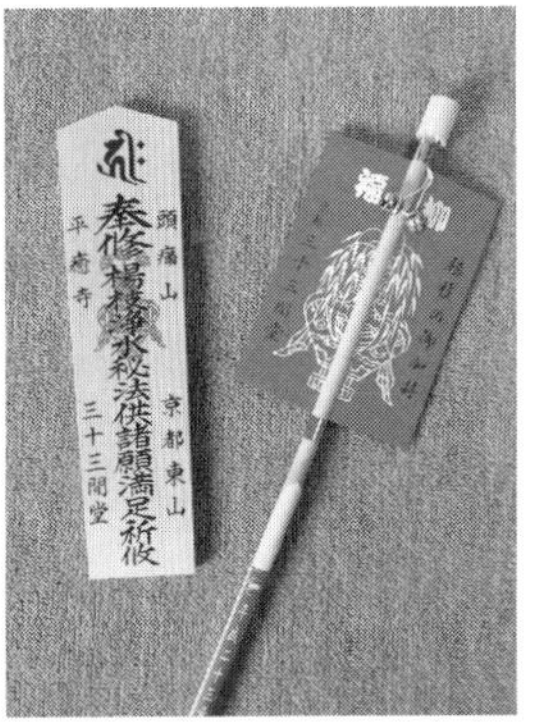

図９ｂ　楊枝浄水供における御札と福柳

来ノ霊像ノ薬師ニ祈玉へ」ト。仍テ此因幡堂ニ御行《カウ》有テ、祈玉フ時ノ御夢ニ、「君ハ昔熊野詣《マウデ》ノ旅人ナリ。事有テ本宮ノ東ニシテ命終ス。其時ノ髑髏、今ニ彼地ニアリ。柳、彼頭ヲ生穿《ヲヒウガ》ツ。風吹テ、柳動《ク》度ニ、御悩アリ。彼頭ヲ取来リ、数多ノ観音ノ像ヲ造テ開眼セバ、御悩愈ベシ」ト云。茲ニ因テ此大殿ヲ造。一千三百三十三体成就 在《マシマス》 則レバ、御悩忽ニ平愈玉フ。

と、後白河院の頭痛に始まる三十三間堂創建説話を載せており、後述する如く、『山州名跡志』巻三や『都名所図会』巻三も、「蓮華王院」条において同説話を取り上げる。さらに、末尾に「京都三十三間堂蓮華王院執事」とあって、明治期ごろに蓮華王院から発行されたと覚しい『京都三十三間堂蓮華王院一千一体観世音菩薩畧縁起』（早稲田大学図書館逍遥文庫蔵）にも、次の通り同様に見える。

〔H〕法皇《はうわう》常《つね》に頭痛《づつう》の御悩《ごなう》ましく〳〵て、……熊野権現《くまのごんげん》の御告《おんつげ》により洛陽因幡堂《らくやういなばだう》の薬師如来《やくしにょらい》に御悩 全快《ごなうぜんくわい》を祈《いの》らせ玉ふ《ニ》、ある夜《よ》一人の高僧枕上《かうそうまくらべ》に立《た》ち告《つ》げ奉《まつ》りて曰《いは》く、

「法皇《はうわう》……前生《ぜんしやう》の髑髏《どくろ》熊野《くまの》岩田川《いはたがは》の水底《みなそこ》ニ朽《く》ち残《のこ》り、柳《やなぎ》の大木《たいぼく》其上《そのうへ》ニ生《は》へ繁《しげ》り、……」

ところで、その蓮華王院三十三間堂では、毎年一月、有名な「通し矢」に因む弓道大会が開催されるのと同じ日、頭痛平癒や無病息災のご利益があるという楊枝浄水供《ようじじょうすいく》（楊枝《やなぎ》のお加持《かじ》）なる法要が堂内で行われる（図9ab参照）。多くの三十三間堂創建説話においては柳が重要な役割を演じていて、『祇園女御九重錦』などは、柳を棟木に三十三間堂が建立されるという筋書になっていたし、木霊婚姻譚として昔話化・伝説化したものでは柳自体が主役を務めてもいたが、楊枝浄水供でも、その名通り柳が重い意味を担っており、楊枝でもって法水が参拝者の頭に注がれる。そして現在、「本日行なわれている〝楊枝のお加持〟は、当院の開山・後白河法皇の頭痛平癒にあやかる霊験あらたかな当院最重の行事で」（平成二十三年一月十六日楊枝浄水供での配布パンフ）と、創建説話が楊枝浄水供と結び付けられて、言わば生きた説話として法要の霊験の鼓吹に一役買っているのである。

この楊枝浄水供については、「現在の形式で年中行事化したのは、大正年間であって、近世における楊枝浄水勤修の実否さえ定かでない」とされるが[27]、この件に関しては、僅かながら一つの臆測を新たに加え得る。岡見正雄・佐竹昭広両氏編『標注　洛中洛外屏風　上杉本』（岩波書店、昭58）の三十三間堂のところに、

頭痛なをりて無病そくさい　　頭痛もやさむる日に〱おこりばな
立ぬるや広き三十三間堂　　風吹きやまぬ三十三間
はなつ矢先のつよき弓勢　　射出しぬる矢数ははやく仕廻べし

(望一後千句、第十)

(俳諧塵塚、下)

と、二例の近世俳諧が標注として掲げられているが、佐竹先生は同書収載の「絵を見る人あれども―標注抄記―」のなかで、これらについて、「いずれも『頭痛』『三十三間堂』『通し矢』の付合から成る。『頭痛』と『三十三間堂』の付合の背後には、『頭痛祈《ハル》二三十三間堂《ノ》観音《ニ》一』(日次紀事、正月)という習俗があった」と解説されている。ここに指摘された、十七世紀後半の『日次紀事』(新修京都叢書)「正月」条の記す頭痛を祈る習俗とは、頭痛平癒などのご利益があるとして現在行われている、右の楊枝浄水供なのではないか。『日次紀事』がその習俗を「正月」条に記載していることも、現在正月に行われていて、そもそも新年の平安を祈る年始法会・修正会《しゆしようえ》の一部であると指摘されてもいる楊枝浄水供と、合致する。上の推測通りだとすれば、「近世における」「勤修の実否さえ定かでない」とされていた楊枝浄水供は、少なくとも近世には三十三間堂における正月の年中行事として実際に行われていて、俳諧の付合を生む程にかなり広く知られていた、ということになろう。

そして、「頭痛祈《ハル》二三十三間堂《ノ》観音《ニ》一」(先引『日次紀事』)とされる楊枝浄水供が行われていたのならば、現在そうであるのと同様に、それと結び付けて後白河院の頭痛平癒の話すなわち三十三間堂創建説話が説かれていた可能性は、相当に高いと思われる。先の二例の俳諧における「頭痛」と「三十三間堂」の付合にも、『日次紀事』の記す習俗、恐らくは楊枝浄水供と共に、それと一体となった創建説話が意識されていたのかもしれない。なお、先述通り「近世における」「実否さえ定かでない」とされながら一方で、楊枝浄水供の起源に関して、「後白河院政期の三十三間堂で、臨時の修法としての楊枝浄水供が行われた可能性は非常に強い[28]」「実体においては、後白河法皇の時代にその源流を有する[29]」と推測されてもいる。仮にその通りだとするならば、三十三間堂創建説話はそもそも、その楊枝浄水供という修法の由来・利益を説く説話として発生してきた面があることになろうか[30]。

三十三間堂創建説話の一方の舞台である熊野においても、近世に同説話が広く行われている[31]。特に濃密に顕著に見られるのは、本宮方面から新宮に通じる熊野川の東岸に所在する楊枝《ようじ》薬師（三重県南牟婁郡紀和町楊枝　図10ｅ）の縁起と結び付いた事例である。楊枝は、先の『祇園女御九重錦』に「楊枝村」として出てくる地名であり、楊枝薬師については、『紀伊続風土記』巻八十四が「薬師堂浄楽寺境内にあり。同寺支配す」としたうえで、文安元年（一四四四）の棟札を掲げる。それによると、楊枝薬師すなわち浄楽寺の薬師堂は、もと浅里（紀宝町浅里）の飛鉢峯（図10ｆ）に専念なる人物が創建し、応永十八年（一四一一）、最終的には文安元年（一四四四）になって、本尊の「二尊」と共に楊枝に移された、ということである。

寛永年間（一六二四～一六四四）の成立とされる『熊野巡覧記』（紀南文化財研究会編集発行「紀南郷土叢書」、昭51）に、「常楽寺　本尊薬師如来　世人揚《（ママ）》枝の薬師と云」として、

〔Ⅰ〕皇都三十三間堂の棟材此所より出し由。……稗説に載。鳥羽上皇常に頭痛の病を患玉へり。百方験なし。卜師を召て卜しめ玉ふ。奏して曰。……陛下前身の御骨熊野新宮川上の谷にあり。其髑髏の中より大なる柳の樹生たり。……乃其樹を伐て棟材となし、得長寿院を建玉へり。……

と記す。『紀伊国名所図会』（臨川書店刊版本地誌大系）熊野篇巻二「楊枝村」にもほぼ同様の記事が

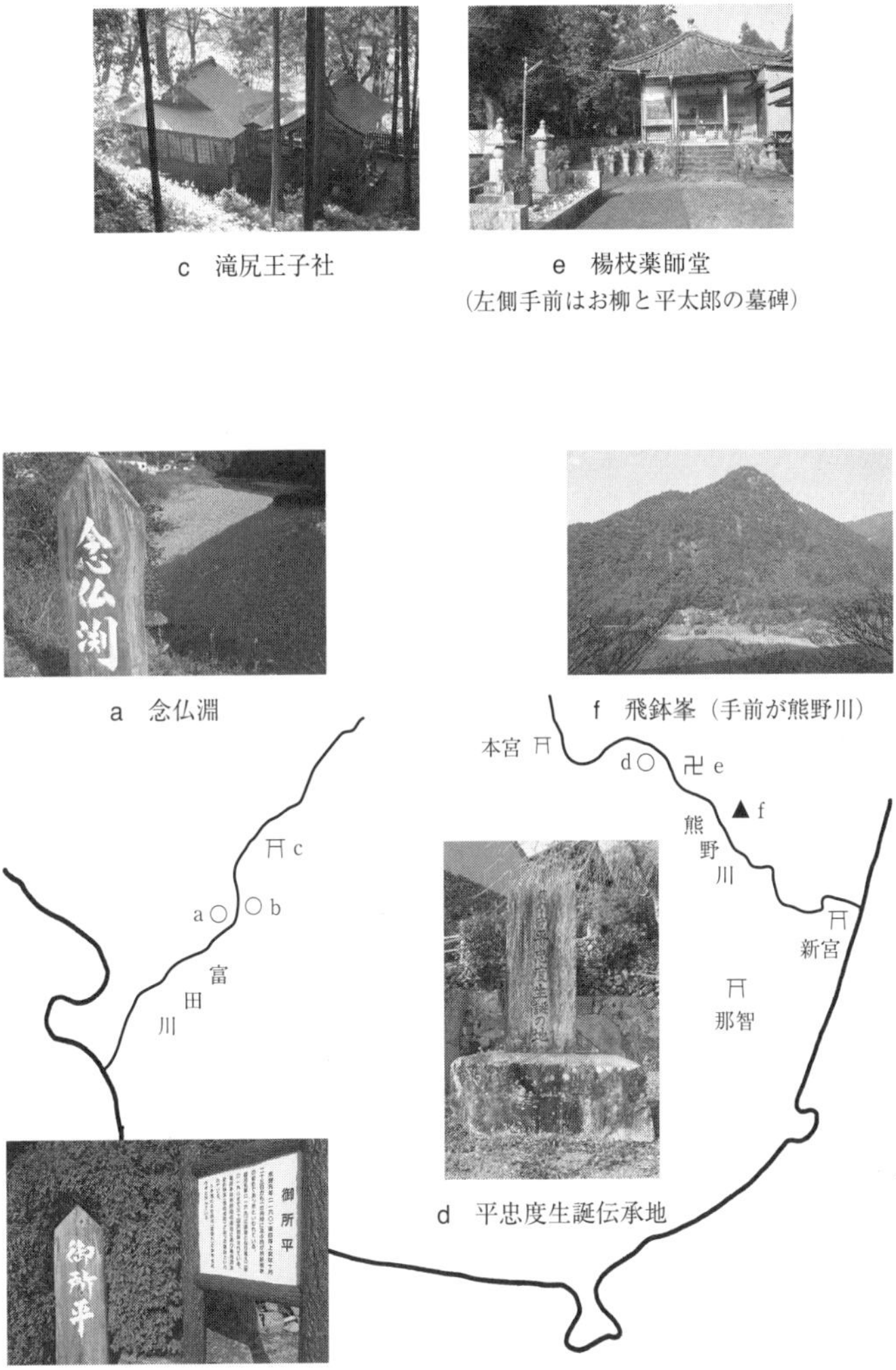

c　滝尻王子社

e　楊枝薬師堂
（左側手前はお柳と平太郎の墓碑）

a　念仏淵

f　飛鉢峯（手前が熊野川）

d　平忠度生誕伝承地

b　御所平

図10　熊野関係地略図

見える。後白河院が鳥羽上皇に、蓮華王院が得長寿院になった（先述通り、鳥羽院による得長寿院と後白河院による蓮花王院とは、しばしば混同される）形の三十三間堂創建説話が、確かに、楊枝薬師と関わって伝えられている。しかし、右の場合、髑髏を貫いていて三十三間堂（得長寿院）の棟木にされた、「此所」すなわち楊枝薬師あたりの柳についての因縁譚となってはいるけれども、楊枝薬師自体と深く関わっているというわけではない。それに対して、以下の諸事例は、楊枝薬師の縁起と結び付いている。

福本財巳氏所蔵『柳枝邑薬師堂略縁起(32)』に、

〔J〕後白河法皇頭痛頻に御悩みによりて、熊野山証誠殿に御祈りありしに、御霊夢に曰く「洛陽の因幡薬師へ祈誓あるべし」と御告により、因幡堂《ママ》へ十七日御参籠ありしに、御夢に薬師如来僧形と現はれ、「汝前生は蓮華王坊と云《ママ》いし熊野山苦行の沙門なり。……」。……三十三間堂成就せしより御脳《ママ》忽ち平癒あり。其堂を蓮華王院と名付け、髑髏をば仏像に作り籠め堂中へ納む。又柳の枝を以て一千体の仏を刻み堂中へ安置し奉る。同じく弥陀薬師の二仏を刻んで柳が元に残し置く。是は証誠殿の本地と因幡薬師を表してなり。それより其郷をば楊枝といえり《ママ》。時に専念上人といふ人あり。飛鉢峯へ此二尊を勧請し奉りて専修念仏勤行あり。……

とある。右の五行目中程までが三十三間堂創建説話で、それ以降、同説話を「楊枝」の地名起源説そして楊枝薬師の縁起へと結び付ける。三十三間堂の「一千体の仏」を刻んだのと同じ「柳の枝」で「弥陀薬師の二仏」を刻んで、「柳が元」に残して置いた（破線部）、それらを専念が飛鉢峯に勧請した（点線部）、と伝えて、そのあと「薬師堂の開基由来譚」へと繋げているのである。[33] 五行目中程以降は概ね、先の文安元年の棟札の内容と対応しており、同棟札には単に「二尊」としかなかった本尊「弥陀薬師の二仏」の由来を説き明かすという形にもなっている。

大正十四年刊『紀伊南牟婁郡誌』（名著出版復刻）第十編社寺誌掲載の成立年等未詳『楊枝薬師縁起』は、右引〔J〕『柳枝邑薬師堂略縁起』と近似する内容・表現が目立ち、全体的に同書と近い関係にあるようだが、一方でそれとは違って、先述の浄瑠璃に見られる平太郎とお柳の物語を含み込んでいたりもする。詳細不明ながら、日本歴史地名大系31『和歌山県の地名』（平凡社、昭58）の「楊枝薬師堂」項が引用する薬師堂所蔵『薬師堂縁起』も、右の〔J〕などと近い内容を持ち合わせている。なお、楊枝薬師の境内には、昭和四十八年建立の平太郎とお柳の墓碑が立っている。

〔K〕後白河法皇頭痛《づつう》の御悩《ごのう》まし〳〵て……依之熊野権現《くまのごんげん》にいのらせ玉へば、中宮誠証殿《せいせうでん》の神告け玉ふやうハ、「洛陽《みやこ》に天竺より来り玉ふ大医□あり、……」とあらたなる神告をうけ□公卿《くげう》にたづねさせ玉ふに、「因幡堂《いなばどう》の薬師如来ハ……

と記す楊枝の岡家所蔵の慶応元年（一八六五）『楊枝薬師縁起』[34]は、先の『紀伊南牟婁郡誌』所載『楊枝薬師縁起』と大体同様の内容が展開し、さらに末尾付近に、岩石にお柳の霊が現れ、その求めに応じて戒名を付けてやるなどしたという、文政十三年（一八三〇）の楊枝村での奇事を伝えてもいる。また、福本財巳氏所蔵『楊枝薬師縁起』[35]は、

〔L〕爰に人王七十五代崇徳天皇の御字《（ママ）》、大治の頃、白河法皇御頭疼痛の御悩あり。熊野上下証誠殿の

御前にてさまざま御祈ましましけるに、権現の御託宣により、洛の因幡薬師堂へ《ママ》十七日御参籠ましましけるに……

という冒頭部や、専念による二尊の飛鉢峯への勧請を説く末尾部は、右に見てきた楊枝薬師の諸縁起と概ね同様の内容となっている。しかし、その中間部にはそれらと異なる展開をいくつか見せている。柳の精霊が「男子の姿」で現れ、[36]その娘が院を案内するという点や、院が帰京の後に召した柳の精霊の娘と平忠盛（一〇九六〜一一五三）との間の子として、熊野権現と楊枝薬師の効験あって、薩摩守平忠度（一一四四〜一一八四）が音川にて誕生する、という点である。後者は、楊枝薬師のやや上流、熊野川の西岸に位置する音川（和歌山県東牟婁郡熊野川町音川）に、「薩摩守忠度誕生所　小名音河にて生れ此地にて成長せしといひ伝ふ」（『紀伊続風土記』巻八十四）と忠度の誕生地とする伝説があり[37]（図10ｄ）、それと結び付いているのである。

なお、『熊野道中記』（『南紀徳川史』第十一冊所収）は、「楊枝薬師」項のあとに、「右三十三間の柳切たる時、此石迄末届きし由、此所にて貝を吹人をつかひし也」という「貝吹岩」を挙げている。三十三間堂創建説話が楊枝薬師と結び付いたことで、新たな伝説地が派生してきてもいたらしい。

前節に引用した〔A〕や〔B〕は、前生の髑髏のあった地を滝尻や念仏淵と伝えていたが、右の通り、後世には、それらとは本宮を挟んで反対側の楊枝に、すっかり説話の舞台が移った感がある。しかし、後世の滝尻や念仏淵でも、三十三間堂創建説話が絶えてしまったというわけではない。例えば十七世紀後半の『紀南郷導記』（紀南文化財研究会編集発行「紀南郷土叢書」、昭42）には、

〔M〕（滝尻五体王子）社西前ニ彼岸ト云フ有リ。本川ノ岸ナリ。此上ノ方ノ川ヲメクラ滝ト云フ。古昔西国観音巡礼三十三度ノ盲目法師、此所ニ陥チテ殞命、故ニ号スト云へリ（此法師ノ髑髏ヨリ柳生ヒテ大樹トナル。其頃鳥羽院吹風ニ毎日御頭痛有リテ、之レヲ占フニ再誕同縁有リ。故ニ此楊ヲ以テ棟木ト為シ、三十三間堂ノ御建立有リテ御平癒タリ。故ニ平癒寺得長寿院ト謂フナリ。……）

とあって（〔　〕内は割注）、「西国観音巡礼三十三度ノ盲目法師」（破線部）そして鳥羽院を主人公とした三十三間堂創建説話を掲載し、滝尻王子社近くの「メクラ滝」を舞台としている。文化四年（一八〇七）の『紀伊風土記』三番組書上帳(38)にも、右と同様に「西国の巡礼三十三度巡の盲目法師」の話が見られ、その髑髏が流れて「念仏ノ淵」で止まり、そこから柳が生えた、と伝える。また、後者は、鳥羽院が頭痛平癒のため建てた三十三間堂の跡「堂跡」が滝尻にあると記してもいる。なお、『紀伊国名所図会』熊野篇巻一は、「御所平念仏淵」について「後白河法皇熊野御幸頓宮の地と云ふ。また念仏ケ淵は法皇御供養の淵と云ひ伝ふ」とする（御所平は、図10b参照）。

さらに、西国三十三所観音巡礼の第十五番札所、京都の今熊野観音寺（京都市東山区）に関しても、三十三間堂創建説話が伝えられており、同寺では、同説話に因んだ頭痛封じの枕カバーを販売してもいる。享保十一年（一七二六）刊『西国三十三所霊場記』巻三の今熊野観音寺条に、

〔N〕昔《シ》、人皇七十七代後白川院ト申帝在《スマシ〳〵》ケリ。常ニ頭痛《ヅツウ》ノ御悩《ノウ》アッテ……熊野へ御幸アッテ権現ニ祷《イ》ラセ給ヒケレバ、夢ニ告ケ玉フヤウハ、「洛陽因幡堂ノ平等寺云薬師ハ天竺ヨリ降《アマクダ》リ給ヘル尊像ナリ。急キ彼《カシコ》ニ到リテ祈《イノ》リ給ヘ」トアル。因《テ》レ茲《ニ》、帝、永暦二年二月廿二日、因幡堂ニ参籠《サンロウ》アリテ祈リ

玉フニ、或ル夜、貴僧忽然《コツゼン》ト現ジ玉テ告《ツゲ》テ曰、「汝ガ前生ハ、熊野ニアリテ蓮花坊《レンゲバウ》ト云ヘル僧ナリシガ、日本ヲ廻国《クハイコク》シテ六十六部ノ経ヲ奉納ス。……」。……今ノ新熊野《イマクマノ》ハ後白川ノ法皇ノ御願也。……観音堂ハ、嵯峨《サガ》帝ノ御時ニ空海ノ瑞夢《ズイム》ヲ感ジテ彫刻《テウコク》アリ。……

弘化二年（一八四五）刊『西国三十三所観音霊場記図会』巻三の今熊野観音寺条に、

〔O〕後白河院法皇《こしらかはのいんはふわう》御持病《こぢびやう》に御頭痛《おんつつう》、……紀州熊野三所権現《きしうくまののさんしよこんけん》へ御参詣《こさんけい》あり。……権現《ごんげん》の御夢《ゆめ》に、……君《きみ》御前生《ごせんしやう》にては蓮花坊《れんけはう》と申し、修行者《しゆきやうしや》にて、……

と見られたりする。(39) 右のうち〔N〕は、後白河院の頭痛に始まる三十三間堂創建説話を、院による今熊野勧請（先引『相国寺塔供養記』実線部参照）へと結び付けているが、その今熊野勧請より前の部分は、宝暦六年（一七五六）刊『霊魂得脱篇』(40)にも同文が見られ、その末尾に「予ガ霊場記ニ具ニ記セリ。見ツベシ」と注記する。

なお、安政年間（一八五四～一八六〇）の錦絵『観音霊験記』も今熊野観音寺関係の話として三十三間堂創建説話を載せ、それを承けたらしい松本喜三郎（一八二五～一八九一）による明治四年（一八七一）の生《いき》人形興行「西国三十三所観音霊験記」も今熊野観音寺の場面に同説話を取り上げる。(41)

〔P〕帝常《みかどつね》に御頭痛《づつう》の御悩《なやみ》あり。熊野へ御祈願《きぐわん》あれば、神の告《つげ》により因幡堂《いなば□う》に御参籠《さんらう》有ければ、夢中《ゆめうち》に貴僧現《きさうあら》はれて、「帝前生の髑髏《どくろ》、岩《いは》田川の水底《すいてい》にありて、目の穴《あな》より柳《やなぎ□》生立《ひたち》て大木になり、……」と。則《すなは》ち水底を尋《たづ》ね玉へば、告《つけ》の如し。

これは、右の生人形興行の冊子体番付の記事。同番付の掲げる絵によれば、喜三郎は、川底の髑髏を取り上げようとしている場面を人形に仕立てていたようである。明治二十六年（一八九三）刊『西国三十三所観音霊場記』（中村浅吉発行）や明治二十九年（一八九七）刊『西国三十三所霊験画伝』（藤田三法堂）の今熊野観音寺条も、三十三間堂創建説話を載せる。(42)

四　因幡堂の関与

三十三間堂創建説話が近世以降になると、浄瑠璃に採り入れられたり、その影響下に昔話化・伝説化したり、また、三十三間堂や熊野といった説話の舞台において様々な形で伝承されたりと、かなり広く流布し種々の展開を示していること、いくつかの事例を挙げて右に確認してきた。本章にて特に注目したいのは、それらの中に、第二節で取り上げた中世の〔A〕~〔D〕には出てこなかった、薬師如来像を本尊とする京の因幡堂・因幡薬師すなわち平等寺が登場して、重要な役割を演じる事例が現れてきていることである。〔F〕や〔I〕〔M〕〔O〕のように、〔A〕~〔D〕と同じく因幡堂が出てこない事例もなお存続しつつ、〔G〕〔H〕〔J〕〔K〕〔L〕〔N〕〔P〕など、熊野を経て最終的には因幡堂で、前生についての夢告を院が得るという筋書になっている（各波線部）事例が、少なからず見られ、中には〔E〕のように、熊野を経由することなどなく、直接に因幡堂で夢告を得る（波線部）という事例さえ見られたりする。

そして、この因幡堂がはいり込んだ形の三十三間堂創建説話は、因幡堂の縁起の中にとり込まれてもいたようである。『山州名跡志』（新修京都叢書）巻三「蓮華王院」条が、「因幡堂縁起云」として、

〔Q〕後白河法皇《ノ》頭痛《ヅツウ》ノ御悩《ゴナウ》アルニ、医術《イジユツ》其験《ノシルシ》ヲ失《ウシナヒ》シカバ、熊野《クマノ》ニ御幸《ゴコウ》アツテ是ヲ祈《イノラ》セ玉フニ、権現《ゴンゲン》夢ニ告《ツケテ》云《玉ハク》、「洛陽因幡堂ニ天竺ヨリワタル妙医《イ》アリ。彼《カレ》ニ治療ヲ命《メイ》ジ玉へ」ト。是ニ依《ツ》テ永暦二年二月廿二日因幡堂ニ参籠《サンロウ》シテ此《コレ》ヲ祈玉フニ、満ズル夜《ヨ》貴僧忽然《コツゼン》ト現ジテ告云《テク》、「汝《ナンヂ》ノ前生ハ熊野ニアツテ蓮花坊《レンゲバウ》ト云シ人ナリ。日本ヲ行脚《アンギャ》シテ仏道ヲ修行ス。……

と因幡堂がはいり込んだ形の話を記している。『都名所図会』（新修京都叢書）巻三「蓮華王院」条もほぼ同文を載せて、末尾に「已上平等寺縁起の意」と注記する。また、因幡堂のすぐ近くの新玉津島神社に住んでいた北村季吟（一六二四〜一七〇五）の『菟芸泥赴《つぎねふ》』巻二は、「因幡堂」条に「縁起」に拠りつつ同様の話を載せている。さらに、実は、右の〔Q〕と内容・表現ともに近似する先引〔N〕も、「因幡《イナバ》堂ノ縁起ニ曰」として記載されたものである。

こうした、三十三間堂創建説話における因幡堂の関与ということについては、従来ほとんど注目されてこなかったように思われる。ただ、わずかに鈴木宗朔氏が、「因幡薬師の登場は『山州名跡志』の「因幡堂縁起」に依るもので、近世都市庶民の薬師信仰を取り入れたものと思われる」「民間信仰では病気の治療に効験ある仏として観音より薬師如来の方が端的な表現として分かり易かったと考えられる」という見解を示されている(43)。三十三間堂創建説話が病気平癒譚でもあるために、薬師と結び付きやすかったというのは、確かであろう。ただ、因幡堂は、三十三間堂創建説話の中にはいり込むだけでなく、それを自らの縁起の中にとり込んでもおり、同説話に対して二重の意味で深く関与している。その関与の度合は、同説話を自らの縁起と結び付けてはいてもその中にはいり込んでいるわけではない先の楊枝薬師の場合よりも、一層大きい。そうした関与の度合の大きさから見れば、因幡堂の側の事情・意図といったものが、もっと考慮されていいのではないかと思われる。

中野玄三氏が、広く知られた東京国立博物館蔵本とは「明らかに別系統に属」して、同本より「時代の遅れる制作で」、永仁元年（一二九三）を成立の上限とする、応永三十三年（一四二六）写の東寺観智院本『因幡堂縁起』を紹介されている。(44) 先引『山州名跡志』や『都名所図会』が拠る「因幡堂縁起」「平等寺縁起」と近い記述になっているのだが、その下巻第1話の前半に、

〔R〕後白河法皇頭風ノ御悩御大事ニわタラせ給アイタ、コレヲ療シ奉ニ、秘密モシルシナク、医家モ術ヲ失キ。カヽル程ニ、御祈精（ママ）ノタメニ熊野ニ御参詣御ケルニ、証誠ノ御夢想ニ、「我事モサル事ナレ共、洛陽ニ天竺ヨリ最上ノ医師わタリ給。彼ノイ師ニ療治サせ給候ハ、別ノ事マシマサシ」ト仰ラル、ト御覧テ、御下向之後、公卿僉議アリテ、所々ノ薬師ノ由来ヲ御尋有ケルニ、小納言入道信西カ子息澄憲法印申ケルハ、「高辻烏丸因幡堂ノ本尊コソ、西天ヨリ東土ノ衆生ヲ利益せンカ為ニ、来化シ給ツル仏」ト勘申サル、間、永暦二年二月廿二日、始テ御幸成テ、当寺ニ七ケ日御参籠有ケルニ、御夢想ニ御厨子ノ内ヨリ、香染ノ衣、香ノケサカケタル老僧、イトタツトケナルカ出テ、宣《ノ給》ケルハ、「汝先生ハ熊野ニ蓮花房ト云シ物ナリ。其首岩田河ニシツムニヨルカ故ニ、此病アリ。彼ヲ取アクヘシ」。先香水ヲ御御（○ママ）手ツカラ御頂ニヌラせ給ト御覧シテ、ウチ驚カせ給テ、イソキ人ヲ以テ彼首ヲ御尋有ケルニ、誠ニ岩田河ノ底ヨリ取上奉テ、此由を奏シ申ケレハ、則彼首ヲ観[童]ノ御クシニ作コメラル《レ》。御立願《ニ》[redacted]三十三間ノ御堂ヲ立テ、蓮華王

院ト号セラル。

とある。また『碧山日録』（増補続史料大成）の長禄三年（一四五九）十二月十四日条に、

〔S〕……又平治皇帝有二頭痛之患一、治レ之無レ効。竟詣二熊野之神一、祈以二睿懇一。其神告曰、「帝之病、非二吾力之所レ能也。洛陽有二医師一、西竺之巧手也。可二以問レ之」云。帝命二諸吏一覓レ之、不レ得也。小《(少)》納言信西之子澄憲曰、「承聴、高辻因幡堂之尊至自西竺。恐其是乎」。永暦二季二月、鳳輦入レ寺、百官扈蹕、一七日祈求レ之。散朝之夜少睡、有二老衲一来曰、「帝宿世熊野蓮華房之主也。暫以事二之隣邑一、[a]溺二死岩田河之暴流一。其頭寒浸久矣。故有二此病一也」。[b]傾二所レ携小碧壺一、点二香水於其頭一。而頭風頓愈、諸王公卿咸称二万歳一。[c]帝遣二中使於熊山一索二捜其頭一、於二河底一得レ之。為レ造二観世音像一安二其頭於像首之中一、而建二堂三十三間一。名レ之為二蓮華王院一也。

と見える(45)。いずれも、熊野を経て（破線部）最終的には因幡堂で夢告を得る（波線部）という形の三十三間堂創建説話になっていて、確かに因幡堂が説話中にはいり込んでいる。さらに、特に前者の場合、その説話が明らかに因幡堂の縁起にとり込まれてもいる。前節に見た近世の諸例よりも以前、少なくとも十五世紀の前半には、二重の意味での因幡堂の関与がすでに起こっていたのである。関与の相当な根深さが感じられるところであって、先に述べたような因幡堂の事情、意図といった観点がなおさら必要であるように思われる。

なお、従来の検討で取り上げられてきた中世の伝承を第二節に見たが、ここにさらに〔R〕〔S〕の二例、中世の事例が加わったことになる。右の通り、その二例いずれも、頭痛の要素を持ちながら柳が出て

こない。その点では、頭痛の要素も柳も出てこない〔A〕と、ほとんど例外なくそれらが出て来る、〔B〕以下の後世の事例との、中間に位置付けられるのかもしれない。

五　霊験の強調

右の二例〔R〕〔S〕において、他ならぬ熊野における前世の因縁譚を、熊野に参詣して告げられずに、熊野での示教に基づき京に戻って因幡堂で告げられるというのも、また、京から熊野に参詣したあと京に戻り、因幡堂で夢告を得て使者が再び熊野へ前生の頭を求めて向かい、さらに京に帰って三十三間堂が創建されるというように、京と熊野の間で話の舞台がめまぐるしく交替するのも、話としていかにも不自然に感じられる。恐らくは、熊野参詣中に熊野での前世の因縁譚が告げられるという、〔A〕や〔D〕のような、あるいは時代が下るが〔F〕〔N〕のような、自然な筋書の話がまずあって、そこにあとから因幡堂が無理にはいり込んだために不自然な筋書が成立した、ということかと考えられる。(46) そうした不自然さを招いてまではいり込んだのには、因幡堂のいかなる意図が働いていたのだろうか。

例えば先の〔J〕の場合、「洛陽の因幡薬師へ祈誓あるべし」という熊野権現のお告げに従って因幡堂に参籠した（波線部）結果、三十三間堂が創建され頭痛が平癒して、「証誠殿の本地」すなわち熊野本宮の本地たる阿弥陀如来と「因幡薬師」を表す（二重傍線部）「弥陀薬師の二仏」が刻まれる。そこからは、三十三間堂創建を促し、頭痛平癒の霊験をもたらした存在として、熊野権現と因幡薬師とがほぼ同等の位置を与えられているように受け取れる。それに対して、右の二例〔R〕〔S〕の場合は、そのようには受けとめられない。特に注意されるのは、熊野権現の言葉（実線部）である。〔R〕の「我事モサル事ナレ共、洛陽ニ天竺ヨリ最上ノ医師わタリ給、彼ノイ師ニ療治サせ給候ハ、別ノ事マシマサシ」では、権現自身が自ら以上に「医師」として優れていると認める因幡薬師を推薦し、さらに〔S〕の「帝之病、非二吾力之所レ能也、洛陽有二医師一、西竺之巧手也、可二以問レ之」では、自分の力には負えないということで因幡薬師を推薦している。いずれにおいても、頭痛平癒の霊験は、ほとんど因幡薬師のみに帰することになるだろう。先述通り、熊野権現が前生についての夢告を与える〔A〕〔D〕のような話に因幡堂がはいり込んで右の〔R〕や〔S〕の話が成立したとすれば、それによって、熊野権現の霊験が因幡薬師の霊験へとすり替えられたことになる。

さらに、単に霊験の所在が移っただけではない。例えば先の〔E〕のような、熊野に参詣せずに熊野権現のお告げ無く最初から因幡堂で夢告を得るという、その意味では〔A〕〔D〕の熊野権現がそのまま因幡薬師に入れ替わっただけである場合と比べると、右の〔R〕〔S〕二例の場合は、熊野に参詣し熊野権現のお告げを受ける分、あの熊野権現が、より優れていると認めて推薦した、あるいは手に負えないと投げ出した病を治した、という要素が加わって、因幡薬師の霊験が一層高められることになろう。中世段階の〔B〕〔C〕のほか〔I〕〔M〕では、京において占者が前世の因縁を語っていたし、澁澤龍彦が「下敷」としていた花山院の話でも、京にて晴明が大峰における前世の因縁譚を語り、第二節冒頭に掲げた後白河院の話でも、恐らくは京にて千手観音が三井寺での前世の因縁について夢告していた。したがって、京の

郵便はがき

(料金受取人払郵便)

左京支店承認

3294

差出有効期間
平成24年3月
20日まで
(切手不要)

606-8790

(受取人)

京都市左京支店区内
田中下柳町八番地

株式会社 臨川書店

愛読者係 ゆき

6068790 10

ご住所 (〒 ―)

TEL FAX e-mail

ご氏名《フリガナ》 (歳)

勤務先

ご専攻 御所属学会名

※お客様よりご提供いただいた上記の個人情報は法に基いて適切に取り扱い、小社の出版・古書
報のご案内に使用させていただきます。お問い合わせは臨川書店個人情報係(075-721-7111)ま

愛読者カード

平成　　年　　月　　日

ご購読ありがとうございました。小社では、常に皆様の声を反映した出版を目指しております。お手数ですが、記入欄にお書き込みの上ご投函下さい。今後の出版活動の貴重な資料として活用させていただきます。なお、お客様よりご提供いただいた個人情報は法に基いて適切に取扱い、小社の出版・古書情報のご案内に使用させていただきます。

書　名

お買上げ書店名　　市区町村

本書お買上げの動機

1．書店で本書をみて
2．新聞広告をみて（　　　　新聞）
3．雑誌広告をみて（　　　　）
4．書評を読んで
5．出版目録・内容見本をみて
6．ダイレクトメール
7．その他（　　　　）

本書のご感想

新刊・復刊などご希望の出版企画がありましたら、お教え下さい。

ご入用の目録・内容見本などがありましたら、お書き下さい。
早速お送り致します。

□小社出版図書目録　□内容見本（分野：　　　　）
□和古書目録（分野：　　　　）　□洋古書目録（分野：　　　　）
□送付不要

ありがとうございました

因幡薬師が、熊野を経由することなく、熊野での前世の因縁について夢告するという展開であっても、何ら不都合なかったはずである。実際に後世の〔E〕がそうであるように。にもかかわらず〔R〕〔S〕などが、先述のような不自然さを招いてまで熊野を経由する形をとる点に、注意しなくてはなるまい。

因幡堂は、三十三間堂創建説話に含まれる熊野権現の霊験を、自らに移し替えるだけでなく、熊野参詣の要素を残すことにより、その熊野権現をうまく利用しそれをだしにして、自らの霊験の強調を図ったものと見られる。そこに、因幡堂関与の一つの意図を見ることができよう。五来重氏が「いま京都観光の花形である三十三間堂も熊野権現の所産であり、熊野山伏の舌先からうまれたものである」と述べられていること、先にも触れたが、因幡堂は言わば、さらにその「舌先」を利用して上前を刎《は》ねているのである。

他の神仏を引き合いに霊験を強調するというのは実は、右の因幡堂の話に限ったことでなくて、よく見掛ける話である。(47) 無論、その引き合いに持ち出される神仏自体の霊験の評判が高ければ高いほど、強調の効果はより一層大きくなるのであって、引き合いにされ利用されるというのは、その神仏の霊験がそれだけ広く喧伝され定評を得ていたことをも意味する。

建保本『北野天神縁起』（北野文叢）所載の仁和寺（京都市右京区）の僧念西の話は、同じ熊野の中でも那智を利用した話。「熊野那智山に百日参籠して、『臨終正念極楽の定日いつの月日とたしかにしめし給へ』と祈請」すると、

なんぢが申所の往生の定日、わがこゝろにかなひがたし。北野宮に参て祈申べし。

というお告げを得たため、北野社（京都市上京区）に参籠したところ、示現あってその通りの日に往生を遂げた、とする（『一遍聖絵』巻十一にも同類話）。熊野那智が「わがこゝろにかなひがたし」としたことを天神が叶えた、あるいは那智が天神を推薦した、ということで、北野天神の霊験が強調されている。話末には、それを承けて「現当の願望ひとへに天神の冥助をあをぐべき者也」と記す(48)。

また、『続古事談』巻四―21（新日本古典文学大系）に見える、

病者、中堂にまうでて祈ければ、夢にみるやう、「此病は右京の医師につくろはすべし。われはちからをよばず。彼此分別なけれども、たゞ縁の有無によるべきなり」とみて、此病人、おもひまはして広隆寺にまうでて祈ければ、即愈にけり。

においては、「われはちからをよばず」とする比叡山根本中堂（滋賀県大津市）の薬師如来の推薦（傍線部）を受けて、「右京の医師」すなわち太秦広隆寺（京都市右京区）の薬師如来が治病し、『臥雲日件録抜尤《ばつゆう》』（大日本古記録）文安四年（一四四七）九月二十三日条に見える、

昔平氏小松相公病癰、就二大秦《ウツマサ》薬師一祷二安全一、薬師夢告曰、「此病非二予力所一レ及。三条河原有二一老僧一、能治二此病一」。行当レ尋レ之」。小松殿奇而験レ之、果河辺有二一小堂一。薬師如来為二之主一、而老僧在焉。就レ僧求二医治一、而病果愈矣。此仏、先レ是、自二江文一乗二河水一而流出矣。今相国寺妙荘厳域西辺、衣服寺薬師是也、俗謂二之蝦《エヒ》薬師一云々

では、その広隆寺の薬師如来「大秦《ウツマサ》薬師」が「此病非二予力所一レ及」ということで推薦した（傍線部）、衣服寺の薬師如来「蝦《エヒ》薬師」が、「平氏小松相公」すなわち平重盛（一一三八～一一七九）の病を治

す。それぞれ同じようにして、広隆寺と衣服寺の薬師如来の霊験が強調されているのである。

あるいは、有名な御伽草子『鉢かづき』の場合。一般的な御伽文庫本などでは、長谷寺（奈良県桜井市）に参詣し祈請した結果、同寺の観音の利益によって鉢かづき姫が誕生したとするが、御巫《みかなぎ》本（室町時代物語集）では、夫妻がまず清水寺に参籠し、

いかに、なんぢ《汝》か申所、ふひん《不便》なれとも、三せん《千》大せん《千》せかい《世界》をたつぬるに、なんぢ《汝》かこ《子》になるへきもの、さらになし。……我ちから《力》にはかなひかたし。やまと《大和》の国はせてら《長谷寺》のくわんをん《観音》にまいりて、きせい申せ。

という清水観音の夢告を受けてから、長谷寺に参籠して姫を授かる。清水観音の推薦（傍線部）がある分だけ一層、長谷観音の霊験が強調されていよう。

これら事例に共通する霊験強調の型、それを今仮に推薦式霊験強調型と称するならば、因幡堂は、自らの霊験を強調すべく、広く行われていた、その推薦式霊験強調型を適用して、三十三間堂創建説話の中にはいり込んだのである、とも言えよう。既成の説話に、既成の説話の型を持ち込んで、それを、自らの意図に適うような説話に改造する、という巧妙な説話操作を行っていることになる。その甲斐あってか、因幡堂がはいり込んだ形のその改造説話は、先に見た通り、三十三間堂創建説話が流布するのに乗じてかなり広汎に普及し、明治期ごろに蓮華王院三十三間堂から発信されたと覚しい略縁起にも取り入れられていたし〔H〕、さらには、霊験を横取りされたような面がある熊野の側にまで広まっていったのである〔J〕〔K〕〔L〕。熊野は熊野で、先述通り、少なくとも因幡薬師と同等の位置

を権現に保たせるような形を採っていたりもしていたが〔J〕。

東寺観智院本『因幡堂縁起』は、上巻に創建縁起を記し、下巻には霊験譚を、薬師の十二大願に因んで十二話載せる。〔R〕は、その十二話のうちの第1話の前半部なのだが、第6話には、

仁治元年之春比、或大臣家之姫君煩給フ事アリ。御腹フクレテ大事ナリケレハ、御メノトウツマサニ参籠シテ、祈申ケルニ、七日ニ満スル夜ノ夢想ニ、御厨子内ヨリ、「我力モサル事ナレ共、高辻烏丸ニ三国一ノ医師ヲハシマス。其ヘ申ヘシ。名ヲハ因幡堂ト号ス」ト示シ給ヘハ、御乳母、父ノ大臣ニ此由ヲ申ス。サラハトテ、軈此寺ニ参籠有ケル。七日ニ満スル夜ノ程ニ、女房達ニ告モアヘ給ハス、御腹タヲヤカニ成テ……

という話を掲げている。〔Q〕の熊野権現による「我事モサル事ナレ共……」（傍線部）と同様の言葉「我力モサル事ナレ共……」を、「ウツマサ」すなわち太秦広隆寺の薬師如来が告げて因幡薬師を推薦する、というもの(49)。因幡堂にとって、推薦式霊験強調型の適用というのは、ある程度常套的な霊験強調の手段となっていたのかもしれない。

無論、先述通り推薦式霊験強調型の話は広く見られるのであって、常套的にその型を適用するというのは、因幡堂に限ったことではなかっただろう。実際、例えば『長谷寺験記』（新典社善本叢書）も推薦式霊験強調型の話を複数収めている。先引御巫本『鉢かづき』では、長谷観音の霊験を強調するのに清水観音が引き合いに持ち出されていたが、例えば上―15の場合は、春日社を引き合いに利用した推薦式霊験強調型の話を載せて、「実ニ神明モ我力ノ及ハセ給ハヌ程ノ定業ヲハ当寺ニ歎キ申サセ給ヒケルヲ

ヤ」と記す。今、特に注目されるのは、下―20。それは無論、長谷観音の霊験譚になっているのだが、よく似た話である『今昔物語集』巻十六―18では、石山寺（滋賀県大津市）の観音の霊験譚になっている。もとは「石山の霊験談だったものが」「長谷のそれにすり変えられている」[50]ようである。しかし、単にすり替えているだけではない。『長谷寺験記』所載話が、『今昔物語集』には含まれていない一人の登場人物の語りを盛り込み、その人物に、自らの幼時の体験談として長谷観音の霊験譚を、次のように語らせている点、長谷寺側のさらなる巧妙な説話操作を窺わせるものがある。

長谷寺之観音ハ、定業ヲ転シ、余ノ捨給事ヲモ叶ヘ給フ。……我生テ七歳ニ成シ時、重キ霊病ヲ受テ死セントセシニ、我母、所々ノ仏神ニ祈シ中ニ、年来功ヲ入奉ル石山寺観音、「汝カ娘《ムスメ》ノ事ハ既ニ七生ノ霊ニテ定業ナル上ハ、今生ノ命ハ力《ラ》ナシ。後世ヲ祈ルヘシ。但、大和国長谷寺之観音コソ定業ヲモ転給ヘ。カシコニ参テ祈ルヘシ」ト云示現ヲカウフリテ、サテハトテ当寺ニ参籠シテ侍ケル。御夢想ニ、童子御帳之内ヨリ出テ薬之箱ヲ授給ト見テ、其夜ヨリ心地モ吉、気色モナヲリテ、今マテモナカラヘテ侍ハ……

その登場人物は、波線部のように長谷観音の利益の広大さを述べたうえで、その例話として一つの霊験譚を語っている。同人物が七歳にして重病に陥った際のこと、石山観音が母親にまず、「定業ナル上ハ、今生ノ命ハ力《ラ》ナシ。後世ヲ祈ルヘシ」（破線部、第二章前掲『大江広貞注』所載話の陰陽師の言葉などと同様）と告げる。そのうえで、「定業ヲモ転給」という長谷観音を推薦し同観音に祈るよう、勧めている（実線部）。結果、長谷観音から薬箱を授かって、語り手の重病が治ることになる。

他の箇所では、『今昔物語集』所載話における石山観音が完全に長谷観音にすり替えられているのに、ここには逆に、殊更石山観音が登場させられている点、注意される。推薦式霊験強調型を採用し、敢えて「石山の示現を残すことで、長谷の霊験」が「二重に強められ(51)」ているのである。既存の石山観音の霊験譚を長谷観音のそれにすり替えつつ、そのうえ、登場人物の語りの中に推薦式霊験強調型の霊験譚を持ち込んで、もとの霊験譚の霊験主体であるところの石山観音をだしに、長谷観音の霊験をより一層強調している。それは、先に見た〔R〕や〔S〕の場合と類似した面があって、因幡堂の巧妙な説話操作にも、かかる先蹤があったことになる。

なお、〔S〕では、岩田川の底から蓮華房の頭が取り上げられる（点線部c）より以前、院が因幡堂で香水を注がれた時点で頭痛が平癒している（点線部b）ことに注意される。直前に示された頭痛の原因（点線部a）、岩田川の冷たい水に沈んでいるという髑髏の痛みが解消されないうちに、因幡堂で頭痛が平癒するという、論理上の整合性を欠く筋書になってしまっているのである。そこにもやはり、因幡薬師の霊験の速やかさ、あらたかさをひたすらに強調しようとする因幡堂側の意図が、反映しているだろうか(52)。

六　権威の付与

東寺観智院本『因幡堂縁起』下巻第1話の後半部、すなわち三十三間堂創建説話をとり込んでいた

先の〔R〕の続きの部分には、

既御悩御平癒ノアイタ、御叡信アサカラス、連々御参詣マシ〳〵ケリ。……其後、高倉院ノ御宇、承安元年四月八日、勅額ヲ下サレ、平等寺ト号トカヤ。彼額ハ忝勅筆タルトテ、勅使車ヲヤリテ、直ニ宝蔵ニ籠ラレタリ。

と、頭痛の平癒した後白河院がその後も因幡堂に参詣し続けたことから始まって、院が因幡堂で大仁王会を始めたことや院宣により八幡若宮や諸神十八所（のち十九所）を勧請したこと（中略部分）、そして後白河院の子の高倉院が勅額を下されたこと、などが書き連ねられている。霊験譚の枠を越えて、後白河院そして朝廷と因幡堂との密接な関係が力説されているのである。

ところで、因幡堂は、もとは「烏丸東有二小霊験所一、世云二因幡堂一」（『中右記』承徳元年正月二十一日条、増補史料大成）と「小霊験所」であったが、「平安時代も終りに近づくと相当様相を変えていき、「政治的なものと結び、小堂から寺院へ移つていつた」とされる。[53]『山槐記』（増補史料大成）治承三年（一一七九）二月二十八日条の次の記事は、「寺院化した、相当の規模をもつた因幡堂の姿」を伝えるとともに、安元の大火に遭って焼亡した因幡堂に庁屋が施入されたことを記していて、「因幡堂が中央政府と相当深い関係があつた」ことを窺わせる。[54]

今日壊二却庁屋一施二入因幡堂一。……因幡堂去々年四月廿八日焼亡。大極殿火、事同日也、其後未レ終二其功一、仍所二施入一也、一昨日遣二召彼寺預一、仰二子細一。今朝壊置、重遣二召預一。預法師相二具聖人一来。又彼寺雑役車持来、積二八両一帰了。四間板葺屋一宇、立蔀畳弘筵等皆施入了。……聖人曰、「因幡堂者証菩提院末寺也」者。……

特に注意されるのは、末尾の傍線部である。「証菩提院」は、『濫觴抄』（新校群書類従）に「故中宮篤子御願」と見えるように、中宮篤子の御願寺であって、因幡堂は、同寺の「末寺」だったというのだから、「宗派とは別に朝廷との関係は相当密であったと思われる」[55]。また、中宮篤子とは、後白河院の曾祖父・白河院の妹、祖父・堀川院の中宮である。恐らく因幡堂は、実際に後白河院とも何らかの関係を持っていたことであろう。個々の記事がいかに史実を反映しているのか否か不明だが、先の下巻第1話の後半は、如上の朝廷、特には後白河院との実際の関係を背景として、その関係がいかに密接であったかを力説しているものと考えられる。

となれば、そうした第1話の後半へと続く、先に見た前半の三十三間堂創建説話〔R〕は、「永暦二年二月廿二日、始テ御幸成テ」後白河院の頭痛平癒の霊験があったと伝えるのだから、右のような後白河院・朝廷との関係がそもそも、いついかにして始まったのか、その起源を明かすという意味を持つことになるかと思われる。結局、下巻第1話は、前半ではその起源を示し、後半では個々の事例を列挙して、用意周到に後白河院・朝廷との関係の深さを主張しているのだと言えよう。そうした主張の目指すのは、後白河院・朝廷との関係を通しての自らの権威付け、ということに他なるまい。因幡薬師は、因幡といった地方から京へやって来たとされるだけに一方で余計に、中央の権威との繋がりは強調したいところであったかとも思われる。三十三間堂創建説話は、前節に見た如き強調された霊験譚としてだけでなく、そうした権威との関係の起源を明かすという重要な意味をも負った、権威付与のための布石としてとり込まれてもいるのである。そこに、同説話に対する因幡堂関与の、今一つの意図を見ることができよう。

なお、先述通り大仁王会の開始や諸神の勧請など、後白河院・朝廷との関係のもとで寺院整備がなされていく様を記した下巻第1話は、全体としては因幡堂の中興縁起と言うべきものにもなっていよう。そうだとすれば、第2話以降に比して分量的に格別に長い同話は、上巻に描かれる創建縁起を受け継ぐ中興縁起でありつつ、その中に三十三間堂創建説話という霊験譚をも含んで、年代順に列挙された後続の霊験譚群へと橋渡ししていることになるだろうか。そのように見るならば、上下巻を通じて全体が時間の推移に沿って記述される、その中にあって下巻第1話が、両巻を繋ぐかなり重要な位置を占めていることになる。

また、右の下巻第1話と上巻冒頭部とには、特別の対応関係を認めることもできるかと思われる。因幡薬師は、右に触れた通り因幡から京へとやって来たとされるが、その因幡へは、〔R〕〔S〕の実線部・波線部にも見える通り天竺から来たと伝えられている。上巻には、そうした天竺以来の「三国相伝」の経緯が描かれ、

図11　因幡薬師御影
（因幡堂販売　因幡から飛んできた薬師を碁盤上に据えたなどという伝承に基づき、碁盤の上に立った姿を画く）

その冒頭には、

夫天竺舎衛国祇園精舎者、釈尊在世之旧跡、須達建立一千七百一十五間之堂舎、誠無二比類一霊場也。……抑祇園精舎四十九院内東北療病院本尊者、等身薬師如来旃檀像、尺尊御自作聖容也。然伽藍破壊時、彼薬師指二東方一飛御坐不レ知、……

と、もともと釈迦自作の像で、天竺の祇園精舎四十九院のうちの東北療病院の本尊であったのが、伽藍破壊に際して東方に飛び去ったのだと説く。一方、下巻の冒頭第１話では、先述通り、後白河院・朝廷との関係が強調されていた。そこに、仏法の根元たる釈迦・天竺との繋がりから始まる上巻と、王法・後白河院との結び付きから始まる下巻と、という対応を見ることができよう。各巻冒頭が響き合って、仏法・王法両面からの権威付けがなされていると言うべく[56]、とり込まれた三十三間堂創建説話は、そうした全体的構想のための一つの布石ともなっているのだろうか。

室町時代に各種の因幡堂縁起が制作されたらしいこと、様々な記録によって推測されているが[57]、中世から近世以降に至るまで広く流布・展開していった三十三間堂創建説話に因幡堂が関与することになったのは、恐らくそれとちょうど同じ頃のことであったろう。因幡堂は、三十三間堂創建説話にはいり込むことで自らの霊験の強調を図り、また同時に、それを縁起にとり込んで自らの権威付けの材料としていた。本章にて取り上げたのは、ある寺院の創建説話に別の寺院が関与して自らの宣揚のために利用するという、甚だ興味深い事象の具体的な一例ということになろう。

第五章　折れる刀——霊験の一人歩き

一　日本ノモリヒサ

『平家物語』諸本のうち長門本の巻二十に、平家の残党・盛久《もりひさ》についての話が見られる。

主馬《しゆめ》入道盛国か末子に、主馬八郎左衛門盛久、京都に隠居けるか、年来の宿願にて、等身の千手観音を造立し奉て、清水寺の本尊の右脇に居奉けり。盛久、ふるにもてるにも、はたしにて清水寺へ千日、毎日参詣すへき心さしふかくして、あゆみをはこひ、年月を経に、人是をしらす。

盛久は京都に潜伏しつつ、自ら千手観音像を造立して清水寺（京都市東山区）の本尊観音の右脇に安置し、同寺に毎日、裸足での参詣を続けていた。そんななか結局は、頼朝（一一四七〜一一九九）方に捕えられ鎌倉に護送されて、由比浜《ゆいがはま》にて処刑されることになる。その処刑場面——

盛久を由井浜（ママ）に引すへて、盛久西に向て念仏十反はかり申けるか、いかゝ思けん、南に向て又念仏二三十返はかり申けるを、宗遠《むねとほ》、太刀をぬき頸をうつ。その太刀、中より打おりぬ（ママ）。又打太刀も、目ぬきよりおれにけり。不思儀の思をなすに、富士のすそより光二すち、盛久か身に差あてたりとそ見えける。

「不思議」が起こった。盛久が西さらには南に向かって念仏を唱えた（波線部）あと、宗遠が首を刎ねようとすると、二度に亘って太刀が折れて処刑できず（実線部）、また、二筋の光が富士山の裾野から盛久の身に差した（破線部）、という。

一方、頼朝邸でも、北の方の夢に「清水辺に候小僧」が現れて盛久の命乞いをするということがあった。それで、頼朝は盛久を赦免するとともにもとの領地を安堵するなどした。「これひとへに清水寺観音の御利生なり」と説かれる。赦免され帰洛した盛久は、「清水寺に参詣して、本尊を拝奉て、御利生のかたしけなきにつけて涙かきあへす」という状態になりつつ、清水寺の良観阿闍梨から、盛久自ら造立・安置した観音像が処刑の日時に突然倒れたことなどを告げられる。良観の語ったその一件によって、「新造の観音の御利益、古仏身に勝たり」という評判が立ったという。

右の二重傍線部「清水寺観音」は、そのすぐあとに右引記事「清水寺に参詣して、本尊を拝奉て、……」が続くことなどから見て、清水寺の本尊の観音を指しているのだろう。北の方の夢に現れたという「小僧」も同じく本尊の方だろうか。とすれば、北の方から夢のことを聞き、太刀が折れて盛久の首が斬れなかったという報告を受けて、頼朝が「此事、清水寺の観音の、盛久か身にかはらせ給たりけるにや」と述べるのも、本尊が身代わりに立ったのではと推測していることになる。一方、盛久新造の観音が処刑日時に倒れたことも、同観音が身代わりになったことを意味するのに違いない。造立して間もない観音像が身代わりとなって造立者を救うという話には、先例もあった。例えば、西国三十三所観音霊場の第二十一番札所でもある丹波の穴太寺の（京都府亀岡市）観音について、造立し終えて帰宅する途中に襲われた仏師の感世を救うため、代わりに胸に矢を受けたという話が、早く十一世紀の『法華験記』や『今昔物語集』など諸書に記載されるし、『千載和歌集』巻十九に収載の覚忠（一一一八〜一一七七）の歌に詠み込まれてもいる。(2)

結局のところ、それぞれが具体的にどう作用したのかは明らかでないが、清水寺の「本尊」観音と、その右脇に安置された盛久「新造」観音と、両方の観音がともに身代わりに立ち、また、それら両方の「利生」「利益」すなわち霊験が相俟って、太刀が折れるといった奇跡などが起こり盛久が救われた、ということなのだろう。あるいは、太刀が二度に亘って折れた（先引実線部）というのは、両方の観音がそれぞれ一度ずつ身代わりに立ったということなのでもあろうか。

また、右の盛久の話と大変よく似ていて、しかし、主人公を盛久でなく貞能に入れ換えたような話が、延慶本『平家物語』（勉誠社刊翻刻）巻六末に出てくること、知られている。(3)同話の中には「実ニ観音経ニ『力尋《ママ》段々懐《ママ》』ト云ル文、此事ニヤト思合ラレケリ」と記されており、『法華経』（岩波文庫）の中の観世音菩薩普門品すなわち『観音経』に見える有名な偈《げ》文「或遭二王難苦一臨レ刑欲二寿終一念二彼観音力一刀尋段段壊」、あるいは経文「若復有レ人臨レ当レ被レ害、称二観世音菩薩名一者、彼所レ執刀杖尋段段壊、而得二解脱一」を具体化した、その例証話でもあることが明確に打ち出されている。処刑され殺害されようとした時、観音を称念すれば刀（杖）がずたずたに折れて免れられると、観音の霊験を説いた、この『観音経』の偈文・経文を背景または根拠として、清水寺の本尊観音を信仰し、あるいは自ら観音を新造・安置したがゆえに、刀が折れるという霊験あって処刑を免れた、という話相を形成しているのである。先の長門本『平家物語』に載る盛久の話でも、右『観音経』への言及はないが、同じくそれを背景・根拠としているに違いない。

右引『観音経』の具現説話としては他にも、三田山魚籃《ぎょらん》寺（東京都港区）の観音の霊験譚が近世以降、かなり広く行われている。天和年中（一六八一〜一六八四）あるいは寛文二年（一六六二）ごろのこと、細川越中守に仕える厩《うまや》の者が、魚籃寺の観音を信仰していたために、貞能や盛久の場合と同様、斬首されようとした時に太刀が折れて救われた、という内容。『礦石《こうしゃく》集』巻一-19や『七観音三十三身霊験鈔』巻四-31のほか、文政十二年（一八二九）刊『魚籃観音霊験記』にも見える。しかし、後述する中国製の話は別として和製の話に限れば、一番に普及したのは、先の盛久の話であろう。

天文（一五三二〜一五五五）ごろの天台宗側の直談《じきだん》系法華経注釈書『法華経直談鈔』（臨川書店刊妙法院蔵本影印）は、先の『観音経』すなわち『法華経』普門品の偈文・経文について説くなかで、六朝の『繋観世音応験記』や『観音義疏』巻上に見える中国の二つの話、彭城の人と高旬栄（高荀）がそれぞれ、刀の折れる観音の霊験によって救われる話を並記し、さらに今一つ同類の中国の話を載せる。(4)そのうえで、「我カ朝ニテハ平ノ守久也。此等ハ皆ナ念二観音一遁タル二刀杖ノ難一証人也」と、それらに対する日本側の事例の代表として盛久の話を、その具体的な内容を示すこともなく挙げている。それは、盛久の話が、先引『観音経』を具現した和製の例証話として、改めて内容を示すまでもない、すでに周知のものとなっていたことを物語っていよう。右記事は従来注目されてきたものだが、(5)それ以外さらに、より早く永正六、七年（一五〇九、一〇）に京都の東福寺（京都市東山区）で成ったと覚しい、『法華経』についての臨済宗側の抄物『法華抄』にも同様に、「晋太元中彭城人――是ハ日本ノモリヒサト同シ類ソ」という記事が見られる。(6) やはり中国の彭城の人の話に対して、「日本ノモリヒサ」の話と同類のものであると、同話の具体的内容に触れることもなく述べている。盛久説話が、宗派を超えて、先引『観音経』の例証話として広く伝承されていたことを示していよう。

二　光とそのゆくえ

右の如く普及した盛久の話は、後世に至るまで諸種の多くの作品に採録されている。しかし、それらの内容・記述は、様々な面において決して一様ではない。(7) 先の長門本『平家物語』に載る盛久説話では、刀が折れるとともに富士の裾野から二筋の光が差し込んだと伝えられていたが、ここでは、従来大きくは取り上げてこられなかった、(8) 処刑の場に現れるそんな不可思議な光に特に注目して、その描かれ方や変遷の模様を粗々眺めておくことにしたい。

応永三十四年（一四二七）世阿弥（一三六三?～一四四三?）自筆能本が現存する元雅（一四〇〇?～一四三二）作の謡曲「盛久」（日本古典文学大系）では、盛久が「われ都にて年月清水の観世音を信じ申し毎日の歩み怠ることなし」と述べるのと対応して、処刑日の明け方に老僧の姿と化した清水観音が「霊夢」に現れ、「われは洛陽東山の、清水のあたりより、汝がために来りたり。……心安く思ふべし。われ汝が命に代るべし」と盛久に告げる。それは、例えば第一章に取り上げた泣不動説話における不動の言葉、「われ又、いかでかなんぢが命にかわらざるべき。行者をたすけん」（先引〔B〕『曽我物語』）を想起させるような夢告である。具体的にいかに盛久の「命に代」ったのかは描かれていないけれども、謡曲「盛久」では、清水寺の本尊観音の身代わりあるいは命代わりの霊験譚として捉えられているようである。先に見た長門本『平家物語』では、本尊観音だけでなく盛久新造の観音も霊験を発揮していて、盛久の身代わりになったものと推測された。それに対して謡曲「盛久」の場合、そもそも盛久新造の観音というものは全く登場していない。霊験の主体が本尊観音に限定されているのである。貞享松井本収載の間狂言「盛久」(9)にも、「只清水の観世音の御はからひにて御座あらふずる」と見える。

では、謡曲「盛久」は霊験の全てを清水寺の本尊観音に帰しているのかと言うと、必ずしもそうではない。長門本『平家物語』にあっては、霊験の背景・根拠として意識されていたであろうが、話中にはいかなる形でも登場していなかった『観音経』が、清水観音とともに、話の核心部分に出現して直接的に大きな霊験を発揮しているのである。すなわち、処刑前夜、盛久は「われ毎日毎夜に観音経を読誦申す、ことさら今夜命の限りにて候へば読誦申し候はん」と言って、『観音経』の中の例の偈文「或遭王難苦臨刑欲寿終念彼観音力刀尋段々壊」などを読み上げる。そして、処刑の場面(10)——

ワキ ワキ連すでに八声《やこえ》の鳥鳴きて、ご最期の時節只今なり、早々おん出で候へとよ　シテ待ち設けたることなれば、左には金泥のおん経、右には念ひの玉の緒の、命は今を限りなれば、これぞこの世の門出の道に、足弱々と立ち出づる　……ワキさて由比の汀に着きしかば、……シテ盛久やがて座に直り、清水のかたはそなたぞと、西に向かひて観音の、み名を唱へて待ちければ　ワキ太刀取りうしろへ巡りつつ、称念の声の下よりも、太刀振り上ぐればこはいかに、おん経の光眼に塞がり、取り落としたる太刀を見れば、ふたつに折れて段々となる、こはそもいかなることやらん　シテ盛久も思ひのほかなれば、ただ茫然と呆《あき》れけり　ワキいやいやなにをか疑ふべき、この程読誦のおん経の文　シテ臨刑欲寿終、ワキ念彼観音力、シテ刀尋段々壊の　地経文あらたに曇りなき、剣段々に折れにけり、末世にてはなかりけり、あら有難のおん経や。

盛久が清水寺の方を向いて観音を称念しつつ待っていると（波線部）、太刀を振り上げた太刀取りの目がくらみ、太刀が折れるに至っている（実線部）。「……心安く思ふべし。われ汝が命に代るべし」という先の夢告通り、清水観音が霊験によって盛久を救ったのに違いない。しかし、太刀取りの目がくらんだのは「おん経」の光によってであったという。「おん経」とは、盛久が左手に持っていた「金泥のおん経」すなわち『観音経』に違いない。清水観音の霊験に加えて、『観音経』も霊験の光を放っているのである。刀が折れる霊験の背景・根拠となりつつ（そのことは破線部に明示）、自らも直接的に霊験を発揮しているのであって（ただし、その『観音経』の光も、清水観音の霊験によってもたらされたものという面があるのかもしれないが）、まさに「有難のおん経」だった[11]。

先の長門本『平家物語』における、富士の裾野から差した二筋の光とは、何だったのか。処刑の直前、盛久は、観音の浄土のある「南」に先立ち、まず「西」すなわち清水寺の方に向かい念仏を唱えている（先引破線部）。富士は、刑場の由比浜から見てやはり西方に位置するので、さらにその先に清水寺があることになる。二筋の光は、共に身代わりに立つ霊験を発揮したらしい、その清水寺の本尊の観音と盛久新造の観音が、それぞれ放ったものと考えられようか。いずれにせよ、『観音経』は直接には話中に出てきていないのであって、右の謡曲「盛久」におけるような『観音経』の放った光ということはないだろう。また、長門本では太刀が折れた直後に光が差しているが、謡曲では、太刀が折れるに至る過程、その直前に、光が現われている。同じく処刑の場面に出現する霊妙な光ではあっても、両者の性格は大きく異なるようである。

中世に遡る文献では右以外、永正十四年（一五一七）の『清水寺縁起絵巻』（続々日本絵巻大成）にも、刀の折れる要素を含んだ盛久の話が見られる。盛久が観音を新造することなく、処刑前夜に「普門品」すなわち『観音経』などを読誦し、また、清水観音が夢告する点、右の謡曲「盛久」と同様だが、それと違って『観音経』が光を放つことはない。それどころか、「さて西に向へ、太刀とり頸をうつに、太刀三段におれぬ。討手は忽《たちまち》目もくれ、心亡せり。」という処刑の場面を含め、そもそもここにも光が出てこない。上引部中「討手は忽目もくれ」と、謡曲と同様に「討手」すなわち「太刀とり」の目がくらんでいるが、謡曲のように光にくらんだわけではなく、自ら振り下ろそうとした太刀が折れるという奇跡を目の当たりにした、その衝撃によって目がくらんでいるようである。

近世以降の諸文献の記述は、以上の長門本『平家物語』、謡曲「盛久」、『清水寺縁起絵巻』のいずれかに、直接あるいは間接に拠っているものが多い。『謡曲拾葉抄』巻十三や『和漢三才図会』巻七十二、『清水寺来験記』、『西国三十三所霊場記』巻四、『新編鎌倉志』巻三、『鎌倉攬勝考』巻九、『山城名勝志』巻十五、『主馬判官物語』などでは、長門本『平家物語』を引用するか、同書に拠る記事を掲げていて、二筋の光が盛久を照らしているし、『観音経早読絵抄』巻上や『七観音三十三身霊験鈔』巻二-21、『観音冥応集』巻三-17では謡曲「盛久」に基づき、『観音経』が光を放っている。[12]嘉永六年（一八五三）刊『西国札所都清水寺観世音霊験図会』[13]も、謡曲とかなり近似していて光が現れるものの、『観音経』からの光とは記されない。元文三年（一七三八）刊『洛東音羽山清水寺略縁起』では『清水寺縁起絵巻』に拠っていて、光が全く出てこない。また、『山城名所寺社物語』巻二や『大日本史』巻百五十四平盛俊条、[14]『塩尻』巻九十七は、長門本あるいは謡曲に拠るようだが、簡略化されていて光は見えない。『高野春秋編年輯録』巻七所載話もごく簡略で、やはり光は見えない。

以下、右以外、注目される事例をいくつか取り上げておこう。

寛延二年（一七四九）法談『西国順礼三十三所普陀洛伝記』と弘化二年（一八四五）刊『西国三十三所観音霊場記図会』は、同文的な箇所がかなり見られ、直接的な関係も想定されるかと思われるものだが、[15]両書の清水寺条に載せる盛久の話も同文的に近似し、全体的には共に、長門本『平家物語』と謡曲「盛久」を総合し、さらに脚色を加えたような内容になっている。しかし、処刑の場面に現れる光の性格は異なる。『西国順礼三十三所普陀洛伝記』が「太刀振《ふり》上丁《てう》と打《うち》けるに、普門品《ふもんほん》の巻物《まきもの》よりくわつと光明《かうめう》か、やき、もちたる太刀鍔《つば》元よりだん〳〵に折《おれ》たり」と、謡曲と合致して『観音経』が放ったものとするのに対して、『西国三十三所観音霊場記図会』の方は「太刀《たち》ふり上《あ》ケ丁《てう》とうちける処に、西《にし》の方《かた》より光明《くわうめう》くわつとさすぞと見えしが、土肥《とひ》が持《もつ》たる太刀《たち》、鍔元《つはもと》より三ツに折《をれ》て」と、西方から差してきたものと

図12 『観音経和談鈔図会』巻上・挿絵
（稿者蔵）

図13　錦絵『観音霊験記』清水寺
（京都女子大学図書館蔵　安政年間）

図15　錦絵『西国三十三所霊所記』清水寺
（京都女子大学図書館蔵　明治初期）

図14 『百番観音霊験記』
（国立国会図書館蔵　明治15年刊）

図16 『観音霊場記図会』
（国立国会図書館蔵　明治25年刊）

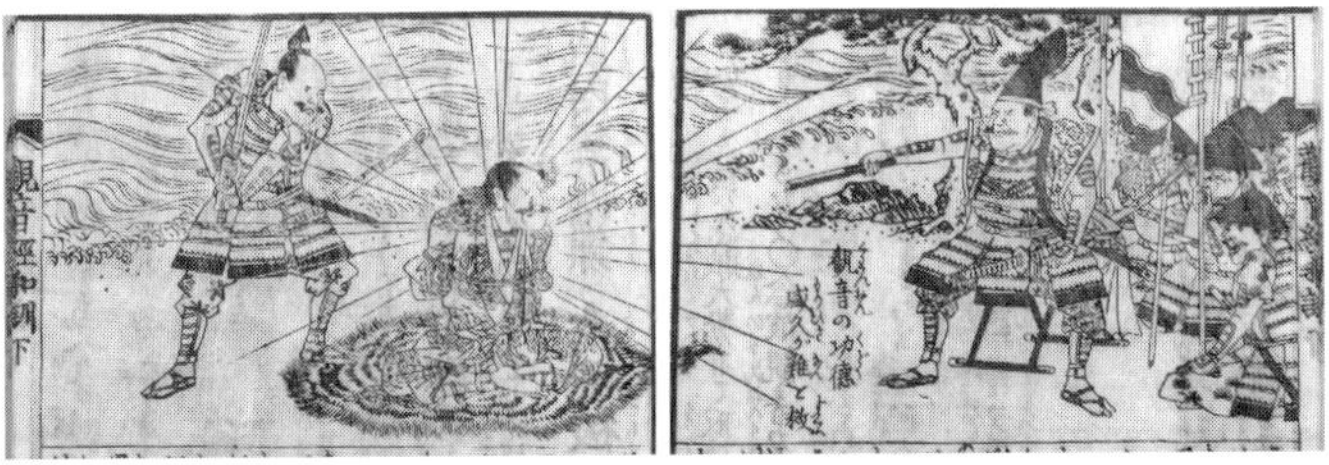

図17　『観音経和訓図会』（京都女子大学図書館蔵　嘉永元年刊）

する。長門本の光について、西方にある富士のさらに向こう、清水観音から発せられたものかと先に臆測したが、『西国三十三所観音霊場記図会』の西方からの光も同様のものだろうか。仮にそうだとすれば、清水観音の霊験をより一層極立たせるために、『西国順礼三十三所普陀洛伝記』が『観音経』の光としているところを、長門本の記述に準じて清水観音の発した光へと改変した、ということになろうか。ただ、そうだとしても、長門本が光を二筋とする点は継承していないことになる。同書には本尊観音が登場するだけで、長門本におけるような盛久新造の観音は出てこないので、二筋という点までは受け継がなかったということか。

なお、右の『西国三十三所観音霊場記図会』は処刑の場面の絵を載せていないが、より早く天保四年（一八三三）刊『観音経和談鈔図会』巻上には、ごく簡略に言及する盛久説話を画いたらしい挿絵が含まれており、清水寺から盛久へと二筋の光が差し込んでいるのが、振り上げられた刀がまさに折れたところと共に画かれている（図12）。こちらの方は、長門本のままに絵画化したのだろうか。

幕末～明治の錦絵の系統の中では、光が消滅あるいは変質するに至っている。安政年間の有名な錦絵『観音霊験記』[16]では、右『西国三十三所観音霊場記図会』の記述を極端に短く圧縮したような文章で、処刑の場面も「すでに鋪革《しきかわ》の上《うへ》に坐《ざ》して法華経《ほけきやう》を一信《いつしん》に念《ねん》じければ、太刀取《たちとり》の剣《つるぎ》段々《だん〳〵》に折《をれ》ける」とだけ叙述されて、光が消滅している。しかし、絵の方を見ると確かに、上端に画かれた清水寺から稲妻状の光が発していて、盛久らを照らしている（図13）。清水観音の光は、記事からは消えているものの、絵にははっきりと画かれているのである。ただし、この錦絵を簡略な形で版行した冊子が明治以降に相当数見られるが、その中には、明治十五年（一八八二）刊『百番観音霊験記』のように、絵にあった光も省略されて、光が完全に消滅した事例も見られる（図14）。

右錦絵の影響下、明治初期に二代目長谷川貞信（一八四八〜一九四〇）が画いた錦絵『西国三十三所霊所記[17]』では、「鎌倉由井が濱《はま》ニて漸罪《だんさい》の刻《きざ》ミ、普門《ふもん》品刀尋段々《とうじんだん〳〵》壊《へ》の所《ところ》にて一天かきくもり、太刀ハ三ツに折れしかバ」とあって、やはり記事中に光は出てこないが、絵には画かれている（図15）。ただ、右の『観音霊験記』と違って、その絵には清水寺が画かれず、光は、同寺の観音から発したものではないらしい、幾筋もの赤い光線として画かれている。それは恐らく、ここまで見た事例にはなかった右引記事中の記述「一天かきくもり」（傍線部）と対応して、稲妻を表現しているのだろう。実際、この『西国三十三所霊所記』に基づいたらしい明治二十五年（一八九二）刊行の松本善助編『観音霊場記図会』（国立国会図書館蔵本）清水寺条には、「由井《ゆゐ》が濱《はま》にて斬罪《うちくび》と定《さだま》りしとき、普門品《ふもんぼん》をとなへしに、刀刃段々《とうじんだん〳〵》の句《く》にいたり一天俄《てんにハか》ニかきくもり、太刀《たち》ハ三《ミ》ツに折《をれ》しかバ」といった同様の記事と共に、明らかに稲妻と知れる光が絵に画かれている（図16）。錦絵『観音霊験記』が、記事中に言及することなく、観音の発した光を稲妻状に画いていたのを、『西国三十三所霊所記』がまさに自然現象としての稲妻と誤解した結果だろうか[18]。

また、貞享二年（一六八五）刊『東山清水寺絵縁起』（国立公文書館内閣文庫蔵本）の場合、基本的に長門本『平家物語』に謡曲「盛久」の要素を加えたような形になっているが、

太刀取《たちとり》後《うしろ》へまハりすでにうたんとするに、太刀《たち》つばもと五寸ハかりをきておれて砂《いさご》にたつ。別《べち》の太刀を取てきるに、太刀段《だん》々に折《をれ》たり。又別の太刀にてうたんとするに、此度ハ太刀取《どり》が五体《ごたい》すくミにけり。

と、太刀が繰り返し折れる状況など詳しく描く反面、長門本と同様の光も謡曲と同様の光も、どちらも全く出てこない。ただ、処刑前に盛久が見た夢の中で、清水観音の化身と見られる僧が現れる前に、「清水の御堂《みどう》の内《ない》ぢんよりひかりさして盛久が身《み》をてら」してはいる。

一方、嘉永元年（一八四八）刊『観音経和訓図会』（京都女子大学図書館蔵本）巻三は、

普門品《ふもんぼん》を口《くち》の中《うち》に読誦《どくじゆ》しける内《うち》、太刀《たち》とり刀《かたな》を揚《あげ》て盛久《もりひさ》が首《くび》を斬《きら》んとするに、忽《たちま》ち金光《きんくわう》きらめきて眼《まなこ》くらみければ、是《こ》は如何《いかに》と驚《おどろ》き心を鎮《しづめ》て再《ふたゝ》び斬《きる》に、同《おな》じく光《ひか》りに眼暈《めくるめき》て斬《きる》事能《あた》はず。刀《かたな》持手《もつて》も痺《しび》るゝごとく覚《おぼへ》ける故《ゆへ》、不審《ふしん》はれやらず。此旨《このむね》を検使《けんし》に告《つげ》ければ、是《これ》も奇異《きい》の事に思《おも》ひ人を替《かへ》て斬《きら》しむるに、又光《ひか》り眼《まなこ》を射《ゐ》て斬事能《きることあた》はずと申にぞ。

と、盛久を斬ろうとすると三度にも亘って光がきらめいたとする（破線部）。挿絵が、盛久の身体から八方に光が発しているのを画く（図17）のは、近松門左衛門（一六五三～一七二四）の『主馬判官盛

久》(近松全集)が「盛久が身より光をはなちて、ふりあげしたちみふり迄だん〴〵にをれて」とする、その影響だろうか。いずれにせよ、光に重点を置いた結果なのか、刀の折れる要素の方が消えている点、特に注意される。挿絵においても、太刀取りが持つ刀は全く折れていない。

実は、より早く、「現存長門本とも能ともその構想を異にする、完全に別系統の説話であると考えた方がよいのではなかろうか[19]」とされる『平家物語秘伝書』収載「盛久之事」でも、刀が折れることなく、頼朝と盛久の見た霊夢によって盛久は斬首を免れている。光は全く出てこない。同書の場合、常々『観音経』を盛久が読誦していて、処刑直前にも盛久が同経を読んだと伝えるが、刀の折れる霊験を説く同経の偈文や経文を具体的に引用したりしていない。したがって、刀の折れる要素がなくても特に不自然さを感じない。それにひきかえ『観音経和訓図会』では、「念彼観音力　刀尋段段壊」に解説を加えた直後に、その例証話として盛久の話を挙げるので、同話に刀の折れる要素が見られないのは、いかにも奇妙である。そういう事態に陥るほどに、光の方に集中的に目が向けられたのだろうか。

以上、処刑場面における霊妙な光の描かれ方とそのゆくえを、粗々眺め辿ってきた。中世段階の長門本『平家物語』と謡曲「盛久」とでも光の性格が異なっており、また、『清水寺縁起絵巻』ではそもそも光が全く描かれてもいなかった。光のあり方は早くから一定しておらず、また、それは盛久説話にとって必須不可欠の要素というわけでもなかった。近世以降においては、右三者のいずれかに拠っている場合が多かったが、一方では、典拠にはあっても省略されたり変質させられたりもしており、光が自然現象としての稲妻と捉えられた事例も出現した。また、『観音経和訓図会』の如く光に特に重点を置いたような事例も見られた。総じて言えば、盛久説話にとって光は、必須のものではなかったが相応の位置は占めていて、後世まで様々な形で伝承されていったようである。

三　盛久と日蓮

前節にて殊更光に注目したのには、わけがある。長門本『平家物語』所載の盛久説話について「何らかの影響関係が窺えよう(20)」とされる有名な日蓮（一二二二～一二八二）の龍口《たつのくち》の法難(21)の一件でも、不可思議な光り物が斬首中止に関わったと伝えられているからである。

文永八年（一二七一）九月十二日、北条得宗家の被官・平頼綱（?～一二九三）によって日蓮は逮捕され、鎌倉の西の入口・龍口の刑場へと引き立てられていく。ところが、斬首の寸前に、どういうわけか執行が中止される。十二日深夜のことだった。この斬首中止の経緯について記した日蓮遺文のうち、しばしば引用されるのは、建治三年（一二七六）に安房の光日房に宛てた日蓮の書状という「種種御振舞御書」（昭和定本日蓮聖人遺文）の、次の記事である。

……左衛門尉兄弟四人、馬の口にとりつきて、こしごへたつの口にゆきぬ。……左衛門尉《ノ》申《ス》やう、「只今なり」となく。日蓮申《ス》やう、「不かくのとのばらかな。これほどの悦《ヒ》をばわらへかし。いかにやくそくをばたがへらるるぞ」と申せし時、江のしまのかたより月のごとくひかりたる物、まりのやうにて、辰巳のかたより戌亥のかたへひかりわたる。十二日の夜のあけぐれ、人の面《おもて》もみへざりしが、物のひかり月よのやうにて、人々の面もみなみゆ。太刀取目くらみたふれ臥し、兵共おぢ怖れ、けうさめて一町計《リ》はせのき、或は馬よりをりてかしこまり、或は馬上《ノ》にてうずくまれるもあり。

いよいよ処刑という時、「左衛門尉」すなわち四条金吾と日蓮が言葉を交わすうち、間近い江の島（図18参照）の方から月のような光り物が輝き渡った（破線部）。それで、太刀取りは目がくらんで倒れ込み、他の兵たちも恐怖した（波線部）、という。右以外、日蓮遺文には、弘安元年（一二七八）九月六日「妙法比丘尼御返事」（昭和定本日蓮聖人遺文）に同様に「いかがして候けん、月の如くにをはせし物、江島《ノ》より飛《ヒ》出でて使の頭へかかり候しかば、使おそれてきらず」とあることが知られている。さらに、龍口の一件から間もない文永八年（一二七一）九月二十一日の四条金吾宛て日蓮消息「四條金吾殿御消息」（昭和定本日蓮聖人遺文）にも「三光天子の中に、月天子は光物《ひかりもの》とあらはれ、龍口の頸をたすけ」と、光り物の正体を月天子と捉えた簡略な記述が見られる。[22] あるいは、初期の日蓮伝のうち正中二年（一三二五）『日蓮聖人御弘通次第』（日蓮宗宗学全書）でも「此夜天変、江之島光《ノ》物出来《シテ》超《テ》二御馬《ノ》頸《ヲ》一行《ク》」と、江の島からの光り物が出現している。

刑場での斬首が寸前に中止されるに至る過程で何らかの不可思議な光が現れる点、右の日蓮の場合と、前節に見た盛久説話のうち長門本『平家物語』や謡曲「盛久」に載るものとの間で、確かに共通している。[23] また、右引「種種御振舞御書」が、「ひかりたる物」（破線部）によって「太刀取目くらみ

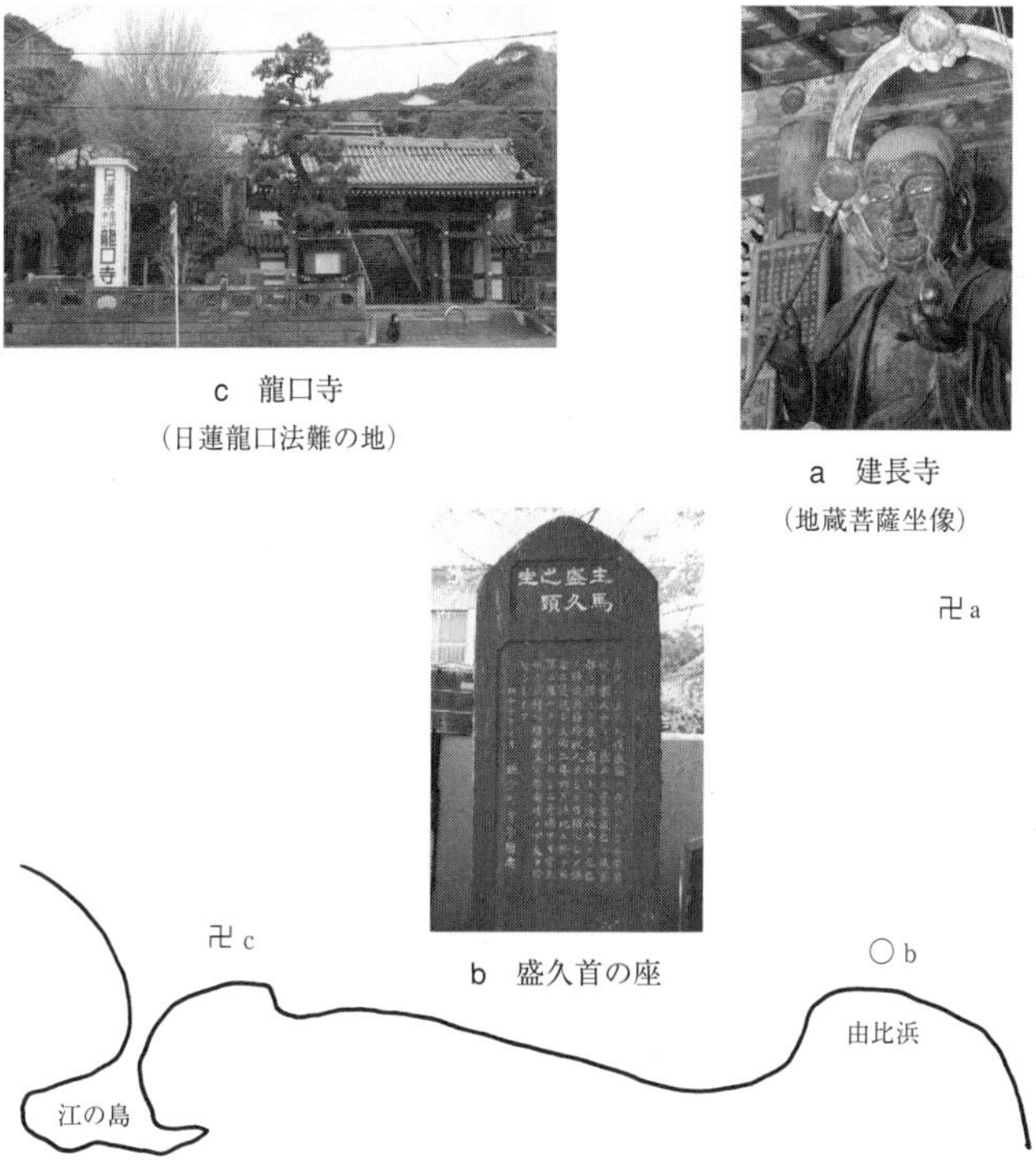

図18　鎌倉関係地略図

たふれ臥し」（波線部）たとするのと、先引謡曲「盛久」が、「おん経の光」が「太刀取り」の「眼に塞が」った（実線部）とするのと、類似してもいよう。無論、日蓮の場合と盛久の場合とで光の性質は同じでないだろうし、そもそも盛久の話のうちでも長門本所載話の光と謡曲の光とが異質のものになっていること、先述通りである。しかし、日蓮の話の光も盛久の話の光も、いずれも刑場に出現した霊妙不可思議な光であることに変わりはなく、その類同を全くの偶然の所産と片付けるのには躊躇されるものがあろう。

この光の一件に止まらず、龍口の法難は、日蓮の死後、盛久の話との共通性を一層拡大させながら伝承されていくことになる。

延文五年（一三六〇）以前の成立かとされる(24)『法華本門宗要鈔』（昭和定本日蓮聖人遺文）巻下に、

自《リ》二江《ノ》島《ノ》方一大光《ナル》物出二現《シ》日蓮《カ》頸《ノ》座《ノ》上《ニ》一、如《クニシテ》二鷹隼《ノ》飛《フカル》一移二後山《ノ》之大木《ニ》一歟《ト》見《レハ》レ之《ヲ》、忽《ニ》出《シテ》二雲霧《ヲ》一即《チ》為《ル》二昏闇《ト》一。太刀取《リ》越智《ノ》三郎左衛門既《ニ》持《テ》開《キ》二打《チシニ》日蓮《ノ》頸《ヲ》一太刀忽《ニ》折《レタリ》親没落《シテ》手足不《ス》レ動《カ》。其時《ノ》依智《ノ》三郎左衛門大《ニ》驚《キ》去《リ》退《テ》、早速《ニ》走《ラシム》二御所《ニ》於使者《ヲ》一。御所中《ニモ》雖レ在《リト》二種々《ノ》怪一、先《ツ》自《リ》二虚空一放《ツテ》二大音声《ノ》一喚《ヒテ》曰《ク》「日蓮《ハ》日本国《ノ》仏法《ノ》棟梁也。我《カ》国《ノ》世法《ノ》樞揵《ナリ》也。失《ヘハ》二正法《ノ》行者《ヲ》一滅《シ》二汝子《カ》孫《ヲ》一可《シト》レ亡《ス》二国土《ヲ》一」云云。……日蓮法師之斬罪且《ク》止《テ》レ之《ヲ》預《ケラル》二依智《ノ》三郎左衛門《ニ》一。

と記されている。江の島の方から光り物が出現した（破線部）あと、日蓮の首を目掛けて振り下ろされた太刀が折れ、太刀取り・越智三郎左衛門の手足が動かなくなった（実線部）。また、時の執権・北条時宗の御所でも種々怪異があり、「日蓮を殺したら汝の子孫や国土を滅ぼすぞ」と言う大音声が虚空から聞こえたりした（波線部）。それで、日蓮の斬首は中止となった。そんな内容である。同様のことは、室町中期の有名な日蓮伝『日蓮聖人註画讃』(25)の巻三「第十七龍口頸座」にも見られ、以降の日蓮伝などに繰り返し記述されてもいる。

右引記事の中で最も注目されるのは、先の日蓮遺文などに出現していた光り物のうえに、盛久説話に見られるのと同様の刀の折れる霊験が加わっていることである。それが、『法華経』普門品すなわち『観音経』の先引偈文「念彼観音力　刀尋段段壊」などに基づく脚色であること、度々指摘されている通りであり、(26)より早く平田篤胤（一七七六～一八四三）講『出定笑語』（新修平田篤胤全集）巻中が、次の如く述べているところでもある。(27)

マタ臨《テ》レ刑《ニ》欲《ス》二寿終《ント》一、念《スレハ》二彼《ノ》観音《ノ》力《ヲ》一、刀刄断々壊トイフ語ガ、此品（＝『法華経』普門品…引用者注）ニアルニヨッテ、コレヲ不断念ジテヰレバ、首ノ坐ニ直ツタル時、太刀ガ折《ヲレ》ルトカ云テ、既ニコノ法華経宗ノ開祖日蓮ナドモ、辰《ノ》口ノ難トカ云テ、ソンナ事ガアツタナド、、其《ノ》宗旨ノ輩ノ作ツタル日蓮ガ伝ナドニ書テアルガ、是ハ実ニナイコトデ、ミナ後ノ日蓮宗ドモガ、主馬ノ判官盛久ガ古事ヲヌスンデ云タモノデ、夫故《レ》日蓮ガ自書ニナイデゴザル。

また、先にも一部引用した、龍口の一件から間もない時点の日蓮の消息「四條金吾殿御消息」は、

今度法華経の行者として流罪死罪に及ぶ。流罪は伊東、死罪はたつのくち。相州《ノ》たつのくちこそ日蓮が命《いのち》を捨たる処なれ。……三光天子の中に、月天子は光物《ひかりもの》とあらはれ、龍口の頸をたすけ、明星天子は四五日已前に下て日蓮に見参し給ふ。いま日天子ばかりのこり給ふ。定て守護あるべきかと、たのもしたのもし。法師品云《ニク》、則遣変化人為之作衛護、疑《ヒ》あるべからず。安楽行品云《ニク》、刀杖不加。普門品云《ニク》、刀尋段段壊。此等の経文よも虚事にては候はじ。

と記述する。『出定笑語』先引末尾（傍線部）に言う通り、刀が折れた霊験は「日蓮ガ自書」には見られず、右の日蓮の消息にも出てこないが、それでも、龍口の一件などについて述べるなかで、普門品の偈文「刀尋段段壊」を想起している(28)（実線部）。同偈文などによって脚色されて、刀の折れる奇

跡が龍口の伝承に盛り込まれるようになるのは、時間の問題だったと言えようか。

さらに、従来注意されていないようだが、先引『法華本門拾要鈔』や『日蓮聖人註画讃』に載る龍口法難伝承には、盛久の話と類似する要素が、刀の折れる霊験のほかにも加わっている。それは、『法華本門拾要鈔』などが、刑場での奇跡だけでなくそれと対応して、北条時宗の御所でも種々怪異があり、日蓮を殺すなと言う大音声が虚空から聞こえた（先引波線部）と伝える点である。『日蓮聖人註画讃』にも同様に記される。一方、長門本『平家物語』所載盛久説話でも、先述通り、頼朝の北の方が、「盛久、斬首の罪にあてられ候か、まけて宥免候へき」と老僧に告げられるという「不思議の夢」を見る。また、謡曲「盛久」においても、盛久とともに頼朝も、盛久を救おうと言う清水観音の「おん夢の告げ」を受けている。処刑の現場での霊験だけでなく、一方は時宗、他方は頼朝という、処刑の言わば司令塔の側にも霊告などあって、処刑が中止されるに至るという点、両者共通する。

以上のように、もともとの不可思議な光に加えて、先の刀の折れる霊験、さらには右の如き処刑司令塔側への霊告と、『法華本門拾要鈔』以下に載る龍口法難伝承には、盛久の話との共通点がかなり拡がっているのである。盛久説話のような刀の折れる観音霊験譚には、中国製の話が先蹤として種々あったことが知られているけれど、管見の限り、それらにも不可思議な光や処刑司令塔への霊告という要素は見当たらない。龍口法難伝承と盛久説話との並々ならぬ関連性が、推測されるところであろう。日蓮が処刑されようとした龍口と、盛久説話の舞台の由比浜とが、目と鼻の先の距離にある（図

18参照）ことを思い合わせるならば、一層のことそうした推測に駆り立てられる。
『観音経』の偈文などによって脚色されたものと先に述べた、龍口法難伝承における刀の折れる奇跡も、先引『出定笑語』が「主馬ノ判官盛久ガ古事ヲヌスンデ云タ」（波線部）と言う通り、『観音経』によって脚色された盛久説話の模倣というべきだろうか。処刑司令塔への霊告も、盛久説話から龍口法難伝承へと受け継がれた要素なのかもしれない。あるいは、そもそも日蓮自身が龍口での不可思議な光り物について記述するのにも、盛久説話から何程か示唆を受けたところがあったろうか。それとも、それらすべて逆に、龍口の一件についての記述・伝承から盛久説話へという方向で、両者の関連性を捉えるべきだろうか。さらに、光の要素は、龍口の一件を源として盛久説話に取り入れられ、刀の折れる奇跡と処刑司令塔への霊告の要素は反対に、もとは盛久説話のものであったのが龍口法難伝承にも採用されることになった、というような捉え方もできようか。

また、先に触れたように延慶本『平家物語』に盛久説話と酷似する貞能説話が掲載されていて、光は出現しないもののやはり、由比浜の刑場で太刀が折れると共に、貞能を赦してくれるよう清水観音が頼朝に夢告する。『平家物語』諸本の中でも成立期がかなり下るとされる長門本や謡曲に載るような盛久説話が、果たして時代的にどこまで遡るのか、延文五年（一三六〇）以前の成立かとされる『法華本門宗要鈔』よりも前に存在したのか否か、不明としか言い難く[29]、あるいは、光の要素はともかく刀の折れる奇跡や処刑司令塔への霊告については、延慶本の時代には確実に存在していた貞能説話の方こそが日蓮の話に影響しているのかもしれない。

四　「刀尋段段壊」の観音離れ

前節では、先行研究に導かれつつ、日蓮の話と盛久あるいは貞能の話との共通性に注目し、それら話の関係についてあれこれ詮索してきたが、実はそれを明らかにすることが本章の目的なのではない。本章の本題とするところは、逆にそれら話の相違点に目を向けることで見えてくるだろう。それら話の間には、前節に見た通り共通性が拡がっている一方で、根本的に大きな違いがある。それは、盛久や貞能の話が明らかに観音の霊験譚になっているのに対して、日蓮の話には観音が全く登場しないし、何ら関与もしていない、ということである。先述通り、日蓮を殺すなと言う大音声が時宗の御所で聞こえたなどと伝えられているが、そこにも観音の影は感じられない。

『出定笑語』巻中は、先引部の少し後に、龍口法難伝承に関して、

> マダ笑《ヲカ》シイコトハ、日蓮宗ノ者ハ、大カタハ観音ナドハ拝《ヲガ》マズ、稀《マレ》ニモヲガム者ガアルト、彼《ノ》米ノ中ヘ砂ノ交《マジ》ツテヰル様ナ物ジヤトイフ譬ナドヲシテ、謗法ヂヤナド、云テ、甚シキハ身ノ毛ヲ弥竪《ヨダテ》テ騒グケレドモ、ソノ観音ハ法華経第一ノキ、モノダガ、ドウシタ事カ、コリヤ此《ノ》普門品一冊別ニシテ観音経ト云テヰルカラ、別ノ物ジヤト思フト見エルデゴザル。夫デモ日蓮ガ伝ニ、念彼観音力、刀刃段々壊ノ事実ヲ附会シタガ、ヲカシイデゴザル。

と、皮肉を籠めて述べる。「日蓮宗ノ者ハ、大カタハ観音ナドハ拝《ヲガ》マズ」（実線部）などと記すように、日蓮そして日蓮宗では一般に、観音あるいは『観音経』を特別に重視したりしない。[30] 例えば日蓮

『報恩抄』（昭和定本日蓮聖人遺文）も、「南無妙法蓮華経と申せば、南無阿弥陀仏の用も南無大日真言の用も、観世音菩薩の用も、一切の諸仏諸経諸菩薩の用、皆悉《ク》妙法蓮華経の用に失はる」と説く。それなのに、「日蓮ガ伝ニ」『観音経』の説く「念彼観音力、刀刃段々壊ノ事実ヲ附会シタガ、ヲカシイデゴザル」（波線部）と、『出定笑語』は述べているのである。観音や『観音経』を重視しないために、『観音経』の偈文の前半部「念彼観音力」に相当する内容は龍口法難伝承に反映されず、すなわち観音に出番は与えられず、後半に説く刀の折れる霊験だけが取り込まれたのだろうか。

また、延慶本『平家物語』所載貞能説話や謡曲「盛久」では『観音経』の「念彼観音力　刀尋段段壊」などが引用され、それによって刀の折れる奇跡が観音の霊験によるものであることを説明していたが、一方、右に見た如き龍口法難伝承においては、観音が全く関与しないのだから当然、『観音経』つまり『法華経』普門品が持ち出されることはない。例えば『日蓮聖人註画讃』の場合、「越智三郎《ノ》左衛門尉直重、既欲レ刎レ頭、其刀《タチ》三《ニ》折《レテ》落レ地《ニ》、手足不レ動」などと龍口の法難について記したあとに、

　竊以、前代未聞霊応、不可思議神験也。若人欲加悪、刀杖及瓦石、即遣変化人、為之作衛護、刀杖不加等文、現証既朗《ニナリ》、後生孰疑《ン》。

と述べる（仮名本は波線部以下のみ）。『法華経』の普門品は見られず、実線部は同じ『法華経』でも法師品に載る偈文、波線部は安楽行品の偈文「我滅度後　……　読二是経一者　……　刀杖不レ加　毒不レ能レ害」であろう。前節所引日蓮消息「四條金吾殿御消息」も、龍口の奇跡などに対応するものとして、普門品の「刀尋段段壊」の前にこれら二品の偈文を挙げていた（破線部）。

数々の法難を体験した日蓮は、「法師品や勧持品には、仏滅後に『法華経』を弘める法華経の行者は刀杖瓦石の難に遇うと説かれていることから、自身が法華経の行者であるという強い自覚をもち、それと同時に経文の真実性を確信して、一層法華信仰の弘通に努めた(31)」とされる。そのことと対応して、右引『日蓮聖人註画讃』は、法華経の行者が刀杖の難を免れ得ることを説いた、法師品と安楽行品の各偈文を挙げて、龍口での刀杖難からの奇跡的な生還を説明しようとしているのに違いない。

ただ、それら法師品や安楽行品は、刀杖難を免れ得ることを説いてはいても、その際に刀の折れる霊験が伴うことなど特に記していない。けれども、伝承の内容としては、確かに刀杖難を免れたという話であるに違いはないものの、その中にあって、有名な普門品の「刀尋段段壊」に対応する刀の折れる霊験が大きな位置を占めているのである。そこに、ある種のずれが感じられる。観音や普門品抜きで「刀尋段段壊」の霊験を取り込みつつ、同時に、法華経の行者としての日蓮の性格と即応させようと法師品や安楽行品を持ち出したために、そんなずれを招いてしまったのだと言えようか。

さらに、『日蓮聖人註画讃』は、巻二において「東條戦難」を記すなかでも同様に、

景信切ル二尊師左頭一。欲レ刎レ頸時刀《タチ》折。又有二射疵一、又有レ打二折左或作右手一。及加刀杖者難是也。

と、刀の折れる奇跡を付加しつつ(32)（実線部）も観音を関与させることなく、やはりずれを感じさせながら、全体を、普門品でなく勧持品の記述「有諸無智人　悪口罵詈等　及加刀杖者　我等皆当忍」と対応させている。

ところで、『直談因縁集(33)』巻五「安楽行品」の第43話に、

刀杖不可ト云ニ付テ、都ニ、俊忠法師云人、為二ハ余ノ衆生一ノ処々ニシテ説法スルカ、為二ハ籠中ノ人一ノ不説法一、云テ、籠ニ入ントスレトモ、無レ失一故ニ不入。時、内裏ヘ盗入、白カネ幡ヲ取リ逃ル也。時、ケンヒイシ共見之一、言語〔道断〕盗ヲ致ト云テ、籠ニ入ル也。時、籠内ニシテ音曲ヲ読玉フ、殊勝無レ限一。……誠ノ盗ニ非ス、如此一為方便ニ致ト云テ、折々籠中ニシテ経ヲ読玉フ也。……時、後、度々籠中ノ出入ス(ママ)シケキ故、六ケ敷ト云テ、ケンヒイシカ、彼沙門蓮台野ヘツレテ至(カ)リ、頸ヲ打ントスルニ、刀ナ段々ニ折テ不切一也。

とある。俊忠法師が牢内の人々のために法華経を読み説法しようと、方便に盗みをして度々牢にはいっていたが、出入りを繰り返すのを検非違使が煩わしがって、蓮台野で俊忠を斬首しようとしたところ、刀が折れて首を斬ることができなかった、という話である。

「刀杖不加ト云ニ付テ」（破線部）と始まるように、安楽行品の先引掲文「刀杖不加」の例証話として掲げられており、実際、刀が折れたために主人公の俊忠が刀杖を加えられず、その難を免れる話となっている。しかし、この話は、もともと『法華験記』巻上―22や『今昔物語集』巻十三―10、『元亨釈書』巻十一、あるいは『法華経直談鈔』法師品や『礦石集』巻二に、「春朝」の話として記述され、それらでは、処刑の場面が異なっている。例えば『法華験記』（日本思想大系）に、

如是議定、官人上下、春朝将ニ来右近馬場一、正為レ切ニ両足一。時春朝聖挙レ声誦ニ法華経一。極悪不善十六官人流ニ不覚涙一、皆礼ニ聖人一而去。

とあるように、刀が折れることなく、『法華経』を読誦する春朝の声が、「極悪不善」の官人らを感激させた結果、処刑を免れているのである。そうした形のままでも「刀杖不加」の例証話となり得るは

ずだが、どういうわけだか右『直談因縁集』所載話は、「刀ナ段々ニ折テ」（実線部）とあるように、そこに、普門品の「念彼観音力　刀尋段段壊」を取り込み、刀の折れる霊験を加えたようである。ただし、普門品と違って観音について説いているわけではない安楽行品の例証話にとって観音は必要なく、「念彼観音力」に相当する内容、さらには観音自体、どこにも現れていない。観音抜きで、刀の折れる霊験だけを盛り込んでいるのである。

右の事例は、先に見た龍口法難伝承の場合と類似する状況を呈していよう。共に、本来は観音の霊験であるはずの「刀尋段段壊」を、観音あるいは普門品から切り離し、他品によって説明されようとする話、あるいは他品の例証話の中に、取り込んでいることになる。龍口法難伝承の場合でも、江の島からの光り物という奇跡だけでも不都合なかったはずである。にもかかわらず敢えて右のような操作が行われたのは、処刑寸前に刀が折れるというのが、類なく劇的で印象的な、人々を引き付ける霊験だったからだろうか。

五　「刀尋段段壊」の一人歩き

前節に見た日蓮と俊忠の事例は、「刀尋段段壊」という霊験が、本来の霊験主体であるところの観音から独立して、言わば一人歩きし始めた姿を映し出しているようでもあろう。そうした「刀尋段段壊」の一人歩きは、それら事例以外にも、しかも一層広範囲に亘って、認められる。

『諏訪大明神絵詞』（続群書類従）巻下は、「果円」の従者らが諏訪社頭役を務めていた小諸太郎の下人を斬ろうとした際の霊験を、次のように伝えている。「果円」（杲円）とは、先述通り日蓮を逮捕して龍口の刑場に送った平頼綱であって、彼が、刀の折れる霊験に再度関わることになる。

正応の比、当国御家人小諸太郎と云物、当社頭役の時、下部下女等隣国上州に越て朝の市をすきけるに、関東の執権貞時朝臣の管領したる果円号平左衛門入道。当国守護代。従人等、頓て彼下人を誅せんとする所に、忽眼暗なりて、犯人の首を打はづす事両度なり。剰太刀を土に打立て三つに折たり。

頼綱の従者らは、二度首をうちはずしたうえに、地面に突きたてたために太刀が三つに折れた（傍線部）、という。折れる刀の霊験が、観音ならぬ諏訪明神の霊験として語られているようである。ただし、右に続いて「実に本地千手観音にておはしませば、尋段々壊の御誓も思合て貴し」と、同明神の本地が千手観音であるので「刀尋段段壊」の霊験が発揮されたのだと説明されており、この場合は、観音や普門品から離れているわけでは決してない。

しかし、『新編鎌倉志』（大日本地誌大系）巻二「建長寺」条のうち「仏殿」項が載せる話、

平時頼の時代に、済田と云者、重科に依て斬罪に及ぶ。太刀とり、二太刀まで打ども不切、刀を見れば折たり。[a]何の故かあると問けるに、[b]済田答て曰、「我平生地蔵菩薩を信仰して常に身を不放。今も尚髻りの内に秘す」と云ふ。依てこれを見れば、果して地蔵の小像あり。背に刀の跡あり。君臣歎異して、則済田が科を赦す。

の場合は、普門品からも観音からも離れている。やはり斬罪に処せられようとして太刀が折れる（実

線部）話で、主人公の済田が信仰し髻に籠めていた「地蔵の小像」を見ると背に刀の傷跡があって赦された（破線部）という、建長寺の地蔵の身代わり霊験譚[34]。「念彼観音力　刀尋段段壊」の「観音」を、あたかも「地蔵」に入れ換えたかのような内容の話である。刀の折れる霊験が、観音の手から離れて地蔵に移っているのである。

ところで、和製の偽経とされる『延命地蔵経[35]』の巻上末に、こんな一節が存する。

……但当三一応礼拝供二養延命地蔵一。刀杖不レ加、毒不レ能レ害。厭魅呪詛起屍鬼等還着二本人一。

実線部は、先引『法華経』安楽行品に全くの同文が見られるし、破線部は、同経普門品の「呪詛諸毒薬　所レ欲レ害レ身者　念二彼観音力一　還著二於本人一[36]」と近似してもいる。これらのうち実線部中の「刀杖不レ加」の例証話として、『延命地蔵菩薩経直談鈔[37]』巻十は、先引『新編鎌倉志』所載地蔵霊験譚などを掲げている。そうした本書のあり方によれば、同霊験譚は、安楽行品「刀杖不加」の例証話の中に、観音抜きの霊験「刀尋段段壊」が普門品から抜け出してはいり込んだと言うべき、前節末に見た俊忠説話と同様の事例、さらに言えば一層大きく抜け出した事例であって、「刀尋段段壊」が普門品のみならず『法華経』からも抜け出て、『延命地蔵経』の「刀杖不加」の例証話の中へ、観音ならぬ地蔵の霊験としてはいり込んだものである、ということになるだろう。

また、京都・誓願寺（京都市中京区）の縁起のうち、例えば前田育徳会尊経閣文庫所蔵『誓願寺縁起[38]』の巻四に、ある盗賊、のちの常慶上人の話が、

……寛弘五戊申年、七條河原にひき出討伐の時、刀尋段々壊と太刀ふたつにおれ、その身つゝかな

し。諸人あやしみ問侍に、彼か云、「われ常に誓願寺の弥陀を信仰申、猶あきたらてかの仏形を一寸八分の金像につくり、あさ夕もとゝりの内におさめをき、たえす念仏せし外、更によん所さふらはす。若かやうの子細にてもあるやらむ」とかたりき。取出してみるにまかふ所なけれは、見聞の人々ありかたく涙をなかし、帝叡信ましまし、たちまちの罪免許云々。

と見える。七条河原で処刑されようとしたが、太刀が折れて（実線部）赦免された。常に誓願寺の阿弥陀如来を信仰するとともに、その姿を一寸八分の金像に造って髻に入れていたのだという（破線部a）。先に掲げた『新編鎌倉志』所載話と同様の内容である。普門品の偈文「刀尋段々壊」も取り込まれているが（実線部冒頭）、やはり観音は一切関係せず、同偈文の上の「念彼観音力」の「観音」が、今度は「弥陀」に入れ換わったような、阿弥陀の霊験譚である。「刀尋段段壊」の霊験が観音から離れて阿弥陀の手に渡り、その霊験譚の中にはいり込んでいるのである。

さらに、『役行者本記』に役行者（役小角）について、

小角六十七歳翌庚子十月賜《フ》レ殺《ヲ》。小角拝而不レ畜《ヤシナ》者《ハ》穢身也矣。我身既仙《ニ》、我心既仙而《トシテ》受《ルニ》レ刀、刀段段《ニ》壊而不レ損レ身。

と見えるほか、『役君形生記』巻下に「伝記曰、奉レ誅《スルニ》二小角一其刀断断《ニ》折」、『徴業録』に「冬十月霊異記。○講式作二月。下レ勅将レ刑レ公、富士之神現レ形刀断為レ三」とあり、室町物語『役の行者』にも「つるきをもつてきらんとすれは、つるきたん〳〵におれにけり」と記される(39)。「我身既仙、我心既仙」（右引破線部）という役行者であるから、例えば古代中国の神仙思想を集大成した『抱朴子』(40)が仙薬の効能につ

いて、「第三之丹名曰二神丹一。服二一刀圭一、百日仙也。……又能辟二五兵一」（巻四金丹）、「玉亦仙薬……服レ之一年已上、……刃之不レ傷、百毒不レ犯也」（巻十一仙薬　破線部は先引安楽行品・『延命地蔵経』の「刀杖不レ加、毒不レ能レ害」と近似）と説いたりするのや、『日本霊異記』（新日本古典文学大系）巻上―5に「応レ逢二銛鋒《ほこのさき》一。願服二仙薬一」とあるのと、あるいは関係する面があるかもしれないが、それはともかく、右の三箇所の実線部はいずれも、普門品の偈文「刀尋段段壊」に由来するものであるに違いない。同偈文の説く霊験が、特に観音や普門品と関係するわけではない役行者の伝承と、それらから離れて結び付いたのであろう。ただ、『微業録』では、「富士之神」（波線部）の霊験として捉えているだろうか。

以上、日蓮の龍口法難伝承を出発点として、前節以来いくつかの事例について見てきたのだが、劇的で印象的な霊験「刀尋段段壊」の一人歩きは、もはや止まるところを知らないかのようである。それは、刀の折れる霊験が、観音や普門品という足枷《かせ》をはずして、あたかもアメーバのように次々と増殖し周辺を浸食していく、そんな姿にも映る。

六　中国霊験譚との関わり付刑場のマリア

知られる通り、刀の折れる観音霊験譚は、中国において早くから種々伝承されている。北彭城の人の話と高旬の話が中国六朝の『繋観世音応験記』や『観音義疏』巻上に載ること、先に触れたし、また、それら両話以外、張逸や沈英、陸暉を主人公とする各話が『弁正論』巻七、孫敬徳の話が『魏書』巻八十四盧景裕伝、『法苑珠林』巻十四、『続高僧伝』巻二十九僧明伝、『仏祖統紀』巻三十八、慧和の話が『繋観世音応験記』や『法苑珠林』巻二十七に、それぞれ掲げられてもいる。例えば、それらのうち北彭城の人の話と高句の話は、先述通り室町期の『法華経直談鈔』などに載るが、さらに北彭城の人の話の方は、平安期に遡る『注好選』巻中48にも掲載されている。また、陸暉の話も江戸時代の『七観音三十三身霊験鈔』などに採録されている[41]。

先に述べたように、盛久説話などに見られる不可思議な光や処刑司令塔への霊告は、右の如き中国霊験譚には見当たらないけれども、前節までに取り上げてきたような日本における刀の折れる霊験譚は、日本にも受容されたそれら中国霊験譚を源流としつつ、それらから直接あるいは間接の影響を受けている面が少なくないものと見られる。例えば、前節に取り上げた『新編鎌倉志』所載の建長寺地蔵の霊験譚や『誓願寺縁起』所載の誓願寺阿弥陀の霊験譚の場合、

晋泰元中、北彭城有㆓一人㆒、被㆑枉作㆑賊。本供㆓養観世音金象㆒、恒帯㆓頸髪中㆒。後出受㆑刑、愈益存念。於㆑是下㆓手刀㆒即折、輒聞㆓金声㆒。三遍易㆑刀、頸終無㆑異。衆咸共驚恠、具白㆓鎮主㆒。疑㆑有㆓他術㆒、[a]語詰㆓問其故㆒。答曰、「唯事㆓観世音㆒、金象在㆓頸中㆒」。[b]即解㆑髪者、視㆓見像頸三瘡㆒。於㆑是敬服、即時釈㆑之。

という、中国六朝時代の『繋観世音応験記』に載る北彭城の人の話[42]に酷似する。処刑されそうになった人物が、首が切れず刀が折れた（各実線部）あとに問われて、髻に像を籠めていることを明かす点

（各破線部a）や、髻の中の像を取り出すと刀傷があって赦免される点（各破線部b　ただし、誓願寺阿弥陀の霊験譚では、像の刀傷について特に言及しない）など、悉く共通する。建長寺地蔵や誓願寺阿弥陀の霊験譚は、右の話をほとんどそのままに借用し、同話が観音の霊験譚であるのを地蔵や阿弥陀のそれとしたものであると言っていいくらいだろう。

しかし、本節において殊に注目したいのは、右のような事例ではなくて、第二節に言及した永正十四年（一五一七）『清水寺縁起絵巻』の盛久説話の場合である。盛久処刑の前夜の場面――

> 明日といふ夜もすがら、盛久、普門品など読誦してまどろむ処に、[a]夢うつゝともなく、齢八十有余の老僧、枝にかゝりて盛久に向て宣く、「汝、我を憑事、年久し。然に、前因により、今、此危難をうく。雖然、我に本誓あり。唱るによりて来れり。安く急災を退くべし。敢て汝恐懼する事なかれ。[b]但、秘経神呪等あり」とて授け給ひつゝ、「則一千返誦せよ」と仰られつとおぼえて、夢さめぬ。盛久、憑もしくて弥信心を凝し、彼経呪を誦する事ひまぞなき。

清水観音が化したらしい八十歳余りの老僧が現れ、危難から救ってやろうと告げる（破線部a）のは、長門本『平家物語』には見られないが、謡曲「盛久」とは共通するところである。しかし、さらに「秘経神呪等」を授けて「一千返誦せよ」と告げ、盛久がそれに従い、その「経呪」を誦し続けた（破線部b）というのは、長門本『平家物語』にも謡曲「盛久」にも見えない内容である。また、少なくとも『清水寺縁起絵巻』以前に日本で生み出された刀の折れる話には、管見の限り、そういう内容は見出し難い。さらに、右の老僧が現れた際、盛久は「普門品など読誦して」（波線部）いたというが、その普門品の中にも、「刀尋段段壊」に関わって、何らかの経呪を千遍唱えるというような記述は見受けられない。

右引部のあとは処刑場面で、「盛久、顔色猶うるはしく、只称誦専念の外は詞なし」と、老僧に授けられた経呪をひたすらに唱え続ける盛久に対して、第二節にも述べた通り、「さて西に向へ、太刀とり頸をうつに、太刀三段におれぬ」という奇跡が起こり、先の老僧の言葉「安く急災を退くべし」に偽りなく、盛久が助かり赦免されることになる。そして、話末にさらに続けて、

経文に「我若向二刀山一、刀山自摧折」、又云「囹圄禁閇杻枷鏁、至心称二誦大悲呪一、官自開レ恩釈放還」の御悲願なれば、かくのごときの現相は古今度々の事にて、只一往の化儀をしるす所也。

と記す。ここに引用される二つの経文はいずれも『千手千眼観世音菩薩大円満無礙大悲心陀羅尼経』（大正新脩大蔵経）に見えるもので、同経に「若有三身被二枷鎖一者、取二白鴿糞一呪一百八遍、塗二於手上一用摩二枷鎖一、枷鎖自脱也」あるいは「若有二夫婦不和一、状如二水火一者、取二鴛鴦尾一、於二大悲心像前一呪一千八遍、帯彼即終身歓喜相愛敬」といった辞句の存する点は注意される。しかし、刀の折れる霊験に関わってまさに千遍読誦するというような内容は、同経にもやはり見出し得ない。

そこで、中国の霊験譚の方に目を転じてみるに、次のような事例を拾い出すことができる。[43]

是時又有レ人、負レ罪当レ死。夢沙門教二講経一、覚時如レ所レ夢。黙誦千遍、臨レ刑刀折。主者以聞、赦レ之。此経遂行二於世一。号曰二高王観世音一。　（『魏書』巻八十四盧景裕伝）

※昔元魏天平定州募士孫敬徳、於二防所一造二観音像一。及二年満還一、常加二礼事一。後為二劫賊一所レ引、

禁二在京獄一。不レ勝二拷掠一、遂妄承レ罪。並処二極刑一、明旦将レ決。……夢二一沙門一教レ誦二観世音救生経一。「経有二仏名一。令レ誦二千遍一得レ免二死厄一」。徳既覚已。……且行且誦、臨レ欲レ加レ刑、誦満二千遍一。執レ刀下斫、折為二三段一。三換二其刀一、皮肉不レ損。……仍勅伝写被二之於世一。今所謂高王観世音是也。徳既放還、観二在レ防時所レ造像一、項有二三刀迹一。

（『続高僧伝』巻二十九僧明伝）

斉世有囚罪当極法。夢見三聖僧口二授其経一。至レ心誦念数盈二千遍一。臨レ刑刀折。因遂免レ死。今高王観世音経是也。

（『弁正論』巻七「高王行刑而刀折」）

いずれも、処刑直前に夢に現れた僧の教示に従い、授けられた経文を千遍読誦したところ（破線部）、刀が折れて赦免された（実線部）、という内容である。同様の記事が、右以外の中国の諸書にも見えること、知られている。右の内容はまさに、『清水寺縁起絵巻』が記載する盛久の話と共通するのであって、同話には、こうした類の中国霊験譚が反映しているのではないかと推測される。

右に挙げた中国説話はいずれも、僧が夢中に授けたのを、『高王観音経』であると説いている（波線部）。千遍読誦の要素を持った刀の折れる中国霊験譚は、『高王観音経』と結び付いた、その霊験譚となっているのである。『高王観音経』諸伝本のうちトルファン出土本は「仏説観世音折刀除罪経」という経題を持ち、『開元録』巻二十も「高王観世音経一巻或云折刀経」と記す。同経は、天平十年（七三八）十一月九日『本経返送状』（『大日本古文書』巻七）などに著録されているように、早くから日本に流伝しているし、江戸時代以降には繰り返し版行されてもいる。[44] 稿者の手元にある江戸後期頃刊行折本一冊（版元＝柳枝軒小川多左衛門）の場合、内題「仏説高王白衣観音経」のもとに経文を掲げるとともに、右引中国霊験譚のうち『続高僧伝』所載話※と同じ話を載せたあと、『高王観音経』あるいは白衣観音の霊験譚を多く連ねたりしている。

『清水寺縁起絵巻』収載の盛久説話には、単に先に三例挙げたような中国霊験譚が反映するだけでなく、それと一体のものとしての『高王観音経』に対する信仰が密接に結び付いていたのかもしれない。江戸時代の『延命十句観音経霊験記』(45)では、盛久は、その『高王観音経』に基づく『延命十句観音経』の霊験によって救われたとする。

さて、右の『高王観音経』はそもそも、『法華経』普門品を基盤として生み出された、中国製の偽経であると考えられている(46)。また、同様の中国偽経で、やはり奈良時代には日本に流伝している『観音三昧経』(47)にも、「若遭二大賊一刀箭即折」という文言が見える。普門品の説く観音の霊験「刀尋段段壊」は、中国においてすでに、普門品の内に止まってはいなかったのである。そこに、その霊験はもう、前節に見たような一人歩きへと繋がる第一歩を踏み出していたのだとも言えようか。

なお、さらに遠く海外に目を遣るならば、次のような事例に注目されたりもする。ポルトガル生まれのイエズス会士バレト（一五六四〜一六二〇）が、天正遣欧使節とともに来日した翌年の天正十九年（一五九一）にローマ字で写した文書集『バレト写本』(48)の中に、聖母マリアの奇跡譚・霊験譚を、十二話載せた部分がある。そのうちの第三話は、聖母マリアを深く信じる盗人の話で、彼がまさに絞首刑にされようとした時のこと、奇跡が起きた。

……忽ち息絶えて死することとなるを、その処へサンタ・マリヤおん出でなされ、足をさし上げ給へば、平地《へいち》に居たるよりも自由に首の締縄《しめなは》ゆるりとなりて、如何にも心安く少しも悲しみなければ、かの科人、「さても有難きおん事かな。我御内証に背き奉る業《わざ》に依っての難儀をさへか様に深きおん憐れみを垂れ給ひ、忝なくも直《ぢき》にみ手を以て我が汚らはしき足を持ち給ふことは、如何計りの御慈悲ぞや」と涙を流し、……

首が絞まり、まさに息絶えようとした瞬間に、マリアが現れて盗人の足を捧げたため、縄がゆるみ盗人は平安で、マリアの慈悲に感涙を流したという。そこで今度は、役人たちが盗人の首を斬ろうとするが、「押し切らんとすれども更に叶はず」という有様だった。それで結局、盗人は赦免された。そののち盗人は、「真実に我が科を後悔し盗みをはたと内心より止《や》むることは沙汰に及ばず、様々の行体を致し、先に引き替へて善心深くなりたるなり」と改心する。最後は、「か程の悪人なれども、サンタ・マリヤを信じ奉る故に現世後世頼み助け給へば、況んやよく心を以て信じ敬ひ奉らんに於いてをや」という言葉で結ばれている。

刀が折れるという要素はないが、処刑される寸前に霊験あって救われるという点で、本章にて取り上げてきた刀の折れる霊験譚の多くと共通する。また、赦免された盗人が改心し、「盗みをはたと内心より止《や》」め「善心深くな」ったというのは、先に掲げた『誓願寺縁起』所載話が、やはり赦免された盗賊につき、先引部に続けて「其後かの者、捨邪帰正無極の道心おこして桑門の形となり、常慶上人と号す」と記すのと共通してもいる。無論、だからと言って、両方の直接的関係を想定しようというわけではない。しかし、あれこれ共通するのには、それなりのわけがあるものと思われる。

右のマリアの霊験譚は、より早くベネディクト会士ゴーティエ・ド・コワンシー（一一七七～一二三六）の『聖母奇蹟集』第一巻第三十話「盗人の縛り首にされたるを聖母の二日のあひだ宙に支へ給ひける事」に見られ、田桐正彦氏は同話を紹介して、「聖母は、罪びとも見捨てはしない。どれほど罪深い者であろうと、いかなる罪びとといえども、聖母にすがる者をけっして見捨てない。ここに、中世の聖母マリア信仰の到達した『慈悲』の思想をみてもよいように思う」と述べられている[49]（右引『バレト写本』にも「おん憐れみ」「御慈悲」）。本章では、刀の折れる霊験が、『法華経』普門品の内に止まらず、また観音のもとに止まらず、一人歩きしている様を眺めてきたのだが、全体的に見れば、それでもその霊験が普門品そして観音を軸として説かれているということに変わりはない。その観音もまた、右のマリアと同様、「慈悲」を最大の持ち味とするのであって、洋の東西に分かれていても、罪人を処罰する刑場という場はともに、それらが、「罪びとも見捨てはしない」という究極的な慈悲を、奇跡・霊験として発揮するのに、恰好の舞台となったのに違いない。霊験主体どうしの共通する性格が、共通する局面での類似の霊験譚をそれぞれに生み出したのだと言えよう。

第六章　矢負から矢取へ——霊験の精神的背景

一　羅城門町の矢取地蔵

京都市南区羅城門町、「羅城門遺址」の石碑が立つ児童公園のすぐ近く、九条通に面して小さなお堂があって、そこに一体の地蔵菩薩像が祀られている（図19）。例えば竹村俊則氏『昭和京都名所図会』6洛南（駸々堂出版、昭61）に「**矢取地蔵**」という項目のもと、「像は高さ一・五メートル、右手に錫杖、左手に宝珠をもった江戸時代の作と思われる石造坐像で、面貌はあまりよくない」などと紹介されているところのものである。

図19　矢取地蔵坐像

この「矢取地蔵」には、その名の由来ともなる一つの話が伝えられている。例えば右の『昭和京都名所図会』は、右引部に続けてこう記す。

Ⓐ口碑によれば、この地蔵尊は西寺の守敏僧都が東寺の弘法大師をねたみ、大師の帰途をねらって矢を射ったところ、矢はあたらずに地蔵尊にあたり、大師の難を救った。それより**矢取地蔵**または**矢負地蔵**とよばれるに至ったとつたえる。

先述通り羅城門遺址のすぐ近くに祀られる矢取地蔵は、同門を挟んで東西に建てられた両寺、今は礎石などを残すのみの西寺（京都市南区）と、現在も五重塔がその偉容を誇ったりしている東寺（京都市南区）との、ちょうど中間に位置することにもなる。そのことと呼応するがごとく右記事は、西寺の守敏《しゆびん》僧都と東寺の弘法大師空海（七七四〜八三五）との間の話になっているのであって、身代わりに立って守敏の矢から空海を救ったという、地蔵の身代わり霊験譚である。

『日本伝説名彙』（日本放送協会、昭25）も渋谷吾往斎『我が郷土の史蹟と伝説』（東京聚文堂、大15）に依拠しつつ、「**矢取地蔵**」と題して、

Ⓑ東寺に弘法大師があり、西寺に守敏僧正があった。ある年、大旱魃に守敏が祈っても効なく、弘法大師が祈ると大雨が降った。守敏は大いに嫉んで大師に向かって矢を放った。そのとき地蔵が現れてその矢を宙で手に取った。それでこの地蔵の手には一矢を握っているという。

という同様の伝承を記している。ただし、代わりに矢に当たるのではなく矢を手に取ったとする点（波線部）、また守敏が空海に矢を射るに至る経緯が盛り込まれている点（実線部）、Ⓐ『昭和京都名所図会』と違っていて、目を引く。矢を手に取ったことについて、「地蔵の手には一矢を握っている」と最後に示しているが、確かに現在も、矢取地蔵の右手に、錫杖と共に矢が握られている（『昭和京

図20　矢取地蔵堂と東寺・西寺

都名所図会』先引記事には「右手に錫杖」とのみ記すが）。第三章で取り上げた鬘掛地蔵《かづらがけ》が左手に持つ髪の毛と同様の、霊験の物的証拠すなわち霊験の証しとなるものである。ただ、実際に像の握っている矢は一本でなく二本であって[1]（図19参照）、その点において右の記述と食い違っている。像がなぜ、矢を二本持っているのかは、のちほど明らかになるだろう。なお、稲田浩二氏他編『日本昔話事典』（弘文堂、昭52）や武田静澄氏『日本伝説の旅（下）』（社会思想研究会出版部、昭37）も、「**矢取り地蔵**」と題して、右のⒷに基づいたらしい、あるいはⒷと同内容の記事を載せる。

最近の編集工房か舎・菊池昌治氏『京都の魔界をゆく 絵解き案内』（小学館、平11）にも、
Ⓒ東寺の空海に対し、西寺の守敏僧都はことあるごとに対立競争していた。ある時、守敏が空海を狙って矢を射かけたところ、矢はどこからともなく現れた一人の僧の肩を貫いた。身代わりになったのは地蔵尊で、おかげで空海は命びろいをした。以来、この地蔵は**矢取り地蔵**と呼ばれるようになったという。
と同様に記される。守敏が矢を射るに至る状況がまず述べられている（実線部）のは、Ⓑに近いが、地蔵が一人の僧の姿で現れ、しかも、肩を射抜かれたとする点（波線部）は、先のⒶにもⒷにもない要素である。像について直接確認し得ていないけれども、矢取地蔵の「右肩に矢キズのあとが残っている」という「近所の人たち」の証言が、今屋敷晶氏「弘法大師と高僧伝説」（京都千年7『伝説とその舞台』講談社、昭59）に記録されていたりもする。
また、矢取地蔵像を祀るお堂の案内板にも、「**矢取地蔵**寺縁起（**矢負地蔵**由来記より）」と題して、
Ⓓ淳和天皇の御代（約千百年前）天長元年に国土早操《ママ》して農耕の用水もなくなったので朝廷は、守敏と空海（弘法大使《ママ》）の二人に雨乞いの勅命があった。御所の神泉苑の庭で、雨乞いの祈祷を行った。空海の術が守敏に勝ったので、三日三夜雨が降り国土を潤したので、守敏は空海を怨み、矢をもって空海を射た時に地蔵その間に出現して空海に代わり、その矢を受けた。地蔵の石像の背に傷あり、その後人々はその身代わり地蔵を、**矢負の地蔵**と呼び長く敬ってきた。その後人々は何時の時代からか、**矢取の地蔵**と呼ぶようになったのである。今のお堂は明治十八年三月

（約百十数年前）に唐橋村（八条村）の人々の寄進により建立《（ママ）》てされたものである。

と記されている。守敏が空海に矢を射るに至る経緯を、Ⓑあるいは©に示されていたのよりも詳細に前半部に記述したうえで、矢取地蔵の伝承を紹介する。石像の背に傷がある（波線部）というのは、矢を受けた点では同じであっても、矢を受けた場所において、肩を貫いたとする©と食い違うことになる。右のⒹの末尾に「平成五年十一月　**矢取地蔵**保存会」と記される、その保存会の村上弥一郎氏（大正五年生）から「背に傷があるのを見たと義母が話していた」という証言を得たが、石像の背の部分は今は見難い状態になっている。

右の©とⒹの要素を合わせたような記事も見られる。例えば『南区ウォーキングマップ』１（南区まちづくり推進会議・京都市南区役所、平14）の解説に、「**矢取地蔵**」と題して、

Ⓔ……いわゆる「雨乞い合戦」といわれるもので、結果は、空海の祈祷によって三日三晩雨が降り続きました。合戦に敗れた守敏は、空海をねたみ、待ち伏せして矢を放ったところ、[a]黒衣の僧が身代わりとなってその矢を受け、空海は難を逃れました。その黒衣の僧は、実はお地蔵様で、いつしか**矢取地蔵**と呼ばれるようになりました…。**矢取地蔵**は、別名、**矢負地蔵**とも呼ばれ、[b]その背中に矢を受けたときにできたと伝わる傷が残っています。

と記載される。地蔵が黒衣の僧の姿で現れる（波線部ａ）のは©と同様であり、一方、背中に矢を受けたとする（波線部ｂ）点や、あるいは守敏が矢を射るに至る経緯を詳述する点は、Ⓓと同じである。また、「矢はねらいたがわず空海の背を貫くかと見えたのだが、一瞬空海のまうしろに黒衣の僧

が現れ、矢はその肩口に立った」（駒敏郎・中川正文両氏『京都の伝説』日本の伝説1、角川書店、昭51）というように、Ⓒの肩とⒹの背とを合わせたような形も見られる。

その内容にかなりの振幅を示しながら、矢取地蔵にまつわる霊験譚が、以上のごとく現代に伝承されているのである。取り立てて問題にすべきようなものではない、些末な伝承と言うべきかもしれない。が、それを承知のうえでなお、「あまりよくない」（先引竹村著書）とも「たいそうほほえましい」（後掲岡部著書）ともされる、この像の個性的な面貌（本書表紙参照）と、そこから醸し出される奇妙な存在感に惹かれるままに、その霊験譚の世界に手探り状態で分け入ってみることにしたい。なお、同霊験譚については従来、簡略な記述・言及は少なからず存するが、まとまった検討は見当たらない。

二　近世の矢負地蔵

前節に挙げた現代の諸事例と同様の矢取地蔵霊験譚は、時代を遡って探索するならば、近世の諸文献にも見られることが確認される。(2) まず、いくつかの地誌・紀行類に、次の通り。

F『近畿歴覧記』東寺往還（新修京都叢書）　＊延宝九年（一六八一）

鳥羽大路ニ出テ山崎道トノ堺ニ、**矢負ノ地蔵**堂アリ。矢負ノ事、相伝ハ、守敏常ニ弘法ヲソネミ、或夜入堂ノ刻、竊ニ窺《ヒ》レ之以《テ》レ矢《ヲ》射レ之《ヲ》。于レ時其《ノ》矢不レ中二弘法一、此ノ地蔵中間ニ立チ隔テ玉ヒ、此ノ矢ヲ負シト也。然レトモ俗伝不レ足レ信事也。

G『雍《よう》州府志』寺院門第五「地蔵堂」条（新修京都叢書）＊貞享元年（一六八四）序・同三年刊

在リ二東寺ノ西南隅山崎道ノ之傍一ニ也。相伝フ。守敏甚タ妬ム二弘法大師一ヲ。竊ニ瞰ヒ二其ノ出一ヲ以テレ矢ヲ射ルレ之ヲ。于レ時ニ此ノ地蔵現二出其ノ間一ニ、代テ二弘法一ニ負フ二其ノ矢一ヲ。于レ今ニ地蔵ノ木像ニ有リ二瘢痕一。故ニ号ス二**矢負地蔵**一ト。今浄土宗ノ僧守ルレ之ヲ。

H『京羽二重織留《おりどめ》』巻三「負レ矢」条（新修京都叢書）＊元禄二年（一六八九）

東寺西南の隅《すみ》、山崎道の傍《かたはら》に、地蔵堂あり。伝云。守敏《しゆびん》はなはだ弘法をねたみ、ひそかに弘法の出るをうかゞひ矢《や》を放《はなつ》て射る時に、此地蔵弘法に代て其矢《や》を負《おふ》。今に地蔵の木像に其疵《きず》あり。此故に**矢負の地蔵**と号す。今浄土宗の僧守ルレ之ヲ。

I『京師順見記』「善峰筋」条（史料京都見聞記）＊明和四、五年（一七六七、八）

道筋三条通り西へ、二軒茶屋より左へ島原脇を通り、夫より東寺四塚、往古羅生門の跡、石橋の所を云、不分明之由。地蔵堂、石地蔵也。**矢負地蔵**と云。空海と守敏と法力争ひの時、守敏僧都の矢空海に射懸し時、此地蔵尊其矢を請給ひし由。夫よりして**矢負の地蔵**と云。

守敏が空海を妬んで秘かに矢を射たところ、地蔵が中間に立って矢を受けたと記すFと、GおよびHの三者は、特に記述が近い。F『近畿歴覧記』とG『雍州府志』は共に黒川道祐の著作で、またH『京羽二重織留』がG『雍州府志』に多く拠っていること指摘される[3]通りであって、十七世紀後半のそれら三者は結局、一連の記述ということになる。それらと年代差のあるIは、守敏が矢を射かけたのを、空海と守敏の法力争いの中でのことと特に記す（実線部）点など、右三者と異なる。

また、元禄十年（一六九七）の『延命地蔵菩薩経直談鈔』(4)の挙げる、経文「風雨随レ時」についての説話、巻七―23「洛陽東寺辺ノ**矢負地蔵**縁起」が、空海と守敏の雨乞いの話を載せたうえで、続けて次の通り記す。末尾に注記されているが、G『雍州府志』に拠るところが大きいようである。

J是ニ由テ守敏《シユビン》甚ダ弘法大師ヲ妬《ネタ》ミ、或トキ大師ノ出行アリシヲ竊《ヒソカ》ニ瞰《ウカヾ》ヒ、矢《ヤ》ヲ以テ是ヲ射《イ》ルトキニ、地蔵其ノ間ニ出現ナサレ、弘法ニ代テ其ノ矢ヲ負《ヲ》フ。今ニ地蔵ノ石像ニ瘢痕《ハンコン》《キズアト》アリ。故ニ**矢負《ヤヲイ》ノ地蔵**ト云。此ノ地蔵ハ東寺西南ノ隅《スミ》、山崎道《ヤマサキミチ》ノ傍《カタハ》ラニアリト雍州志五巻ニ見エタリ

あるいは宝暦十三年（一七六三）刊『本朝国語』(5)巻四―47「**矢負《やおひ》の地蔵《ちぞう》**」にも、

K山城国紀伊の郡東寺《とうじ》の西南《にしみなみ》の隅《すみ》、山崎道《やまざきみち》のかたはらに地蔵堂《どう》あり。相伝《あいつた》ふ、むかし西寺《さいじ》の守敏《しゆびん》はなはだ弘法大師《こうぼうたいし》を妬《ねた》む。ひそかにその出《いつ》るをうかゞひ、矢《や》を以《もつ》てこれをいる。時《とき》に此地蔵その間《あいだ》にあらはれて、弘法にかわつてその矢を負ふ。今《いま》に地蔵の木像《もくぞう》に瘢痕《きず》あり。故《ゆへ》に**矢負《やおひ》の地蔵**と号す。今浄土宗《じやうどしう》の僧《そう》これをまもる。

と見える。やはりG『雍州府志』に拠っており、それをほとんどそのまま訓読したと言うべき記事になっている。

さらに、矢取地蔵を祀るお堂から程近い吉原家に所蔵される『**矢負地蔵**復旧ニ付上願并地蔵由来記』(6)は、明治十八年（一八八五）、矢負地蔵堂の寺院としての復旧を京都府知事に願い出た文書の控えのようだが、同文書に付された「**矢負地蔵**由来記」にも、空海と守敏の雨乞いの話に続けて、

L是ニ由テ守敏甚タ弘法大師ヲ妬《ネタミ》、或トキ大師ノ出行アリシヲ竊ニ瞰《ウカヾ》ヒ、矢ヲ以テ是ヲ射ルトキニ、

地蔵其間ニ出現ナサレ、弘法ニ代テ其ノ矢ヲ負フ。今ニ地蔵ノ石像ニ瘢痕アリ。故ニ**矢負ノ地蔵**ト云。此地蔵ハ東寺西南ノ隅、山﨑道ノ傍ラニアリト云雍州志五巻ニ見エタリ

と記される。直接か否かはともかく先のJに拠っているらしく（本書末に「地蔵経第七巻内直写之」）、それとほぼ同文になっている。また、「**矢取地蔵**寺縁起（**矢負地蔵**由来記より）」と題していて、最後に明治十八年の建立に言及していた、前節所掲のⒹは、右のLの「矢負地蔵由来記」に基本的に拠ったものに違いなく、そのうえに背の傷の件などを書き加えたのであろう。なお、先に触れた矢取地蔵保存会の村上弥一郎氏方にも、「**矢取地蔵**寺縁起」という外題を有する巻子本一軸が所蔵されるが、それは、右のL吉原氏所蔵『**矢負地蔵**復旧ニ付上願并地蔵由来記』の転写本のようである。ただし、Lでは付載されていた「**矢負地蔵**由来記」の方が逆に巻頭に置かれている。

その他、具体的な伝承は記されないが、FGと同じ作者による十七世紀後半の『日次紀事』（新修京都叢書）七月二十四日条にも「九条**矢負地蔵**祭」、貞享二年（一六八五）成立『京羽二重』（新修京都叢書）巻二にも「**矢除地蔵**　東寺四ツ塚」、宝永五年（一七〇八）頃成立『都すゞめ案内者』（新修京都叢書）巻上にも同様に「**矢よけの地蔵**　東寺四つつか」と見える。もっと丹念に探索すれば、矢取地蔵霊験譚を採録した事例は他にも少なからず挙げ得るかと思われるが、とりあえず以上のうちでは、年代的に最も遡るのは延宝九年（一六八一）成立のF『近畿歴覧記』であって、より遡って中世の時代となると、同伝承が採録された事例を、今のところ見出し得ていない。また、そういう事例が指摘されたのを知らない[7]。無論、現段階での管見の及ぶ狭い範囲内でのことであるので確信が得られ

る訳ではないが、羅城門町の矢取地蔵についての伝承は、右の延宝九年からさほど遡らない時点、近世初期頃に誕生したものと、およその見当を付けておくことはできるだろうか。

　また、現代の伝承に見られる内容上の振幅については先に触れた通りだが、誕生してからそこに至るまでの過程において、矢取地蔵霊験譚は種々の変容・展開を見せているようである。

　例えば、伝承の舞台。F『近畿歴覧記』が「……**矢負ノ地蔵堂**アリ。矢負ノ事、相伝ハ、守敏常ニ弘法ヲソネミ、或夜入堂ノ刻、竊ニ窺《ヒ》レ之以《テ》レ矢《ヲ》射レ之《ヲ》」と、空海が「入堂」の際に守敏が矢を射かけたとする、その「堂」とは、すぐ前に挙げられた「**矢負ノ地蔵堂**」に違いないと思われる。地蔵堂あるいはその周囲で、守敏が、入堂する空海に向かって矢を射たところ、その堂に祀られる地蔵が「中間ニ立チ隔テ玉ヒ、此ノ矢ヲ負」った、ということなのであろう。地蔵堂が、伝承の舞台となっているのである。Gが「竊《ニ》瞰《ヒ》二其《ノ》出《ヲ》一以《テ》レ矢《ヲ》射《ル》レ之《ヲ》」、Hが「ひそかに弘法の出るをうかゞひ矢を放て射る時に」とするのも、空海が地蔵堂から「出」る際に矢を射たということかと理解され、やはり地蔵堂が伝承の舞台になっているものと思われる。Gに拠るKも同様である。GHKが、末尾に「今浄土宗僧《ノ》守《ル》レ之《ヲ》」などと記す一方で、Lが冒頭部に「右地蔵堂ハ、教王護国寺塔頭地蔵寺ト公称致来候処……」と記述することからは、右の地蔵堂がいつからなのか東寺の管理下にあったことが窺われるのであって（東寺側記録等未確認）、そうした地蔵堂であれば、そこに空海が出入りするという話が生まれてきてもおかしくないだろう。

　ところが、右のFGHより若干年代の下ったJでは、Gに拠るところが大きいと見られたが、それと違って、地蔵堂のことを直前に述べずに「大師ノ出行アリシヲ竊《ヒソカ》ニ瞰《ウカヾ》ヒ、矢《ヤ》ヲ以テ是ヲ射《イ》ルトキニ」と記すから、特に地蔵堂での話とは受け取れない。Jに拠るLでも同じである。また、FGHと年代差のあるIの記事からも、特に地蔵堂が舞台となっているという気配が窺えない。さらに、前節に掲げた現代のⒶ～Ⓔでも、地蔵堂が伝承の舞台とは全く捉えられていない。当初は地蔵堂に密着していた伝承が、やがてその地蔵堂から遊離していく傾向にあると言えようか。

　特に問題にしたいのは、地蔵の呼称である。先引『京羽二重』『都すゞめ案内者』の「**矢除地蔵**」「**矢よけの地蔵**」を除き、右に挙げた近世のF～KあるいはLはすべて、「**矢取地蔵**」でなく「**矢負（ノ、の）地蔵**」とする。それに対して、先引部末尾には「**矢取地蔵**または**矢負地蔵**」と記すⒶも、全体の項目名としては「**矢取地蔵**」の方を掲げ（Ⓔも同様）、ⒷⒸも共に「**矢取（り）地蔵**」とする（項目名）ように、現代では「**矢取地蔵**」の方が一般的であるらしい。結果、Lに基づきつつⒹでは「人々はその身代わり地蔵を**矢負の地蔵**と呼び長く敬ってきた。その後人々は何時の時代からか、**矢取の地蔵**と呼ぶようになったのである」と、その変遷が説明されることになる。それは、伝承内容の揺れと連動するものであろうか。近世のF～KやLはいずれも、身代わりに「矢ヲ負」ったとか「矢を請」けたとか伝えていて、Ⓑの波線部のごとき、地蔵が矢を手に取るという、「**矢取地蔵**」の呼称にまさに適合したような形は見られない。本来は文字通り矢を負う「**矢負地蔵**」であったのが、後にはⒷのごとき伝承をも伴いつつ「**矢取地蔵**」へと移り変わっていったものかと見られる。

　だが、問題はなお残る。実際に矢を二本手に取っているという、先に触れた現在の地蔵像の姿形は確かに、現在より一般的な「**矢取地蔵**」という名称と対応している。しかし、昭和二十五年時という、現代と言ってもやや時代を遡った時点のⒷや、Ⓑに拠るらしいいくつかの前掲文献の記事以外、前節において現代の伝承として取り出せたものすべてが、**矢を取る**のでなく**矢を負う**形になっているという伝承内容は、「**矢取地蔵**」の方が一般的になっているという呼称のあり方と、ずれていて不可解である。(8) この問題についてはあれこれ検討したあと、最後に再び取り上げたい。

三　空海と守敏の対立

さて、矢取地蔵霊験譚自体は、先述通り中世の文献には見出せていないのだが、同伝承誕生のための土壌となり得たであろう伝承ならば、より早い時点から検出することができる。種々の空海・守敏対立譚が、それである。矢取地蔵霊験譚は、その間にあれこれ相違を見せながらも、先のⒶ～Lいずれも共通して、守敏の側が空海に敵対しかかるが失敗に終わるという話になっているが、同様の空海・守敏対立譚は、知られる通り、院政期頃の文献に早くも複数種見受けられる。

寛治三年（一〇八九）経範（一〇三一～一一〇四）著とされる弘法大師伝『大師御行状集記』（続群書類従）の69「被勧請神泉苑於龍王條」は、「有書曰」として守敏の全く登場しない空海の請雨譚（『御遺告』や『今昔物語集』巻十四‐41など諸書にも）を掲げたあとに、「又或曰」として、

a淳和帝御即位天長元年甲辰、依㆓旱災㆒、「奉㆑勅於㆓神泉苑㆒可㆑修㆓請雨之法㆒」者。爰守敏大徳奏

状偁、「守敏已上臈也。同修レ之。須三先勤仕而令レ雨二西京《（両カ）》一」者。「依レ請早修」者。即以勤仕七ケ日、結願之朝、西京如二暗夜一、雷響尤盛也。其雨成二洪水一。衆人感嘆也。但遣レ使令二検知一之処、雨二界内一、不レ及二山外一云々。亦大師勤修。雖レ経二七日一無レ雨。大師入定思惟。守円大徳駈二取諸龍一、既入二水瓶一云々。即出定。延修二个日夜。大師告曰、「池中有二龍王一。号曰二善如一。元是無熱達池龍王之類所二勧請一也」云々。乃至結願之日、雲覆レ天、雷鳴二於四方一、急降二膏雨一。池水湧満、至二于大壇之上一。自レ是以後、三个日之間、普雨二天下一。自然滂沱。

と記す。さらに、同書の85「守円僧都貢御栗條」には、

b守円僧都参二内裏一。加二持生栗一、以二呪力一成二蒸茹《（ママ）》栗一。調二甘味一数々為二貢御一。而大師参内之時勅言、「守円之法力栗如レ是。和尚何如レ彼不二貢御一哉」。答奏言、「侍二御前一之間、見二彼作法一」。於レ是被レ召居二大師於御簾之内一、召二守円一如レ例賜レ栗令二加持一、只如レ本。先作法、猶強雖二祈念一無二変色一。懐レ耻退出了。以知被レ押二大師威徳一失二法験一也。

続く86「守敏僧都奉呪咀大師條」には、

c守円依レ有下奉レ呪二咀大師一之聞上、被レ修二調伏法一。而大師於二瑜伽座之上一、現二不動之身一。向二大壇一之時、守敏現二大威徳身一臨来。共雖レ現二教令輪相一。依レ有二次第一不レ可三敢犯二上智一云々。

と見える。なお、「守敏」とも「守円」とも書いているが（傍点部）、同一人物を指している。

aは神泉苑での請雨対決譚。[9]旱《ひでり》に際して、神泉苑で請雨法を修するよう空海に勅命が下ったが、上臈《ろう》（年功を積んだ上位の僧）である自分が先に修したい旨、願い出た守敏が、許しを得てまず修する

と、七日目の結願の朝に雷鳴と共に洪水になるほどの大雨が降った。ただ、それは京内に止まっていて、都の外には及んでいなかった。それで今度は空海が勤修する。ところが、七日経っても全く雨が降らなかった。守敏が諸龍を水瓶に封じ入れ妨害していたのである。そのことを察知した空海は、善如龍王を勧請して修した。すると、京のみならず普く天下に雨が降った。そんな話である。bは、守敏が天皇の前で生栗を加持し茹でて貢ぐということをしていたが、空海が御簾《みす》の内に隠れているところでは、空海の威徳に押されていくら祈念しても一向に煮ることできず、恥じて退出していったという、加持阻止譚とでも言うべきもの。cは、言わば呪詛対決譚。守敏が空海を呪詛しようとしたのに対して、空海も調伏法を修したというもので、空海は不動身、守敏は大威徳身と、それぞれ教令輪相（忿怒の相）を現じたという。

また、院政期の『本朝神仙伝』（日本思想大系）16弘法大師は、基本的な略歴などのあとに、

d修因僧都、読二呪護国界経一施二神験一。昔遣二護法於唐朝一、偸二恵果伝法一。大師頗得二其心一曰、「有二窺レ法之者一」。仍受二金剛界一之時、別結界火焔遶レ郭不レ得レ入。纔聞二胎蔵一而還。

と記す。「修因」は「修円の誤り、また誤写と思われ」（日本思想大系補注）、その修円は、守敏としばしば混線して出てくる人物で、守敏と同一人かと見られている。先引『大師御行状集記』にも「守敏」と「守円」が混在すること、先に触れた通りである。空海が入唐して恵果から受法していた時、修因（守敏）が護法というものを唐に遣わしてその恵果の伝法を盗み聞こうとしたが、それを察知した空海が金剛界受法の際には結界して阻止した結果、護法は僅かに胎蔵界の方のみ聞いて帰った。そ

ういう内容であって、盗聴阻止譚と言うべきものになっている。

『本朝神仙伝』はまた、右のd盗聴阻止譚に続けて、

c´及㆓大師帰㆑朝、常以相挑、逓欲㆓調伏㆒、共行㆓壇法㆒。大師陽死。修円疑令㆓人伺見㆒、弟子涕泣行㆓喪家儀㆒。又令㆓見弔㆒。弟子等運㆓葬斂之具㆒。修因信之、涕泣良久、行㆓懺悔之法㆒。大師更行㆓調伏法㆒七日、修因頓受㆑瘡而死。大師又行㆓懺悔之法㆒七日、降三世顕㆓於鑪堪㆒曰、「我是修因也。為㆑令㆑顕㆓揚汝法㆒、権成㆓怨敵㆒也」。

と、c´呪詛対決譚も載せている。先引『大師御行状集記』のc呪詛対決譚と基本的に同じ話なのだが、ただ、弟子たちに葬儀の準備をさせるなどして死んだと見せ掛けた空海が、それを信じ油断した修因（守敏）に対して調伏法を行い続けた結果、修因が死ぬという決着を見ている（実線部）点で、cとは異なる。このような形での決着が付くものを、cとは区別して、c´とすることにしよう。なお、修因が実は降三世明王であったと明かす（破線部）のは、『大師御行状集記』cで守敏が大威徳明王の姿を現わす（先引破線部）のと、同じく五大明王の一つであって、通じ合うものがあろう。さらに『本朝神仙伝』は、右のc´よりもあとにa請雨対決譚も載せる。ただ、『大師御行状集記』aと違って、諸龍を封じ込めるという修因の妨害を察知した空海が、善如龍王を勧請して雨を降らせたと伝えるのみで、修因自らが請雨するという場面はない。

　右の両書合わせるに、少なくとも院政期ごろにはすでに、a請雨対決譚、b加持阻止譚、cc´呪詛対決譚、d盗聴阻止譚という、四、五種もの空海・守敏対立譚が成立していたことになる。しかも概

ね、先の矢取地蔵霊験譚と同様、守敏の側がまず何らかの形で空海に敵対しかかって失敗に終わる、という骨組を持ってもいる。例えばｂは、空海が御簾に隠れておいていつも通り守敏に生栗を加持させたという点では、逆に空海の方が敵対しかかっているようでもあるが、そもそも生栗加持という呪力をまず守敏が天皇に見せ付けるという行為に及んだことが、結果的に空海との対決へと繋がり退散することになるのであって、やはり同様の骨組を持つものと捉えられよう。また、ｃでは確かに、呪咀対決の決着が付いておらず、右の骨組の後半を備えていないが、守敏が敗死するｃ′では、その骨組を完備している。さらに、ｃ′を載せる『本朝神仙伝』では、冒頭部に「常以相挑、遁欲二調伏一、共行二壇法一」と記述され、互いに調伏法を行ったのであって、特に守敏の側から敵対しかけたとは捉えられていないが、ｃ ｃ′を載せる諸文献の多くは、守敏がまず調伏しかけたとする。右引『本朝神仙伝』ｃ′が最末尾に伝えるように、修因（守敏）すなわち降三世明王が、空海の「法」を「顕揚」するために敢えて「怨敵」となっていた（破線部）ということならば、その修因（守敏）の側から意図的に空海に敵対しかかるという筋書になるのは、自然なことでもあろう。

そして、守敏の側が空海に敵対しかかって失敗するという共通の骨組を持った、右のような四、五種の空海・守敏対立譚は以降、次々と出現した弘法大師伝類を始めとして、例えば前章に引用した日蓮『報恩抄』など、それらに限らない様々な文献に多く採録・言及されていくことになる(10)。無論、先に触れた通り、『大師御行状集記』に載るａ ｃと『本朝神仙伝』に載るａ ｃ′との間にも相違が見られたのと同様に、後世の諸文献に採録された話は、それら両書に載るａ ｂ ｃ ｃ′ ｄと全く同じというわけでなく、種々違っていて変容した姿を示していることも少なくない。

例えば、『太平記』や『神明鏡』などに収載するbの場合、守敏が天皇の前で行った呪術が、生栗を加持して茹でるというのではなく、水を加持して湯に変えるというものなどになっている。先引『大師御行状集記』bでは「加二持生栗一。以二呪力一成二蒸茄（ママ）栗一」と、生栗に対して直接加持しているようであったが、『弘法大師御伝』（続群書類従）が「以レ栗入レ水、誦呪加持、即暖熱令レ食二病者一」、『高祖大師秘密縁起』（弘法大師伝全集）が「生ぐりを水に入て暫ク加持しけるに、其水たちまちにわきければ、栗むせるがごとく和ぎけるを」とするように、栗を水に入れたうえで加持したとするものも少なくなく、それらを中間段階としてやがて、『太平記』や『神明鏡』のように栗が消え水そのものを加持する形へと、変容していったのかもしれない。なお、『弘法大師御本地』では、生栗をそのまま加持したあとにさらに、水を加持するなどしている。

また、例えば『八幡愚童訓』甲本（日本思想大系）と『臥雲日件録抜尤《ばつゆう》』（大日本古記録）文安四年（一四四七）五月十八日条に載るaは共に、空海に請雨の勅命が下った際、先引『大師御行状集記』のように守敏自らが先に請雨することを願い出たりせずに、勅命による空海の請雨を、守敏が諸龍を封じて妨害しようとする。そして、その妨害行動を、『八幡愚童訓』甲本の方は、空海に対する敵対心から出たものとするのに対して、『臥雲日件録抜尤』の方は、自らに請雨の詔が下らなかったことを恨んでのものとする。あるいは、『太平記』や『神明鏡』などのaでは、そもそも旱自体、天皇に対する恨みから天下万民を飢渇させてやろうと、守敏が諸龍を封じ込めて起こしたものとする。その守敏の行動は、一角仙人説話や後世の鳴神上人の話を想起させせよう。

『鷲林拾葉鈔』や『法華経直談鈔』の各薬草喩品に載るaでは、同じく守敏が旱を起こすが、その意図するところが『太平記』や『神明鏡』が描くのとは少々違っている。すなわち、空海が唐より帰朝して以降は天皇が空海の方を重んじるようになったことを口惜しく思っていた守敏が、諸龍を封じ込め旱を起こせば空海に請雨が仰せ付けられるだろうが、自らが諸龍を封じているので雨が降るはずはなく空海が面目を失うことになり、しかも、その時に自らが出て諸龍を解放し雨を降らせれば高名を得ることができると、そう企んでのことだったと伝える。『弘法大師御本地』所載のaも同様に記しており、それら直談系の法華経注釈書類との何らかの関係を想像させたりもする。ただ、守敏が旱を起こしたあと、『鷲林拾葉鈔』や『法華経直談鈔』では、守敏の予想通り空海に請雨が仰せ付けられるが、空海が善如龍王を勧請して雨を降らせたので、守敏自らが請雨することもなく、その企みが失敗に終わったとするのに対して、『弘法大師御本地』では、最終的には同様の決着を見るものの、その前にそれらとは異なる展開が見られる。守敏にとっては予想外の展開ということになろうか、守敏が旱を起こした時、空海ではなくまず守敏の方に請雨の命が下るのである。それでも、当初の計画通り空海に請雨させて恥をかかせてやろうと、守敏は敢えて少しだけ、京中にのみ雨を降らせた。すると、目論見通りさらに空海に請雨の命が下るが、空海が善如龍王を勧請して日本中に雨を降らせたために、結局は守敏の企てが失敗に終わる。『鷲林拾葉鈔』や『法華経直談鈔』に載るaに、守敏が志願して先に請雨法を修すると京中にしか雨が降らなかったが、空海が善如龍王を勧請して修すると天下に降ったという内容の、先引『大師御行状集記』のａの如き話の要素を盛り込み、統合したような形になっているのである。

さらに、『元亨釈書』巻一に載せるａは『大師御行状集記』ａと同趣だが、同巻十八「如意尼」の方が伝えるａは、大きく異なっている。空海と守敏が請雨を競った時、如意尼の持っていた浦島子の篋《はこ》を空海が入手して、天下に雨を降らせることができた、とする。善如龍王は登場せず、その役割を浦島子の篋が代行する形になっている。また、如意尼は後に摂津甲山に神呪寺《かんのう》（兵庫県西宮市）を開創するが、同寺の本尊となる如意輪観音像を空海が彫刻した際、像中に右の浦島子の篋を籠めた、とも伝える。(11) ａ請雨対決譚が、改変されつつ寺院の縁起伝承と結び付けられた事例と言えよう。仮名草子『狗張子《いぬはりこ》』巻二「武庫山の女仙」に見られるａなども同様の内容になっており、この『元亨釈書』巻十八に基づいているらしい。

かように種々変容しながらも、概ね守敏の側が敵対しかかるが失敗に終わるという骨組を持つ四、五種の空海・守敏対立譚が、院政期ごろ以降、盛んに脈々と伝承されていたのである。守敏が空海に矢を射かけたが地蔵に阻まれたという、近世初期ごろに成立したかと見られる先の羅城門町の矢取地蔵の伝承は、そうした空海・守敏対立譚の伝統の延長線上に、それを土壌として生起してきたものと見て間違いあるまい。先のⅠが矢取地蔵の伝承を「空海と守敏と法力争ひの時、……」（実線部）と書き始める（Ⓒの実線部も同様）のや、ⒷⒹⒺＪＬがまずａ請雨対決譚を伝え、それに連続する形で矢取地蔵像の伝承を載せるのなどは、そのことを端的に物語るものとも見られよう。

四　接点としての矢と嫉妬

また、地蔵が身代わりに矢を負うという話、矢負地蔵譚も、知られる通り、中世以前から伝承されていた。小僧の姿で戦場に現れ矢を取って与え、そして、矢を背に射立てられたという、近江の地蔵の霊験譚が、『今昔物語集』巻十七―3や『江州安孫子庄内金台寺矢取地蔵縁起』などに採録されているし、洛東清水寺の勝軍地蔵についても、東国征伐の戦場で矢の尽きた坂上田村麻呂に矢を拾って与えたとか、あとで見ると矢傷や刀傷があったとかいう話が、『元亨釈書』巻九「清水寺延鎮」や永正十四年（一五一七）『清水寺縁起絵巻』上巻に見られる。他にも同様の地蔵伝承は種々伝わっており、「矢取り地蔵とか、矢拾い地蔵とか、或は矢負い地蔵とかと呼ばれ、戦場で霊験を示現されたといわれている地蔵さまは、全国的には決して少なくないよう[12]」である。

前節に見たところの、近世以前より伝承されていた空海・守敏対立譚に、やはり近世以前から存在する、この矢負地蔵譚の要素が組み合わされるならば、前々節までに現代さらには近世の伝承の様相を確認し、近世初期頃の誕生と推測した羅城門町の矢取地蔵の霊験譚は、比較的容易に生み出されるように思われる。同霊験譚は、四、五種類の多様な姿を見せながら院政期ごろ以降脈々と受け継がれてきた空海・守敏対立譚が、在来の矢負地蔵譚の話型を纏うことにより、また一つの新たな装いを得て、近世初期頃に現れ出た伝承であると言うことができよう。空海・守敏対立譚の近世的な展開としても、矢取地蔵の伝承は注意されてよいものということになる。

しかし、右のように考えようとした場合になお問題に感じられるのは、では、空海・守敏対立譚と矢負地蔵譚がなぜ、いかなる契機あって結び付いたのか、という点である。仮に、矢取地蔵霊験譚が成立する以前から東西両寺の間に地蔵像が祀られていたとするならば、(13)それを仲立ちとして、東寺の空海と西寺の守敏の対立譚に、地蔵の矢負いの話が、結び付いてくるといったことが考えられるかもしれない。が、たとえそうであったとしても、それだけでなくさらに、先行するそれら伝承の内部に、それらが接合する契機となったようなもの、言わば接点は、見出せないものであろうか。

近世の矢取地蔵の伝承のうちFが先引部に続けて「凡ソ守敏ノ事、元亨釈書ニ伝ナシ、其ノ外ノ書モ不レ載レ之、太平記ニ少シク載《ス》二其《ノ》事跡《ヲ》一、是レ誠ニ不審《イブカシ》キ事也」と記す、その『太平記』（日本古典文学大系）の巻十二の「神泉苑事」に、bそしてaのあとにc呪咀対決譚が、

守敏尚腹ヲ立テ、サラバ弘法大師ヲ奉二調伏一思テ、西寺ニ引籠リ、三角ノ壇ヲ構ヘ本尊ヲ北向ニ立テ、軍荼利夜叉ノ法ヲゾ被レ行ケル。大師此由ヲ聞給テ、則東寺ニ炉壇ヲ構ヘ大威徳明王ノ法ヲ修シ給フ。両人何レモ徳行薫修ノ尊宿也シカバ、二尊ノ射給ケル流鏑矢空中ニ合テ中ニ落ル事、鳴休隙モ無リケリ。爰ニ大師、守敏ヲ油断サセント思召テ、俄ニ御入滅ノ由ヲ被二披露一ケレバ、緇素流二悲歎泪一、貴賤呑二哀慟声一。守敏聞レ之、「法威成就シヌ。」ト成レ悦則被レ破レ壇ケリ。此時守敏俄ニ目クレ鼻血垂テ、身心被二悩乱一ケルガ、仏壇ノ前ニ倒伏テ遂ニ無レ墓成ニケリ。「呪咀諸毒薬還著於本人」ト説給フ金言、誠ニ験有テ、不思議ナリシ効験也。

と記述されているのに、注目される。(14)

守敏が西寺で軍荼利夜叉の法、空海が東寺で大威徳明王の法を修して、呪詛対決となったが、偽りに入滅するという計略によって空海の方が勝利し守敏は死んだ（実線部）、という。その対決の中で、破線部の通り、先に掲げた『大師御行状集記』や『本朝神仙伝』のc´cにはなかった、軍荼利夜叉と大威徳明王の放った鏑矢が両人の間を飛び交ったという要素が現れている点、特に注意される。それは、矢取地蔵霊験譚における、守敏が空海に矢を射掛けるという内容に通じるものがあろう。すなわち、そこに、矢負地蔵譚が結び付いてくることになる、一つの契機を認めることができるように思われる。とすれば、種々伝承されていた空海・守敏対立譚を土壌としつつ、そのうちのc´呪詛対決譚において立ち現れてきた矢の飛び交う話をより直接的な基盤として、そこに生じた「矢」という共通点を仲立ちに、やはり早くから伝承されていた矢負地蔵譚の話型が結び付いてくることによって生起してきたもの、それが矢取地蔵の伝承であると言ってよかろうか。

右の『太平記』と同様の矢が飛び交う形のc´呪詛対決譚は、他にも『神明鏡』や『神泉苑縁起絵巻』、『弘法大師御本地』、『弘法大師御伝記』、浄瑠璃『こうぼうのゆらい』に見られるから、かなり広く流布していたようである。そこから矢取地蔵霊験譚が芽吹いてくるのに充分なだけの成熟は遂げていたと言えようか。そして、それら文献のうちでは何と言っても『太平記』の影響力が広大であって、矢が飛び交う形のc´呪詛対決譚が流布するのに、特に同書の力が与って大きかったものと想像される。しかしながら、だからと言って『太平記』所載話のみが基盤となり、それに矢負地蔵譚の要素が結び付いて、矢取地蔵霊験譚が生成してきた、というようには一概に言えそうもない。

注意したいのは、矢取地蔵霊験譚に現れている守敏の感情である。先に挙げた同霊験譚のうちⒸⒹ
Ⅰ以外には、守敏の感情が同じように伝えられている（二重傍線部）。以下の通り。

Ⓐ西寺の守敏僧都が東寺の弘法大師をねたみ、大師の帰途をねらって矢を射ったところ、
Ⓑ守敏は大いに嫉んで大師に向かって矢を放った。
Ⓔ合戦に敗れた守敏は、空海をねたみ、待ち伏せして矢を放ったところ、
F守敏常ニ弘法ヲソネミ、或夜入堂ノ刻、竊ニ窺ヒレ之以テレ矢ヲ射レ之ヲ
G守敏甚妬タム二弘法大師ヲ一。竊ニ瞰ヒ二其ノ出ヲ一以テレ矢ヲ射ルレ之ヲ。（Kもほぼ同文）
H守敏はなはだ弘法をねたみ、ひそかに弘法の出るをうかゞひ矢を放て射る時に、
J是ニ由テ守敏《シユビン》甚ダ弘法大師ヲ嫉《ネタ》ミ、或トキ大師ノ出行アリシヲ竊《ヒソカ》ニ瞰《ウカヾ》ヒ、矢《ヤ》ヲ以テ是ヲ射《イ》ルトキニ、
（Lもほぼ同文）

いずれも、空海に対する守敏の嫉妬の感情で、それが、守敏に矢を放たせたとする。一連のものながら、いずれも十七世紀後半に成った早い段階のFGHJが皆そう伝えることには、特に注意される。矢取地蔵霊験譚には、そうした守敏の感情がかなり強固に結び付いていると言ってよかろう。

ところが一方、『太平記』には、先掲箇所中の二重傍線部に「守敏尚腹ヲ立テ」と守敏の感情は記されるものの、それは嫉妬とは異なる。同書の載せるaやbも含めた他の部分においても、bからaへと展開する中間に「守敏大ニ恥レ之挿二鬱淘於心中一、隠二瞋恚於気上一被二退出一ケリ。自レ其守敏君ヲ恨中ス憤入二骨髄一深カリケレバ」と見られるけれど、やはり空海への嫉妬という感情は記されていな

い。しかし、矢が飛び交う形のc′呪詛対決譚を載せる文献として先に挙げたうちでは、ただ一つ寛文二年（一六六二）刊『弘法大師御伝記』（弘法大師伝全集）にだけは、

①事にふれて空海の名望をそねみたてまつり。（巻三dの冒頭部）

②つね〴〵空海の法力どもをそねみねたみ給ひし。（巻八dの冒頭部）

③みかど、常々守敏、空海をねたまれし事を聞召けるによりて。（巻八bの中間）

と、巻三にdを載せ、巻八に重ねてdから始まりb→a→c′の順に載せるなかで、空海に対する守敏の嫉妬の感情が、c′に至る前に繰り返し記されている。しかも、先の矢取地蔵霊験譚に見られるのと同じ「そねむ」「ねたむ」という語を使って。

早くに空海・守敏対立譚を採録する先の『大師御行状集記』や『本朝神仙伝』には、後者のc′の冒頭に「及二大師帰レ朝、常以相挑」とあるのみで、守敏の嫉妬の感情は記述されていない。だが、

(1)修円僧都……嫉妬ノ心忽ニ発テ立ヌ。（『今昔物語集』巻十四-40、新日本古典文学大系）

(2)守敏、瞋恚嫉妬ニ忍難、大師ヲ調伏シ奉ル。（『八幡愚童訓』甲本、日本思想大系）

(3)修因僧都ト申ス人、大師ノ仏法ヲ弘メ給事ヲソネミテ、（『高野物語』第五、弘法大師伝全集）

(4)事にをきて大師の名望をそねみたてまつりき。

（六巻本『高野大師行状図画』巻三、弘法大師伝全集、『大師行状』上や十二巻本『弘法大師行状絵』巻四、十巻本『高野大師行状図画』巻三にも同文）

(5)山階寺の守敏僧都、常に大師をそねみたてまつりて、事にふれてあらそひをなす。

（六巻本『高野大師行状図画』巻五、『大師行状』下や十巻本『高野大師行状図画』巻八にも同文）

と、他の中世までの相当数の文献にも守敏の嫉妬は描かれている。だからそれは、『弘法大師御伝記』に至って突如現れたというものではない。右のうち⑷や⑸のような、特には中世以降の諸種の弘法大師伝を通じて継承されてきたものを、『弘法大師御伝記』がさらに受け継いだということに違いない。先に挙げた『弘法大師御伝記』の①は、右の⑷とほぼ同文になってもいる。

『弘法大師御伝記』は、『太平記』などと共通して、矢が飛び交う形のc´呪詛対決譚を伝えるとともに、『太平記』などには見られない、空海に対する守敏の嫉妬の感情を、中世の諸大師伝から受け継いでもいた。したがって、それらの点においては、空海・守敏対立譚を採録する諸文献の中にあって同書は、空海を妬んで守敏が矢を射かけたと伝える矢取地蔵霊験譚の持つ要素を、より充全に備えた文献ということになる。とすれば、『太平記』だけでなく、あるいはそれ以上に、『弘法大師御伝記』の記述が、矢取地蔵霊験譚の誕生に深く関わっていた可能性を考えておかないといけないだろう[15]。

ただし、寛文二年（一六六二）に刊行された『弘法大師御伝記』が、管見では延宝九年（一六八一）の『近畿歴覧記』に初めて見える矢取地蔵霊験譚の誕生に関わったというのは、年代的に一応矛盾を来さないものの、同書のみに限定して考えるわけにはいくまい。同書と同様に、矢が飛び交う形のc´呪詛対決譚と空海に対する守敏の嫉妬の感情についての言及とを共に有する、同書の周辺にあったであろう、大師伝についての文献あるいは伝承といったものを、矢取地蔵霊験譚の誕生に深く関わったものとして想定しておくべきかと思われる。それとも、飽くまで『太平記』が基盤となり、そこに、中世大師伝において継承されてきた守敏の嫉妬の感情が加味されるなどして、矢取地蔵霊験譚が生起してきた、というように考えるべきだろうか。

五　不合理性の解消

近世前期の高野山宝光院の学僧に、雲石堂と号した寂本（一六三二～一七〇一）がいる。数ある著作のうち元禄二年（一六八九）刊『弘法大師賛議補』巻下（弘法大師伝全集）のなかで、空海・守敏対立譚の一つc呪詛対決譚について、次のように述べている。寂本は、同話に感じたある種の不合理性を解消しようとしているらしい。

守敏法師、天長元年の雨ごひ大師に及ばず、大師にふかく怨心をむすび、毎々相軋《きし》り、とかく大師を調伏して。をのれひとり貴からんと謀る。大師しろしめして、[a]護身加持し給ふにより、大師はつゝがなく、還て守敏降伏せらるならん。をよそ人を呪傷せんとするに、あたはざれば、却てみづからその殃を受。守敏もしかるものか。大師、なんぞかれと同じく[b]怨心をむすび、[b]其勝負を決せんとあらそひたまはんや。

寂本が不合理性に感じたのは、守敏から仕掛けられたとはいえ、偉大な宗祖たる空海が呪詛で応戦して、結果的に守敏を殺害するに至っている、という点だろう。確かに、空海のその行動は、我々現代人の目にも穏やかならぬものに映る。寂本は直接問題にしていないが、『本朝神仙伝』以来の諸書が伝える、空海が死んだ振りをし油断させておいて守敏に勝利した（先引『本朝神仙伝』『太平記』実線部）というのも、卑怯なだまし討ちのようで感心できないものがあろう。同話について、末武恭子氏[16]も「はたして空海の徳を正しく伝え、法力を顕揚しているであろうか。……呪詛そのものの勝敗は決せず、空海が奸知をもって修円をあざむいたのであって、法力で勝ったのではない」、高城修三氏[17]も「それにしても、大師が守敏の怖るべき法力を前にして一度ならず計略を用いたばかりか、法の力で呪殺してしまったというのだから、素朴な大師信仰しか持ち合せぬ人には、ちょっと受け容れがたい伝説であるかも知れない」と述べる。寂本が〝c呪詛対決譚をそのままに容認できず、不合理に感じたのも、なるほどもっともなことだと思われる。

しかし、右の不合理性に対しては、寂本以前にすでに一つの解決案が提示されてもいる。例えば先の『弘法大師御伝記』巻八が〝c呪詛対決譚を載せたあとに、「かれといひ、これといひ、皆権化仏菩薩の方便、いづれをか善しとも悪しともいひはてんや。凡夫のおよびしるべき事ならずとなん」と記述する、言わば権者の方便説が、それである。先述通り、『大師御行状集記』は、空海が不動明王、守敏が大威徳明王の姿を現したと伝え、『本朝神仙伝』も守敏が実は降三世明王であったと説いていた。空海や守敏を明王の化身と捉えるそれら見方を恐らくは源として、呪詛対決における不合理を、彼らのような権者による方便と見なして納得してしまおう、という説である。

寂本は、そういう形では納得し難かったのか、先の不合理性を解消せんとして、まず、空海の行なったのは、「怨心をむすび」「勝負を決せん」（二重傍線部b）としてなされたような攻撃的な呪咀・調伏法などではなくて、飽くまで防衛目的の「護身加持」（同a）なのであって、すなわち正当防衛であったと説く。そして、にもかかわらず守敏が降伏され死に至ったことについては、前章にも引用した『法華経』（岩波文庫）普門品の経文「呪詛諸毒薬　所ㇾ欲ㇾ害ㇾ身者　念二彼観音力一　還著於本人」[18]などによって説明しようとしているようである（波線部、c呪詛対決譚を載せる先引『太平記』波線部なども同様）。結局、守敏の言わば一人相撲あるいは自滅であったと主張して、空海に代わって弁明、その正当化、浄化を図っているのだと言えよう。

近世以降には、この寂本の弁明に沿ったようなc呪詛対決譚がいくつか生起してくることになる。宝暦九年（一七五九）『弘法大師年譜和讃』（弘法大師伝全集）が収載するc呪詛対決譚は、「……大師モ是ヲ聞玉ヒ除災ノ為ニ大威徳尊ノ秘法ヲ修セラル、……」とする点、右の寂本の弁明が、空海の行ったのを「護身加持」（二重傍線部a）とするのに近い面があり、ある程度その弁明に沿ったものになっていよう。そして、天保五年（一八三四）刊『弘法大師一大賛議』巻下（稿者架蔵天保五年版本）には、次の通り、寂本の弁明内容により近い形のc呪詛対決譚が掲載されている。

　さすが博識智行の守敏僧都、怨心深く、ひそかに大師を調伏なし玉ふ。大師はやくもしろしめし、護身平穏の御加持まし〳〵けるにより、いさゝかも御身にさはりなく、万民尊崇いよ〳〵深かりける。我人を呪すれば其罪己に帰すると。守敏僧都世のおぼへ日々におとろへ、まもなく入寂し玉ひけり。

守敏の調伏に対して、空海は「護身平穏の御加持」（二重傍線部）をしただけで特に応戦することなく、呪詛した守敏の方が入寂している（破線部）。空海は「護身加持」（先引二重傍線部ａ）しただけであって、守敏は自滅したのだという寂本の主張に、まさに等しい。また、「我人を呪すれば其罪己に帰する」（波線部）という論理によって、その守敏の自滅を説明するのも、寂本の場合（先引波線部）と、やはり同様である。寂本によって種々弁明の施されたｃ呪詛対決譚が、近世末期には、その弁明内容をそのまま取り入れたような形に改造されているのである。さらに、明治期に種々版行されたらしい掛幅の弘法大師絵伝（後述）のうち、紙本木版刷で無題の一本（稿者架蔵本）にも、

雨乞《アマコヒ》の後《ノチ》、大師の高徳《カウトク》益《マス／＼》隆《サカ》んなるを嫉《ネタ》ミて、守敏《シユビン》ハ調伏《テウブク》の法《ホウ》を修《シユ》す。然《シカ》れども、大師ハ護身《ゴシン》の加持《カヂ》ニよりて、御身恙《ツヽガ》なし。守敏《シユビン》、却《カヘツ》て日々《ヒヾ》に衰《オトロ》へ終《ツイ》ニ寂《ジヤク》す。西寺《サイシ》の伽藍《カラン》、いくほどもなくして荒野《クワウヤ》の地《チ》とハなれり。

と見える（下から二段目中央、図21）。右引『弘法大師一大賛議』に近い。

さて、前節にて検討した通り、羅城門町の矢取地蔵霊験譚は、『太平記』巻十二や『弘法大師御伝記』あるいはその周辺の伝承・文献に載る、矢の飛び交う形のｃ呪詛対決譚をより直接的な基盤として、従前の矢負地蔵譚の話型を纏うことにより成立したものかと推測される。しかし、その矢取地蔵霊験譚では、地蔵が身代わりに矢を受けてくれたおかげで、誕生の基盤となったであろうｃ呪詛対決譚の如く空海が応戦したり、挙げ句に守敏を殺害したりするということの全くないままに、事無きを得ている。それはすなわち、寂本の所説を取り込んだような右の『弘法大師一大賛議』や明治期無題

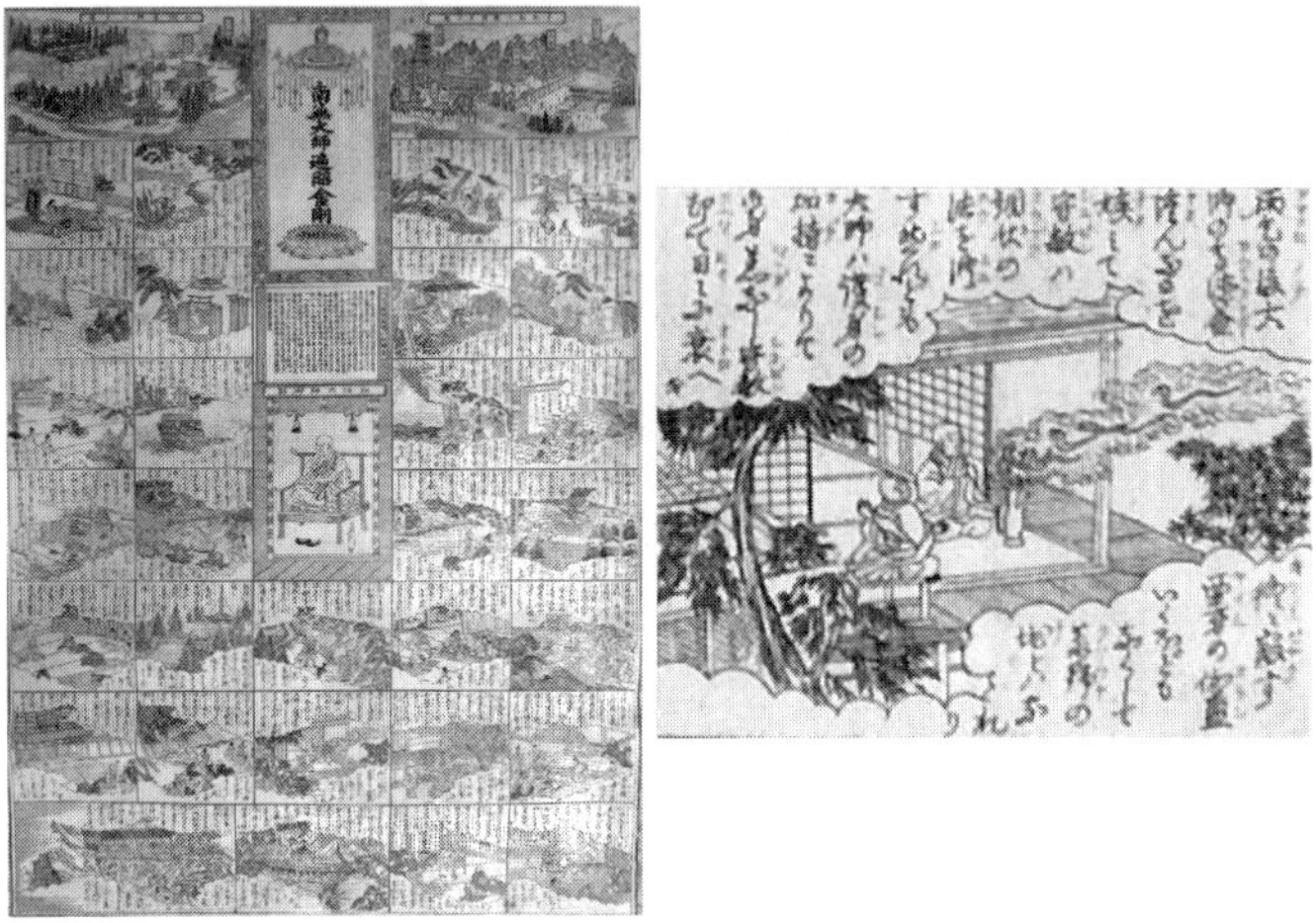

図21　明治期無題弘法大師掛幅絵伝
（稿者蔵　左＝全体、右＝部分・下から２段目中央）

掛幅絵伝の所載話において、守敏の攻撃に対し空海が応戦することなく済んでいるのと、同様である。とすれば、矢取地蔵霊験譚も、あたかも寂本の主張と呼応するかのように、空海が呪詛で応戦し守敏を殺害するという不合理な事態を避け、空海を正当化し浄化しようと、矢負地蔵譚の話型を纏うことによって´c呪詛対決譚がその姿を変えたものである、と見なすこともできるのではないだろうか[19]。

言い換えれば、羅城門町の矢取地蔵の霊験譚が誕生したのには、前節までに見たような契機あるいは事情とは別に、空海の呪詛での応戦や殺害という話柄が容認できず、´c呪詛対決譚における空海を正当化し浄化しようとする、寂本が論述していたのと同様の志向が、精神的背景として関わっていた面があるのかもしれない、ということである。そういう志向を背景に、地蔵の霊験を前面に押し出すことによって、空海の正当化、浄化が図られたのではないだろうか。

六　矢負から矢取へ

ところで、空海の掛幅絵伝としては、中世にまで遡る尾道浄土寺本と根津美術館本のほか、近世期以降のものが相当数知られている。そのうちの一つ、東寺宝物館所蔵『弘法大師行状曼荼羅』[20]全四幅は、明治十二年（一八七九）に真言宗総本山御絵所にて制作された紙本木版刷のものである。前節に言及した明治期の無題掛幅絵伝などには見えない[21]のだが、この明治十二年版掛幅絵伝には、矢取地蔵の霊験譚を画いた絵が見られる。「守敏加持」「守敏封龍」「神泉祈雨」に続いて配される、「**矢取地蔵**」という四字題名を持った絵が、それである（第四幅下から二段目、図22）。

また、この明治十二年の絵伝とほとんど全く同一の絵相を画いた、同じ頃あるいは幕末の紙本著色掛幅絵伝『大師行状記』四幅が、〝たなべ不動尊〟と通称される紫金山法楽寺（大阪市東住吉区）に所蔵されており[22]、同絵伝にも、「守敏加持」「守敏封龍」「神泉祈雨」に続いて「**矢取地蔵**」の絵が画かれている（第四幅下から二段目、図23）。さらに、真鍋俊照氏「弘法大師行状絵詞の成立と展開」（『解釈と鑑賞』66–5、平13）などに言及される金剛院本掛幅絵伝四幅も、右の両伝とほぼ同じ絵相を持っているらしい。東寺宝物館所蔵本と同様の掛幅絵伝は、幕末から明治初期頃にかなり制作されていたことが推察されるところであって、それらには共通して「**矢取地蔵**」の同様の絵が描かれていたものと見られる。矢取地蔵の伝承はその頃には、単に街角の地蔵にまつわる逸話といった類に止まらず、真言宗総本山御絵所にて制作されたものなど空海の掛幅絵伝の中に、れっきとした空海の事跡として組み込まれる存在にまでなっていたということでもある。

さて、右の掛幅絵伝中の「**矢取地蔵**」の絵（図22・23）は、錫杖を右手に、水平にした逆向きの二本の矢を左手に、各々持った地蔵が、中央に画かれる。持ち方など異なるが、矢を二本持っている点が特に、先にも触れた羅城門町の現在の石像の姿と一致する。ところが、その地蔵以外は、前節までに見てきてような矢取地蔵霊験譚を画いた絵として、必ずしも相応しいものとはなっていない。確かに、中央の地蔵以外、右端に空海、左端に守敏が配されているものの、いずれも屋内にいて、互いに反対方向を向いている。守敏は、壇に向かって座し、顔だけ横向きにして傍らの寺僧と何やら話しているようである。一方の空海もやはり、壇に向かって座している。守敏が空海に矢を射かけているようには全く画かれていないのである。ただ、どういうわけなのか、守敏の方に向かう矢が一本だけ見られはする。

この掛幅絵伝の「**矢取地蔵**」の絵のうち、地蔵を除いた部分は実は、例えば、先述通り『太平記』と同様に矢取地蔵霊験譚の誕生に深く関わった可能性の考えられた『弘法大師御伝記』が収載する、矢が飛び交う形のc呪詛対決譚の挿絵（図24）に、酷似している。それと照合するに、右の掛幅絵伝において、空海と守敏が壇に向っているのは、各々東寺・西寺内にあって、共に調伏法を修している場面であり、守敏が寺僧と話しているのは、偽りと知らず空海の死についての報告を受けているとこ

図22　『弘法大師行状曼荼羅』「矢取地蔵」（東寺宝物館蔵）

図23a　『大師行状記』「矢取地蔵」（法楽寺蔵　部分）守敏の方に向かう矢が1本、左上に見える。

図24　『弘法大師御伝記』挿絵（稿者蔵　寛文2年刊）

図23b　aの部分拡大図 水平にした逆向きの2本の矢を左手に持っている。

ろなのであろう。また、守敏に向かう一本の矢が掛幅絵伝に画かれているのは、『弘法大師御伝記』の挿絵が双方に向かって上空を飛び交う矢を何本も画いているのと対応し、そのうちの一本が残ったものかと見られる。結局のところ、掛幅絵伝の「**矢取地蔵**」の絵は基本的に、『弘法大師御伝記』の挿絵のような、矢が飛び交う形の′c呪詛対決譚を画いた絵をもとに、その中央に先述の地蔵を画き加えたものに違いあるまい。そのことは、矢取地蔵霊験譚が、矢が飛び交う形の′c呪詛対決譚を一つの基盤として誕生したものであることを、端的に裏付ける形跡でもあるだろう。

　では、そうやって成立した、矢取地蔵霊験譚と必ずしも対応しない掛幅絵伝の

「**矢取地蔵**」の絵は、全体としてどういう内容を画いたものということになるだろうか。その点については、長谷寶秀氏『弘法大師行状絵詞伝』（弘法大師一千百年御忌事務局、昭９）に掲載された明治十二年掛幅絵伝の解説文に示されている[23]（巻上117頁）。

大師は東寺に住し給ひ、守敏僧都は西寺に居られ、……遂に大師の高徳を嫉み奉り、大師の寿を縮め奉らんが為に、調伏の法を修せられました。大師之を知り給ひて又調伏の法を修せられました。こゝに於て大師の加持せられたる調伏の矢は、東寺より西寺に向つて飛び、僧都の加持せられたる調伏の矢は、西寺より東寺に向つて飛び、両大徳共に危い処でありました。この時地蔵菩薩、東西両寺の中間に現はれて、両方の矢を取り、両大徳共に害を受けざる様、御取計ひ遊ばされました。之を矢取地蔵尊と申します。

なるほど、こういう内容ならば、実際の石像と違って地蔵が水平にした逆向きの矢を二本持っているというのも、空海の側と守敏の側と東西両方向から飛んできた調伏の矢、計二本を、中間に現れた地蔵が取った場面として、理解できる。守敏が空海に射かけた矢を、地蔵が間に立って代わりに受けたという羅城門町の矢取地蔵の霊験譚は、守敏と空海が呪詛し合い矢が飛び交うに至る"c呪詛対決譚を基盤に、矢負地蔵譚の話型を纏いつつ派生したものであろうと先に述べたが、守敏と空海が呪詛し合い矢が飛び交った際に、その矢を地蔵が中間に立って取ったという掛幅絵伝の所伝は、その矢取地蔵霊験譚が、同話の基盤であるところの呪詛対決譚と合体したような内容になっているのである。

少々奇妙で複雑な成立過程を有する、右の如き、言わば改変矢取地蔵霊験譚は、管見の限り他の文献には見出し難い。『弘法大師行状絵詞伝』はまた、「伝へ云ふ。昔し大師守敏の二大徳互に調伏の法を行ぜられし時。……地蔵尊両寺の中間に影現して両方の矢を取り。両大徳共に害なきを得たり。故に矢取地蔵尊と名くと。今の図は此の伝説に依りて画ける者歟」（巻下212頁）とも述べているが、ここに記された「伝説」が何に拠ったものなのか、いかなる状況で採取されたものなのか、一切記述されていない。臆測するに、改変矢取地蔵霊験譚は、ごく一部において伝承されていたものか、あるいは掛幅絵伝制作時に創作されたものなのであろう。

さて、この掛幅絵伝が画く改変矢取地蔵霊験譚は、呪詛対決が繰り広げられはするものの、地蔵の霊験により、空海がだまし討ちして守敏を呪殺するといった事態を招くことのない話になっている。そういう意味でやはり、前節に見た寂本が感じたような不合理性を解消し、空海を正当化、浄化しようとする志向を精神的背景として、それに沿う形に、呪詛対決譚が、先述通りすでにそうした志向を反映していたかと見られる従前の矢取地蔵霊験譚と結び付くことによって、変貌を遂げたものである、と言うこともできよう。衆庶に向けての宣布・鼓吹に種々活用されることになるであろう掛幅絵伝に画くのに、不合理性など感じられず理解しやすく相応しいものとして、そうした改変矢取地蔵霊験譚が殊更に選択されたものであろうか。

ただ、改変矢取地蔵霊験譚の成立には、右のような精神的背景とは全く別の事情も絡んでいたかもしれない。第二節に掲げた早い段階の事例GHの波線部が、「于《ニ》レ今地蔵《ノ》木像《ニ》有《リ》二瘢痕一」「今に地蔵の木像に其疵あり」と、地蔵が身代わりに矢を負った際の傷跡に言及している。そこに「木像」と記されていることに、特に注意される。どの段階かにおける誤写などであろうか。それとも、現在は石像だが本来は木像であったのだろうか。仮に後者だとすれば、先述通りGに拠るJが、Gの「木像」を「石像」と書き変えている（波線部、Lも同じ、Iにも「石地蔵也」、ただし、Gをほとんど訓読するKは「木像」のまま、各波線部参照）から、Jの刊行された元禄十年の時点には既に石像へと材質が変化していたことになる。その結果、木像であれば容易に矢が突き刺さるので、空海に代わって矢を負うということが可能だけれども、石像では矢が突き刺さり矢を負うことはできないのではないか、という疑問が持たれることがあって、その矛盾を解消すべく、矢を負うのでなくて手に取る改変矢取地蔵霊験譚が生み出された。そういう面もあったかもしれない。

それはともかくとして、掛幅絵伝に画かれる地蔵が矢を二本握っている点は、現在の地蔵石像の姿と合致している。この現在の姿形は恐らく、掛幅絵伝の画く改変矢取地蔵霊験譚に基づくところが大きいのだろう。ただ、掛幅絵伝の地蔵と地蔵石像は、同じく矢を二本手に取っていても、その持ち方は違っている。前者が、東西両寺から放たれた矢を取ったという改変矢取地蔵霊験譚の内容通りに、逆向きの二本の矢を水平に左手に持ち、右手には錫杖を持っているのに対して、後者は、右手に錫杖と一緒に矢を二本、ほぼ垂直に立てるようにして握っている。右の通り、改変矢取地蔵霊験譚の方が石像であることに対応するべく生み出されたかとも臆測されるのであって、逆に石像の方が同譚に対応して作成されたわけでは全然なかった。そのために、逆向きに二本の矢を水平に持つという形の矢の持たせ方ができず、地蔵に付き物の錫杖を本来この石像が右手に握っていたところに、矢二本を一緒に差し込み持たせたのだろう。結果、不完全ながらも改変矢取地蔵霊験譚と対応する、同譚における霊験の証したる矢を手に取った姿形が、出来上がったのだろう。

ところで、「**矢負地蔵**」から「**矢取地蔵**」への呼称の変化について第二章末に注意しておいたが、それは、右の掛幅絵伝が、従前の矢取地蔵霊験譚のように矢を負うのでなくて、改変矢取地蔵霊験譚に従ってまさに手に取る地蔵を画き、しかも、その絵に「**矢取地蔵**」という四字題名を与えたことが、一つの大きな契機となって起こった変化かと推量されよう。ただ、改変矢取地蔵霊験譚は、必ずしも広く浸透するということはなかったらしく、第一節に掲げた現代の伝承のうちⒷやそれに基づく文献などを除いては、従前の矢を負う形の話を依然として伝えていた。しかし、右の通り改変矢取地蔵霊験譚に合わせて石像の手に矢が取らされ、否応なく人々の目に入る、その姿形が現在まで継承されてきたために、同霊験譚が浸透しないなかでも、「**矢取地蔵**」という呼称だけは、従前の「**矢負地蔵**」を凌駕するほどに浸透し定着していったのだろう。結果、伝承内容と呼称との間に、先に不可解に感じられたようなずれが生じたのである。ただ、いずれにしても、掛幅絵伝の画いた改変矢取地蔵霊験譚が契機となって、「**矢負**」から「**矢取**」への呼称の変化が起こったのに違いはなく、その改変矢取地蔵霊験譚が、先述通り空海の正当化、浄化という志向を精神的背景として成立したものならば、「**矢負**」から「**矢取**」への呼称の変化も、間接的にはそうした志向、精神がもたらしたものであると言えなくもないだろうか。

第七章　封じられた秘術——霊験への期待と危惧

一　金光教の布教書『御道案内』

幕末維新期の頃に多く出現したいわゆる新宗教の一つ、金光教は、岡山にて教祖・金光大神[1]（一八一四〜一八八三）によって創唱されたものである。立教から間もない明治初期、その金光教にとってまだほとんど未開の地と言うべき大阪での布教に尽力した人物がいた。岡山の米穀商「備中屋」の長男として生まれた、初代白神《しらかみ》新一郎（一八一八〜一八八二）である。金光教徒社発行の「直信・先覚著作選」シリーズの第五集（昭57）は、『初代白神新一郎』と題して、彼に関する伝記・論考・追憶談や詳細な年譜などを収載している。その初代白神に『御道《おみち》案内』という著作がある。昭和五十八年（一九八三）に金光教本部教庁が編纂し発行した、現在通行の『金光教教典』のなかにも収載されており、「金光教布教文書のさきがけであるとともに、教義書としてもはじめてのもの」（『金光教教典』付録「解題」）と位置付けられている。

この『御道案内』の冒頭には、後述の諸本いずれにもほぼ共通する序が見られる。今、藤沢本によって次に掲げておこう[2]。

神儒仏孰《シンシユフツイツ》れに愚《ヲロ》かはなけれ共、爰《コヽ》に金《カネ》乃御神様の其新多《アラタ》なる事を聞り。小子、近比《チカコロ》御道に志《コヽロサ》し、御影《カケ》を蒙《カウ》らんと欲《ホツ》して、日夜神心《シンシン》の真似《マニ》せし所に、忝《カタシケナク》も日増《ヒマス》に其験《ソノイチシル》しあり。新参未熟《シンサンミシユク》の小子、御道の兄達《コノカミタチ》には憚《ハヽカ》り有といへとも、余《アマ》りありかたさに、三ツの宝《タカラ》の有余りある御影を知《シ》らぬ貴賤《キセン》の御氏子《ウシコ》と共に戴《イタヽカ》んと誘《イナワ》んか為《タメ》に、御道案内《アナイ》と表題《ヒヤウタイ》し、不知《チ》不才《サイ》の小子、文《モン》々句々《クヽ》前後混乱《センココンラン》たりといゑとも、見聞《ケンモン》する処思《ヲモ》ひ出《テ》の侭《マヽ》、其荒《ソノアラ》ましを書記《カキシル》す而已《ノミ》。過不足《ツタナキ》有所《トコロ》は、見る人憐《アハレ》み許《ユル》したまへ。

明治四辛未歳晩春　　　岡山住　白神新一郎謹誌

安政六年（一八五九）、四十二歳時に重い眼病に襲われた初代白神は、種々手を尽くしたが効果の現れないままに、やがて全くの盲目となってしまう。そんななか明治二年（一八六九）十二月に、向《むかい》明神と称された藤井きよの（一八二九～一九一〇）から金光教の話を聞いて入信、翌三年一月に教祖金光大神のもとに参拝したところ、同年暮れ以降、次第に目が見えるようになったとされる。[3] 入信して「御影《カケ》」すなわちおかげを蒙ったと右の序に記す（実線部）のは、そのことを指しており、また、序末の年記「明治四辛未歳晩春」によると、『御道案内』を執筆し始めたのは、右のおかげを蒙ってすぐのことであったらしい。「余《アマ》りありかたさに」（波線部）とあるように、同書には、受けて間もないおかげに対する感激と感謝の熱い想いが、込められているのだろう。そして、その想いは、他の人々が共におかげを戴くよう誘いたい（破線部）という、布教に対する熱情へと繋がっていったようだ。『御道案内』は、自己のおかげ体験に根差した布教書あるいは教義書であった。[4]

例えば和泉乙三氏『初代白神先生と御道案内』（初代白神師偉徳奉讃会、昭28）が、藤沢本を対象として、金光大神観・金光大神取次の[5]特色・神観・人間観・信心観・信心の要義・信者日常の心得・御影の事・取次の九項目に分かって『御道案内』の内容解説を行っていることから窺えるように、その内容は多岐に亘っている。総じて言えば、福嶋真喜一氏「初代白神新一郎『御道案内』について」（『金光教学』6、昭38）に述べられるように「教祖よりうけ、自ら体得してきた信心の要訣をふりかえり思い出しつつ」「書き記したもの」、ということになろう。あるいは「金光大神様から頂かれた御言葉を自分なりに咀嚼しながら書きつづっ[6]」たものとも言えよう。体裁としては、「感得したところを『一打書《いちうちがき》』に、かきつらねたもの[7]」で、「各項、必ずしも脈絡があるわけでなく」（前掲和泉著書）「羅列的記述になっ」ていて（前掲福嶋論文）、先の序に言う「文《モン》々句《ク》々前後《センコ》混乱《コンラン》たり」という状況も、本文中確かに少なからず見られる。なお、随所に「自詠の道歌」（前掲和泉著書）が差し挟まれてもいる。

右『御道案内』は、刊行を見るということはなかったが、初代白神が増補加筆を繰り返しつつ筆写しては人々に与えていたとされる[8]。また、自ら筆写するだけでなく、その死後にまで多く書写されて、普及していった。結果、著者自筆本と見られているものから信者たちの写本に至るまで、多種多様な伝本が存在しており、「明治33年までに設立された教会には、必ずといって『御道案内』が見出される」という[9]。前掲福嶋論文は、それら伝本を三系統に分かち、ⓐ藤沢本・ⓑ近藤本・ⓒ伊原本を、各系統を代表する伝本と位置付けた[10]。概ね妥当な見解かと認められ、小稿も基本的にそれに従っておく。(a)藤沢本は金光教大阪教会所蔵、一巻一冊、墨付十七丁。(b)近藤本と同筆で、著者自筆本と見られている。前掲『金光教教典』が収載する『御道案内』は、この藤沢本である。(b)近藤本は金光教桃山教会所蔵、三巻一冊、墨付四十七丁。弟子の近藤藤守《ふじもり》（一八五五～一九一七）が所持していた初代白神の自筆本である。(c)伊原本は、金光教大阪教会所蔵の三巻三冊本で、上冊墨付三十一丁・中冊墨付三十七丁・下冊墨付三十六丁。[11]

先の福嶋論文が指摘するように、右の三本が、(a)藤沢本→(b)近藤本→(c)伊原本という順で、次々に増補されつつ成立していったらしいことは、行数等異なるので厳密な比較はできないが、(a)十七丁一巻→(b)四十七丁三巻一冊→(c)計百四丁三巻三冊という丁数・巻数・冊数を照らし合わせるだけでも、あるいは、(a)に貼られた付箋の記事が(b)では本文化し、同様に(b)の付箋上の記事が(c)では本文化している、という現象を見るだけでも、充分に窺えるところである。そして、最初の(a)藤沢本については、やはり福嶋論文が指摘するところだが、前掲序の末尾に記されている、まさにその通りに、著者が岡山に在住していた明治四年三月時点の著述と見て、問題なさそうである。藤沢本にのみ本文中に「今明治四辛未年御寿五十八才」「今明治四年御寿四十三才」という記事のあるのが、それを裏付ける。藤沢本はまた、表紙に「下書」と記されており、「本書の初本」「その初稿と考えられる」（前掲福嶋論文）。この藤沢本以降、明治九年（一八七六）以前には(b)近藤本の系統の本文が、さらに明治十四年（一八八一）一月末から初代白神が六十五歳で没する翌明治十五年四月二十四日までの白神最晩年には(c)伊原本が、相次いで出現したようである。[12]

二　増幅するおかげ話

ところで、武者小路実篤（一八八五〜一九七六）は、『黒住宗忠に就いて』（『武者小路実篤全集』第九巻、小学館、平1）の中で「教祖につきもの、病気をなほしたり、奇蹟のやうな話もあるが、それには僕はあまり興味はない」と述べているが、黒住宗忠（一七八〇〜一八五〇）を教祖とする黒住教と同じく岡山を本拠としてきた金光教においても、神の加護すなわちおかげによって病気など危難から奇跡的に救われたというような内容を一つの典型とする、通常「おかげ話」と総称される話が、無数に見られる。[13]霊験譚あるいは利益譚と言うべきもので、「霊験譚」などと書いて「おかげばなし」と読ませている事例も少なくない。そして、前節に概略を示した『御道案内』にも、おかげ話が含まれている。自らが蒙ったおかげを今度は人々に戴かせたいと、先に掲げた序に述べていた同書には、教説記事などに交じって、おかげの具体的な事例、例証を人々に示すべく、種々の具体的なおかげ話が盛り込まれているのである。

(a)藤沢本には、数え方にもよるが六話見られる。次は、そのうちの一例。

一、御武家様にハ、去ル年、防州御戦争《センソウ》之節、兼々御神仰の御方様、御出張之砌、鉄砲玉来て御袖《ソテ》をこすり、又、御刀《カタナ》の鞘《サヤ》に当《アタ》り、鞘《サヤ》ハ割れも御身に障りなく、御難を遁れ給ひ、又、外に同し御出張之御方様、鉄砲疵を蒙れ、玉の骨《ホネ》に煮《ニ》へ附たるハ、種々御療治被成ても取れかたきも、御神心被成て、いつの間にかは取れ失ひしとなり。

幕末の防州戦争すなわち長州征伐の折のこと、予て信仰していた人が鉄砲弾の難を奇跡的に逃れたり、治らなかった鉄砲傷が信心して治ったりした、という話。一文だけの簡略な話だが、これでも六話の中では長い方である。

右の(a)藤沢本から(b)近藤本へ、さらに(c)伊原本へと、記事が加筆増補され膨張していくこと、先に述べた通りだが、それに伴って、例えば「おかげを受けた人々の実例をこの書に加えるなどして、度々増補し」（前掲『金光教教典』付録「解題」）とされるように、おかげ話も増補されていく。藤沢本には、「御影の事ハ尽せね共」とか、「此外難舟を助り盗難を遁れ、御影の事ハ書記にいとま非す」とか記されており、増補するおかげ話に事欠くことはなかったようである。

(b)近藤本三巻には、全て巻中に計八話見られる。藤沢本に見られたおかげ話六話は全部、概ね同文の形で近藤本にも受け継がれ、さらに別に二話加わっているのである。その二話は、信心によって安産できることを説いたあとに、その実例として載せられている。いずれもごく短く簡略な記事で、そのうちの一つは次の通り。

去ル農家の妻女、田畝《タンホ》より帰られ洗足の折柄、其たらいの中へ安く産落し、直に其湯にて自身に取揚ケしなり。

続く(c)伊原本では、おかげ話が大幅に増大しており、計三十話も見られる（ただし、うち二話は重出）。近藤本に収載された計八話は、内容も配列もほぼそのままに巻中に見られる。そのうえに新たに二十二話のおかげ話が加わっているのである。次は、そのうちの一話。

大坂吉田某と云婦人、夫《ヲツト》も子供も弐人有之。然ル所、故《ユエ》有て夫《ヲツト》に別《ワカ》れ、右婦人外ニ子供壱人置なん時、酒を売弘《ヒロ》め繁栄致居《ヲリ》候所、或《アル》夜盗賊《トウゾク》五人来《キタ》り、剱《ケン》を抜《ヌキ》畳《タヽミ》に突立《ツキタテ》、右婦人をくゝらんと致せし処、右婦人、御棚《タナ》に向ひ祈念致せし所、賊《ソク》大井ニ怒《イカ》り剱《ケン》を以て婦《フ》人を切《キラ》んとせしに、賊《ゾク》之体《カラダ》しびれ寄《ヨル》事不レ能《アタワズ》。おそろしく成、奥《ヲク》より表《ヲモテ》へにげ出る。然ル所、表之間に男壱人恐《ヲソ》れイ《タヽズミ》居《イ》たり。此男と申ハ右婦人之弟《ヲトヽ》にて、今日親類より来り逗留《トウリウ》致し居《ヲ》る者也。右之賊《ゾク》、余《アマ》り之腹《ハラ》立に此男へ一刀あぶせける。此男、冬《フユ》之事故《ユエ》に衿数《エリカズ》六枚切《キレ》れ、首際《キワ》ヘ壱寸斗り切込、大井ニ驚《ヲドロ》き、賊ハ遁失《ニゲウセ》し也。今少し外へ寄《ヨレ》バ一命にもかゝわる可キ所也。右信心之家にか様成事有ハ如何之訳《ワケ》と、小子問《トヒ》けれバ、此男ハ姉《アネ》之信心致を嘲《アザケ》り噂《ソシ》り居《イ》候由《ヨシ》、右之始末《シマツ》より心を直し信心致し、御蔭を蒙りける。

藤沢本・近藤本では、この話と同等量の少々異質な面を持ったおかげ話を一話含むものの、それ以外の話は、一文のみというような相当に簡略なものとなっていた。それらに対して伊原本では、ある程度まとまった記述量を持つ話が多く、右の話で平均よりも少し長い程度である。すなわち、単に話数が増加したというだけでない、それ以上の大幅な分量的増大を見せていることになる。また、数量だけでなく、表現的、内容的にも増大していると言えよう。例えば、右の話の破線部のような心情描写は、藤沢本や近藤本のおかげ話にはほとんど見られないものであるし、伊原本が増補したおかげ話は、内容上より複雑なものが多くなってもいて、右話の場合は、「然ル所」（二重傍線部）を境にして前後二つの内容を合わせ持つ構造を備えている。さらに末尾には、この話についての「小子」すなわち著者・初代白神との問答や、その後の状況を説明する記事も、付載されている（実線部）。

結局、(a)藤沢本から(b)近藤本へ、さらに(c)伊原本へと展開するに連れて、おかげ話が増加しており、その中でも、伊原本における数量や内容の大幅な増大が、殊に際立っているのである。

ところで、初代白神は、金光教大阪教会所蔵『大坂願主控帳』の表紙に「明治八年　第壱番／亥極月吉日ヨリ丑七月三十一日まで」と書き付けていることなどから、明治八年十二月に初めて大阪で布教したことが知られる。その後は、岡山と大阪の間を何回か往復していたようであるが、コレラの流行した明治十二年の七月二十五日からはずっと大阪に滞在して本格的な布教に当たっていた。[14]多くの入信者を得た当時の大盛況ぶりは、例えば、次のように伝えられている。[15]

伏見町当時の教勢は、まことに、めざましいものがあった。参拝者は、日ごとに、未明からたえまなく、そののりすてた人力車など、街路も、ところせきまでにうちならび、誰いうとなく、この附近を「金神町《こんじんまち》」とよぶようになり、参拝者は、番札によって順次取次にあずかる、というありさまであった。

近藤本系『御道案内』は、先述通り明治九年九月以前に成立しているから、ほとんど右の大阪布教以前のものであるのに対して、計三十話ものおかげ話を載せる明治十四年一月以降の伊原本は、右の如き大阪での本格的布教が始まって一年半以上経過したあとに成ったものである、ということになる。それ以前とは異なる伊原本でのおかげ話の増大の急激さは、この著者・初代白神による大阪布教の本格化ということと連動するものであると思われる。[16]「初代白神師、大阪にておかげ立ち、昇天の勢いで人が助かることとなった」[17]と伝えられてもおり、となれば当然、おかげ話も多く生み出されたのに違いない。そのことが特に、伊原本におけるおかげ話の増大へと直結したのであろう。

実際、伊原本が増補したおかげ話には、おかげを受けたのが大阪の人であるものが目に付く。『御道案内』諸本では、基本的にはおかげを受けた人物について姓名や居所を記していないようで、伊原本が増補したおかげ話二十二話でも同様であるのだが、例外的に姓や居所を記した場合が八話（うち二話重出）見られる。そのうちの一話が「元ハ長崎之人、蒸気船《ジヤウキセン》長致し居候所」とする以外は、「大坂樽《タル》船持《モチ》」「大坂堀江にガラス営業《エイゲウ》之人」（重出）「大坂近藤某と云人」「大坂吉田某と云婦人」（先引話）「天満辺《へん》之人」「大坂新町大和屋某の妻」と、七話すべてにおいて、大阪を居所とする人がおかげを受けている。例外的な一例も「元ハ長崎之人」であって、話中には「神戸より出港致し候所」とあるから、今は大阪かその周辺の人であるということなのかもしれない。こうした状況からすれば、殊更居所が記されていない場合も含め、伊原本には大阪布教の結果生起してきたおかげ話が相当数存するものと見られる。因みに、右のうち「大坂近藤某と云人」とは、先述通り近藤本『御道案内』を所持していた、初代白神の弟子・近藤藤守であり、「大坂吉田某と云婦人」も、「明治十年（一八七七）頃、初代白神新一郎の広前で入信した」（『金光教教典人物誌』金光教本部教庁、平7）吉田綾子（一八四四～？）である可能性が考えられるであろう。

さらに、伊原本に増補されたおかげ話に、先述通りそれ以前のものに比べて内容や表現の豊かな話が多く見られるというのも、それらが自ら取次して受けさせたおかげの話ということで、そのおかげが受けられた際の状況などについての詳しい把握が可能であったことによる面があろう。あるいは、自らが直接関わったものだけに、自然と力が込められた結果でもあろうか。初代白神は、大阪への布教に止まることなく、それを基盤にさらには東京への布教拡大を念願していたとされる。前掲序文に記していたように人々におかげを受けさせたいと願って著した布教書『御道案内』に、自らの布教によって人々に受けさせたおかげの話を、より充実した形で増補して、さらなる布教へと備えようとしていたのかもしれない。

三　身代わりのおかげ話と住吉明神霊験譚

去《ル》婦人の亭《テイ》主病気重《ヲモ》り、夫婦暮《フウフクラ》し之内にて、其妻色々療治致《ソノサイイロ〳〵リヨウシイタ》しけれ共其印《シルシ》無、日々心配致し居候所、御神様御蔭有事を聞《キヽ》、右之女御願申て、夫《ヲット》の病気我《ワレ》に譲《ユヅリ》り夫《ヲット》を助《タス》け給《タマ》へと祈《イノリ》けるに、其夜より夫全快《ヲットゼンクワイ》に趣《ヲモム》き、妻ハ病気に重《ヲモ》りける。亭主不思議《シギ》に思《ヲモ》ひて、其妻《ツマ》に尋《タヅネ》けれバ、其妻委《クワ》敷咄《ハナ》しける。亭主それでハ不二相成一と、御神様江御願申て、難渋《ジウ》を申立祈念致《タテキネンイタシ》けれバ、其夜より妻も本復致しける。

右は、(c)伊原本『御道案内』の巻中に見られるおかげ話（図25参照）。伊原本において新たに加えられた話で、従来特に注目されたことのないものである。あれこれ治療しても効果の現れない重病の夫を心配した妻が、金光教の神に霊験あることを聞いて、夫の病気を自分に移して夫を助けてくれるよう祈る。すると、早速その夜に願い通り、夫は快方に向かい、妻が重病に陥る。不思議に思った夫が妻から事情を聞き、今度は夫が金光教の神に祈り、その夜には妻も本復した。第一章に見た泣不動説話のような師弟間の身代わりでもなく、第二章に見た赤染衛門住吉祈願説話のような母子間の身代わり[18]でもない、夫婦間の身代わりの要素を含んだ、金光教の神の霊験譚である。

　さて、右のおかげ話は、夫婦間と母子間との違いはあるものの、赤染衛門住吉祈願説話のうちの展開型、赤染衛門が重病の挙周《たかちか》の身代わりになることを住吉明神に祈願し、挙周の病気が治ると、今度は、赤染衛門から事情を聞いた挙周が神に祈願して、赤染衛門もともに助かることになった、という話（第二章第四節参照）と近似すること、明白であろう。無論、第二章において赤染衛門住吉祈願説話と交錯する状況を見た前泣不動説話なども、右おかげ話と類似するのであって、赤染衛門住吉祈願説話だけが同話と類似するわけではない。しかし、そんなか赤染衛門住吉祈願説話には特に、同話を把握するうえで注目すべきものがあるように思われる。

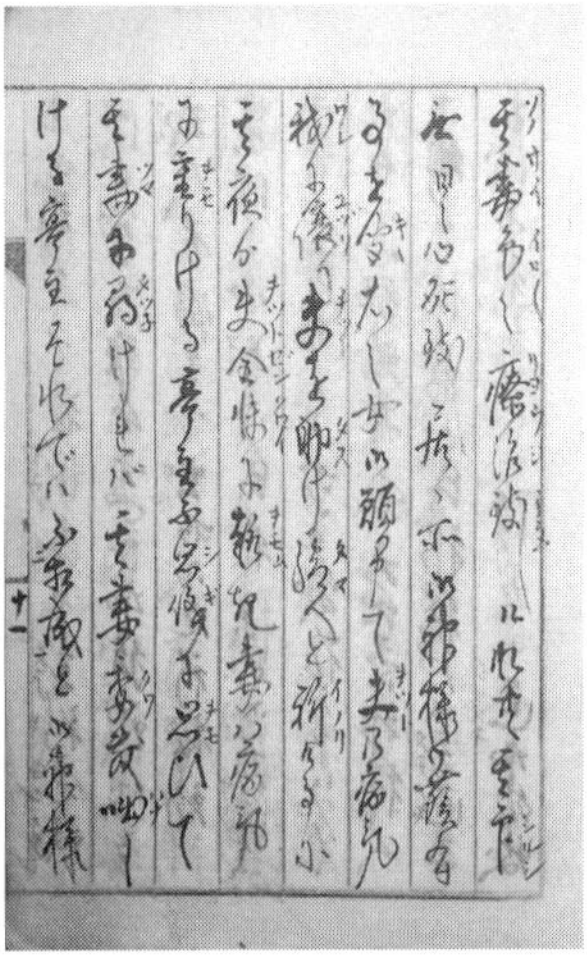

図25　伊原本『御道案内』
（金光教大阪教会蔵）
身代わり説話所載箇所

　赤染衛門住吉祈願説話が伝承されるうちに、第二章にて確認した通り身代わり説話や孝行恩愛説話としての性格が順次発現したりしているのは、住吉明神とは無関係のところで説話が展開を見せているようで、同明神は、中心的位置を占めることなく背景へと退いているように感じられる。第二章の④⑤⑥のように、簡略化された結果、住吉明神が全く登場しない場合もあった。しかしそれでも、赤染衛門住吉祈願説話が根本的に、大阪の住吉社を舞台とする住吉明神の霊験譚としての性格を有すること、言うまでもない。同説話は、そういう霊験譚として、江戸から明治に至るまでの少なからぬ文献に収載されてもいる。住吉社神官の梅園惟朝による元禄頃の『住吉松葉大記』神詠部廿三に、第二章に掲げた『本朝孝子伝』所載の同説話が引用されているほか、享保二年（一七一七）刊『住吉名所鑑』や寛政六年（一七九四）刊『住吉名勝図会』巻五には、赤染衛門だけでなく挙周がさらに祈願するという要素を持たない基本型の赤染衛門住吉祈願説話が掲載されているし、元文元年（一七三六）自序『諸社霊験記』巻三の住吉大明神部「大江挙周の事」や、あるいは安政年間（一八五四〜一八六〇）『摂津名所図会大成』巻七、さらに時代下って明治三十六年（一九〇三）刊『住吉名勝記』（矢嶋誠進堂書店）には、挙周も祈願する展開型が載せられている。このように大阪の住吉明神の霊験譚として当時かなり知られていたであろう赤染衛門住吉祈願説話は、大阪に布教に来た初代白神が何らかの形で接する可能性の小さくないものであろう。

あるいは、第二章に見た通り、『本朝孝子伝』に展開型が掲載されて以降、同型の赤染衛門住吉祈願説話が、元禄十年（一六九七）刊『本朝二十四孝』、寛政八年（一七九六）刊『和朝二十四孝略伝記』、弘化元年（一八四四）刊『倭二十四孝』、弘化・嘉永頃刊『和漢二十四孝』、嘉永二年（一八四九）刊

『和漢二十四孝図絵』、安政三年（一八五六）刊『皇朝二十四孝』、明治十年（一八七七）刊『本朝二十四孝』、さらに明治十五年（一八八二）刊『本朝廿四孝子伝』と、各種孝子伝に相次いで掲載されてもいる。例えばそのうち、初代白神が先述通り四十二歳時に眼病に襲われる、その数年前に刊行された『皇朝二十四孝』（日本教育文庫）には、次の通り記載されている。

大江挙周朝臣、重病を受て頼みすくなく見えければ、母赤染衛門、住吉明神の社に詣でて、「いかで我命をめして、子の命をば助け給へ」と懇に祈請し、七日が間籠りて、一首のうたをぞさゝげける。

かはらんと祈る命はをしからてさても別れんことそ悲しき

神感や有けん、挙周朝臣は、病程なくいえにけり。かくて後、挙周朝臣、此事を聞て大に驚き、「たとひ我命生たりとも、母を失ひては孝子の道にそむけり」とて、いそぎ住吉の社に参籠して、「我命助かりても、母を失ひなば、ゆゝしき罪なり。いかで我命をめして母をば助け給へ」と泣々祈りければ、神も実に憐みたまひけん、母子ともにつゝがなかりけり。

「夙《はや》くより四書五経等漢籍を学んで儒教的教養を受け、文学を好み、当時の町人としては文筆の才もあり、又生花、茶の湯、和歌の道をも修められた(19)」という初代白神が、特にこれら孝子伝を通して、岡山にいる時からすでに展開型の赤染衛門住吉祈願説話に触れていたとしてもおかしくなく、そうだとすれば、住吉社のある大阪に来て改めて想起するといったこともあり得ただろう。

初代白神あるいは金光教が、殊更に住吉社や住吉明神を意識していたという形跡は、認められな

い。しかし、(c)伊原本『御道案内』には、

・諸社寺々の信厚の致し方と八万事従前《ジウセン》ニ異《コトナリ》、（巻上）
・何国如何成神社仏閣有《カクアル》とても、金神の守る地内也と宣し、（巻上）
・何処《ドコ》の諸神仏様も不及《ヲヨハス》、爰《コヽ》を以て其尊《ソノタツト》き新《アラ》た成事を知《シル》べし。（巻下）

というように、他の神仏への意識がかなり強く見られ、それらに対する金光教の神「金神《こんじん》」の優位性などが説かれたりしている。住吉社は、摂津一の宮であって、大阪の霊験所を紹介した文化十三年（一八一六）刊浪華浜松歌国輯『神社仏閣願懸重宝記』初篇（文政七年〈一八二四〉に『神仏霊験記図会』と題して再刊）においては、四天王寺に続いて大きく取り上げられている。大阪に来て、住吉社の北方七、八キロメートルほどに位置する現在の中央区伏見町や西区立売堀にて布教に当たっていた初代白神が、そんな住吉社、住吉明神に対する意識、対抗意識のようなものを、どの程度かは持ったとしても、何ら不思議ではなかろう。

とすれば、そうした意識のもとで、母子間の身代わりの要素を含んだ同社の霊験譚、赤染衛門住吉祈願説話に対抗して、夫婦間の身代わりの要素を含んだ類似するおかげ話を、伊原本『御道案内』に取り入れたのではないか、そんなことを想像させもする。あるいは、赤染衛門住吉祈願説話を模倣して、初代白神がそうしたおかげ話を創作したことも、可能性としては考えられようか。

四　秘術「お持替」との接点

しかし、初代白神による全くの創作ということは考えにくかろう。あれこれ脚色などあるにせよ、もとになった事実は存在したのではないかと思われる。前々節に述べた通り、伊原本には大阪布教により生起してきたおかげの話がかなり含まれているようだが、右の身代わりの話のもとになったかと思われる事実とは、大阪ではなく岡山であった、ある一つの奇跡的な出来事である。

昭和十七年（一九四二）に八十七歳で死去するまで、金光教の独立・発展のために中心的存在として尽力した佐藤範雄（一八五六〜一九四二）に、当時の金光教について検討するうえでの重要な資料となっている回想録『信仰回顧六十五年』（同書刊行会、昭46）がある。同書に、佐藤による明治十二年（一八七九）岡山での治病祈念の体験が記されている。同じ佐藤による『信心の復活』（明治四十一年神徳涵養講習会講話、金光教芸備教会編・発行、昭57）第三章第一節「危篤病者の持て替え」や『芸備の霊光』（金光教芸備教会所、明42）、「教祖四十年祭を迎えたる余の回顧の一端」（直信・先覚著作選第二集『佐藤範雄・照講話教話集』金光教徒社、昭54）にも記載され、同体験は、高橋行地郎氏「神徳考―伝承資料を主とした事例研究―」（『金光教学』23、昭58）において検討対象になってもいる。その体験の内容は、『信仰回顧六十五年』によれば、およそ次のごときものである。

明治十二年七月三日の夜半過ぎの頃、西隣に住む森政近蔵が、その本家の森政禎治郎（一八四八〜一九一二）の妻さだの（一八四六〜一九一四）を連れて佐藤範雄宅を訪れる。禎治郎が四人の医者から見放され危篤状態になっているので、その助命の祈念をお願いしたい、とのことだった。

それより御祈念にかゝると、さだの女は「主人の命を助けてやって下されば、財産の半分を献ります」と願を立てる。「金銭で人の命が助かるものなら、天下公方様《てんかくぼうさま》といふやうな方は死ぬる事はなからうぞ」と御裁伝が下る。「それでは、……どうぞ妾の命と引替へてお助け下さりませ」といふ。更に「氏子一人の命を取って一人を助けたのでは、神の庇礼《ひれい》ではないぞ」と仰せられる。そこで最早願ひやうがなくなったので、今度は近蔵氏が「真に恐れ入った事でありますが、斯のお道には**お持替**《もてがえ》を願ひ、助けて下さる事があると聞いてをります。どうか先生のお持替を願ふ事は叶ひませぬか」と願ふ。此のお持替といふ事は、人の大病を身に引き受けて御祈念をし助ける事であって、教祖の御神命にて笠岡斎藤氏に、又斎藤氏の御裁伝にて西六金照明神にあった事があり、それを近蔵氏が誰からか聞いてゐて斯様に願うたのである。

佐藤が祈念し始めると、夫を助けてもらえるなら財産の半分を献上する、次いで、自分の命と引き替えにして夫を助けてほしい（実線部）、と妻のさだのが願を立てる。しかし、いずれに対しても、神が裁伝を下して拒絶する。そこで近蔵が、「人の大病を身に引き受けて御祈念をし助ける」（破線部）という「**お持替**」をしてくれないかと願い出る（以上、右引部）。その後、願い通りにお持替が行われ、間もなく佐藤は身体に異常を覚え、一方、森政禎治郎の病気が急によくなる。教祖・金光大神らの添《そえ》祈念あって、やがて佐藤の引き受けた病も癒える。計六日間に及ぶお持替であった。

前節冒頭に掲げた(c)伊原本『御道案内』所載の身代わりおかげ話は、基本的にこの治病祈念の一件に基づいて記述されたものではないかと憶測される。

まず注目されるのは、両者の内容に共通する部分の見られることである。第一に、医療も及ばない重病に夫が陥るという発端が同じである。第二に、伊原本『御道案内』先引話が、その妻について「御神様御蔭有事を聞《キヽ》」と述べていて、それ以前には金光教の信者などでは全くなかったのが、その時初めて、同教の神に霊験あるのを聞いて縋《すが》ることになった、とする点、右には引用しなかったけれども『信仰回顧六十五年』が、禎治郎の妻さだのが近蔵から「お前は今まで神の前では履物の緒が切れても頭を下げぬ人ぢゃが、吾家《うち》の隣の先生に御祈念を願うて一心に信心する気はないか」と誘われて、佐藤に祈念を頼むことになったと記すのと、概ね対応しよう。第三に、妻が夫の身代わりになることを願う点、その結果夫が助かる点、両者共通する。佐藤による治病祈念の一件の場合、伊原本『御道案内』先引話のように実際に妻が身代わりとして病を受けたりはしない。しかし、右引『信仰回顧六十五年』の実線部に記される通り、夫の身代わりになることを自ら願い出てはいる。したがってそこまではまさに共通するし、また、佐藤が「かゝる大患も『妾の命と取替へて夫の命《いのち》を助けてもらひたい』と願ひ出た其の真情によって助けられたのである」と述べてもおり、当事者の一人である佐藤のこの理解に立てば、実際に身代わりになるのでなくとも、身代わりになることを妻が願ったことにより夫が助かったのであって、その点で、伊原本『御道案内』先引話の場合と同様であるということになる。第四に、伊原本先引話において、妻が身代わりになり、そのあと結局、妻も助かるというのは、佐藤による治療祈念の一件において、妻でなく佐藤が、お持替によって一旦身代わりに病を引き受け、佐藤もその後、病から脱するのと、共通する。このように、伊原本『御道案内』先引話と佐藤の治病祈念の一件との間には、内容上重なり合うところが確かに少なくないと言ってよかろう。

また、初代白神は、この佐藤の治病祈念の一件に、直接関与しているわけではないけれども、関心を持って親しく接してはいたものと推察される。伊原本『御道案内』は、先述通り、一月末以降の明治十四年の内か、明治十五年になってから初代白神の没した四月二十四日までの著作と考えられる。したがって、明治十二年七月にあった右の治病祈念の一件は、伊原本時点の初代白神にとって、出現して間もない、真新しいおかげということになる。しかも、佐藤が『信仰回顧六十五年』の中で「この森政氏の御霊験《みかげ》の事は終始神秘を極め、筆紙の能く尽す所ではない」と述べるような、おかげである。初代白神が自らの著作に採録したいと願っても、何ら不思議ではないと想像される。そして、初代白神には実際、治病祈念の一件以降伊原本執筆以前に、佐藤と面談する機会が何度かあった。初代白神よりも三十八歳年下の佐藤は、『信仰回顧六十五年』の中で、先の治病祈念の約一年後である明治十三年晩夏に初めて初代白神に面会したと記している。初代白神が一時的に、大阪から岡山に戻ってきていた時のことである。同書によれば、その後、初代白神が没するまでの数年間にも交流があったようである。佐藤は別に、「白神先生とは明治十三、十四、十五、三箇年に亘《わた》る間、大概《おおかた》はこの大阪より参拝さるる時には、お出会い申すことになった」と述べてもいる[20]。恐らくは、この初対面とその後の交流の間に、ごく最近に体験した「神秘を極め」た「御霊験《みかげ》」として、明治十二年の治病祈念の体験を佐藤が熱く語るのを、初代白神は直接聞いたことだろう。

以上のような、両者の内容上の共通性や状況面における接点の存在を勘案して、先に掲げた、初代白神による伊原本『御道案内』の身代わりおかげ話が、明治十二年の佐藤範雄による治病祈念の一件に基づいて記述されたものであると、憶測する次第である。伊原本は、第二節に触れた「大坂近藤某と云人」、すなわち入信し初代白神の弟子となって間もない近藤藤守が、明治十四年一月末に岡山への道中で体験した最新のおかげの話を、巻下に載せてもいる。岡山の御本社へ参詣しようとした時、不思議にも人力車が勝手に逆戻りした結果、災難に遭わずに済んだ、という内容である。初代白神が、弟子・近藤から直接聞いて載せたのに違いない。同様にして、佐藤から直接聞いた佐藤の体験に基づいて初代白神がおかげ話を載せることは、可能性として充分あり得ることだろう。

仮に右の憶測が当を得ていたとするならば、次に問題になってくるのは、一方で後半部を中心として両者に大きな違いが見られることである。初代白神はなぜ、恐らく佐藤から直接聞いたであろう治病祈念の一件を、そのままに記さなかったのだろうか。両者の相違点として目立つのは、例のお持替のことである。佐藤は、お持替によって病気を自らに移し替えたと記しているが、それに類することは、伊原本『御道案内』先引話には全く見られない。そもそもお持替を行った佐藤自体、登場しない。この点については、教祖から出ていたある指示が背景にあったものと考えられる。

ところで、神に祈って病気を移し替えるという、佐藤の行ったお持替は、第一、二章に見た泣不動説話や前泣不動説話において晴明らが、身代わりになることを志願した人物に病気を移し替えたとされるのと、まさに同じ術法であろう。例えば、いずれも晴明の言葉だが、泣不動説話のうち七巻本

『宝物集』所載話に「師にかはらんと申人あらば、祭りかへん」、『真言伝』所載話に「一ノ秘術アリ。祭《リ》カフヘキ人アラハ、病移《ヲス》ヘキ也」、前泣不動説話のうち『私聚百因縁集』巻九‐25に「サラハ人身《ヲ》代《カハリニ》立《タテヨ》。祭替《マツリカヘン》」、泣不動説話でも前泣不動説話でもないが、謡曲「鉄輪」（日本古典文学大系）にも「この上はなにともして、おん命を転じ替へて参らせうずるにて候」とあり、前泣不動説話である謡曲「家持」における家持の娘の言葉にも「母御の御違例をみづからが命にてんじかへ候へ」とある。[21]晴明らが行っていたという「祭り替え」あるいは「転じ替え」と称すべき、この「秘術」が、「お持替」として明治の金光教にも受け継がれていたことになる。

そんなお持替は、佐藤以前、まだ歴史の浅い金光教内においても、すでにその先例があった。先引『信仰回顧六十五年』の波線部に記す通り、文久二年（一八六二）に、笠岡金光大神と呼ばれた斎藤重右衛門（一八二三〜一八九五）が、ある老女の病を、金照明神すなわち高橋富枝（一八三九〜一九二一）に移し替えて治した、という一件である。『高橋富枝師自叙録』〈金光教六條院教会、昭56〉は、この一件の回想録を載せるが、その末尾部に、「この持ち代わりとか、お取りさばきとかいうことは、後に教祖より、世間に惑いを起こさせ、お道の発展に邪魔になるからということで、おやめになっております」と記している（『金照明神のみかげ』〈金光教六條院教会、昭26〉「奇蹟お持てがえ」にも同様の記事）点に、注目される。佐藤も前掲『信心の復活』の中で、治病祈念の一件を記したあとに「かく、病者の持て替えを願うた者は、私と笠岡の金光大権現と二人で外には無いが、その後、教祖の神が止めさせられた」と述べている。後に教祖から、「持ち代わり」「お取りさばき」とも呼ばれたお持替を取り止めるよう指示があったということらしいが、教祖・金光大神の没年が明治十六年（一八八三）であるので、明治十四年（一八八一）一月以降の伊原本『御道案内』が成立した際には、そういう教祖の指示がすでに出ていた可能性が高いだろう。それで、初代白神は、佐藤の治病祈念の体験に基づく先の身代わりのおかげ話の中に、佐藤から聞いたままにお持替のことを盛り込むことができなかったのではないだろうか。

そして、お持替のことを記さなければ、それを行った佐藤の存在自体が登場人物として不要になるのは当然だろう。結果的に初代白神は、佐藤によるお持替ではない方法で、重病の夫を救わなければならなくなったわけである。そこで、先に述べた通り大阪の住吉明神に対する意識を何程か有していたであろう初代白神によって想起されたのが、孝子伝などを通して岡山時代からすでに接していたかもしれない、先述の展開型の赤染衛門住吉祈願説話でなかったかと推測するものである。佐藤の治病祈念の一件における、禎治郎が重病に陥り、妻のさだのが身代わりになることを金光教の神に願う、というところまでは、夫婦と母子の違いはあるが、展開型の赤染衛門住吉祈願説話において、挙周が重病に陥り、母の赤染衛門が身代わりになることを住吉明神に願うのと、相似するからである。そして、先引『信仰回顧六十五年』の回想するように妻が身代わりになることを神に願って拒否され、一旦佐藤が身代わりに立つお持替が行われるというのに替えて、赤染衛門住吉祈願説話のその後の展開に倣い、神が妻の身代わり祈願を聞き届けて夫の病が治り、そのあと今度は夫が神に祈って夫婦ともに救われる、という話を、後半に展開させたのではないかと想像されるのである。

五　おかげに対する危惧

ところで、第二節に見た通り(a)藤沢本から(b)近藤本さらには(c)伊原本へとおかげ話が増幅したと言っても、それ以外の教説部分も含めた全体的な増幅に伴う現象でもあるのだが、それでも伊原本の場合は、近藤本四十七丁に対して伊原本百四丁という先に示した丁数から窺える全体の増大のあり方と見比べても、近藤本で八話であったのが、相当の分量や内容を伴った二十二話が増補され総数が三十話に達しているという、おかげ話の増幅の度合は、実に大きいものがあると言えよう。それに対して近藤本の場合、おかげ話の絶対的な数量は、ごく短い二話とは言え確かに藤沢本より増加したのに違いはないが、一方、教説部分を含めた全体が、藤沢本十七丁に対して近藤本四十七丁という丁数からも窺えるように、それよりもはるかに大幅に増幅しているのであって、逆に、全体の中でのおかげ話の占める割合という点では、藤沢本に比べて随分低下したと言わざるを得ないだろう。

その(b)近藤本の巻中に、次のような記述が見られる（32オ）。藤沢本や伊原本には見えず、近藤本とその系統本に特有の本文のようである。

右御蔭の条々ハ、兼て信仁《シンシン》の御方様にハ御承知なり。其外、広大奇異《キイ》なる御蔭の事を申ハ、御元社より御差留に候へハ、爰に差扣申候。余ハ、御道深厚《シンコウ》し、天然自然に知るへし。

特に問題なのは傍線部。広大奇異のおかげのことを言うのは、「御元社」すなわち教祖・金光大神（近藤本冒頭付近に「大谷村大御元社生神《イキカミ》金光大神様」）から差し止められているので差し控える、と述べている。差し止められている「御蔭の事」とは、具体的なおかげ話とは限らないかもしれないが、少なくともそれを含んではいると思われる。大喜多熙三郎（一八五一〜一九一七）による『御道案内』の改撰本で、近藤本系統の明治九年（一八七六）『天地開発御道』(22)では、改撰時に省略したものであろう、右のうち傍線部だけが見えない。一方、同本は、純粋にはおかげ話とは言い難い面を持つ一話以外、近藤本収載のおかげ話を全て載せていない。恐らく両方の省略は対応するもので、根本的に自らの方針としておかげ話を掲載しない同本にとって、金光大神の指示によってその掲載を差し控えると述べた傍線部が必要でなかった、ということかと思われる。とすれば、少なくとも同本は、具体的なおかげ話を、右傍線部に言う差し止めの対象として認識していることになる。

「おかげを安売りしてくれるな。祈念祈祷に出歩くなど、不見識なことはするな」というやや近い内容の教祖の言葉は伝えられている(23)ものの、ここに記されている差し止めというのをまさに裏付けるような資料は他に見出し得ていない。しかし、近藤本にはさらに、右記事と関わってくるように思える、藤沢本にない記事が加えられていて、注意される。おかげ話五話が連続的に置かれたあとに、

右此条々ハ、御道にハ小事にして、書記すにハ足らすと雖、畢竟初心の人に粗《ホヽ》知らせる而已。

とあるのが、それである。おかげ話の差し止めという先の記事の内容と呼応するかのように、「右此条々」すなわちおかげ話について、小事であって書き記すに値しないものであると断っているのである。そして、それでもおかげ話を列挙したのは、飽くまで初心者向けであるとする。藤沢本の「御影の事ハ尽せね共、見聞する所、其荒ましを左に記す」に対応する近藤本の記事にも、「御蔭の事ハ書

記すにハ尽せと、兼て見聞する処、初心の人江、其荒ましを粗《ホ、》左に記す」と、藤沢本にない辞句「初心の人江」が殊更加えられている。初心者くらいにしか有効でない小事ということなのであろう。

さて、近藤本に見られる右の二つの記事内容は、先に見たような同本におけるおかげ話の占める割合の低下ということと密接に関係するものかと思われる。近藤本系諸本では、教祖からの差し止めがあり、また、初代白神自身の低い評価があって、それで、藤沢本にすでにあったものを受け継ぐ以外はごく短い二話を加えるだけで、おかげ話の収載が抑制されているのであろう。二つの記事内容は、実態を伴っていることになる。

それにしてもそもそも、おかげ話について、差し止めにしたり、初心者向けの小事であると断ったり、そして実際に収載を抑制したり、そういうことをしなければならない理由は、どの辺にあったのだろうか。その点を完全に解明することは難しいものの、いくつかの推測は可能かと思われる。

まず考えられるのは、おかげ話あるいは霊験譚自身が必然的に内包していると言うべき、享受上のある問題に関することである。少し後の時代にその問題が明瞭な形で表面化した事例を、まずは見てみることにしよう。明治三十九年（一九〇六）二月十日発行の金光教教内紙『大教新報』(24)第十七号に、「弾丸攘退金神《たまよけこんじん》」と題する記事がある。次の通り。

> 日露開戦以来師団所在地《にちろかいせんいらいしだんしょざいち》たる九州《しゅう》の某地方《ぼうちほう》にては、[a]我教主神《わがけうしゅじん》の神徳《しんとく》の洪大《こうだい》なるを称《た、》へて[b]、誰《た》が言《い》ひ出《い》で初《そ》めしか幵《そ》は固《もと》より知《し》るに由《よし》なしとするも、弾丸攘退《たまよけ》の金神《こんじん》の名世《なよ》に高《たく》く、爾来神蔭《じらいしんいん》を蒙《かう》むるもの日《ひ》に多《おほ》きを加《くは》へ、教勢《けうせい》の発展亦大《はってんまたおほ》ひに見《み》るものあれりと意《おも》ふに、此名《このな》の起《おこ》りしもの、

全《まつた》く全地方《どうちほう》 出征軍人《しゆつせいぐんじん》の[b]其神蔭《そのしんいん》によりて其《そ》の危難《きなん》の場合《ばあい》を助《たす》かりたるもの丶多《おほ》き、[c]其喜《そのよろこ》びの声《こゑ》の反響《はんきよう》たらん。……弾丸攘退金神《たまよけこんじん》の名《な》たる、神徳《しんとく》 煥発《くわんはつ》の余光《よこう》なれば固《もと》より[d]教勢発展《けうせいはつてん》の換言《くわんげん》とも云《い》ふべきの次第《しだい》、大《おほ》ひに喜《よろこ》ぶべきの至《いた》りなれども、単《たん》に此弾丸攘退金神《このたまよけこんじん》の名《な》を以《もつ》て我主神《わかしゆじん》の[e]本領《ほんりよう》なりと速諒《そくりよう》するもの丶若《も》しありとせば、甚《はなは》だ其不本意《そのふほんゐ》に嘆《たん》ぜざるべからざるなり。……是《こ》は其《その》場合《ばあい》に於《お》けるの神蔭《をかげ》にして、畢竟《ひつきよう》するに、大体《だいたい》より云《い》ふときは[f]其大徳《そのだいとく》の一部分《ぶぶん》の表現《ひようげん》に過《す》ぎざるなり。世間《せけん》其名《そな》に聞《き》きて其実在《そのじつざい》の大徳《だいとく》を知《し》らざるの人々《ひと〳〵》には、其弾丸攘退《そのたまよけ》の名《な》の高《たか》き程《ほど》に[g]神徳《しんとく》の価値《かち》も亦此《またこゝ》に止《と》まるものと誤解《ごかい》するもの丶なしとせず……。

まず、日露開戦以来、九州の某地方で金光教の神について、「弾丸攘退《たまよけ》の金神《こんじん》」（傍線部a）との評判が立っていることを報告する。例えば、金光教と同じく岡山を本拠とし、黒住宗忠を教祖と仰ぐ黒住教においても、日清戦争時のこととして、二度弾丸が当たったのに傷なく身に付けていた宗忠神社のお守りに二つ穴が開いていた、などと伝えているように、[25]「弾丸攘退《たまよけ》」は無論、「金神」すなわち金光教の神の専売特許というわけではなかったが、金光教でも戦場における同類の霊験が盛んに喧伝されていたことは確かである。鉄砲玉の難を奇跡的に逃れたというような長州征伐の際のおかげ話が、『御道案内』(a)藤沢本以来取り入れられていること、先述の通りであるし、右『大教新報』の前身とも言うべき月刊の教内誌『みかげ』には、第六巻第九（明治三十七年十月）から一年間程のほぼ毎号に亘って、「弾片《だんぺん》六個《こ》を蒙《かうむ》るも傷《きづ》かず」（第六巻第十二）「弾丸《だんぐわん》 命中《めいちゆう》して無事《ぶじ》」（第七巻第一）といった標題のもと、日露戦争時のおかげ話の類が次々と掲載されている。右記事の前半は、「弾丸攘退《たまよけ》の金《こん》神《じん》」との評判が、それらに伝えられているのと同様のおかげ「神蔭《しんいん》」（傍線部b）を数々蒙った、九州の某地方の出征軍人らの「喜《よろこ》びの声《こゑ》の反響《はんきよう》」（傍線部c）なのだろうと述べる。

そして後半では、そうした評判に対して、一方で「教勢発展《けうせいはつてん》の換言《くわんげん》」（傍線部d）として歓迎しつつも、他方で一つの危惧を呈示しているのである。金光教のことを充分に知らない人は、本来は「大《だい》徳《とく》の一部分《ぶぶん》の表現《ひようげん》に過《す》ぎざる」（傍線部f）奇跡的で個別的なおかげ、霊験のあまりの評判に乗せられて、ただそれだけの浅薄なものとして、金神の「本領《ほんりよう》」（傍線部e）あるいは「神徳《しんとく》の価値《かち》」（傍線部g）を諒解してしまうのではないか、そういう誤解を生むのではないか、といった危惧である。同様の危惧は、ほかにも例えば、佐藤範雄の明治二十三年（一八九〇）『講師極秘録』[26]が掲げる、布教者に求められた心得のうちの一条「御蔭は広まれども、真の道の広まるは甚た難き者なり。深く悟り考ふべし」にも窺われたりするし、また、何も金光教だけに起こってくるものではないだろう。

そもそも霊験や霊験譚といったものが、人々を引き付け信仰へと向わせるのに有効であることは、過去の種々宗教が証明してきたところであり、前章までに見た様々な霊験譚も、そういう効果が期待されてのものであったことだろう。しかし、その反面、奇跡に満ちた表面的な霊験や霊験譚だけが独り横行して、本来あるべき深遠な核心部分が取り残されてしまうという危険性を、それらは宗教にもたらし兼ねまい[27]。そういう問題を、かなり普遍的なものとして、霊験や霊験譚は内包していると言えよう。そして、その種の問題は、現世での霊験を期待させる現世利益的性格が濃厚な近代の新宗教の場合には特に、多かれ少なかれ直面しなければならない問題であるとも言えるだろう。

右に見た如き、後年の金光教で抱かれたのと同様の、かなり普遍的な問題でもある霊験や霊験譚の弊害に対する危惧を、教祖や初代白神も感じていたのではなかったろうか。それが、彼らをして、広大奇異なるおかげについて述べることを差し止めさせ、おかげ話について、非本質的な小事に過ぎないと断らせ、そして実際におかげ話の掲載を抑制させたのではなかろうか。

金光教のおかげ話を集成したおかげ話集のうち、昭和二年（一九二七）のものと見られる『御霊験話[28]』の「はしがき」に、

> 皆様から御出し下さった原稿は、……ありのまゝを書かれた事と思ひますので、信者に話すのにはもの足りなさを感ずるかも知れませんが、それかといふてあまりつけたしない様お願ひします。実事であるからかまはないと云ふものゝ、それか或る場合には医薬妨害といふ様な事にならぬともかきらず、又、本教か奇蹟より外に何等の教がないものゝ如く思はれる事がありますから、その点はよろしくたのみます。

とある。自らのおかげ話にもの足りなさを感じるからと言って、あまりに「つけたし」をし過ぎると、実線部や波線部のようになりかねないと記す。「つけたし」とは、「奇蹟」を殊更強調したりすることを言っているのであろう。波線部は、まさに先の「弾丸攘退金神《たまよけこんじん》」の事例に見られたのと同じ、おかげ（話）、霊験（譚）についての危惧であって、そうした危惧が一時的でなく相当に恒常的に金光教に存在していたことを物語っていよう。

ただし、ここでさらに注意されるのは、右のような危惧と並んで実線部において、医薬妨害という

ようなことにならないとも限らないという、また別の危惧を提示している点である。教祖や初代白神もまた、波線部だけでなくこの実線部と同様の危惧をも感じていた可能性が考えられよう。

実際、金光大神著『お知らせ事覚帳』[29]の明治九年九月七日条（20章21節）に、

一つ、同じく代わりた人二人みえ、同じくたずねられ。……神を拝む者が白き物とはなんのことならと言われ、医師のこと言い立て、神のことむつかしゅう言われ。

と記されている。冒頭の「同じく代わりた人二人」とは、前条に「一つ、鴨方邏卒《かもがたらそつ》と申し、手棒ついて二人みえ、神のことたずねられ。……」とあるのを承けているのだから、鴨方から来た別の邏卒すなわち巡査が二人、ということ。その巡査が実線部のように言っているのは、「医師のこと言い立て」（波線部）とあるから、「白き物」とは「医師の着用する白衣を指し」、「金光大神の布教行為が、医師と紛らわしい所業にならないよう、厳しく咎め立てしたものと解せられる」[30]。そして、その咎め立ては、明治七年六月七日に維新政府が、府県に対し教部省達書第二十二号を出して、「禁厭祈祷ヲ以、医薬等差止メ政治ノ妨害ト相成候様ノ所業致候者」を取締るよう通達すると共に、神道諸宗管長に対しても同様の内容の同省達書乙第三十三号を出していたこと[31]と、対応するものと見られる。

ただ白衣というだけで医師との紛らわしさを咎め立てられるような、そんな厳しい官憲の監視下に置かれていたのであって、医薬などなくても重病が立ち所に治ったというような「広大奇異なる御蔭」（先引近藤本『御道案内』巻中）について吹聴したりするのは、取締の対象となる医薬妨害と見なされる危険性が低くなかったことであろう。おかげ話についての教祖や初代白神による先に見た差し

止めや低い評価そして実際の掲載の抑制には、先引『御霊験話』「はしがき」の実線部に見られたのと同様の、おかげ話が医薬妨害に通じることへの危惧も働いていたものと考えられよう。

遡って、そもそも官憲の監視・取締が厳しくなり始めるのは、右よりも早く、明治四年（一八七一）の五月十四日に神道国教化政策として世襲の神職を廃することなどを定めた太政官布告が出されたりした頃、すなわち、『御道案内』が書かれ出した頃である。例えば、初代白神を金光教に導いた先述の向明神から直接聴取した話を記したもので、明治四十一年（一九〇八）ごろ本部に提出された『向明神生代記』には、「明治四年の未の年に御皇上から止められましてからは、警察署の巡査が来まして御広前の敷台の上に坐はりて居ります事が、百日位いでありました。金光様は、其間居間に控へられて、祈念をさせませぬから静かに手を合されまして心祈念をなして居られました」と記される[32]。その後、明治六年（一八七三）一月十五日には「従来梓巫市子並憑祈祷狐下ケ抔《など》ト相唱玉占口寄等之所業ヲ以テ人民ヲ眩惑セシメ候儀自今一切禁止候……」という教部省達書第二号が出され、それが「民俗宗教禁圧の根拠とされた[33]」。そして、同年二月十八日には金光大神が川手戸長より神前撤去を命ぜられている[34]（図26参照）。また、明治七年九月、伍賀慶春（一八四四〜一九一九）のもとに、金神様が来られたと言って人が集まるようになると、警官が来て、「『のりくら（神がかり）をしているそうだが、そういうことは、維新以来できないことになっている』と説諭された」と伝えられる[35]。(b)近藤本『御道案内』自身も巻下冒頭に、「世界第一広大なる明《アキラ》けし此御道を、月に村雲、花に風とかや、何の弁《ワキマ》へも無愚《ヲロ》かなるもの、恥も為す、……猶狐狸《キツネタヌキ》の類ひ歟、のりくら歟、はやり神歟の様に、

図26『金光教祖伝絵巻』神前撤去の場面（稿者蔵　大正6年輝文館刊、松田俊夫画・渡邉霞亭註・松井四友書）
教祖が神前（広前）からいなくなっている。

色々嘲《アサ》ケるものあり」と記す（伊原本にも同様の記事）。

　これらの事例から窺えるように、当時の金光教は、「国家からの」「『淫祠邪教』視」を受けていた。また、そのうえ、「世間からの『邪教』視がこれに加わり、さらに既成宗教者からの『淫祠邪教』視の眼にも晒されて行ったのである[36]」。広大奇異なるおかげ話を言い立てたりすることに対して、教祖や初代白神は、先の医薬妨害に通じることへの危惧と一連のものとして、多方面からの淫祀邪教視を招くことへの危惧をも懐いていたものかと考えられよう。

　先述通り、初代白神の『御道案内』は、明治四年（一八七一）以降十年くらいに亘って増補加筆されるに伴い、収載されるおかげ話も、数量的にも表現的・内容的にも膨張していった。ところが、そんななか、近藤本の段階では一旦おかげ話の占める割合が低下するとともに、それと対応するように、教祖によるおかげ話の差し止めということや、初代白神自身のおかげ話に対する低い評価が、殊更記されていた。右に検討してきたことによって結局、そういう事態に至った要因としては、奇跡性のみに目を奪われたような浅薄な理解を生むことへの危惧や、取締の対象となるような医薬妨害に通じたり、淫祀邪教と見做されたりすることへの危惧が、存在したものと推測されるのである。

六　『御道案内』の葛藤と身代わりのおかげ話

おかげ話の掲載が抑制されるなど、(b)近藤本の持つ問題点について、右の通り検討してくると、同本を承けた次の段階の(c)伊原本で一転、先述通りおかげ話が急激な膨張を見せることに、改めて注意されてくる。同本は教祖によるおかげ話差し止めの記事など載せていないが、特に事情に変化があったわけでなく、前節に見たような危惧は依然存在していたに違いない。にもかかわらず、おかげ話を大量に盛り込んでいるのである。

第二節に述べた通り、伊原本は、明治十二年（一八七九）七月に大阪での本格的な布教を初代白神が開始してから一年半以上経過したあとに成ったものであり、その布教によって多くの入信者がありおかげ話が次々と生み出されたことと連動して、おかげ話を急激に増大させていると見られた。おかげやおかげ話について前節に見たような危惧を抱きながらも、大盛況のなか続出してくるおかげ話に衝き動かされるようにして、抑え切れずに多数のおかげ話を掲載することになったのでもあろうか。あるいは、好調な布教状況のさらなる伸長、そして先に触れた東京布教を目指して、そうしたおかげ話に布教の牽引役としての働きを一層期待し多数掲載したのかもしれない。また、初代白神を訪ねてくる人々や入信者が希求し期待したものは、「参拝者は、番札によって順次取次にあずかる、というありさまであった」「初代白神師、大阪にておかげ立ち、昇天の勢いで人が助かることとなった」という先引記事からも窺われるように、ほとんど専らおかげであったろうから、危惧はありながらも人々の希求や期待に応じるべく、おかげ話を次々と盛り込んだのだとも考えられるだろうか。明確には見定め難いものの、そのようなことが、危惧が存するなかでおかげ話を多数採録した事情としては想定できるだろう。

　しかし、いずれにせよ、生起してくるままにおかげやおかげ話を採録するばかりで、依然存する危惧に対して見て見ぬふりして放置していたというわけではない。おかげ話に対する低評価の記事の方は、伊原本にも「右、此條々、御道に於ハ細々《ホソ〴〵》の事に為《シテ》、書記《シル》すに足《タ》らずと雖《イエドモ》、畢竟初心《ヒツケウシヨ》の人に知《シ》らせる而巳《ノミ》」と受け継がれていて、おかげ話が本格的な御道信仰への入口に過ぎないと断ってもいる。また、伊原本において増補された、西南戦争に関するおかげ話の末尾部に「尤《モットモ》正明《メイ》之軍ならでハ、御蔭ハ不被蒙《コウムラレズ》。既《ステ》に朝敵賊《チヨウテキゾク》軍ハ忽《タチマチ》滅亡《メツボウ》せり」という一節を加えていることにも、注意される。伊原本には「金光教の教義と『文明開化』を重ね合わせる論理」が「随所に見られる」[37]が、それと類似の発想をもって、おかげあるいはおかげ話を、維新政府に従属し寄与する、淫祀邪教の産物などでない正当なものとして提示しようとする意図が、そこには窺えるかと思われる。

　(a)藤沢本の序にあったように、そもそも著者・初代白神自身のおかげ体験に根差し、そのおかげを人々にも戴かせたいという熱い想いから出発した布教書、それが『御道案内』であった。ところが、世間に浅薄な理解をもたらしたり、官憲の取締りを受けるような医薬妨害や淫祀邪教視に繋がったりすることを危惧し、さらに教祖からの差し止めもあって、(b)近藤本では一旦おかげ話の掲載を抑制していた。けれども、大阪布教の盛況に伴うおかげやおかげ話の続出に衝き動かされ、また、人々あるいは自らのおかげやおかげ話に対する期待に応じようとしたのだろうか、(c)伊原本ではおかげ話を大量に採録することになった。が、一方で、依然あった危惧に対してやはり配慮を示してもいて、おかげ話を信仰への入口と位置付け誤解を避けるような記事を継承していたり、おかげあるいはおかげ話を政府に寄与するものと捉える記事を加えていたりした。そこには、おかげやおかげ話が生起してくるままに無反省的に只管それを採録するというのでは決してなく、世間や政府・国家と布教との間で苦悩し、葛藤しながら、自らの信仰の原点であり自他共に期待を寄せるおかげやおかげ話を自著『御道案内』に取り入れている、そんな初代白神の姿が浮かび上がってこよう。一人の熱烈な布教家がおかげやおかげ話と向き合ってきた、(a)藤沢本から(c)伊原本に至るまでの約十年間の紆余曲折の歴史が、『御道案内』という布教書には刻み込まれているのである。

さて、第三・四節に見た(c)伊原本所載の夫婦間の身代わりのおかげ話は、そうした『御道案内』の一齣《こま》であった。同話は、先に憶測した通りであるとすれば、安倍晴明らが行ったという秘術「祭り替え」「転じ替え」をそのままに受け継いだとも言うべき「お持替」によって重病人を救った、明治十二年（一八七九）の佐藤範雄による治病祈念に基づく話だった。その一件は、佐藤自身が「終始神秘を極め、筆紙の能く尽す所ではない」と振り返る「御霊験《みかげ》」（先引『信仰回顧六十年』）であって、おかげの広大奇異なることを人々に伝え、自らと同じようにおかげを人々に戴かせたいと願う初代白神にとって、どうしても『御道案内』に盛り込みたいものだったろう。ところが、前節に見たような危惧があってのことなのだろう、佐藤の行った「お持替」はその後、「世間に惑いを起こさせ、お道の発展に邪魔になるからということで」（先引『高橋富枝師自叙録』）、教祖から取り止めの指示が出されていた。それでも、布教に熱情を燃やす初代白神は抑え切ることできず、教祖から取り止めが指示されていた秘術「お持替」に関する内容はやむなく封じ込めつつ、赤染衛門住吉祈願説話に倣った形に後半部を改変したうえで、辛うじて伊原本『御道案内』に記しとどめるに至った。

採録に至る状況を、仮に右のように捉えて大過ないとすれば、分量的にあまり長くない、むしろほんの短い、伊原本所載の夫婦間の身代わりおかげ話は、布教家・初代白神が、おかげ（霊験）やおかげ話（霊験譚）と向き合うなかで、その取り上げ方をめぐり苦悩し葛藤してきた約十年間の歴史を、あたかも凝縮し象徴するかのような、そんな一齣でもあった、ということになるかもしれない。

付章　新生守敏――西寺所蔵守敏伝

一　西寺と守敏関係什物群

京都市南区唐橋平垣町の一角に、「西寺」と号する浄土宗西山禅林寺派の寺院がある（図20d）。その東南方すぐ近くに、講堂跡（国史跡）が公園として整備されている（図20c）、平安京のあの西寺[1]の、寺号を継承した寺院として知られる。同寺所蔵の『西寺紀綱』[2]が明治二十年代の文書等数点と共に書写・収載する明治三十年（一八九七）『寺志編纂取調書』[3]（京都府知事宛提出文書）の「沿革」条に、「名称ノ湮滅スルヲ恐レ、古刹保存ノ御旨趣ニ基キ、寺門維持ノ為、旧西寺ニ復スヘキ必用ヲ感シ、西方寺ノ方ノ一字ヲ削除シ、西寺ニ寺号復旧ノ儀、明治廿七年二月出願聞済相成」と記されている。もと「西方寺」と号していたのを、明治二十七年（一八九四）、もう一つ前の段階の「西寺」に復旧した、ということである。『西寺紀綱』には当時の『寺号復旧願』も収載されている。

この西寺は、右のような経緯あって寺号を今に継承しているというだけでなく、もともとの西寺ゆかりの什物をもいくつか現在に伝えている。『西寺紀綱』収載『寺志編纂取調書』に「什物」として、

守敏僧都自筆心経　一巻

※同一代行状縁起　同弟子敏教筆
同所持鏧　天平二年三月鋳造
同　鈴
同　五鈷
其他鴻臚館古瓦礎石等

と列挙されているのが、それである。最後の「其他鴻臚館古瓦礎石等」以外はいずれも、守敏に関わるものばかりである。また、同じ『寺志編纂取調書』の「仏像」条には「開祖守敏僧都像」が挙げられ、同書「沿革」条に「西方寺ハ古ノ西寺ナル事ハ、開祖守敏自作木像並不動尊木像般若画像アリ」と記されている。この守敏とは、第六章に登場した空海の宿敵であって、東寺を空海が賜ったのに対して西寺を賜ったとされる人物である。現在の西寺は、「西寺」という寺号とともに、そうした守敏に関係する什物群などをも今に伝えているのである。

これら「什物」「仏像」の中から、他に見難い守敏の別伝として注目される※「同一代行状縁起同弟子敏教筆」、すなわち、弟子の敏教が筆録したという守敏伝『守敏僧都一代行状縁起』を、本章では取り上げて、若干の検討を加えることとしたい(4)。それは、西寺蔵本以外には伝本も見られず、従来広く知られることのなかった文献であるので、まずは翻刻・紹介するところから始めなければならない。なお、西寺にはもう一つ別の守敏伝が所蔵されている。基本的に右の『守敏僧都一代行状縁起』に拠って後世に記述されたと見られるものだが、それも併せて翻刻し、参照することにしよう。

二　翻刻『守敏僧都一代行状縁起』『西寺開祖守敏大僧都略縁記』

『守敏僧都一代行状縁起』

『守敏僧都一代行状縁起』は、巻子本一軸に漢文体の本文全一〇一行を墨書する。縦三二・四×横二六・二cmの草色地錦繍表紙を備え、その上に「二千六百六十五号」と墨書された紙片が貼付されている。見返しは金紙、料紙は茶色楮紙。全長約二六〇cm。外題・内題・尾題など見えず、本書を収める箱にも何も記されていない。先引『寺志編纂取調書』が本書を「同（守敏僧都）一代行状縁起」と称するのは、本文末尾部に「師一代状行如記別文中不悉」とあることなどに拠ったものであろう。

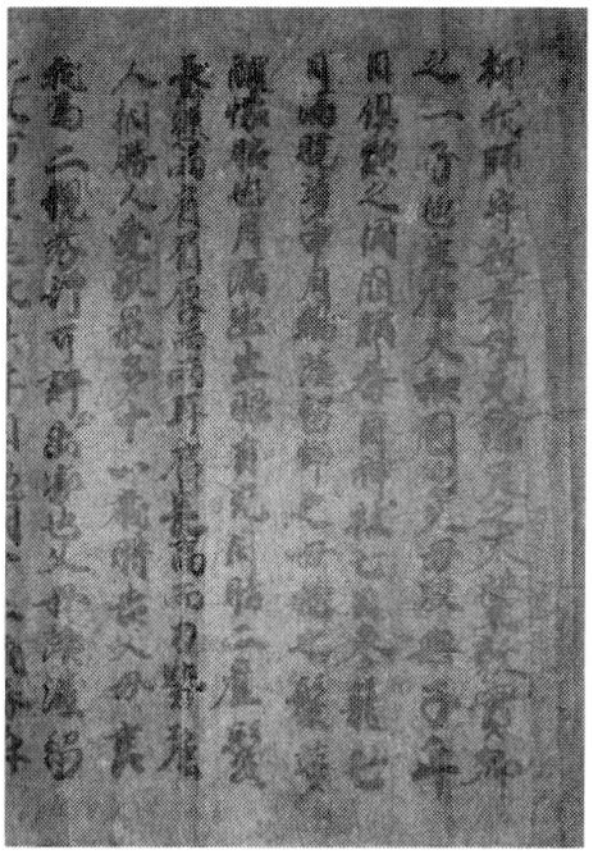

図27　『守敏僧都一代行状縁起』冒頭部（西寺蔵）

墨書された文字が甚だしく摩滅していて、判読し得ない箇所が、少なからず見られる。以下に掲げる翻刻においては、判読不能箇所は□で示し、判読に確信の持てない箇所は□で囲んだ。そして、基本的に通行の字体に改めると共に、句読点および会話を示す記号「　」を加えている。誤字や行送りは元のままで、行番号を五行毎に、行頭に付した。なお、翻刻の下方には、出来る限り上下対応するように、適宜分段しつつ内容の概略を示しておいた。

また、京都府立総合資料館に所蔵される明治二十年代の『京都府寺誌稿』収載「西寺志稿」の中に、現在判読し得ない箇所も含めて、西寺蔵『守敏僧都一代行状縁起』の全文が墨写されている。現状とは違って当時はまだ、文字が摩滅していなかったのだろうか。いずれにせよ、明らかな誤脱なども認められるものの、翻刻に際しての貴重な補完資料となること疑いない。そこで、現状本に基づき私に翻刻したものと「西寺志稿」本とが異なる場合、同本の本文を、行間あるいは末尾に示した。行間の（　）内が「西寺志稿」本の本文で、その左側の本文あるいは□に相当する箇所が、同本では（　）内の本文になっていることを意味する。行間の（　）内に「ナシ」と記した箇所は、その左側の翻刻本文一字が同本には無いことを示す。私の翻刻において本文を□で囲んだ箇所について、何も傍記していない場合は、「西寺志稿」本でも同じく□内に示した本文になっていることを意味する。行間に記入し難い相違は、翻刻末尾に掲げた。まず行番号とともに私の翻刻本文を掲げ、その本文に対応する「西寺志稿」本の本文を、すぐ下に（　）内に入れて示した。

抑我師守敏者、姓元鎌足之末葉、敦実卿
之一子也。生産大和国也。父母以無子年
日〈マヽ〉倶歎之、同国詣春日神社七日参籠。七
日満暁、夢中月輪落留師之母枕之髪。夢
醒懐胎也。月満出生。眼有光□（目睛）二産髪

〔I〕**略伝—臨終・往生以前**（1行～35行）

a**出自**（1行～2行）我師守敏は、藤原敦実息・大和国出身。

b**春日明神申し子**（2行～5行）

子の無い父母が春日神社に七日間参籠、月輪が母の枕上に落ち留まると夢見て、懐胎した。

長懸両肩、眉厚而両耳広、長高而力勢[強]人相勝人愛敬最多。十一歳時告父母言、「我為二親孝行可許（玉）出家也」。父母[流]（落）涙留之数百度。是故其年相過。明十二歳春、再乞暇而言、「死而別世之習、我生之出家也。聞分此理許賜出家」。達而乞暇（玉）、父母無是非力。東大寺神智和上頼師、正年十二終成出家也。天性利智而修学修法無怠倦也。二十五歳受具足戒（ナシ）、為化他利、詣諸山霊場、成天下安全五穀成熟万民快楽祈願、為二親現当、経巻陀羅尼弥勒名号昼夜念誦不断也。爾已来、智徳高名聞于天下、修験行力偏于四海也。桓武天皇於城州平安創宮（営）[（堂勅宣而名西寺也嵯峨天皇）]弘仁年中於和州春日辺[□]（希）[有]奇光立昇也。時天帝遣勅使令見之。即我師守敏之庵室也。依之、嵯峨帝深感神瑞、崇敬異他。

---

c 誕生奇瑞（5行～7行）出生時長髪など。

d 出家願望［十一歳］（7行～9行）

十一歳時、出家の許しを請うも、父母に許可されなかった。

e 出家［十二歳］（9行～14行）

明くる十二歳の春、再度の懇請によりようやく父母の許しを得て、東大寺の神智和上を師と仰ぎついに出家、天性利智にして、怠りなく修学・修法に努めた。

f 受戒［二十五歳］（14行～18行）

二十五歳で具足戒を受け、諸山を巡歴しては天下安全などを祈願するとともに、父母のため弥勒菩薩の名号などを不断に念誦した結果、高い名声と験力を得ることとなった。

g 西寺造営（18行～19行）

桓武天皇が、平安京に西寺を造営した。

h 西寺止住［弘仁年中］（20行～23行）

和州春日の守敏の庵室から奇光発するのを知って、嵯峨天皇が深く崇敬し、守敏に西寺を与えて住持させた。

直招請与西寺令住持也。諸堂勧請諸尊
諸神、四門影向四天王也。冥約松尾大神
祠而誓鎮護国家守護神也。　朝庭宝命
長久之祈祷、護摩修法之壇煙、輝日昭昭(々)
也。天下太平国家豊饒之加持水、浮月明
明也。上従月卿雲客、下至都鄙万民、不仰
者無之也。天長元年淳和帝有勅詔、我師
与空海於神泉苑令雨雩也。我師、降伏三
千界龍王、封籠水瓶中也。空海、尋捜阿耨
達池龍王、而片時之間召此地也(ナシ)。修験行
[者]神変奇特勝劣隠顕、[互]権者方便也。其
外火中出水、水中生火之類、雖記不可尽
也。我従幼生時成弟子給仕三十年、承和
九(戊)年夏六月十四日、至夜半丑刻、竊召
而取我手告言、「成師弟多生也。我自利利
他行法以汝為真助。写於我意者当于汝
一人。起可礼我可七礼」、告。我謹而合掌向

---

i 西寺諸尊神勧請（23行～25行）

諸堂に諸尊諸神を勧請、四門には四天王が影向し、鎮護国家の守護神・松尾大神とは冥約を結んだ。

j 西寺盛行（25行～29行）

国家長久や天下泰平のための護摩修法・加持祈祷が盛んに行われ、貴賤を問わず万民が崇仰した。

k 請雨［天長元年］（29行～33行）

天長元年、淳和天皇の勅を受け、師の守敏と空海が神泉苑にて請雨、師は三千世界の龍王を瓶中に封じ、空海は阿耨達池《あのくたっち》の龍王を召喚した。いずれの神変も権者による方便である。

l 神変無尽（33行～35行）

火中に水を出し、水中に火を生ずる類の神変は無尽だった。

〔Ⅱ〕臨終・往生［承和九年六月　八十歳］（35行～101行）

a 兜率《とそつ》浄土出現［六月十四日］（35行～60行）

1 守敏、敏教を召喚（35行～40行）

承和九年六月十四日丑の刻、師は三十年間弟子として仕える私（＝敏教）を密かに召して、師に向い礼拝させた。

師顔而七礼。未終、道場内陣(陳)未曾有異香薫紛紛(々)。無数蓮台顕現、七宝摩尼荘厳而従空(上)紫雲靄。奇妙不思議華降、光明従華各出照場内場外、広広(々)無辺際也。無量無辺聖衆達成来臨影向、則天鼓音楽自然而鳴、有歓喜踊躍[粧]。此時、師形忽変数十丈大身、而尊顔偏身成金色。有七宝五色光明、即仏顔仏身也。百宝荘厳微妙宝冠垂降、係肉髻上也。其宝冠瓔珞出五色光明也。時従眉間白毫放大光明、只如日輪也。出現聖衆達、互(玉)説柔和忍辱未聞法。我身与心清浄、而[□](是身)即身成仏而生諸仏浄土[□](歟)歓喜感涙無止。出現(玉)聖衆達、囲繞師尊顔供養供敬(恭)。音楽備種種(々)珍菓、経行七宝樹林有遊戯八功徳池。成紫雲宮殿[乎]乗[華]而有歌舞。十方世界聖衆達、各(玉)捧供膳倶有快楽交。如是法楽以言語難宣。此時

2道場内陣一変（40行～45行）

道場の内陣に異香薫じ、無数の蓮台が影現するとともに、奇妙なる華が降り、その華が光明を放って道場の内外を隈無く照らした。そこに聖衆たちが影向して、天鼓の音楽のなか歓喜踊躍した。

3守敏、即身成仏（45行～49行）

師・守敏は、数十丈の大身と変じ、全身金色になって五色の光明を放った。微妙の宝冠が髻《もとどり》の上に垂れ掛かり、その宝冠の瓔珞《ようらく》も五色の光明を放った。また、眉間の白毫《びゃくごう》は大光明を放ち、それは日輪の如くであった。

4聖衆達の法楽（49行～56行）

道場に出現した聖衆達は、互いに説法すると共に、守敏を囲繞して供養した。そうした法楽の有様は、言語を絶するものであった。

5守敏と道場の復元（56行～60行）

師顔微笑而展左□（御）手為三度弾指。則仏顔惣身忽然復大（本）□（身形）也。大海□（衆）又光明華降止無音楽。唯場内与師与我、異香薫而残也。師告我云「我二十年来毎夜受此法楽也。汝有罪業（障）為障（業）。併汝□（宿業今夜）尽。故示現此法楽而始令拝汝也。汝当来応決定生都率内院聖衆大会。唯今令拝浄土、是都率（ナシ）天内院、弥勒如来浄土也。三世諸仏大菩薩皆集此浄土、而無量無尽大快楽、従今夜億倍也。縦三災時節、此法楽無転変也。爰松尾大神祠神与我有昔縁。其故毎日夜半来臨此道場而受此《玉》法楽。弥勒下生暁必再現降、而□（可）成仏法王法守護大神之契（誓）約也。汝信而可礼也。我、二十年来、夜半法楽過則住禅定、昇都率内院対拝弥勒如来。受聖衆大会三昧楽、結当来下生大縁。暁天下降時、為四大海

師が微笑して弾指すると、師の姿と周囲の様子が元に戻った。華や音楽は消え、道場内は師と我とのみになった。ただ、異香だけは残っていた。

b弟子・敏教への遺言［六月十四日］（60行〜94行）

1法楽の示現と敏教の将来の兜率往生（60行〜63行）

我（＝守敏）が二十年来受けてきた法楽を示現させた。汝（＝敏教）も将来の兜率往生が決定している。

2兜率浄土の法楽（63行〜67行）

今拝させたのは兜率天内院、弥勒菩薩の浄土であり、三世の諸仏らが集まって、その法楽は転変することがない。

3松尾大神の来臨（67行〜70行）

松尾大神は、我と縁ある故、毎夜この道場に来臨して法楽を受けている。弥勒下生の暁にも必ずや来臨するであろう。

4守敏の兜率往来（70行〜73行）

我は二十年来、夜半の法楽の後に禅定に入り、兜率内院に昇って弥勒如来を拝してきた。

5畜龍救済（73行〜76行）

畜龍、得都率涌出阿伽水、持瓶裹而与之。
昼夜三熱苦消滅而涼風吹畜身、業命尽
後、成五十六億萬歳弥勒出世海衆也。感
此厚恩故、一年三百六十日、四大海龍王
衆相定擁護会日。其中龍王両宛飛来、前
池中童子貌変身、毎夜挑龍燈也。我年既
八十歳。猶又来七月十五日院皇定可崩。此
土化縁薪尽。我先院皇昇月宮殿也。汝悲
歎被思而作置此形像也。弥勒親聴記二
巻・仏法通義一巻・秘決譜四巻・大小戒文
三巻・経論文義弁十巻・密符一決、此我一
代之筆記也。右皆授与于汝。可値遇都
率海会也。我、毎日晨朝別而下来此土、結
縁一切衆生。信我輩者、可与彼天上薬
水之奇医王水。遁横病横死、縦依先業所感
□(受短)命大(天)寿転替□(延)命長寿、可与子孫栄
難産□(万死)女人可□(施)彼天上安産□(化)生水。火

暁になって下降する時、兜率天に湧出する閼伽《あか》水を得て与えると、四大海の畜龍は、昼夜の三熱苦から解放された。

6龍王報恩（76行～79行）

報恩のために、四大海の龍王が、毎夜童子の姿でやって来て、龍燈を捧げるようになった。

7嵯峨院と守敏の死の予告（79行～81行）

八十歳の我は、来月の嵯峨院の崩御に先立ち月宮殿に昇る。

8守敏の形像と著作の授与（81行～86行）

汝の悲歎を思い遣って我が形像を作成した。『弥勒親聴記』二巻のほか、我が一代の著作と共に皆、汝に授与する。兜率天にて再会すべし。

9守敏の下来と天上無難水などの授与（86行～93行）

我は、兜率往生の後も、毎朝ここに降ってきて、一切衆生と結縁し、天上の薬水などを授けよう。それらは、横病・横死や難産、火難・水難などを防ぐ現世利益の効果を持つとともに、兜率浄土へ引導する働きを有するものである。

難水難輩可雨彼天上無難水也。比現世利益。次之生必定引導都率浄土。穴賢々々。努々不可語人。此形像五部書所持而可起(被)退去」。其声計為名残而又入禅定也。明十五日晨朝、開殿戸立入者、乍有水瓶沓、不見師顔尊体也。念珠[相添]袈裟掛[残]牀座□(上)我驚肝悶絶[天仰地]□(俯)、而尋近山遠里、何地無再会。離別[悲]□(泣)増日、師恩重縁難忘。偏随従此形像[奉拝現]□(在)[生]前師顔也。五部書物遺訓之形見又垂範也。師一代状行如記別文中不悉。

承和九壬戌年八月十五日　西寺住弟子敏教(自)内記

8玉（ナシ）　11玉（ナシ）　12寺神（寺之神）　14他利（利他）　17爾已来～18四海也（ナシ）　49間白（間之白）　50玉（ナシ）　52玉（ナシ）　55玉（ナシ）　64来浄（来之浄）　66災時（災之時）　67大神（大明神）　68玉（ナシ）　100状行（行状）　101記別（別記）　103壬（ナシ）

---

c兜率往生［六月十五日］（93行～98行）

遺言を終えて、形像と三部の著作を敏教に与えたあと、師はまた禅定に入った。明朝になって、師の禅定する部屋の戸を私が開くと、沓《くつ》などのみで、その体は探しても見付からず、現身のまま兜率に往生していた。〈現身往生・尸解《しかい》往生〉

d守敏形見等（98行～101行）

離別の悲しみは日毎に深く、師恩忘れ難くて、師自作の形像が師を偲ぶ便であり、その著作は師の教訓を頂く形見となっている。

＊右の「8玉（ナシ）」以下においては全て、「西寺志稿」本の本文（括弧内の本文）の方が明らかに誤っている。また、先の翻刻本文の行間に示した「西寺志稿」本の本文のうち、14行目「ナシ」・26「々」・32「ナシ」・40「陳」・41「々」・42「上」・43「々」・53「恭」・53「々」・61「障」・61「業」・64「ナ　シ」・70「誓」も、明らかに誤っている。

『西寺開祖守敏大僧都略縁記』

西寺所蔵のもう一つの守敏伝は、縦二六・四×横七五・九㎝の未装の一紙に、全三十九行に亘って墨書されている。内題「西寺開祖守敏大僧都略縁記《ママ》」。漢字片仮名交じり。一部に書込みあり、また、いかなる意味を持つのか、文字の左側に傍点の付された箇所がいくらか見られる。

翻刻に際しては、基本的に通行の字体に改めると共に、句読点および会話を示す記号「　」を加えた。誤字など元のまま、また、行送りも元のままで、行番号を五行毎に行頭に付している。さらに、本書の記事と内容上対応する箇所が右掲『守敏僧都一代行状縁起』に見られる場合、その箇所の段落番号・記号を、各記事の下方に示した。ただし、対応の度合がかなり稀薄な場合には、その段落番号・記号を（　）内に入れた。また、『守敏僧都一代行状縁起』にはない内容、あるいはそれとは異なる内容が見られる主な箇所には、傍線を引いた。

〔I〕

西寺開祖守敏大僧都略縁記

抑当山開祖守敏大僧都来歴尋《ヲル》ニ、姓《ハ》藤原氏、鎌足公《ノ》末葉敦実卿《ノ》一子《ニシテ》、大和国生産。是《ヨリ》先《キ》敦実卿継子《ナキコトヲ》歎《キ》、同国春日明神七昼夜《ノ》参篭アリシカ、其満スル暁《キ》、夢中《ニ》月輪母《ノ》枕髪《ニ》落ルト見テ、夢覚ヌ。夫ヨリ懐胎シ、障《リ》ナク月満テ、生質愛敬ノ男子ヲ誕生シ下ヘリ。此児衆ニ愛セラル、コト、他ニ勝ル。十一才《ニ》シテ父母ニ出家ヲ請ヒ下ヘトモ、許シ下ハス。終ニ十二才《ノ》春、東大寺《ノ》神智和上ニ謁シテ出家シ、具足戒ヲ受ケ下ヘリ。爾来星霜ヲ経テ、道徳修験ノ声、世ニ隠レナシ。爰ニ人王五十二代嵯峨天皇《ノ》御宇、弘仁年中、春日辺《ノ》異《ニ》光昇レルヲ帝王怪ミ、使ヲ遣シ尋下フニ、奇ナル哉、守敏大僧都《ノ》庵ニ放処ノ光《也》。依《テ》御帰依一層浅カラスシテ、弘仁十四年詔《ニ》ヨリ、桓武天皇遷都《ノ》砌創建アリシ西鴻臚館ヲ以テ、僧都ニ賜ヒ、寺号ヲ西寺《ト》称《シ》、天下泰平・国家安穏ノ祈願処《ト》ナシ下ヘリ。又、又。淳和帝《ノ》御宇、天長元年三月、天下大《ニ》旱《ス》。時《ニ》、空海・守敏《ノ》二師《ニ》雨請《ノ》詔降《リ》、時《ニ》至テ、二師《ノ》神変奇瑞ハ一ニアラス。修験勝劣ハ、凡愚ニ知ラシムルノ善巧方便《也》。豈《ニ》猥《リニ》

a　b　c　d　e　f　h　(g)　j　k

毀誉ヲ檀ニセンヤ。尚、在世ノ奇特行特ハ、本縁記ニ詳也。爰ニ、僧都生年八十才、承和九年六月十四日ノ夜半、上足敏教ヲ道場ニ招キ、告テ曰ク、「吾、此道場ニ於テ都率天上ノ法楽ヲ受ルコト、既ニ廿年来也。然レトモ、汝罪深キ故、是ヲ知ラス。今別ニ望テ汝ニ告ク。努メ々疑フヘカラス。若吾ヲ信スルモノハ、彼天上ノ奇薬医王ノ水ヲ与へ、横難横死ヲ救フヘシ。又、難産有身ノ女人ハ、天上安産水ヲ与へ、水火ノ難ノ者ニハ、天上ノ无難ヲ与フヘシ」ト、即密符一決ヲ付属シ、「コレハ現在ノ利益ナリ」ト言ヒ已テ、忽チ偏身金色ノ相ヲ現シテ、自造ノ真像ヲ敏教ニ与へ、再会ヲ都率天ニ期セント約シ、道場ヲ退カシメ下フ。其時、敏教歓喜ノ余リ悲泣問絶シテ后、道場ヲ退キ、翌十五日晨朝ニ再ヒ道場ニ入リ下フ(ママ)ニ、コハ不思議ナル哉、惟水瓶ト履ノミアテ、師在マサス。依テ敏教驚キ、天ニ仰キ地ニ俯シテ、近山遠里ヲ尋ルトイヘトモ、再会ヲ得ス。爰ニ別離ノ悲歎日ニ増シ、師恩忘レ難キヲモテ、此真像ニ随順シテ、生身ノ尊顔ヲ拝カ如ク、恭敬尊重ナシ下ヘリ。是、今安置シ上ル処ノ尊像ナリ。爾来星移リ時過キテ、既ニ一千

l　〔II〕b1　b9　(a3)　(b8)　c　d

五十三年ニ当ル。故ニ今、吉日良辰ヲ選ヒテ、参詣結縁ノ
為ニ開扉シ奉ル処謂也。一度此霊像ヲ詣スル《拝スル》モノハ、現在《ノ》
魔障ヲ免レ、当来ノ悉地ヲ蒙ル事、疑ナシ。仍テ
参詣ノ老若男女、掌ヲ合セ仏名ト諸共ニ近フヨ
リ、御拝礼ヲ遂ケラルヘキモノナリ。

三　近世偽作守敏伝

『守敏僧都一代行状縁起』は、末尾に見られる、

承和九壬戌年八月十五日　西寺住弟子 敏教内記

という識語によれば、先引『寺志編纂取調書』も「同（守敏）弟子敏教筆」と記していたが、西寺に住していて、「内記」すなわち住持に仕えて書状などを認める役を担っていたという、守敏の弟子・敏教による筆録ということになる。そのことと対応して、本文も「抑我師守敏者、……」（1行）と書き出されるし、「我従二幼生時一成二弟子一給仕三十年」（35行）と、敏教が守敏の三十年来の弟子であることを明かす記事が見られたりもする。また、右識語によるに、承和九年（八四二）八月十五日の筆録という。守敏は、「承和九戌年夏六月十四日」（35行～36行）の翌朝、「明十五日晨朝」（94行）に没したと記されるから、そのちょうど二箇月後に筆録したものということになる。

概略は翻刻の下方に示した通りだが、全体の内容は、まず大きく二段に分けることができよう。臨終・往生以前の略伝を記述した部分〔Ⅰ〕段（1～35行）と、臨終・往生を迎える前日の夜半以降のあり様を記述した部分〔Ⅱ〕段（35行～101行）とである。

〔Ⅰ〕段は、a藤原敦実息・大和国出身という出自から始まって、b春日明神の申し子であったこと、c尋常ならぬ様態で出生したこと、d十一歳で出家を願ったこと、e十二歳にてようやく父母の許しを得て東大寺の神智和上のもとで出家したこと、f二十五歳にて受戒したこと、g桓武天皇が西寺を造営したこと、h弘仁年中（八一〇～八二四）に庵室からの奇光が嵯峨天皇の崇敬を招き西寺を与えられたこと、i西寺に四天王が影向し松尾大神と契約したこと、j西寺にて護摩修法などが盛んに行われて万民の信仰を受けたこと、k天長元年（八二四）に空海と共に神泉苑で請雨したこと、l神変無尽であったこと、を略述する。

〔Ⅱ〕段は、a守敏が道場に弥勒菩薩の浄土・兜率《とそつ》浄土を出現させて敏教に拝させたことと、b守敏が敏教に対して行った遺告の内容とを、かなり詳細に記したあと、c翌朝に尸解《しかい》現象を伴って兜率天に現身のまま往生したことを伝え、最後に、d守敏の遺した形見などに触れて、終わる。そのうちaは、1承和九年（八四二）六月十四日の夜半に守敏が敏教を道場に召し寄せるところから始まり、2道場の内陣に聖衆達が影向したこと、3守敏が仏身に変じたこと、4聖衆達が説法し守敏を供養したことを記し、bは、守敏が遺告として、1二十年来受けてきた法楽を示現させたこと、2兜率浄土の法楽は転変しないこと、3松尾大神が来臨すること、4二十年来兜率天と往来してきたこと、5兜率天の閼伽《あか》水で畜龍を救済したこと、6その報恩のため龍王が龍燈を捧げるようになったこと、7嵯峨院に先立って逝くこと、8自作の形像と著作を敏教に授与すること、9往生後も下来し天上無難水などを授けること、などを告げたと述べる。

さて、右の内容のうち、守敏の事跡として伝承されよく知られているのは、〔Ⅰ〕h西寺を賜ったこと、〔Ⅰ〕k空海と共に請雨したことであろう。また、〔Ⅰ〕l「火中出レ水、水中出レ火」（34行）というような神変を示したことも、例えば『太平記』（日本古典文学大系）巻十二「神泉苑事」に「周敏《守敏》向二御手水一結二火印一ヲ給ケル間、氷水忽ニ解テ如二沸湯一也」「守敏又向レ火水ノ印ヲゾ結ビ給ヒケル。依レ之炉火忽ニ消テ空ク冷灰ニ成ニケレバ」と見られたりする（以上、第六章第三節参照）。しかし、これら三点以外は、〔Ⅰ〕gの西寺造営などは別にして、〔Ⅰ〕aの藤原敦実息という出自から〔Ⅱ〕cの承和九年の兜率往生に至るまでいずれも、また、〔Ⅱ〕b8に列挙される著作があったということも含めて、[5]守敏の属性・事跡としては全く他に伝わっていないものである。

そもそも守敏は『南都高僧伝』や『本朝高僧伝』巻四十六の中に立伝されているものの、守敏の伝だけで一書とした別伝の存在は従来知られていないから、現時点では、この『守敏僧都一代行状縁起』が守敏の唯一の別伝ということになりそうである（後述通り同書に拠った後世の『西寺開祖守敏大僧都略縁記《ママ》』はあるが）。その点にまず、同書の持つ基本的な意義が認められる。そして、右に見た通り、守敏に三十年間仕えてきた弟子の敏教が、守敏の没後二箇月にして筆録したものであるとすれば、史料として高い信頼性を備えているものと推定され、しかも、他に伝わらない多くの新情報を記録しているということで、守敏に関する超一級の史料という称号まで与えられることになろう。しかし、内容などをさらに吟味するならば、唯一の別伝としての基本的意義はなお失われないものの、それ以上の右の如き大きな意義を同書に認めることは、残念ながらできなくなりそうである。

例えば、空海とともに神泉苑にて請雨したという有名な話〔Ｉｋ〕について見るに、第六章第三節にも触れたが、同話すなわち請雨対決譚は、寛治三年（一〇八九）経範著とされる『大師御行状集記』あたりに初出して以降に種々の弘法大師伝などに頻出するようになること、知られている。その話が、真に承和九年（八四二）に敏教によって筆録されていたとするならば、それから『大師御行状集記』に至るまでの二百年以上の間に、弘法大師伝などの諸文献に言及されることが全くない点、まず不自然に思われる。また、「我師与二空海一於二神泉苑一令二雨雩一也」（29行～30行）とあって、「神泉苑」が請雨対決の舞台となったとするが、神泉苑が請雨の霊場と化したのは、斉衡（八五四～八五七）・貞観（八五九～八七七）以降のことであるという検討結果が報告されており[6]、それは、空海と守敏が神泉苑にて請雨したという「天長元年」（八二四、29行）、さらには、敏教がそのことを筆録したという承和九年（八四二）よりも後のことになる。その点も不審である。

こうした疑問が即座に湧き起こってくるのであって、『守敏僧都一代行状縁起』の記述に信頼を寄せることはどうもできそうにない。先述通り、弟子の敏教による承和九年の筆録と言うけれども、また、それと対応する形の本文も有するけれども、実際は、後世に偽作された偽書であると言わざるを得まい。『京都府寺志稿』収載「西寺志稿」も、『守敏僧都一代行状縁起』を墨写して、「伝同弟子敏教筆。然レトモ近作也」「承和九年敏教自記トアレト全ク近作ナリ」と説く。

　では、いつ頃に偽作されたものなのだろうか。そのことを考えるに当たって注目すべきなのは、守敏自ら自分の「形像」を作って敏教に授与したと記している〔Ⅱb8・Ⅱd〕ことである。

　守敏自作の「形像」とは、先引『寺志編纂取調書』が「開祖守敏僧都像」「開祖守敏自作木像」と記すもの、すなわち、現在も西寺の開山堂に安置されている像高五〇センチ足らずの木造守敏坐像（図28）に、相当するに違いない。この守敏坐像について『西寺紀綱』収載明治二十七年『寺号復旧願』は、「該木像ハ、明治廿三年宝物取調ノ際、千有余年前ノ作タル鑑査アリ」と、守敏坐像が確かに、守敏の時代に遡る、紛れもなく守敏自作のものであることを、科学的裏付けを得た事柄として記述しているようである。ところが、昭和五十年代に入って行われた調査の結果では、「胎内に『法印権大僧都豪海』の名と『真言』を記した文書、および玉砂一包がおさめられていて、その一部に『承応』（一六五二～一六五五）の年記が認められた」ということで、承応年間の制作と考えられている。(7)この後者の調査結果こそが、尊重されるべきであろうか。

　そうだとすると、『守敏僧都一代行状縁起』は、守敏自作などではなくて、遙かに時代の降った、承応年間制作の守敏坐像について記していることになる。そのことは、同書が、承和九年（八四二）の筆録ではなく後世の偽作であることを、より明確に物語る事象であり、その偽作が承応年間以降になされたことを明示するものであると言えよう。承応年間以降の何時なのかはわからないが、あるいは守敏坐像の制作に合わせて偽作されたものでもあろうか。いずれにせよ、守敏の唯一の別伝ということ以外では、「近世偽作守敏伝」、それが、『守敏僧都一代行状縁起』に与えられるべき最も基本的な称号であると言って間違いなさそうである。

なお、右の守敏坐像は、『都名所図会』巻四（新修京都叢書）にも「守敏の像、梅小路西方寺にあり」と記載されていて、少なくとも江戸中期には西方寺すなわち西寺に安置されていたことが確認できる。『守敏僧都一代行状縁起』が西寺に安置された同坐像を大きく取り上げていることは、同書が外部で作成されたあとに西寺に持ち込まれたというようなものではなくて、もともと西寺にて作成されたものであることを示唆していよう。

次いで、参考のために先に翻刻を付載した、西寺所蔵のもう一つの守敏伝『西寺開祖守敏大僧都略縁記《ママ》』についても、若干の検討を加えておこうと思う。

まず確認されるべきは、その成立年である。奥書などないが、「……爾来星移リ時過キテ、既ニ一千五十三年ニ当ル」（34行～35行）とあるから、守敏の没年とされる承和九年（八四二、19行以下）より千五十三年後、明治二十七年（一八九四）の成立であることが、明らかである。それは、本章の冒頭に述べた寺号復旧の願書が提出され承認された年であって、その動きと連動する形で述作されたもののようである。なお、『西寺紀綱』に収載する、明治二十四年四月十五日の住職澤空専潤著『当山開祖守敏大僧都一千五十年御遠忌報恩疏』によるに、三年前の明治二十四年には、「守敏大僧都一千五十年御遠忌」が営まれ、それに合わせて仏殿が再築されている。

『守敏僧都一代行状縁起』と比較するに、基本的に同書に拠ったものと言ってよかろう。『西寺紀綱』収載『寺志編纂取調書』は西寺所蔵の「編纂物」として「開祖守敏一代行状縁記《(ママ)》ノ写全文」を挙げるが、それは、この『西寺開祖守敏大僧都略縁記《(ママ)》』のことだろうか。ただ、同書は、「写」と言っても、『守敏僧都一代行状縁起』を全くそのままに引き写しているというわけではない。

前半部1行～18行では、適宜節略あるいは加補しつつ、『守敏僧都一代行状縁起』の〔Ⅰ〕段にかなり忠実に従った記述をしているようである。「尚、在世奇特行特ハ、本縁記ニ詳也」(18行)の「本縁記」も、同書を指しているのだろう。一方、19行以降の後半部は、同書の〔Ⅱ〕段を大幅に圧縮している。西寺の道場に兜率浄土が出現するという〔Ⅱ〕aの内容は、そうした状況の中で守敏が全身金色になって光明を放ったと伝えるa3に相当するらしい記述が、わずかに「忽チ偏身金色ノ相ヲ現《シ》テ」(26行)と見られるのみで、ほとんど全て省略されている。〔Ⅱ〕bの敏教への遺言は、最初と最後、b1とb9だけを継承していて、その中間は採られていない。また、『守敏僧都一代行状縁起』に見られない、あるいはそれと異なる内容も、一部盛り込まれている(先掲傍線部)。特に目立つのは、末尾の33行～39行の部分で、守敏坐像の霊験を説くと共に、その開扉の案内と参詣の勧誘を行っている。本書が、そういうより具体的な目的があって作成された守敏伝であることを窺わせる。

『西寺開祖守敏大僧都略縁記《(ママ)》』は、全体としては『守敏僧都一代行状縁起』を簡略化した内容で、その「縁起」「本縁記」(右引18行)に対して「略縁記」と称されているのだろう。無論、明治二十七年頃における西寺の動向を知るうえでは、『西寺紀綱』と併せ見るべき史料であるに違いない。

四　新生守敏登場

右に述べたように、『守敏僧都一代行状縁起』は、ほとんど唯一の守敏別伝としての意義は認められるものの、近世に至って偽作されたものであって、守敏の実像を捉えるうえでは、何ら意味を持たない史料であると言わざるを得まい。しかし、従来知られているのとは異なる属性・事跡を多く盛り込みながら、三十年来の弟子・敏教という架空の語り手・筆録者を設定までして偽作された守敏伝が、守敏が勅賜されたという西寺を引き継いだ面のある寺院において、近世のある時期に出現を見た、という事実には、大変興味深いものを覚える。この注目すべき偽作守敏伝にもう暫く寄り添って、どのような偽守敏像（と言っても、例えば鷲尾順教氏『日本仏家人名辞書』の「守敏」条が「修円の事を誤り伝へたるものにして、実は其人あらざるべし」と説くように[8]、守敏が実在の修円から派生してきた実在しない伝承上の人物だとすれば、真の守敏像などというものは元来、どこにも存在しないことになるのだが）が描かれているのか、粗々眺めておこうと思う。

先述通り、空海と守敏が神泉苑にて請雨を競ったという話、請雨対決譚は殊に有名で、例えば『八幡愚童訓』甲本（日本思想大系）には次の通り見える。

帝王、弥信力大師ニ深ク坐バ、守敏不レ安思テ、如何シテモ落チ当ントスル処ニ、天下旱《ヒデリ》シテ、請雨経ノ法ヲ大師承テ修シ給シ時、守敏折ヲ得テ、南閻浮提《ナンエンブダイ》ノ竜王ヲ水瓶ノ中ニ駈リ聚メ置レヌ。依レ之雨降ラズ、七日ノ雨請《アマゴヒ》無レ験。大師無念ニ思食シ、如何ナル事ゾト定《ヂヤウ》ニ入テ御覧ズルニ、無《キ》二竜王一故也。去レ共天竺無熱池ニ善女竜王計アリ。此竜ヲ勧請シテ雨ヲ降サント思食テ、七箇日ノ行法、今二日申延テ行《オコナヒ》給シ時、善女竜王、神泉ノ竜池ヨリ出現シテ、供養ヲ受給テ大雨国土ヲ潤シ、五穀豊饒ニ成ニケリ。兎ニモ角ニモ大師、徳ヲ施シテ上下憑仰《タノミアフギ》シヲ、守敏、瞋恚嫉妬ニ忍難、大師ヲ調伏シ奉ル。大師此事ヲ聞食シ、守敏ヲ調伏シ給フ。壇上ニ両方力尽シ給、行法互不レ怠、七日七夜ハ無《シ》二勝負一、終ニハ守敏死去シ給フ。

　請雨対決が行われて守敏が敗れるという前半部の内容、と言っても、右の場合は、守敏自身は請雨しているわけでなく、空海が請雨経の法を修した際に守敏が龍王を水瓶内に封じ込めて雨が降らないよう妨害したものの、結局は、天竺の無熱池にいる善如龍王を勧請してきた空海によって見事大雨がもたらされることになった、という内容になっているのだが、そうした話は、細部に種々相違を見せたりしつつも極めて多くの文献が採録する、周知の話である（第六章第三節参照）。『誹風柳多留』（誹風柳多留全集）に「もりそうになるを守敏が封し込《メ》」（一〇五23、龍を封じ込めて雨が漏れないようにした守敏《しゅびん》に、尿瓶《しびん》を受ける尿瓶を言い掛ける）といった句が見えるように、川柳の題材となってもいる。一方、右引波線部以下の後半では、互いに相手を調伏しようとする呪詛対決へと展開し、そこでも再び守敏が敗れて今度は死去する。請雨対決の話を載せていても、そうした呪詛対決の話は伴わない文献も多い。しかし、同様の話へと展開する事例も決して少ないわけではなく、『本朝神仙伝』16弘法大師や『太平記』巻十二「神泉苑事」、『出来斎《できさい》京土産』巻二「西寺」などの諸書に同様の展開が見られる。請雨対決と一連の呪詛対決において守敏が敗れて死去したというのも、請雨対決の話ほどではないにせよ古来広く知られた話であったろう。

さて、『守敏僧都一代行状縁起』も、先に示した通り、請雨対決譚を〔Ｉｋ〕に載せている。しかし、淳和帝の詔勅にて二人が神泉苑で請雨することになったと伝えたあとは、具体的な内容としては、「我師、降二伏三千界龍王一、封二籠水瓶中一也。空海、尋二捜阿耨達池龍王一、而片時之間召二此地一也」と、守敏が三千世界の龍王を瓶中に封じ込め、一方、空海が阿耨達池《あのくたつ》すなわち天竺の無熱池龍王を神泉苑に召喚したことを、対句的に簡略に述べるのみであって、その後に続くべき話が載せられていない。それゆえ、請雨対決がどういう決着を見たのか、一向にわからなくなっている。無論、右に述べたようにその請雨対決以降に展開する場合も少なくない呪詛対決の方の話は、全く記載されていない。開山堂に守敏坐像を安置し、守敏を開山と仰ぐ西寺（西方寺）にとって、空海との請雨対決に敗れ、さらには呪詛対決によって死去するといった、世間の広く知る守敏の経歴は、何とか払拭してしまいたいものであったろう。それで、先に触れた通り同寺で成ったと見られる『守敏僧都一代行状縁起』は、請雨対決・呪詛対決の話について右のような取り上げ方をすることになったのに違いあるまい。

また、同時に『守敏僧都一代行状縁起』は、「釈迦に提婆《だいば》、弘法に守敏」とも言われるような、あるいは、聖徳太子伝における守屋《もりや》の場合ともちょうど対比し得るような、弘法大師伝における悪敵としての守敏の役回りやイメージ(9)も、何とかして振り払おうとしているようである。

例えば『太平記』巻十二が請雨対決の前段階のこととして、「守敏、君ヲ恨申ス憤、入二骨髄一深カリケレバ、天下ニ大旱魃《カンバツ》ヲヤリテ、四海ノ民ヲ無二一人一飢餲《キカチ》ニ合セント思テ、一大三千界ノ中ニアル所ノ龍神共ヲ捕ヘテ、僅ナル水瓶ノ内ニ押籠テゾ置タリケル」と記すように、守敏が龍を封じ込めたというのが、恨みから旱を起こし人々を飢渇させようとした行為であるならば、明らかに強い悪性を帯びたものと捉えられることになろう。また、旱自体は守敏とは無関係に偶々起こったものであるとしても、先引『八幡愚童訓』のように、「如何シテモ落チ当ント」（傍点部）空海の請雨を妨害するために龍を封じ込めたのであったなら、その行為にも一定の悪性が感じられよう。それに対して、『守敏僧都一代行状縁起』の場合もやはり、守敏が龍を封じ込めたことが、「我師、降二伏三千界龍王一、封二籠水瓶中一也」（30行～31行）と同様に記述されているが、しかし、その行為にどういう意図があり、それがどういう事態をもたらしたかについては全く言及されないので、その記述自体から悪性を読み取り難くなっている。あるいは、先引『八幡愚童訓』が「兎ニモ角ニモ大師、徳ヲ施シテ上下憑仰《タノミアフギ》シヲ、守敏、瞋恚嫉妬ニ忍難、大師ヲ調伏シ奉ル」（波線部）と伝えるような、身勝手な感情を募らせて遂には空海を調伏しようとしたという守敏の悪敵振りは、『守敏僧都一代行状縁起』では、そもそも呪詛対決の話を全く載せていないのだから、無論のこと、何ら伝えられていない。さらに、請雨対決の話の末尾に「修験行者神変奇特勝劣隠顕、互権者《ごんじゃ》方便也」（32行～33行）という記述を盛り込み、すべて権者すなわち仏などの化身による方便であると説いているから、たとえ請雨対決譚の中で守敏の悪性が一旦感じられたとしても、結局はそれも権者による方便なのだと納得させられることになろう。

　共に権者であるとする右記述はまた、先述通り、守敏が三千世界の龍王を封じ込めたことと、空海が阿耨達池龍王を召喚したことを、対句的に述べている点とも相俟って、空海と対等に渡り合った存在として守敏を印象付けようとする意図を窺わせもする。そうした意図を汲み取ったのか、先にも触れた西寺住職による明治二十四年『当山開祖守敏大僧都一千五十年御遠忌報恩疏』は、恐らくはその『守敏僧都一代行状縁起』を踏まえつつ（特に点線部）、次のような理解を示している。

師、空海ノ法力ヲ験セント欲シ、三千界ノ龍王ヲ小瓶中ニ封シテ奔騰ヲ許サズ。是レ、師ノ法力非凡ノ然ラシムル処。然ルニ、師ハ空海ノ遠識ヲ探ランガ為ニ、阿耨達池ノ龍王ノミヲ密ニ残シ置キ、師ハ泰然トシテ空海ノ挙動ヲ通観アルニ、即チ空海ノ法力深庭ニ至リシカ、漸ク阿耨達池ノ龍王ヲ捜リ求メ、以テ雲ヲ起シ雨ヲ降シテ請雨ノ本意ヲ全フセシヲ見テ、師ハ、空海ノ法力精励ニシテ至処ニ達スルヲ称賛アリ。是レ、弘《グ》法ノ方便、権者ノ深意ニシテ測リ知ル処ニ非ズ。

波線部は、「法力非凡」の守敏が阿耨達池の龍王のみ封じ込めなかったことを、空海を試すための意図的な行動と捉える。一般的には「北天竺のさかひ大雪山の北に無熱池といふ池の善女龍王、ひとり守敏より上位の薩埵《さった》にておはしましければ、しゆびん此龍をかりこめ申事あたはざりし」（『弘法大師御伝記』巻八、弘法大師伝全集）と、守敏より上位である阿耨達池の龍王すなわち善女龍王だけは封じ込めることが出来なかったのだと伝えられているのと、全く異なる理解を提示しているのである[10]。その波線部を初めとして、右の二つの実線部あたりから、空海と対等の存在、さらにはその上位に立つ存在として、守敏を位置付けようとしていること、明白に窺えるだろう。

　さらに、『守敏僧都一代行状縁起』は、自らしかけた呪詛対決に敗れての死去という無様な最期に替えて、それとは全く対照的な最期を、守敏に用意している。〔Ⅱ〕段に描かれる、見事な臨終・兜率往生である。

そもそも『守敏僧都一代行状縁起』は、弥勒信仰の人という、従来の守敏像になかった性格を、顕著に守敏に植え付けている。「弥勒名号」を不断に念誦していたと〔Ⅰ〕段のｆに伝え（16行〜17行）、〔Ⅱ〕段においては、「弥勒如来浄土也」（64行）と守敏自身に解説させている兜率天内院を、西寺の道場に守敏が出現させたとする。そして、二十年間往来した末に、その兜率天に往生した、と説く。例えば先引『日本仏家人名辞書』が守敏を「修円の事を誤り伝へたるもの」とする、その修円（七七一〜八三五）について『興福寺別当次第』巻一所引「深密会縁起文」[11]（大日本仏教全書）に「特発二弘誓一創二建伝法院一、安二置千仏千塔弥勒浄土一」と伝えられたりするから、守敏の弥勒信仰そして兜率往生が説かれるのは、そうした修円の事跡が反映した面もあるかもしれない。

あるいは、『守敏僧都一代行状縁起』の記す守敏の兜率往生が、死体がなくなる尸解現象を伴った、現身のままでの往生になっている[12]〔Ⅱc〕のは、尸解往生・現身往生の伝承について検討するうえでの一つの興味深い事例となるだろうが、今はその点はさておくとして、特に醍醐寺の開創者として名高い聖宝《しょうぼう》（八三二〜九〇九）について、例えば寛永八年（一六三一）刊『密宗血脈鈔』巻中（続真言宗全書）に「開テレ棺ヲ奉ハレ見忽然トシテ不レ見ヘ。只幡計リ残レリ。現身都率ハ内院ノ詣ニ玉フト申也」と、守敏の場合と同様の、尸解現象を伴う現身のままでの兜率往生が伝えられている点に、ここでは注意しておく必要があろうか。その聖宝が、『醍醐根本僧正略伝』に「為二西寺別当一、始造二宝塔一。……」と記録されていて、西寺の別当に補せられ「西寺の興隆に力を尽した」人物でもあることから見れば、その兜率浄土への現身往生が範とされ、守敏の最期として取り込まれた可能性が考えられるからである。[13]

このような修円や聖宝の先例あってのことで、すべて新たに創出したものではなかったとしても、『守敏僧都一代行状縁起』が兜率往生という最期を守敏に用意したのには、それを描く〔Ⅱ〕段が全体の三分の二にも及んでいることからも窺えるように、相当に強い想いが込められているものと思われる。その想いとは、自ら仕掛けた呪詛対決に敗れて死去するという何とも様にならない守敏の最期を、称賛されるべき見事な最期に置き換えてしまいたい、という熱い願いに違いなかろう。

『守敏僧都一代行状縁起』は、右に見てきたように、従来知られた守敏の事跡のうち、守敏にとって不都合な部分には言及しないで回避したり、あるいは、それを好都合なものへと置換しようとしたり、また、守敏を空海とともに権者とする記述を盛り込んだりと、あれこれ操作を加えているのである。さらに、ざっと同書を眺めただけでも、春日明神の申し子であること〔Ⅰb〕、誕生時に奇瑞を示したこと〔Ⅰc〕、その庵室から奇光が発したこと〔Ⅰh〕など、広く知られた守敏の伝承には見られない（ただ、『守敏僧都一代行状縁起』より早く、守敏坐像が制作された頃には、西寺の内部あるいは周辺では、かなり知られていたのかもしれない）、守敏の優秀さを示すような諸事跡が随所に鏤《ちりば》められていることに、すぐに気付かれる。結局、それら全てを通して、『守敏僧都一代行状縁起』は、悪敵というイメージを色濃く帯びた従前のものとは大きく異なる、卓抜した高僧としての守敏像を、何とか打ち出そうとしているのだと言えよう。そして、従来像に対するその新生像に信憑性を与え、息を吹き込むための装置として設定されたのが、守敏の三十年来の弟子・敏教という架空の語り手・筆録者であった、ということになるだろう。

五　弘法大師伝の摂取

『守敏僧都一代行状縁起』の記す守敏の事跡と、諸種の弘法大師伝などに伝えられる空海の事跡とを見比べるに、内容上共通あるいは対応する部分が少なからず検出される点、注意される。今、仮に、再版もされて近世に流布した『弘法大師御伝記』に絞って、それと『守敏僧都一代行状縁起』との間で共通・対応する箇所を、以下に、上下対照の形で列挙してみよう。なお、『守敏僧都一代行状縁起』に記されていても同書以前から広く伝えられている事跡については対象外として、同書に独自の内容のみ取り上げる。

『守敏僧都一代行状縁起』

①**春日明神の申し子**（Ⅰb）

子の無いことを歎いて父母が春日明神に参籠、母の枕元に月輪が落ち留まったと夢見て、懐胎する。

『弘法大師御伝記』

神仏の申し子（巻一）

子の無いことを歎いて父母が神仏に祈るに、天より尊い聖が天降り懐に入ったと夢見て、懐妊する。

②**誕生奇瑞**〔Ⅰc〕
誕生時、眼に光があり、人相などが人よりも優れていて愛敬溢れる容貌だった。

③**父母と別れて出家**〔Ⅰde〕
再三の懇請によってようやく父母の許しを得て、十二歳にして出家した。

④**受戒と諸山霊場巡歴**〔Ⅰf〕
二十五歳にして受戒し、諸山霊場を巡歴した。

⑤**庵室の光明と嵯峨天皇の崇敬**〔Ⅰh〕
守敏の庵室から奇光が発しているのを知って、嵯峨天皇が崇敬した。

⑥**松尾大神との冥約**〔Ⅰi・Ⅱb3〕
松尾大神が冥約を結び、鎮護国家の守護神となることを誓願した。同神は守敏と昔縁あって、毎夜来臨した。

誕生奇瑞（巻一）
誕生時、眼差しが常人と異なり、瑠璃のような容姿を備えていて寵愛された。

父母と別れて上京（巻一）
再三の懇請によってようやく父母の許しを得て、十五歳にして上京した。

受戒と諸山霊場巡歴（巻一）
二十二歳にして受戒し、阿波大龍寺や土佐室戸崎、伊豆桂谷を巡歴した。

壇場の光明と真如親王の崇敬（巻六）
壇場の空海が放つ光明を見て、真如親王が崇敬した。

八幡・稲荷との約諾（巻五・七）
八幡は、空海と一体ゆえ堅く約束し、仏法守護・衆生済度を誓った。また、稲荷大明神は仏法守護の約諾をし、後に東寺にやって来た。

⑦ **即身成仏**〔Ⅱa3〕

道場内に兜率浄土を出現させた中で、全身金色になって五色の光明を放ち、髻の上には微妙の宝冠が垂れ掛かっていた。

⑧ **弟子への遺言**〔Ⅱb特に7・9等〕

弟子の敏教を召喚して、兜率往生することなどを遺言した。

⑨ **嵯峨院崩御の予言と守敏の往生**〔Ⅱb7〕

承和九年七月十五日の嵯峨院崩御を予言し、その一箇月前に往生した。

⑩ **形見の形像の授与**〔Ⅱb8・Ⅱd〕

守敏が自ら作り置いた形像を、形見として弟子の敏教に授与した。

⑪ **弥勒の兜率浄土に現身往生**〔Ⅱc〕

弥勒の浄土である兜率天内院に、現身の

即身成仏（巻四）

清涼殿での宗論の際、金色の大毘盧遮那《びるしゃな》仏となって、金色の光を放ち、五仏の宝冠を戴いて、浄土の相を現した。

弟子への遺言（巻九）

弟子等を召喚して、兜率往生することなどを遺言した。

空海の入定と嵯峨院の崩御（巻十）

入定直前の空海と、自らの葬送について約束を交わした嵯峨院が、承和九年七月十日に崩御した。

形見の御影の安置（巻九）

真如親王が形見として写させた御影に空海自ら眼を入れたものが、御影堂に安置された。

弥勒下生まで現身のまま入定（巻九）

結跏趺坐してそのまま入定、弥勒下生時

まま往生した。

に出定することになろう。

最初に、いくつかの点について補足説明を加えておく。

まず⑥に関して。『守敏僧都一代行状縁起』に松尾大神が二度に亘って登場する（〔Ⅰ〕i・〔Ⅱ〕b3）のは、例えば『都名所図会』巻四が「西寺の旧跡は梅小路の南にあり」と記して「今松尾例祭のとき神輿神供所とす」と注記し、寛保三年（一七四三）『唐橋村明細帳』[14]が、「一、寺壱ケ」として「西方寺」を載せた直後に、「一、氏神松尾明神」として「神輿七社内一社、唐橋村預り」と記録していたりする、そんな状況を反映したものに違いない。それはともかくとして、その松尾大神と守敏が昔縁あって冥約したというあたりに、空海が八幡や稲荷と約諾した話と対応する面が看取できるのではないか、ということである。

次に⑨に関して。嵯峨院の崩御とその没日の承和九年七月十五日を、それぞれ守敏の往生と空海の入定とに関連付けている点に、共通性が認められると考えて右に挙げたのだが、守敏の没年等については従来全く伝わっておらず、『守敏僧都一代行状縁起』が、嵯峨院崩御の一箇月前、承和九年六月十五日に没したとする点は、どこから出て来たものか不明である。あるいは、先述通り守敏がそこから派生してきたとも見られる人物・修円が、例えば『本朝高僧伝』巻五で承和二年六月十五日（通常は六月十三日、あるいは承和元年）没とされているのを踏まえ、嵯峨院の没日の七月十五日と関連付ける形で、そのちょうど一箇月前の六月十五日に設定された、というようにでも考えられようか。

また、⑧⑪などに窺えるような弥勒信仰者としての守敏像については、修円の事跡や聖宝の伝承との影響関係の可能性を先に探っておいた。それらに加えてさらに、弘法大師伝に見られる弥勒信仰との対応関係が認められるのではないか、と考えるものである。

さて、右の⑥⑧⑨⑪も含めて先に列挙した①~⑪の共通点・対応点には、全くの偶然によるものなど、意味を持たないものもあることだろう。しかし、これだけ多くの項目に亘る共通・対応関係を、すべて偶然で無意味なものとして片付けてしまうわけにはいくまい。悪敵としての守敏のイメージを中心的に醸成し増幅させてきたと言うべき弘法大師伝は、西寺側で守敏の伝を形成しようとすれば、最も強く意識せざるを得ないものであったに違いない。反発を覚えながらもそれに影響され、それから種々学び摂取しながら、守敏の事跡が創出された、という面があったのではないだろうか。そうすることによって、空海の事跡と共通・対応する事跡を備えた、空海に対抗・匹敵し得る名僧としての側面を、新生守敏に付与しようとしているのではなかろうか。

なお、右に挙げたような具体的な事跡などを伝えるものではない記述にも、共通性が認められる。先に注意した『守敏僧都一代行状縁起』中の記述「修験行者神変奇特勝劣隠顕、互権者方便也」(32行~33行)がそれで、同記述と近い内容・表現が、『弘法大師御伝記』巻八に「かれといひ、これといひ、皆権化仏菩薩の方便、いづれをか善しとも悪しともいひはてんや。凡夫のおよびしるべき事ならずとなん」と見られる。『大師御行状集記』において、空海が不動明王、守敏が大威徳明王と現じたと伝えるのなどを、源流とする記述だろう(第六章第五節参照)。

六　矢取地蔵という契機

右に見てきたように、近世のある時期に西寺（西方寺）にて偽作されたと見られる守敏伝『守敏僧都一代行状縁起』は、主として弘法大師伝においていいように悪敵としての役回りを演じさせられてきた開祖・守敏の汚名を返上するべく、不都合な内容を避けるなど様々な操作を加えるとともに、その弘法大師伝からも学んで、一点の曇りもない名僧たる新生守敏を晴れ舞台に登場させているのである。無論、空海のあまりの大きさに比する時、それはいかにもささやかな、敵うはずのない抵抗であったろうが。

ところで、その『守敏僧都一代行状縁起』が作成されるのには、先述通り守敏称揚を図ろうとする西寺側の熱い想いが強い推進力となったに違いないが、また、それとは別のあることも、同書の作成を促す一つの契機になったかもしれないと思われる。そのあることとは、第六章にて取り上げた、羅城門町の矢取地蔵（矢負地蔵）の霊験譚である。

東寺ともとの西寺のちょうど中間、羅城門址に隣接して祀られる矢取地蔵は、その霊験譚が近世になってかなり広く行われていた。それを採録した最も早い例は、管見の範囲内では、延宝九年（一六八一）『近畿歴覧記』の記事である。空海のことを常々妬んでいた守敏が、ある夜、密かに空海に矢を射かけた。すると、この地蔵が中間に立ってその矢を代わりに受けた。そんな内容であって、同様の話は他にも、『雍州府志』『京羽二重織留』『京師順見記』といった地誌・紀行類や『延命地蔵菩薩経直談鈔』などに記載されるし、幕末・明治初期頃に制作された空海の掛幅絵伝にも画き込まれていた。

嫉妬から密かに空海を狙って矢を射かけたというのは、恨みを晴らそうと龍を封じ込め旱を起こしたとか、呪詛しようとしたとか、そういうのよりも直接的な行動で、守敏の悪敵振りが一層強烈に印象付けられる話であると言えよう。矢取地蔵の祀られるのは、西寺（西方寺）から見て僅か六百メートルほどの地点であって（図20参照）、そんな目と鼻の先で、そのような伝承が相当に盛んに行われているのを、西寺側では苦々しい思いで見ていたに違いない。請雨対決譚や呪詛対決譚など、守敏に悪敵としての役回りを演じさせる従来の種々の伝承のうえに、さらに加えて、右のような矢取地蔵霊験譚が湧き起こってきたこと、そのことが、守敏称揚のための守敏伝『守敏僧都一代行状縁起』が殊更に偽作され、従来のイメージを打破せんとして新生守敏を登場させるに至った、その一つの契機になり、あるいは、そういう西寺側の動きをかなり強く後押ししたに違いあるまい、と思われる。そうだとすれば、呪詛で応戦して守敏を呪殺したと伝わる空海を正当化、浄化しようという志向が精神的背景となって、矢取地蔵霊験譚が生起してきたのではないかと、第六章に述べたが、同霊験譚を一つの契機として、守敏の側でも守敏の正当化、浄化が図られていた、ということになる。

ただ、右のような契機もあって登場してきたらしい新生守敏は、それを登場させた『守敏僧都一代行状縁起』自体、従来一般にはほとんど知られていないのであって、その後、決して旧来の守敏像を凌駕するには至っていない。やはり、敵うことのないささやかな抵抗に過ぎなかったのである。しかし、西寺においては、明治二十年代には、守敏の一千五十年遠忌が営まれたり、新生守敏像を継承する『西寺開祖守敏大僧都略縁記《ママ》』が編まれたりしたし、(15)今も毎年四月十五日（もとは守敏没日とされる六月十五日）には、大般若経転読法要が開催されると共に守敏坐像（図28）が開帳されて、微塵も悪性の感じられない、極めて柔和な表情が、人々の前に現れる。新生守敏は、西寺とその周辺でひっそりと、けれども確かに、息づいているのである。

図28　守敏坐像（西寺開山堂内）

補注

第一章

（1）登場人物のうち主人公の証空については、竹居明男氏「僧証空・勝算年譜—不動利益縁起（泣不動縁起）備考—」（『文化史学』51、平7）に詳しい。安倍晴明については、松尾朱美氏「安倍晴明像の変遷—泣不動説話を中心に—」（『大阪青山短大国文』16、平12）がある。

（2）説話研究会編『対校真言伝』（勉誠社、昭63）収載版本影印に拠る。

（3）『遠舟千句附』は『大阪青山短期大学研究紀要』9（昭56）収載翻刻（岡田彰子氏）、『千代見草』は鈴木勝忠氏編『未刊雑俳資料』十二期収載翻刻に、各々拠る。

（4）簗瀬一雄氏「『泣不動』の説話」（『中世日本文学序説』荻原星文館、昭18）。

（5）前者の穴太寺観音の霊験譚については拙稿「揺らぐ檀那—丹波国穴太寺縁起小考—」（『女子大国文』136、平16）など、後者の頬焼阿弥陀の霊験譚については小松茂美氏編『続々日本絵巻大成』伝記・縁起篇4（中央公論社、平7）や花部英雄氏「地蔵信仰と説話・伝説—『頬焼地蔵』の展開をめぐって—」（福田晃氏監修・古稀記念論集刊行委員会編『伝承文化の展望—日本の民俗・古典・芸能—』三弥井書店、平15）、参照。

（6）『真言伝』と『三井往生伝』など往生伝類との関係について、麻原美子氏「『真言伝』を中心とした僧伝の書承の系譜」（『説話』5、昭49）や佐藤愛弓氏「『真言伝』における往生ということ」（『仏教文学』19、平7）参照。

（7）前掲注（4）簗瀬論文も、本話と次の〔A4〕『寺門伝記補録』所載話における不動の涙を病苦の涙と捉える。

(8) 簗瀬一雄氏編『碧冲洞叢書』41（昭38）収載翻刻も参照。『扶桑蒙求私注』については牧野和夫氏『中世の説話と学問』（和泉書院、平3）参照。

(9) 呉讃旭氏「『宝物集』諸伝本に見る「泣不動」説話の流動」（松本寧至氏ほか編『仏教説話の世界』宮本企画、平4）参照。なお、『宝物集』諸伝本の研究として最近のまとまったものに、大場朗氏『宝物集の研究』（おうふう、平22）がある。

(10) ただし、一方で『三国伝記』が、「三国説話を共通主題のもとに一括配列するために」、本話を「智興の立願成就話として読み変え」ていること、播磨光寿氏「三国伝記―いわゆる『泣不動説話』を中心に―」（『解釈と鑑賞』56-3、平3）に指摘されている。なお、『発心集』所載話をめぐっては、井手恒雄氏「『証空師の命に替はる事』（『発心集』）ほか―師弟の道義の問題をめぐって―」（『文芸と思想』42、昭53）がある。

(11) 一方で不動には、行者に奉仕する奴隷性と言うべき基本的性格があり、泣不動説話の基盤の一つとなっている。中野玄三氏『不動明王像』（『日本の美術』238、至文堂、昭61）、和田恭幸氏「『安倍晴明物語』に関する考察（一）―説教との関わりについて―」（前掲注(9)『仏教説話の世界』）など、参照。この〔B5〕と次の〔B6〕では、さらに、不動が身代わりに地獄にまで至ったという話を続けている。

(12) 例えば小松和彦氏『異界と日本人 絵物語の想像力』（角川書店、平15）も、何ら考証など加えられてはいないが、『泣不動縁起絵巻』について「画像のなかの不動明王がこれを見て血の涙を流して感動し、身代わりに立った弟子のさらに身代わりになって」と解説する（26～27頁）。

(13) 前掲注(4)簗瀬論文や石井倫子氏『風流能の時代 金春禅鳳とその周辺』（東京大学出版会、平10）第三章の二「〈泣不動〉の素材と構想」も、〔A4〕『寺門伝記補録』との関係について言及している。

(14) 『間の本』は大蔵彌太郎氏編『大蔵家伝之書古本能狂言』第五巻（臨川書店、昭51）収載影印、間狂言「泣不動」は『狂言集成』（春陽堂、昭6）収載翻刻に、各々拠る。前掲注(13)石井論文も、謡曲「泣不動」を紹介

して、「師匠の身替りになった証空の心根に感じて涙を流し」と記す。

（15）山崎淳氏「『金玉要集』と類話」（伊井春樹先生御退官記念論集刊行会編『日本古典文学史の課題と方法—漢詩 和歌 物語から説話 唱導へ—』和泉書院、平16）において『金玉要集』と『発心集』との類話関係が検討されるなかで、『金玉要集』収載泣不動説話については「流布本『発心集』に収載されている」「が、細部にわたる同文的一致は認められない」と指摘されている。

（16）この記事の持つ意味の詳細については、土門政和氏「『とはずがたり』証空説話記載の意味—後深草院二条の結論—」（『同朋国文』21、平1）参照。

（17）前掲注（4）簗瀬論文など。ただし、南里みち子氏「泣不動の説話の成立と展開」（『怨霊と修験の説話』ぺりかん社、平8）は、欠文箇所について、「三井寺の智興が擬せられるのが普通であるが、この点については多少の疑問が残る」とする。

（18）『覚鑁聖人伝法会談義打聞集』については、永井義憲氏「『真言宗談義聴聞集』の説話—平安末期高野山教団内部の説話資料—」（『日本仏教文学研究』第三集、新典社、昭60）、松崎惠水氏『平安密教の研究—興教大師覚鑁を中心として—』（吉川弘文館、平14）第四章第三節「『打聞集』について」や藤井佐美氏『真言系唱導説話の研究—付・翻刻 仁和寺所蔵『真言宗打聞集』』（三弥井書店、平20）第一編「談義の説話」参照。「法生房御物語」の三話は、仁和寺心蓮院本には存するが、高山寺本には見えない。真言宗智山派興教大師八百五十年御遠忌記念出版教学篇編纂委員会編『興教大師覚鑁写本集成』（法蔵館、平9）には両本の影印、前掲藤井著書には仁和寺本の翻刻が収載されている。掲出した『興教大師全集』上巻収載校訂本が「内供ノ病ニ代テ為ニリ陰陽師一ト、被レ祭《占》為ニス鎮法一ヲ」とする箇所を、仁和寺本は「内供病代テ為陰陽師被祭為《ナ》ル鎮法一ト」と記す。「内供の病に代りて、陰陽師の為に祭られ（占察され）、鎮法を為す」とでも読めばいいのだろうか。また、「法生房」は、もと園城寺住僧の宝生房教尋であろうとされる（櫛田良洪氏『覚鏤の研究』〈吉川弘文館、昭50〉、前掲松﨑著書など）点、この際特に注意される。真言宗側の『覚鏤聖人伝法会談義打聞集』が、三井寺を本拠とする天台宗寺門派系統の説話を相当数盛り込んでいることの意味については、前掲松﨑著書や藤井著書第一編第三章参照。拙稿「『雑談鈔』雑談―第八話の位置―」（『女子大国文』120、平8）の中でも若干の検討を加えている。小林保治氏ほか編『日本短篇物語集事典』（東京美術、昭59）も、「寺門系の説話がある」ことに注意する（黒部通善氏）。

(19) 前掲注(18)永井論文参照。

(20) 前掲注(8)簗瀬氏編書解説や同氏「説話資料『雑談鈔』について」（『日本文学研究』5、昭24）、河上智子氏・中前「『雑談鈔』雑談―第七話について―」（『女子大国文』122、平9）、参照。

(21) 前掲注(11)中野著書。小島裕子氏「証空の泣き不動伝承の諸相と三井寺の伝承世界」（前掲注(9)『仏教説話の世界』）。

(22) 沢井耐三氏「『守武千句』考証（その二）―第十墨何百韻―」（『愛知大学文学論叢』54、昭50）。

(23) 例えば、ツベタナ・クリステワ氏『涙の詩学 王朝文化の詩的言語』（名古屋大学出版会、平13）や山折哲雄氏『涙と日本人』（日本経済新聞社、平16）、榎本正純氏『涙の美学―日本の古典と文化への架橋―』（新典社新書、平21）、今関敏子氏編『涙の文化学 人はなぜ泣くのか』（青簡舎、平21）、鈴木貴子氏『涙から読み解く源氏物語』（笠間書院、平23）といった最近の諸論考からも窺えるところである。

(24) 田中允氏編『未刊謡曲集』続十九（古典文庫598、平8）収載翻刻に拠る。

(25) 福井毅氏「中世霊験説話伝承覚書―霊験のあかしとその話形の混淆―」（『皇学館大学紀要』20、昭57）など参照。前掲注(4)簗瀬論文も「身代りと言ふ点を保持する限り、泣くと言ふ事は、……どこまでも師に代つた証空に代つて、その病苦に泣くことゝしなくてはならない筈である」と説く。

(26) この件については、前掲注(4)簗瀬論文以下の諸論に説かれている。

(27) 鷲尾順敬氏「浄華院及び開山向阿上人」（『歴史地理』12–5、明41）、中井真孝氏『法然伝と浄土宗史の研究』（思文閣出版、平6）など。清浄華院については、早くに『清浄華院誌要』（浄土宗全書20）があり、また、佛教大学宗教文化ミュージアムによる簡略な『浄土宗大本山清浄華院—中世京都の動乱と平和—』（平20）のほか、本格的な学術調査中間報告『清浄華院の名宝』（平20）、最終報告の『大本山清浄華院の美術工芸』（平23）、清浄華院史料編纂室編『法然上人八百年大遠忌記念清浄華院—その歴史と遺宝—』（浄土宗大本山清浄華院、平23）と、近年相次いで図録類が刊行されている。なお、後二者の図録や清浄華院に関して、近藤謙氏と松田健志氏から種々御教示賜った。

(28) 万里小路家との関係について、西田圓我氏『古代・中世の浄土教信仰と文化』（思文閣出版、平12）第二部第一章「室町時代における貴族の浄土教信仰—師檀関係の固定化をめぐって—」のほか、前掲注(27)図録類など、参照。『清浄華院不動尊縁起』の巻首と巻尾の写真が、それら図録のうち清浄華院史料編纂室編のものに載る。

(29) 狩野永納による本絵巻の模本や、その模本に関する文書も、清浄華院には所蔵されている。前掲注(27)図録類参照。そのうち『大本山清浄華院の美術工芸』には永納本全体の写真を収載する。『不動利益縁起』『泣不動縁起絵巻』の他の諸伝本については、真保亨氏「『不動利益縁起』について」（前掲注(5)小松氏編書）など参照。なお、裏松固禅（一七三六〜一八〇四）は、恐らく奈良国立博物館蔵本に基づいて、智興の庵室の平面図を作成している。藤田勝也氏編『裏松固禅「院宮及私第図」の研究』（中央公論美術出版、平19）参照。

(30) 近藤謙氏「清浄華院蔵伝『泣き不動』像とその周辺」（『佛教大学宗教文化ミュージアム研究紀要』6、平21）や前掲注(27)図録類、参照。

(31) 中野正明氏「中世の浄華院と金戒光明寺—特に霊宝類の変遷をめぐる諸問題—」（『佐藤良純教授古稀記念論文集インド文化と

仏教思想の基調と展開』第二巻、山喜房佛書林、平15）。また、前掲注(27)図録類参照。

(32)　志村有弘氏「泣不動の伝承と空也周辺」（前掲注(9)『仏教説話の世界』）。

(33)　前掲注(29)清浄華院史料編纂室編図録86頁に指摘されている事例。なお、本尊の泣不動画像を宮中に持ち込んだ「道昭僧正」は、〔A5〕『雑談鈔』の本奥書にも「千光院　准后」と見える園城寺長吏七十一世「常住院道昭」（前掲注(20)簗瀬論文）。常住院あるいは道昭について、酒井彰子氏「中世園城寺の門跡と熊野三山検校職の相承―常住院から聖護院へ―」（『文化史学』48、平4）など参照。なお、この前後、本書末尾に載せる初出論文を基礎に、前掲注(27)図録類などを加味して記述している。

(34)　『淡海地志』の記事については、伊東ひろ美氏「泣不動―園城寺不動信仰の一側面」（『園城寺』93、平7）に指摘されている。また、同書の別系統の伝本には「三井寺泣不動　絵像今寺無之」（滋賀県地方史研究家連絡会刊近江史料シリーズ4）とも見える。

(35)　渡辺一氏「泣不動縁起絵巻」（『美術研究』35、昭9）に「当時寺宝の一に智証大師作と伝ふる不動像があり、曾て是心上人の尊信する所であつて、上人の病に臥せるときその一侍童のこの像に祈つて自ら命を代れる説話あるを伝へてゐる」と紹介される長禄三年（一四五九）『浄華院霊宝縁起』は現在、佛教大学図書館に所蔵されており、前掲注(27)図録類や前掲注(31)中野論文にも取り上げられている。渡辺論文が述べる通り、同書には、（清）浄華院に所蔵される伝円珍画の泣不動画像（本文中先述）についての特徴的な内容の説話が見られる。同画像は、是心上人すなわち向阿の守り仏であったが、所望されて児に与えた。そののち向阿が大病に陥った際、児が、向阿の身代わりになることを、願書に書いて不動に祈請したところ、願いが叶い向阿は快復したが、児は死んでしまった。悲しみに暮れる向阿は、願書を見出して驚き、三井寺を出て専修念仏門に入って、児の菩提を弔った。そんな内容である。智興と証空が、向阿とその児に入れ替わったような説話で、向阿が大病になった際、不動への児の祈請が叶い、児が身代わりになる、という前半の展開は、特に〔B6〕謡曲「泣不動」に近い。ただ、そのあとは、謡曲のように不動が涙しつつさらに身代わりになるという内容はなく、児が死んでしまい向阿が三井寺を出る。不動が泣く場面が見られず、したがって泣不動説話になっていない。前掲注(30)近藤論文が指摘する通り、不動の霊験などよりも、向阿が三井寺を出て専修念仏門に入った由来を物語ることに、重点が置かれているようである。なお、『浄華院霊宝縁起』は、中井真孝氏「『浄花院霊宝縁起』について」（『常照佛教大学図書館報』31、昭63）に概略の紹介がなされている。

(36)　この問題や『三井寺物語』『安倍晴明物語』の他の諸問題について、前掲注(11)和田論文のほか、北条秀雄氏編著『改訂増補浅井了意』（笠間書院、昭47）や坂巻甲太・村野亨子両氏「翻刻 三井寺濫觴江州一景録（『三井寺物語』）」（『東横国文学』12、昭55）、渡辺守邦氏『仮名草子の基底』（勉誠社、昭61）、三浦邦夫氏「『三井寺物語』の形成に関する試論」（『近世初期文芸』13、平8）、和田恭幸氏「『安倍晴明物語』の世界」（『解釈と鑑賞』67-6、平14）、花田富二夫氏『仮名草子研究—説話とその周辺—』（新典社、平15）第三章の三「寺院の物語—『三井寺物語』考—」、木村迪子氏「『安倍晴明物語』構成の手法—法道仙人譚と道満伝承を軸に」（『国文』113、平22）、参照。なお、拙稿「法道仙人の進出」（『説話論集』第五集、清文堂出版、平8）においても、『安倍晴明物語』の中の法道仙人について検討を加えている。

(37)　この〔A15〕『京わらんべ』と次の〔B8〕『泣不動明王略縁起』は、松田健志氏の御教示によって知り得たものである。前者については、前掲注(27)清浄華院史料編纂室編図録88頁に言及されてもいる。また、同図録141頁は、明治七年（一八七四）『身代不動尊畧縁起』（紙本墨書）に言及する。〔B8〕と同類のものであらしい。〔B8〕は、縦二八・八×横三八・四cm、資料番号H-七七九-六二一-一。

第二章

（1）八木意知男氏「住吉と文学―信仰史の確立のために―」（京都女子大学短期大学部国語・国文専攻研究室編『住吉社と文学』〈和泉書院、平20〉）。住吉明神関係の説話全般については、新間水緒氏「住吉明神説話について―住吉大社神代記から住吉物語におよぶ―」（『説話論集』第十六集、清文堂出版、平19）がある。

（2）臨川書店刊叡山文庫天海蔵本影印（平10）に拠る。直談系の法華経注釈書については、廣田哲通氏『中世法華経注釈書の研究』（笠間書院、平5）や渡辺麻里子氏「談義書（直談抄）の位相―『鷲林拾葉鈔』『法華経直談鈔』の物語をめぐって」（『中世文学』47、平14）参照。

（3）本話について、前掲注（2）廣田著書第二章「直談系の法華経注釈書にみる伝承の諸相」や松田宣史氏「法花深義説話の発生と伝授―俊範と静明―」（福田晃氏・中前編『唱導文学研究』第八集、三弥井書店、平23）参照。松田論文は、「説話に住吉明神が現れるのは、当時住吉明神が天台仏法の守護神と考えられていたからである」と指摘する。そうした性格と除病神としての性格と、同明神の両面が本話に反映していることになろう。

（4）磯水絵氏『「源氏物語」時代の音楽研究―中世の楽書から―』（笠間書院、平20）第三部の二「『蘇合四帖』考―『胡琴教録』上より、管絃曲《蘇合》について―」参照。

（5）前掲注（1）八木論文。また、『住吉大社史』下巻（住吉大社奉賛会、昭58）第十二章「朝野の崇敬」も、「一般の人々にも病気を平癒する神として信仰されるやうになつた」ということを示す一事例として、赤染衛門住吉祈願説話を挙げる。

（6）『日本古典文学大辞典』第一巻（岩波書店、昭58）「赤染衛門」条（小町谷照彦氏）など参照。幸田露伴『連環記』（『露伴全集』第六巻、岩波書店、昭28）は、「至極円満性、普通性の人で、放肆《はうし》な気味合の強い和泉式部《いづみしきぶ》や、神経質過ぎる右大将道綱《うだいしやうみちつな》の母《はゝ》などとは選《せん》を異《こと》にしてゐた」などと評している。

（7）『赤染衛門集』の引用は、私家集全釈叢書1『赤染衛門集全釈』（風間書房、昭61）収載翻刻に拠る。異本系の伝本では、bとcの歌の順序が逆で、左注部分が存在しない。

（8）斎藤熙子氏「中将尼考―匡衡・赤染・挙周との関わりをめぐって」（『赤染衛門とその周辺』笠間書院、平11）は、挙周を赤染衛門の実子でなく養子であると説く。

（9）前掲注（7）『赤染衛門集全釈』「語釈」。また、和泉守補任のことに限らず挙周について、木本好信氏「大江挙周―後一条天皇信任の東宮学士―」（『政治経済史学』249、昭62）参照。

（10）宮地直一氏「住吉明神の御影について」（『國華』600、昭15）。その他、住吉大社編『住吉大社』（学生社、平14改訂新版）第八章「住吉のあら人神」、また、八木意知男氏「住吉信仰史の研究―住吉と熒惑―」（『儀礼文化』37、平18）など、参照。

（11）渡邊昭五氏「歌徳説話の発生」（『説話文学研究』23、昭63）は、「歌徳説話」「歌徳伝承」を、「すぐれた（もしくは特殊な）和歌を詠むことにおいて、その詠者の周辺の諸事情が好転する、という伝承説話」と定義する。西村亨氏『歌と民俗学』（岩崎美術社、昭41）や上岡勇司氏『和歌説話の研究―中古篇―』（笠間書院、昭61）、小川豊生氏「歌徳論序説」（『鹿児島女子大学研究紀要』13―1、平4）参照。

（12）前掲注（8）斎藤著書収載「歌人赤染衛門の一性格――家集から見た作者像」。上村悦子氏『王朝の秀歌人　赤染衛門』（新典社、昭59）77頁などにも同見解。須田哲夫氏「赤染衛門」（和歌文学会編『王朝の歌人』和歌文学講座6、桜楓社、昭45）も、斎藤説に賛同する。

（13）例えば、新潮日本古典集成『古今著聞集』上（新潮社、昭58）収載西尾光一氏「解説」のうちの「本文と後記補入の問題」参照。

（14）これらの相互比較は従来、森山茂氏「歌徳説話の伝承について―歌徳説話論 その一―」（『尾道短期大学紀要』24、昭50）や橘りつ氏編『和歌威徳・和歌徳物語』（古典文庫402、昭55）解説、そして前掲注（1）八木論文の中で、それぞれの視点から試みられている。

(15) 前掲注(14)橘解説も、「子の病気平癒を祈る説話としては、必ずしもこの三首の歌を要するということもないので、伝えられて行くうちに、二首にしたり、一首にしたりするものが出たのであろう。その三首の中で、この説話に最もふさわしい、欠いてはならない重要な歌が『かはらむと』の歌である。……だから、赤染衛門が平安時代の秀れた歌人で有名であったことも相俟って、この『かはらんと』の歌と、それをめぐる説話が多くの作品の中に取り入れられたのであろう」と説くが、そのことを身代わりの要素の問題と結び付けたりしてはいない。

(16) 神山重彦氏「身代り説話とその周辺」(『山形大学紀要(人文科学)』10-4、昭60)も、小稿に見たようなc歌の動向に特に注目するということはないが、⑬がⅠのあとに後掲のⅡを続けることについて、「『かはらんと』の歌句がもとになって、このような尾ひれがついていったものと考えられよう」とする。なお、c歌の下句の方の諸本間の違いについては、渡部泰明氏「歌徳説話の和歌」(小島孝之氏編『説話の界域』笠間書院、平18)に検討がある。同論はまた、次に掲げる『続詞花和歌集』所載話について、「赤染衛門歌と同様のモチーフをもつ話である」と指摘する。

(17) 勝又基氏編『「本朝孝子伝」本文集成』(明星大学、平22)収載貞享二年版本影印に拠る。

(18) 徳田進氏『孝子説話集の研究―二十四孝を中心に―』近世篇(井上書房、昭38)の第五章第二・第六章第二および同書近代篇(明治期)(井上書房、昭39)の第一章第三、参照。

(19) 片桐洋一氏『中世古今集注釈書解題』五(赤尾照文堂、昭61)Ⅱの四「北村季吟の『教端抄』所引の『牡丹花抄』」参照。

(20) 前掲注(8)斎藤著書など参照。

(21) 国文学研究資料館編『中世唱導資料集二』(真福寺善本叢刊〈第二期〉4、臨川書店、平20)収載『類聚既験抄』解題（阿部泰郎氏）。

（22）例えば、「冥道」についての新日本古典文学大系の脚注に「冥界の神。泰山府君をさす」。

（23）古典文庫272収載承応二年版本影印に拠る。

（24）京都大学国語国文資料叢書48『古今集註　京都大学蔵』（臨川書店、昭59）に京大本翻刻収載。同書解説（田村緑氏）や片桐洋一氏『中世古今集注釈書解題』一（赤尾照文堂、昭46）Ⅲ「『大江広貞注』とその周辺」、同氏同書六（赤尾照文堂、昭62）Ⅱの七「冷泉家流の『大江広貞注』と『持為注』」、参照。「為相註」と仮称されることが多い。

（25）ただ、光明皇后の父は、家持でなく藤原不比等であること、知られている通り。

（26）東山御文庫所蔵『古今集註』については片桐洋一氏『中世古今集注釈書解題』二（赤尾照文堂、昭48）Ⅲ「『頓阿序注』その他」、写本系『女郎花物語』については『女郎花物語　翻刻篇』（古典文庫282、昭45）など、参照。

（27）三村昌義氏「謡曲『家持』―典拠とその周辺」（『魚津シンポジウム』4、平1）は、『家持』の典拠として『大江広貞注』を挙げ、石井倫子氏『風流能の時代　金春禅鳳とその周辺』（東京大学出版会、平10）第三章の一「〈家持〉の素材と構想」は、東山御文庫所蔵『古今集註』あるいはその同系統の注釈書を典拠と見る。小稿では、そうした意味の典拠を特に問題にしない。

（28）因みに、越後松之山には、家持の娘の京子が病没した母を慕って入水したという鏡ヶ池の伝説が伝わり、その越後松之山を舞台とする謡曲「松山鏡」は、ある娘（固有名なし）が一心に回向する、その功徳の力のために、母の亡魂を地獄へと連れに来た倶生神がひとりで地獄へと帰って行くことになったという、家持娘説話の後半部と類似する内容を備えている。前掲注（27）三村論文や同石井論文のほか、小山直嗣氏『越佐の伝説』（野島出版、昭42）、『観世』昭和四十七年十一月「松山鏡」特集号、川口常孝氏

「越後松之山の家持伝説について」(『帝京大学文学部紀要』国語国文学14、昭57)、『松之山町史』(平3)第七章・第八章、『民話と文学』29「越後・松之山の伝承」特集号(平8)、など参照。

(29) 前掲注(27)三村論文参照。『続詞花和歌集』所載話との関係については、前掲注(16)渡部論文参照。なお、本文中先述通り⑫は『十訓抄』の⑪を後補抄入したものだが、同話だけでなく前後数十話もまとめて同様に後補抄入されている。その『十訓抄』の⑪とその直前の小式部内侍説話との類話関係などについては、荒木浩氏「十訓抄と古今抄」(『国語国文』55-7、昭61)参照。その他、小式部内侍説話について、三輪正胤氏「古今注と説話」(説話の講座第三巻『説話の場―唱導・注釈―』勉誠社、平5)など参照。

(30) 前掲注(27)三村論文。同論は、謡曲『家持』や『大江広貞注』を取り上げ、小式部内侍説話を挙げて、「この小式部内侍を家持の娘とし、さらにその詠んだ歌を赤染衛門がその子のために詠んだ歌に変えてしまっているということになります」と説く。また、前掲注(14)森山論文は、写本系『女郎花物語』所載話について、「赤染衛門の説話が」「家持の妻と娘との説話へと転化していった」とする。ただ、いずれにせよ、家持娘説話を前泣不動説話の系列として捉えていない点、本書とは異なる。

(31) 中世文芸叢書7『詞花和歌集注』(広島中世文芸研究会、昭41)収載翻刻に拠る。また、同書には静嘉堂本との校異も示されており、それによれば傍点部は静嘉堂本には無い。湯之上早苗氏「〈資料紹介〉広島大学蔵本『詞花和歌集』」(『中世文芸』22、昭36)参照。

(32) 土井忠生氏ほか編訳『邦訳 日葡辞書』(岩波書店、昭55)に拠る。

(33) 横山重・松本隆信両氏編『室町時代物語大成』第三(角川書店、昭50)収載の文明本翻刻に拠る。

(34) 撰集抄研究会編著『撰集抄全注釈』下巻(笠間書院、平15)収載翻刻に拠る。

(35) 前掲注(9)木本論文等参照。

(36) 斎藤英喜氏『安倍晴明 陰陽の達者なり』(ミネルヴァ日本評伝選、平16)など参照。

第三章

（1）『京都府史蹟勝地調査会報告』第七冊（京都府、大15）収載翻刻に拠る。また、『重要文化財六波羅蜜寺本堂修理工事報告書』（京都府教育委員会、昭43）や元興寺仏教民俗資料研究所編『六波羅蜜寺の研究』（綜芸舎、昭50）にも翻刻収載。魚澄惣五郎氏「六波羅密《ママ》寺の沿革」（『古社寺の研究』星野書店、昭6）では、翻刻を収載したうえで種々検討が加えられている。

（2）杉山信三氏「六波羅密《ママ》寺の地蔵堂について」（『院家建築の研究』吉川弘文館、昭56）など参照。そのほか例えば、東寺観智院蔵『地蔵菩薩霊験絵詞』（眞鍋廣濟氏『地蔵菩薩の研究』〈三密堂書店、昭35〉に影印・翻刻収載、同氏・梅津次郎氏共編『地蔵霊験記絵詞集』〈古典文庫118、昭32〉に翻刻収載）は「地蔵霊験所」を列挙するなかに「六波羅」を載せるし、猿投神社蔵『地蔵唱導説』（豊田市遺跡調査会編『猿投神社聖教典籍目録』〈豊田市教育委員会、平17〉に翻刻・影印収載）にも、「我朝ハ辺土ナレトモ、清水ノ観音、六波羅ノ地蔵、善光寺ノ如来、皆是細工造顕ノ佛」と見える。

（3）『史料と研究』16（昭61）収載寛永二十年版本影印（高橋伸幸氏編）に拠る。下西忠氏「聖財集における説話」（『中世文芸論稿』2、昭51）は、本話について、「『聖財集』にあって、その描写が白眉と思われる説話である」とする。無住の地蔵信仰については、一連の堤禎子氏の論考や小林直樹氏『中世説話集とその基盤』（和泉書院、平16）第一部第五章「『沙石集』地蔵説話考―裏書記事の検討から―」参照。

（4）古寺巡礼京都25『六波羅蜜寺』（淡交社、昭53）収載解説。

（5）前掲注（1）『六波羅蜜寺の研究』や展示図録『京都　六波羅蜜寺展』（昭48）に写真が掲載されてもいる。髪の毛の束を握っていることに関して、竹山道雄氏「六波羅蜜寺」（『竹山道雄著作集』8、福武書店、昭58）は、「女の長い髪はなんとなく怨念妄執のまつわった感じがするものである。……この鬘掛地蔵はそれを握って、端然とほとんど艶麗に立っている。シュールレアリスムの絵は、しばしばまったく異質のものを組み合せて、そこに生の恐怖や戦慄を表現する。……慈悲の地蔵と妄執の髪の毛と――なんという意表に出た組み合せだろう！　この像があたえる異様なショックは、このシュールレアリスム的手法によるところが大きいのだろう」と述べる。

(6) 注(2)眞鍋著書に収載。

(7) 「地蔵縁起絵巻残缺」(『國華』677)に翻刻収載。

(8) 京都女子大学図書館所蔵弘化二年版本に拠る。金指正三氏校註『西国坂東観音霊場記』(青蛙房、昭48)に翻刻が収載されているが、必ずしも正確ではない面が見られるようである。

(9) 近世文学書誌研究会編『近世文学資料類従』仮名草子編7(勉誠社、昭47)収載寛文元年版本影印に拠る。

(10) 平林盛得氏「六波羅蜜寺創建考」(『聖と説話の史的研究』吉川弘文館、昭56)など参照。

(11) 渡浩一氏編『延命地蔵菩薩経直談鈔』(勉誠社、昭60)収載影印に拠る。

(12) 横山重・松本隆信両氏編『室町時代物語大成』第十三(角川書店、昭60)534頁解題。『六波羅地蔵物語』の本文も同書収載翻刻に拠る。なお、「六波羅地蔵物語」は仮題。

(13) 『日本古典文学大辞典』第六巻(岩波書店、昭60)「六波羅地蔵物語」条(木下資一氏)や『お伽草子事典』(東京堂出版、平14)「六波羅地蔵物語」条(林晃平氏)。

(14) 前掲注(1)『六波羅蜜寺の研究』38頁。

(15) 牧野和夫氏「『地蔵縁起』の諸相」(叢書江戸文庫44『仏教説話集成〔二〕』月報、国書刊行会、平10)に翻刻収載。『五寸四方の文学世界―重要文化財「称名寺聖教」唱導資料目録―』(神奈川県立金沢文庫、平20)収載目録105頁に登載される309函0045号の資料である。

(16) 前掲注(15)牧野論文。

(17) 後述するようにもとは髪を手にしていなかったと見られる地蔵像が、本文中先述通り現在では、左手に髪の束の一端をしっかりと握っている。まるでそれを握ることを想定して製作されたかのようである。そこで、その左手先が当初からのものであったのかどうかが、問題になる。その点について、美術史家の見解は分かれている。前掲注(5)『京都 六波羅蜜寺展』は「手首はいずれも後補で、恐らく後世この像にまつわるかつら掛地蔵の説話によってつくり替えられたものであろう」、松島健氏『地蔵菩薩像』(「日本の美術」239、至文堂、昭61)は「他に例のない特殊な印相の地蔵としても注目される。……この説話に基づき、この像はいまでも髪の束をもつが、この別材製の左手先が造像当初からこのような形であったかどうか詳しい調査を行っていないので、断定はできないが、後補でないとすれば、手首の矧面でその向きを変えられているようにも思われる」、浅見龍介氏「《調査報告》六波羅蜜寺の仏像」(『MUSEUM』620、平21)は「きわめて肉の薄い、指の細い優美な手先は当初のものとみてよいのではないか。……現状の手勢は当初からと考えてよさそうである」としたうえで、鬘掛地蔵像の由来譚と見られている『今昔物語集』巻十七-21において地蔵が「手ニ一巻ノ文ヲ持チ」「弾指」したと伝えられることに注目、現状の手先について「左手に巻物、右手は弾指の形と見えなくもない」、とする。浅見論のように捉えれば、本来巻物を握っていた左手が、鬘掛地蔵に変ずる時点で、そのままに髪の束の一端に持ち替えられたということになろうし、そうでなければ、その時点において何らかの形で手先に変更が加えられた可能性が高いということになろう。また、後述通り鬘掛地蔵の前に鬘巻地蔵の段階のあったことが美術史家の視野には入っていないようだが、髪を巻く際には、手先がいかなる形をしていても基本的にそのままの状態で巻くことができるだろうから、変更が加えられるとすれば、鬘掛地蔵へと変身する時点、手に引っ掛ける段階があった場合には、そのあとに髪の束の一端を握る形にさらに変化した時点であったことだろう。

（18）前掲注（1）『六波羅蜜寺の研究』62頁以下に翻刻収載。

（19）前掲注（2）眞鍋著書収載。また、本山桂川氏原著・奥村寛純氏増訂『新編日本地蔵辞典』（村田書店、平1）315頁以下にも収載。

（20）日本古典文学大系『江戸笑話集』237頁頭注。

（21）小泉弘氏編『古鈔本寶物集』（貴重古典籍叢刊8、角川書店、昭48）収載影印に拠る。同氏編『寶物集〈中世古写本三種〉』（古典文庫283、昭46）に翻刻収載。

（22）新日本古典文学大系180頁脚注。

（23）『三国伝記』は三弥井書店刊「中世の文学」に拠り、その頭注に『今昔物語集』所載話に「酷似する」ことが指摘されていたりする（池上洵一氏）。なお、『今昔物語集』所載話について、森正人氏「説話の中の観音 日本におけるイメージ」（『月刊しにか』5–10、平6）は、「観音が母親と重ね合わされて信仰されていたことを示唆している」と指摘する。

（24）『河海抄』は、玉上琢彌氏編『紫明抄・河海抄』（角川書店、昭43）収載翻刻に拠る。『河海抄』の記事と同様の内容は、『空也上人絵詞伝』巻下にも見られる。謡曲「愛宕空也」は、愛宕山に登った空也が、現れた龍王に請われて仏舎利を与え、報恩として山上に清水を出してもらったという内容で、愛宕山中の月輪寺は、六波羅蜜寺所蔵の有名な立像と同様の木造空也上人立像（鎌倉時代、重文）や木造伝龍王立像（平安時代前期、重文）を所蔵し、また、境内には「龍女水」があり、参道には「空也滝」がある。空也と月輪寺との関係は、より早く『空也誄』に見られる。以上の月輪寺関係のことについては、藤島秀隆氏「謡曲『愛宕空也』説話考」（『中世説話・物語の研究』桜楓社、昭60）や大森恵子氏「伝承のなかの空也像―霊験教化譚・踊念仏・大福茶・空也僧」（伊藤唯真氏編『日本の名僧 浄土の聖者空也』吉川弘文館、平17）、『月輪寺の仏たち―愛宕山中の名宝―』（佛教大学アジア宗教文化情報研究所、平19）、参照。

（25）『六波羅蜜寺縁起』は、宮内庁書陵部編『伏見宮家九条家旧蔵諸寺縁起集』（明治書院、昭45）収載翻刻に拠る。ただし、『空也誄』（国文学研究資料館編『伝記験記集』〈真福寺善本叢刊〈第二期〉6、臨川書店、平16〉収載影印、同書には宮内庁書陵部蔵『六波羅蜜寺縁起』の影印も収載）では「勝水寺塔院」。『空也誄』についてはまた、三間重敏氏「『空也上人誄』の校訂及び訓読と校訂に関する私見」（『南都仏教』42、昭54）など参照。『空也誄』と『六波羅蜜寺縁起』との関係については、井上和歌子氏「『空也誄』から『六波羅蜜寺縁起』へ―勧学会を媒介にした一著作の再生産」（『名古屋大学国語国文学』92、平15）など参照。

（26）石井義長氏『空也上人の研究』（法藏館、平14）。

（27）先に挙げた一般書とここに挙げたより専門的な文献との中間的な性格を持つと言うべき、角田文衞氏編著『平安の都』（朝日選書、平6）の中の「平家ゆかりの地蔵信仰の寺―六波羅蜜寺」（江谷寛氏）や、田中貴子氏『仏像が語る知られざるドラマ』（講談社＋α新書、平12）の第六章「小僧がヒーロー―六波羅蜜寺の地蔵菩薩」も、地蔵が手にするのを母の髪とする話を紹介する。

第四章

（1）「澁澤龍彥氏に聞く」（『澁澤龍彥全集』別巻2、河出書房新社、平7）。悲運の出家のあと、花山院は、書写山を訪れて性空上人に結縁する。今井源衛氏『花山院の生涯』（桜楓社、昭43）など参照。

（2）「『唐草物語』オブジェに彩られた幻想譚」（前掲注（1）『澁澤龍彥全集』別巻2）。『唐草物語』は、『澁澤龍彥全集』18（河出書房新社、平6）収載。

（3）『澁澤龍彥全集』14（河出書房新社、平6）所収。同解題参照。

（4）種村季弘氏「澁澤龍彥・人と作品」（『昭和文学全集』31、小学館、昭63）。

（5）澁澤自身の綴った、単行本『唐草物語』の帯文にも、「日本の王朝からルネッサンス、イタリアまで、古今東西の典籍を自由に換骨奪胎し、……」とあること、平出隆氏「コント・アラベスク」(『澁澤龍彦綺譚集』1月報、日本文芸社、平3)に指摘されている。また、古橋信孝氏「澁澤龍彦の小説と日本の古典―無名の作者への共感と〈小説〉の文体―」(『国文学』32―8、昭62)や安西晋二氏「澁澤龍彦『唐草物語』の方法―幻想空間を創出するスタイル―」(『國學院雑誌』105―5、平16)参照。

(6) 本話自体について、阿部泰郎氏「熊野考」(『聖者の推参』名古屋大学出版会、平13)など参照。『古事談』所収話と『三つの髑髏』との関係については、須永朝彦氏「本朝幻妖奇譚通覧―古典篇」(『幻想文学』33、平4)に指摘がある。それ以外のここに挙げた「下敷」は、他に指摘があるのを知らない。

(7) ここに、「ひとつのものの中に小さな相似形のものが……と云う入れ子箱構造のことだが、『女体消滅』や『三つの髑髏』など、まさにそれを書きたいために書いた逸品もある」(高山宏氏「綺譚またオブジェならむ」前掲注(5)『澁澤龍彦綺譚集』1月報収載)とされる「入れ子箱構造」が、形成されることになる。なお、本節に挙げたような「下敷」のさらに基盤には、『三つの髑髏』が末尾部に言及する落語『開帳の雪隠』があったのだろう。高柴慎治氏「物語のアラベスク」(『国際関係・比較文化研究』5―1、平18)参照。

(8) 他に、宇多院についての同類の話が『三僧記類聚』に見えること、川端善明・荒木浩両氏校注『古事談 続古事談』(新日本古典文学大系41、岩波書店、平17)に、後三条院についての同類の話が『耀天記』に見えること、小峯和明氏『説話の声―中世世界の語り・うた・笑い』(新曜社、平12)Ⅴ「ものいう髑髏―魔の転生」に、各々指摘されている。

(9) 阿部泰郎氏「唱導と王権―得長寿院供養説話をめぐりて―」(水原一・広川勝美両氏編『伝承の古層』桜楓社、平3)、同氏「熊野詣考―浄穢の境界を超え〈聖なるもの〉へ至る経験の場―」(国際日本文化研究センター編『日本文化と宗教―宗教と世俗化―』、平8)や、鈴木宗朔氏「熊野における三十三間堂伝説と後白河上皇の観音信仰―飛鉢峯の専念上人をめぐって」(『くちくまの』96、平6)。

(10)『群書解題』。『吉口伝』の引用は「続群書類従」収載翻刻に拠る。

(11) 前掲注(9)阿部論文にもすでに引用・言及されている記事。また、『広文庫』巻八「三十三間堂」条引用の「無題記」や、『浄土伝灯輯要』収載『五重聞書』にも、ほぼ同一の記事が見られる。

(12)『往因類聚抄』は国文学研究資料館編『法華経古注釈集』(真福寺善本叢刊2、臨川書店、平12)収載影印・翻刻、『直談因縁集』は阿部泰郎氏ほか編著『日光天海蔵直談因縁集 翻刻と索引』(和泉書院、平10)収載翻刻に、各々拠る。両者は、前掲注(9)阿部論文にも引用・言及されている。

(13)「新校群書類従」収載翻刻による。前掲注(11)『広文庫』巻八「三十三間堂」条が掲げ、宮地直一氏『熊野三山の史的研究』(理想社、昭31)159頁が注意する記事である。

(14) 新間進一氏「唱導と今様」(『青山語文』7、昭52)などにおいて注目されている記事である。

(15) 前掲注(9)鈴木論文。念仏淵にはまた、どの時代まで遡り得るものなのか未確認だが、「往来の旅人この淵に向つて念仏を唱ふれば、水底より泡わき出で、、仏名の声に移る」という伝承も存する(『紀伊国名所図会』〈臨川書店刊版本地誌大系〉熊野篇巻一「御所平念仏淵」)。同様の伝承は、西国三十三所観音巡礼第三十三番札所・美濃谷汲山華厳寺の近く、同寺へと至る巡礼街道の脇にある念仏池などにも見られる。拙稿「美濃谷汲念仏池念仏橋関係諸資料逍遙」(福田晃氏・中前編『唱導文学研究』第八集、三弥井書店、平23)参照。

(16) 今野達氏「〈枯骨報恩〉の伝承と文芸」(『今野達説話文学論集』勉誠出版、平20)のほか、前掲注(8)小峯論文や杤尾武氏「髑髏の和漢比較文学序説―髑髏説話の源流と日本文学」(『和漢比較文学』21、平10)参照。敦煌本『捜神記』は潘重規編『敦煌変文集新書』下(中国文化大学中文研究所、民国73)、『日本霊異記』『古事談』は新日本古典文学大系、『熊野山略記』は『熊野那智大社文書』第五巻(続群書類従完成会、昭52）に、各々拠る。

(17) 前掲注(16)今野論文も、後掲『南北二京霊地集』所載話について「例の小野小町伝説の亜流にほかならない」とする。

(18) 沙加戸弘氏「平太郎伝の展開—浄瑠璃を中心として—」（『大谷学報』59-2、昭54）、また、後小路薫氏「『平太郎事蹟談』の成立」（『勧化本の研究』和泉書院、平22）など、参照。浄瑠璃ではないが、例えば後世の明治二十八年刊植山菊次郎『三十三間堂の由来』なども、平太郎伝を絡めた三十三間堂創建説話を載せる。

(19) 『古浄瑠璃正本集』9（角川書店、昭56）収載東京大学総合図書館蔵本翻刻に拠る。山田和人氏「古浄瑠璃『熊野権現開帳』について—洛東遺芳館本の位置—」（『洛東遺芳館所蔵古浄瑠璃の研究と資料』和泉書院、平12）参照。

(20) 演劇研究会編『歌舞伎浄瑠璃稀本集成』下巻（八木書店、平14）収載沙加戸弘氏解題。同氏「元禄・宝永期の平太郎伝浄瑠璃—『都三十三間堂棟由来』と『和合之名号』—」（『大谷学報』64-3、昭59）も参照。

(21) 叢書江戸文庫37『豊竹座浄瑠璃集［三］』（国書刊行会、平7）解題（伊藤馨氏）。『祇園女御九重錦』の引用も、同書収載翻刻による。中村誠氏「樹木信仰と文芸—三十三間堂棟木由来を中心に—」（『國學院大学大学院文学研究科論集』1、昭49）や伊藤りさ氏「源平物としての『祇園女御九重錦』—その浄瑠璃史的位置づけを巡って—」（『軍記と語り物』43、平19）、内山美樹子氏「『卅三間堂棟由来』（『祇園女御九重錦』）の構想と文政期以後の上演」（『早稲田大学大学院文学研究科紀要』52〈第三分冊〉、平19）、参照。伊藤論文には、「頭痛に苦しむ法皇が鳥羽院となっている」浄瑠璃作品『熊野権現烏午王』（享保四年初演）の存在が指摘され、『祇園女御九重錦』への影響の可能性が示唆されている。後出〔I〕『熊野巡覧記』も鳥羽院とする。

(22)『卅三間堂棟由来』上演年表」(『国立劇場上演資料集』85、昭47）参照。

(23) 南方熊楠「巨樹の翁の話」のほか、大林太良氏「巨樹と王権―神話から伝説へ―」(『日本伝説大系』別巻1、みずうみ書房、平1)、前田久子氏「木霊婚姻譚―その成立背景―」(『梅花日文論叢』3、平7)、北條勝貴氏「山背嵯峨野の基層信仰と広隆寺仏教の発生―古代的心性における治水と樹木伐採」(『日本宗教文化史研究』3-1、平11)、同氏「樹霊に揺れる心の行方」(『古代文学』46、平19）など、参照。

(24) 以上、前掲注(23)前田論文。「木霊婚姻譚」という呼称も同論文に拠る。

(25)「日本昔話通観」研究篇2『日本昔話と古典』(同朋舎、平10）に文献説話として登載されているもの。

(26)『琉球神道記』(角川書店、昭45）収載翻刻に拠る。前掲注(16)今野論文によって指摘された事例。

(27) 速水侑氏「三十三間堂の楊枝浄水供」(民衆宗教史叢書7『観音信仰』雄山閣、昭57)。楊枝浄水供の性格などについても、同論参照。

(28) 五来重氏「修正会と楊枝浄水供」(『三十三間堂観音講座だより』3、昭47)。

(29) 前掲注(27)速水論文。

(30)『日本伝奇伝説大事典』(角川書店、昭61)「三十三間堂」条（桜井美穂子氏）や鈴木宗朔氏「金剛童子の呪具牛玉宝印・梛の葉・豆の粉」(『くちくまの』98、平6）に同様の見解が示されており、三十三間堂発行の『蓮華王院　三十三間堂』(蓮華王院三十三間堂　妙法院門跡、平4）も、「柳の棟木の伝説の方が楊枝浄水供の信仰から生れたのである」と主張する。

(31) 以下の熊野の事例については、特に前掲注(9)鈴木論文に負うところが大きい。例えば、後出文安元年棟札についても、新出史料を挙げての詳論があったりする。また、浜畑栄造氏「楊枝の薬師とお柳」(『熊野よいとこ』私家版、昭56）や『紀和町史』上巻第三章第七節十「楊枝薬師」(前千雄氏)、参照。

(32)　福本財巳氏「柳枝邑薬師縁起」（熊野川町教育委員会編集発行『町史研究資料その一』、昭59）収載翻刻。
(33)　前掲注(9)鈴木論文。
(34)　前掲注(31)『紀和町史』「楊枝薬師」条に翻刻が収載されている。
(35)　前掲注(32)福本稿収載翻刻に拠る。
(36)　柳の精霊が女でなく男となるのは、昔話「木霊女房」に対する「木霊婿入り」の形であり、『日本昔話通観』に採録された三十三間堂創建説話のうちでは、特に兵庫県に伝わる事例に多く見られる。前掲注(23)前田論文は、「木霊女房」と「木霊婿入り」について「その構成に大きな違いはなく、一つのタイプとして理解してもよいであろう」とする。
(37)　『熊野川町史』通史編（新宮市、平20）第二編一1「平忠度とその生誕地伝説」など参照。
(38)　愛州重照氏「滝尻付近の古史料について」（『熊野史研究』44、平10）所引翻刻に拠る。
(39)　『西国三十三所霊場記』は龍谷大学図書館所蔵享保十一年版本、『西国三十三所観音霊場記図会』は京都女子大学図書館所蔵弘化二年版本に、それぞれ拠る。
(40)　叢書江戸文庫44『仏教説話集成［二］』（国書刊行会、平10）収載翻刻に拠る。
(41)　錦絵『観音霊験記』について、加藤光男氏「翻刻　豊国・国貞・広重画　観音霊験記」（速水侑氏編『観音信仰事典』戎光祥出版、平12）など参照。松本喜三郎と生人形については、大木透氏『名匠松本喜三郎』（昭文堂書店・昭36、熊本市現代美術館、平16復刻）や熊本市現代美術館・大阪歴史博物館展示図録『生人形と松本喜三郎』（平16）、「二つの『観音霊験記』―錦絵と生人形」（『日本文化環境論講座紀要』5、平15）以下の細田明宏氏による一連の関係論考、参照。拙稿「近代池坊いけばな縁起追考―生人形『西国三十三所観音霊験記』六角堂条をめぐって―」（『女子大国文』143、平20）などにて検討を加えてもいる。

(42) 拙稿「資料紹介『西国三十三所霊験画伝』」(『女子大国文』147、平22) 参照。

(43) 前掲注(9)鈴木論文。

(44) 中野玄三氏「『因幡堂縁起』と因幡薬師」(『日本仏教美術史研究』思文閣出版、昭59)。観智院本を文政二年(一八一九)に書写した国立国会図書館本は、上田設夫氏「観智院本『因幡堂縁起』の由来」(『鳥取大学教養部紀要』14、昭55)に紹介されている。観智院本と同系の平等寺本を紹介する同氏「平等寺本『因幡堂縁起』について」(『続々日本仏教美術史研究』思文閣出版、平20)も参照。『はじまりの物語—縁起《えんぎ》絵巻に描かれた古《いにしえ》のとっとり—』(鳥取県立博物館、平20)や『因幡堂平等寺 図録』(因幡堂平等寺、平22)は、平等寺本全体の写真を収載し、前者は翻刻も収める。

(45) 『碧山日録』のこの記事について、徳田和夫氏『お伽草子研究』(三弥井書店、昭63)第一篇第五章「室町時代の言談風景—『碧山日録』に見る説話享受—」は、「因幡薬師堂と三十三間堂の由来が結合したこの縁起譚自体、説話資料として稀覯であり、刮目すべきものと思われる」とする。

(46) 浄瑠璃のうち〔E〕が因幡堂、〔F〕が熊野権現と、いずれも一方だけ出てくる、そういう意味では自然な筋書になっているのには、余りにめまぐるしい舞台・場面の交替を許容し難い、演劇が持つ事情の作用している面があるだろうか。

(47) 神仏の霊験の話ではないが、名医として知られ「日本扁鵲」(「扁鵲」は中国戦国時代の名医)とも称された丹波雅忠が「医方不レ及、仏力須レ期」「万死之病也。医家術尽」と言って見放した病を、大御室性信が治したという話(『後拾遺往生伝』巻上-3〈日本思想大系〉、『古事談』巻三-40・41なども同話)などにも、同様の効果をもたらす同類型の内容が認められよう。ただし、『元亨釈書』巻十九明蓮伝は、稲荷・長谷寺・金峯山・熊野山・住吉明神と渡り歩き、その間に「我於二此事一力所レ不レ及。乞二求住吉明神一」といった夢告を受けつつ、最終的に伯耆大山にて望み通りの夢告を得た、という話を載せて、最初は明蓮ねばなるまい。

の「宿障」が厚かったので神仏の感応を得られなかったのが、巡歴するうちにそれが薄くなって望みの夢告を受けられたのだ、というように説く。そうした捉え方が現に存在していたことにも注意しておかねばなるまい。

(48) 今堀太逸氏『本地垂迹信仰と念仏―日本庶民仏教史の研究―』（法蔵館、平11）は、この念西の話について、「天神信仰が念仏信仰、熊野信仰をも包摂しようとしたもの」と捉える（50頁）。

(49) 下巻末尾部にも記述されているように、広隆寺の薬師は、因幡堂の薬師とともに七所薬師に数え上げられている。広隆寺の薬師に対しては、同じ薬師としての特別の対抗意識もあっただろうか。

(50) 友久武文氏「長谷寺験記における説話の成長」（『四国女子短期大学研究紀要』1、昭40）。本話全般についても同論参照。本話は、例えば他にも小林幸夫氏『しげる言の葉―遊びごころの近世説話―』（三弥井書店、平13）第Ⅰ章など、諸論に言及される。

(51) 前掲注(50)友久論文。

(52) 因幡薬師の香水は尊重されていた。本文中前掲佐竹論文参照。観智院本『因幡堂縁起』下巻に収載する霊験譚十二話のうち、第1話を含めて計四話に香水が出てくる。

(53) 宮地崇邦氏「因幡堂縁起の成立」（『國學院雑誌』60―1・2、昭34）参照。

(54) 前掲注(53)宮地論文。本記事全般についても、同論参照。

(55) 前掲注(53)宮地論文。

(56) 伝説上の人物である法道仙人は、天竺から播磨の法華山に飛んで来て、孝徳天皇の病を治して宮中に進出するとともに、その勅を得て法華山に大殿（一乗寺）を建てたとされる（『元亨釈書』巻十八など）。この法道は、天竺および天皇・宮中と同時に繋がりを持つことを意図して、法華山一乗寺が作り上げた人物であったかと推量される（拙稿「法道仙人の進出」『説話論集』第五集、清文堂出版、平8）。因幡薬師の場合とおよそ共通する意図は、こうした事例にも認められる。

(57) 前掲注(44)中野論文など。

第五章

(1)『長門本平家物語の総合研究』第二巻校注篇下（勉誠出版、平11）収載本文に拠る。

(2) 拙稿「揺らぐ檀那―丹波国穴太寺縁起小考―」（『女子大国文』136、平16）参照。

(3) 岡田三津子氏「延慶本『平家物語』の人物造型―平家貞・貞能の場合を中心として―」（『中世文学』32、昭62）のほか、以倉紘平氏「平貞能像―その東国落ちについて―」（『谷山茂教授退職記念国語国文学論集』塙書房、昭47）や水原一氏「小松寺の記」（『古文学の流域』新典社、平8）、参照。

(4) ただし、『繋観世音応験記』などの記事をそのまま載せているわけではない。例えば、刀が折れる際に観音が「アライタヤ」と叫んだという、中国側の記事には見えない内容が盛られていたりする。その点、同じ直談系法華経注釈書の『鷲林拾葉鈔』から受け継いでいるらしい。直談系法華経注釈書については、第二章注(2)参照。

(5) 例えば最近では川鶴進一氏「長門本『平家物語』の盛久観音利生譚をめぐって」（梶原正昭氏編『軍記文学の系譜と展開』汲古書院、平10）。

(6) 拙稿「中世禅林における法華経講釈―花園大学今津文庫所蔵『法華抄』について―」（福田晃・廣田哲通両氏編『唱導文学研究』第四集、三弥井書店、平16）参照。『法華抄』は花園大学図書館今津文庫蔵本。

(7) 前掲注(5)川鶴論文のほか、田口和夫氏「盛久説話の系譜―能〈盛久〉の視点から―」（『長門本平家物語の総合研究』第三巻論究篇、勉誠出版、平12）など参照。

（8）ただし、前掲注（5）川鶴論文に一要素として注意されていたりはする。

（9）法政大学能楽研究所編『貞享年間大蔵流間狂言二種』（わんや書房、昭61）収載翻刻に拠る。

（10）この場面とほとんど同文の詞章を持ち、「盛久」の影響下に成ったと見られる謡曲に、「籠祇王」がある。堀竹忠晃氏『平家物語論序説』（桜楓社、昭60）第八章参照。また、世阿弥『五音』収載「六代ノ歌」、謡曲「初瀬六代」では、実際に刀が折れる場面はないが、六代の母が、普門品の偈文のように刀が折れて六代が助かるよう願っている。

（11）この刀の折れる霊験のあと、最終的には頼朝によって盛久が釈放される。その点について、他の事例も挙げつつ、三宅晶子氏『歌舞能の確立と展開』（ぺりかん社、平13）は、「元雅にとって信仰は重要なテーマであったのだろうが、若い元雅は、信仰だけでは人間は救われないと考えていたのであろうか」（329頁）と述べる。ただ、頼朝による釈放という結末は、長門本『平家物語』などでも同様である。

（12）これら文献のうち翻刻や検討のあるものについては、一つ一つ挙げないが、それらを適宜参照している。

（13）従来あまり知られない書か。京都女子大学図書館蔵本に拠る。同本について、同大学における平成二十一年度秋季図書館資料展観「西国三十三所—観音を巡るものがたり—」の図録・図録補訂別冊参照。

（14）『大日本史』における盛久関係記事について、信太周氏「歴史性と物語性の相剋」（前掲注（1）『長門本平家物語の総合研究』第三巻論究篇）参照。

（15）前者は『同朋大学仏教文化研究所紀要』16収載翻刻、後者は京都女子大学図書館所蔵弘化二年版本に、それぞれ拠る。

（16）引用は、京都女子大学図書館所蔵版本に拠る。なお、加藤光男氏「翻刻 豊国・国貞・広重画 観音霊験記」（速水侑氏編『観音信仰事典』戎光祥出版、平12）など参照。

（17）京都女子大学図書館所蔵版本に拠る。本書について、島屋政一氏「二代貞信翁を語る」（『上方』138、昭17）や濱生快彦氏「関西大学所蔵長谷川貞信コレクションについて」（『浮世絵藝術』150、平17）参照。

（18）例えば、『子やす物語』（室町時代物語大成）に、「たゝ一打にとうちける太刀か、ふしきなるかな、三つにおれたり」と記したあとに、「又其後、晴天にはかにかきくもり、雨あらく風はけしく、なるかみ、いなつま、しきりにて、おそろしなんと、いふはかりなし。又、南方よりしやりんのことくなるひかりもの、三条かはらにをそひけれは、都はやみとなりにける」と見えるし、後述の日蓮絵伝のうち十六世紀の鏡忍寺蔵『日蓮聖人註画讃』や近世期以降のものの中に、龍口法難伝承における刀の折れる奇跡場面を稲妻などと共に画いた事例が見られる。芭蕉七部集の一つ『続猿蓑』（新日本古典文学大系）巻下にも、「かまくらの龍口寺に詣て」として「首の座は稲妻のするその時か」という句が載る。それらが影響した面もあろうか。なお、室町時代物語の中の刀の折れるモチーフについて、市古貞次氏『中世小説の研究』（東京大学出版会、昭30）や箕浦尚美氏「談義唱導とお伽草子」（徳田和夫氏編『お伽草子 百花繚乱』笠間書院、平20）参照。

（19）竹本幹夫氏『観阿弥・世阿弥時代の能楽』（明治書院、平11）「補説・盛久の周辺」。翻刻も収載される。

（20）前掲注（5）川鶴論文。また、前掲注（1）『長門本平家物語の総合研究』第二巻脚注にも「説話形成で何らかの関係があるか」、など。

（21）龍口の法難や龍口寺については、数多くの論考が存する。山川智應氏『日蓮聖人研究』第二巻（新潮社、昭6）や清田義英氏『鎌倉の刑場―龍の口―』（敬文堂、昭53）、中尾堯氏『日蓮信仰の系譜と儀礼』（吉川弘文館、平11）参照。

（22）日蓮と月天子などにつき、上田本昌氏『日蓮聖人における法華仏教の展開』（平楽寺書店、昭57）参照。

（23）日蓮と『平家物語』との関係一般について、今成元昭氏『平家物語流伝考』（風間書房、昭46）、また、最近の山下正治氏『平家物語と法師たち―中世の仏教文学的展開』（笠間書院、平19）参照。

（24）新倉善之氏「日蓮伝小考―『日蓮聖人註画讃』の成立とその系譜―」（『立正大学文学部論叢』10、昭34）など参照。

（25）小松茂美氏編『続々日本絵巻大成』伝記・縁起篇2（中央公論社、平5）収載の本圀《ほんこく》寺本影印に拠る。本書では、本文中先引「四條金吾殿御消息」とも対応して光り物を「月天子所験」（「或云八幡大菩薩所変」とも）とする。

（26）金岡秀友氏編『古寺名刹大辞典』（東京堂出版、昭56）「竜口寺」条や『観音経事典』（柏書房、平7）収載浅野祥子氏「日本文学と観音信仰」、今成元昭氏「日蓮聖人の『平家物語』受用を通して布教教化のあり方を考える」（『現代宗教研究』33、平11）。

（27）この篤胤の論述について、例えば大野達之助氏『日蓮』（人物叢書6、吉川弘文館、昭33）に「『出定笑語』と『俗神道大意』に於て、刀の折れたことの事実無根を論じ、これを平家物語巻二十にある主馬判官盛久の故事に倣って偽したものであると推定している」と解説されている。

（28）中野真麻理氏「『熊野の本地』私注」（『成城国文学』9、平5）に指摘がある。

（29）盛久説話の成立過程について、例えば落合博志氏「所見曲に関するいくつかの問題」（『能と狂言』1、平15）の中で有意義な検討がなされていたりするけれども、『法華本門宗要鈔』との先後関係はなお不明である。

（30）例えば、前掲注（26）『観音経事典』収載藤井教公氏「日蓮宗と『観音経』」参照。

5）、参照。

(12) 眞鍋廣濟氏『地蔵菩薩の研究』（三密堂書店、昭35）27頁。また、言及した各事例について、宮次男氏「矢取地蔵縁起について」（『美術研究』298、昭50）や赤田光男氏「箭取地蔵縁起の成立と祖先祭祀の展開」（柴田實先生古稀記念会編『日本文化史論叢』昭51）、首藤善樹氏「勝軍地蔵信仰の成立と展開」（『龍谷大学大学院紀要』1、昭54）参照。

(13) 前掲注(7)参照。

(14) 『太平記』の他の諸伝本においても、この場合特に問題となるような異文は見られない。『太平記』の享受については、加美宏氏『太平記享受史論考』（桜楓社、昭60）、同氏『太平記の受容と変容』（翰林書房、平9）や若尾政希氏『「太平記読み」の時代―近世政治思想史の構想』（平凡社、平11）など、参照。

(15) 『弘法大師御伝記』が近世にかなり受容されたこと、前掲注(6)拙稿などにて言及している。

(16) 前掲注(9)末武論文。

(17) 高城修三氏「弘法大師伝説」（『京都　伝説の風景』小沢書店、昭60）。

(18) この記事、本田義英氏『仏典の内相と外相』（弘文堂書房、昭9）第七「観音信仰と呪咀還着」参照。

(19) 高城修三氏も、寂本の主張などには言及されていないが、本文中先引部に続けて「それ（＝ć呪詛対決譚…引用者注）を庶民にも納得できるかたちにしたのが、矢取地蔵の伝説である」と述べる。

(20) 『東寺の仏教版画』（東寺宝物館、平3）や『弘法大師行状絵巻の世界』（同上、平12）に写真掲載。前者は「後世の伝承が加味されていて興味深い」と解説するが、矢取地蔵の伝承もその一つということになる。なお、従来知られる空海の掛幅絵伝の概要や、掛幅絵伝の中の「矢取地蔵」の絵については、拙稿「『弘法大師絵伝』の絵解き」（『解釈と鑑賞』68-8、平15）においても言及している。

（21）前掲注（20）『東寺の仏教版画』に写真が掲載される明治三十二年銅版刷『弘法大師御影』や『弘法大師信仰展』（川崎市市民ミュージアム、平8）に写真が掲載される神奈川県立金沢文庫所蔵『弘法大師行状図』は、中央の大師御影の周囲に大師絵伝を配する同趣のもので、同様のものは他にも少なからず存するようであるが、それらには、「矢取地蔵」は画かれていないらしい。

（22）『わたしたちの弘法大師』（読売新聞社、昭57）や小松庸祐師「〈英訳〉弘法大師絵伝」（『ほとけさまの物語散歩』朱鷺書房、平7）に取り上げられ、一部の写真が掲載されたりしている。また、拙稿「弘法大師伝の絵解き―北摂比僧山感応寺の事例―」（『花園大学研究紀要』24、平4）にて若干の検討を加えた。

（23）『弘法大師行状絵詞伝』の所説については、前掲注（6）拙稿を補訂する形で、拙稿「魂を飛ばす仙人小野篁―『本朝列仙伝』贅注」（『女子大国文』134、平15）の末尾に取り上げている。そこにも述べたように、矢が飛び交う形の〝呪詛対決譚から矢取地蔵霊験譚が派生したと推測されること、より早く同書にごく簡略ながら指摘されている。

第七章

（1）金光大神については、無論、種々の史伝や論考がある。「資料収集の広さとその緻密な処理、社会的文化的背景への目くばり、叙述の客観性等において、教学の発展に一時期を画するものであった」（島薗進氏「金光教学と人間教祖論―金光教の発生序説―」『筑波大学哲学・思想学系論集』4、昭54）と評される『金光大神』（金光教本部教庁、昭28）のほか、村上重良氏『金光大神の生涯』（講談社、昭47）、瀬戸美喜雄氏『金光教祖の生涯』（金光教教学研究所、昭55）、金光真整氏『教祖さま』上・下巻（金光教少年少女会連合本部「教祖さま」刊行会、昭58）、畑愷氏『平人なりとも　金光教祖の生と死』（扶桑社、平8）など。また、最近にも新版の『金光大神』（平15）が金光教本部教庁より発行されている。

（2）序の中の「金乃御神様」は、金光教の主神で、陰陽道などにおける祟る神「金神」に由来する。佐藤米司氏「岡山県下の金神信仰について」（金光図書館報『土』90、昭43）、真鍋司郎氏「民衆救済の論理―金神信仰の系譜とその深化」（『金光教学』13、昭48）、藤尾節昭氏「布教史試論―金神考」（『金光教学』16、昭51）、島薗進氏「金神・厄神・精霊《しょうりょう》―赤沢文治の宗教的孤独の生成―」（『筑波大学哲学・思想学系論集』5、昭55）、桂島宣弘氏『幕末民衆思想の研究―幕末国学と民衆宗教』（文理閣、平4）第四章第二節「金光教の主神『天地金乃神』をめぐって」、木場明志氏「民間陰陽道と金神信仰について」（『金光教学』45、平17）など、参照。「三ツの宝」は、天地三神（日天四・月天四・金乃神）のこと。依拠本文については、後掲注(11)参照。誤字・宛字など多いが、基本的に元のままである。

（3）本文中前掲『初代白神新一郎』や佐藤金造氏「初代白神先生の信心について」（『金光教学』11、昭27）参照。

（4）藤尾節昭氏「布教と教義化の問題―『信条』をめぐって―」（『金光教学』11、昭46）など参照。

（5）金光教における「取次」とは、「神から金光大神に委ねられた願いに沿い、人の願いを神に、神の思いを人に伝えて、神と人とが共に助かっていく世界を顕現するための働きや、それに当たる役柄をいう」（『金光教教典 用語辞典』金光教本部教庁、平13）。内田守昌氏「取次の原理」（『金光教学』4、昭36）など参照。

（6）福嶋義次氏「金光大神と初代白神」（金光教中近畿教務所編『中近き―教区機関誌―』、昭55）。

（7）前掲注（1）『金光大神』第二章第三十一節「岡山地方の教勢と白神新一郎」。

（8）ただし、佐藤範雄『内伝』1（本文中前掲『金光教教典』収載）は、「教祖ご在世中は、お道のことを書いた物で見て知ることは絶対になし。初代白神師の『御道案内』は自身の手控えで、後に現れた物である」とする。渡辺順一氏『金光教誕生物語―「人代」から「神代」へ、そのたたかいの歴史』（金光教大阪センター、平22）第一部第一章「天地金乃神の発見―初代白神新一郎の道伝之と『御道案内』」も、『御道案内』について、「布教文書」や「お道の入門書」というよりも、「お道の奥義書」としての性格を色濃く持っていたと説く。

(9) 福嶋和一氏「『御道案内』の生れて来る所以と初代白神師の布教」（金光教近畿布教史53『研究活動報告』9、金光教近畿布教史編纂委員会編集室、昭54）。

(10) その後、さらに精度の高い諸本分析などが行われたようだが、その概要が『金光教学』38（平10）に掲載される（坂口光正氏「『御道案内』各本にみる白神新一郎の信仰―本教初期の教義テスト研究―」）のみで、全体は未発表であるらしい。

(11) 藤沢本は、『御道案内』（金光教大阪教会、昭27）や本文中前掲『初代白神新一郎』に影印と翻刻を収載するが、引用の際は、影印がより鮮明な後者に拠る。近藤本は、拙稿「翻刻 金光教布教文書近藤本『御道案内』付『御道案内』三本（藤沢本・近藤本・伊原本）内容概略対照表」（『女子大国文』140、平19）に翻刻を収載した。また、同拙稿には、藤沢本・近藤本・伊原本の内容概略対照表を付してもいる。伊原本は、『御道案内』（金光教徒社、昭37）や初代白神先生百年祭委員会編『御道案内』（金光教大阪教会、昭57）に翻刻が収載されるが、引用の際には大阪教会所蔵本に直接拠る。初代白神の弟子・近藤藤守については、『近藤藤守先生伝記（第一部）稿本』（近藤藤守先生伝記編修委員会、昭42）や直信・先覚著作選第四集『近藤藤守 遺作教話集』（金光教徒社、昭56）、『史伝近藤藤守』（金光教難波教会、昭56）、参照。

(12) ただし、これら三本だけでなく、各々の周辺にある諸本、あるいはそれら三本の中間段階にある諸本にも注意する必要のあること、拙稿「近代新宗教説話序論―金光教のおかげ話をめぐる二、三の問題について―」（『説話論集』第十一集、清文堂出版、平14）に述べた。

(13) 明治四十三年（一九一〇）発行の『みかげ集』第一輯（大教新報社）を始めとして、特に昭和九・十年事件のころまで、金光教のおかげ話を集成したものが続々と出版されてもいる。前掲注(12)拙稿参照。昭和九・十年事件については、大林浩治氏「社会変動の中の『昭和九・十年事件』―教団秩序再編と教義・制度の位相―」(『金光教学』41、平13)など参照。

(14)初代白神関係の前掲諸文献や村上重良氏「金光教の大阪開教」(『近代民衆宗教史の研究』法藏館、昭33)のほか、『大阪布教百年』(金光教大阪教会、昭54)や『資料 金光教近畿布教史―慶応四年から明治三十三年まで―』(同史編纂委員会、平3)、参照。また、その『大阪布教百年』などに『大坂願主控帳』の写真一部掲載。

(15)前掲注(1)『金光大神』(昭28)第二章第三十三節「教勢近畿にのぶ」。

(16)無論、おかげ話に限らず、本文中前掲福嶋真喜一論文などが述べるように、また、小栗純子氏「近代社会における教派神道の発展」(『アジア仏教史』日本編Ⅷ、佼成出版社、昭47)にも「新一郎の大阪布教に、『御道案内』が大きな役割を果したことはいうまでもない」と記されるように、藤沢本から近藤本を経て伊原本へと増大していった、その全体が、大阪布教の進展ということと連動するものでもあろう。

(17)前掲注(8)佐藤著書『内伝』7。

(18)ただし、赤染衛門住吉祈願説話を夫婦間の話であると誤解したらしい事例も見られる。『住吉秘伝巻』(宝暦十一年〈一七六一〉写京都大学附属図書館蔵本)は、「赤染衛門、夫の病気九死一生なれハ」として、c「かはらんと」歌を挙げて「此歌住吉へさゝけいのり給へハ、二度本復有し也」と記す。

(19)本文中前掲『初代白神新一郎』収載佐藤金造氏「初代白神新一郎師」。また、高橋行地郎氏『生まれ変わり物語　金光教祖と出会った人々』(金光教徒社、平15)第五章「『天下の台所』における生神―白神新一郎の場合―」なども参照。

(20)佐藤範雄講述「金光教祖と初代白神」(本文中前掲『初代白神新一郎』)。

(21)　石井倫子氏『風流能の時代　金春禅鳳とその周辺』（東京大学出版会、平10）第三章の一「〈家持〉の素材と構想」は、「〈鉄輪〉は、安倍晴明による転じ替えを見せ場としている点で〈家持〉への影響関係を考えるべき作品と思われる」（78頁）と述べている。金光町や金光教と陰陽道との関係については、例えば『金光町史』民俗編（平10）第十章第五節「金光町の陰陽道」参照。

(22)　金光教芸備教会神徳書院所蔵。金光教教学研究所蔵電子複写本に拠る。本書の存在自体については、前掲注(6)福嶋論文に言及されており、また、前掲注(12)拙稿においても検討を加えている。

(23)　本文中前掲『金光教教典』収載「金光大神御理解集」第二類「高橋富枝の伝え」8。なお、金光教における「理解」とは、「神の働きや天地の道理、あるいは助かりのための具体的な指針を説き、人間が神との関係を深めるように教え促すこと。またその言葉」（前掲注(5)『金光教教典 用語辞典』）。

(24)　金光図書館所蔵のものに拠る。

(25)　山本貞治郎・三木惟一著の明治三十三年刊『霊験集』第一編（国の教社）の第三十九話。同書について前掲注(12)拙稿にて紹介しており、また、同話についても拙稿「揺らぐ檀那―丹波国穴太寺縁起小考―」（『女子大国文』136、平16）に一部引用しつつ取り上げている。

(26)　『教団史基本資料集成』上巻（金光教教学研究所、平13）収載（第一章Ⅱ類14）。

(27)　この前後、「奇蹟性を要求する御利益信心は信心自体を破壊してしまう」などと説く前掲注(4)藤尾論文など、参照。

(28)　金光図書館蔵謄写版印刷和綴。『金光図書館蔵　金光教図書目録』（金光図書館、昭60）によるに、昭和二年刊。また、料紙の柱刻によれば、金光教教義講究所教友会編刊。

(29)　「主として、金光大神みずからがおかげを受けてきた諸事跡と、その時々に受けたお知らせによって構成され」（本文中前掲『金光教教典』付録「解題」）たもので、金光大神自筆本の影印・翻刻が『金光大神お知らせ事覚帳』（金光祺正発行、昭58）に、解読文が本文中前掲『金光教教典』に、各々収載されている。引用の際は、『金光教教典』収載解読文による。

(30)『金光教教典　お知らせ事覚帳注釈』（金光教本部教庁、平1）。この前後、同書および坂口光正氏「金光大神晩年の信仰と天照皇大神―明治十年七月二十九日の神伝をめぐって―」（『金光教学』33、平5）参照。

(31) 教部省達書などの法令は、『明治以後宗教関係法令類纂』（第一法規、昭43）に拠る。

(32) 29〜30頁。「〈資料〉金光大神事蹟集六」（『金光教学』29、平1）にも引用、№七三六。

(33) 安丸良夫氏「近代転換期における宗教と国家」（日本近代思想大系5『宗教と国家』岩波書店、昭63）。

(34) 沢田重信氏「信心・布教・政治―金光大神御覚書、明治六年『神前撤去』の解釈―」（『金光教学』9、昭44）など、参照。神前撤去以降も種々の規制・圧迫を受けることになったこと、小坂真弓氏「『生神金光大神』の自覚とその意味について」（『金光教学』41、平13）など、数多くの諸論に取り上げられている。

(35) 本文中前掲『金光教教典』収載「金光大神御理解集」第二類「伍賀慶春の伝え」1。

(36) 佐藤光俊氏「国家体制と『宗教』―金光教における『近代』の経験―」（『金光教学』39、平11）。

(37) 前掲注(2)桂島著書第五章第四節「初代白神新一郎の『御道案内』をめぐって」187頁。同論は、この件について「自らの『開明』性を強調し、『淫祀邪教』視から逃れる策を採ったと思われる」とする。同氏『思想史の十九世紀―「他者」としての徳川日本』（ぺりかん社、平11）第一章・第二章にも、同内容の記述あり。初代白神に限らず教祖あるいは金光教における、政府・国家への同調、あるいは逆に、同調ばかりはしていなかったことについても、諸論数多い。前掲注(36)佐藤論文のほか、例えば、瀬戸美喜雄氏「維新期における金光大神の信仰―政治に対する態度と思想―」（『金光教学』16、昭51）や北林秀生氏「教団草創期における教義表明の諸相―佐藤範雄の主祭神表明の態度に注目して―」（『金光教学』40、平12）など。また、羽賀祥二氏『明治維新と宗教』（筑摩書房、平6）など、参照。

（1）西寺あるいは西寺跡について、川勝政太郎氏「創建時の東寺及び西寺」（『史迹と美術』185、昭23）、杉山信三氏「西寺跡―発掘調査概要」（『仏教芸術』51、昭38）、同氏「平安京・西寺跡」（『仏教芸術』115、昭52）、同氏「東寺と西寺」（古代学協会・古代学研究所編『平安京提要』角川書店、平6）、たなかしげひさ氏「にし寺興亡の研究（一）～（五）」（『史迹と美術』363～366、368、昭41）、追塩千尋氏「西寺の沿革とその特質」（『北海学園大学人文論集』23・24合併号、平15）など参照。

（2）仮綴一冊。前表紙中央に「西寺紀綱」と墨書。『史料　京都の歴史』13（平凡社、平4）に、「西寺文書」としてごく簡略な解説が掲載されている。

（3）『西寺紀綱』に、「明治三十年三月京都府ヨリ寺志編纂取調書達シニ付」としたうえで掲げられている。末尾のごく一部を除いて、小冊子『守敏大僧都壹千百五十年記念　西寺紀綱』（昭16初版、平4再版）として、西寺より翻刻・刊行されている。

（4）『守敏僧都一代行状縁起』以外のものについては、精査し得ておらず、現時点では真偽等詳細不明。守敏自筆という「心経」すなわち『般若心経』は、墨写された末に同筆で「沙門守敏」と記される一巻で、「般若心経守敏僧都筆／西方寺」と蓋表に墨書された箱に収められる。「磬」は、「天平／二年／三月」と表面に陽刻されている。「鈴」（五鈷鈴）と「五鈷」（五鈷杵）は、「守敏大師御所持／鈴五鈷筥／西方寺」と蓋表に墨書された箱に収められる。

（5）『続本朝画史』（『皇朝名画拾彙』、京都大学附属図書館蔵文政二年版本）巻一「守敏」条には「嘗《テ》画《ク》二十六応真《ノ》図《ヲ》一、今東武湯島円満寺《ノ》蔵《ニス》二覚慶《ノ》模幅《ヲ》一」（『増訂古画備考』巻七にも関係記事）と見えるが、「その確かな根拠《ラカン》はもとより、守敏の実在さえ確かめえない」（竹居明男氏「『扶桑名画伝』補遺（一）」『文化学年報』32、昭58）とされる。

あとがき

それにしても、余りにあまりにも小さな、まさに小著である。どうでもいいような些細なことをあれこれと詮索していて、こういうのをこそ「重箱の隅をつつく」というのだと、我ながらあきれるばかりである。付章も含めれば計八章あるので、二段重ねの重箱なら、ご丁寧にも上下の四隅すべてをつついてまわったことになる。隅は隅なりに真ん中にはない味わいがあるかもしれないとか、そもそも広大な宇宙のほんの片隅に辛うじて生かされている人間が重箱の隅を笑うのは不遜であるとか、もはやそう思って自らを慰めるか開き直るしかない。また、些細な問題を詮索するのにも、それとは反対に重大な誤謬を犯しているかもしれないし、検討の至らない点は随所に存することだろう。そんな体たらくであるから、はしがきに述べたように神仏霊験譚の息吹きのようなものが伝わってくればと期待していたのだが、そんなものをどの程度感じ取ることができたのか、甚だ心許ない限りである。ただ、一つ一つの神仏霊験譚に寄り添い密着するなかで、微かながらもそれらが息吹く気配や息遣いの変化のようなものが感じられる局面は、確かにあった。本書は飽くまで個別の事例研究であって、上のことが神仏霊験譚の本質に迫る足がかりにでもなるのか否かわからないけれども、そのことはとりあえず、稿者にとってはなかなかに面白く楽しいことではあった。

各章の基盤となった旧稿は、次の通りである。ただし、二、三のものを合わせて一つにしたり、一つのものを二つに分解したり、あるいは元の三、四倍に増補したりと、様々に大幅な改稿をしている場合が多く、ほとんど新稿と言ってもいいくらいの章もある。図版も、ほとんどが今回新たに加えたものである。また、ここに挙げた以外の旧稿における断片的な言及を取り込んだ場合もある。

第一章　「不動の涙―泣不動説話微考―」（『国語国文』65―4、平8）

第二章　「住吉社の説話―赤染衛門住吉社祈願説話の展開と金光教説話―」（京都女子大学短期大学部国語・国文専攻研究室編『住吉社と文学』和泉書院、平10）＊第五節を除く

第三章　「布教と説話―京の地蔵説話二題」（『国文学』49―5、平16）＊第一節

第四章　「三十三間堂創建説話と因幡堂」（『日本宗教文化史研究』3―1、平11）

「熊野の髑髏と柳―三十三間堂創建説話群について」（『国文学』44―8、平11）

「悲運の帝・花山院」（『解釈と鑑賞』67―6、平14）＊第一節

第五章　「京都女子大学図書館資料展観『西国三十三所―観音を巡るものがたり』―報告と刀が折れる話に関する補足メモ」（『日本宗教文化史研究』14―1、平22）＊補足メモ

第六章　「ある矢取地蔵をめぐる覚書　付.『弘法大師御伝記』の挿絵と北摂感応寺所蔵「弘法大師絵伝」」（『女子大国文』130、平15）

「布教と説話―京の地蔵説話二題」（前掲）＊第二節

第七章　「近代新宗教説話序論―金光教のおかげ話をめぐる二、三の問題について―」（説話と説話文学の会編『説話論集』第十一集、清文堂出版、平14）＊第一節

「住吉社の説話─赤染衛門住吉社祈願説話の展開と金光教説話─」（前掲）＊第五節

付　章「新生守敏─西寺所蔵守敏伝」（京都女子大学大学院文学研究科研究紀要『国文論藻』6、平19）

第一章に取り上げたのは、弟子が師の身代わりになるという話であって、そこに、この小著に至るまでの間に御教導頂いた多くの先生方に対する、感謝の意を籠めた。そもそも説話というようなものに関心を抱くようになったのは、大学入学当初に何気なく川端善明先生の御講義を受講させて頂いたのがきっかけであって、先生との出逢いがなければ神仏霊験譚なるものをテーマにした小著を出すことなどなかっただろう。その後、大学・大学院では、佐竹昭広・安田章・日野龍夫の三先生に御教導頂き、どこへ向かおうしているのか皆目わからないような学生を、暖かく見守って頂いた。それら三先生に小著をお目にかけることが最早叶わないのは、まさに痛恨の極みである。さらに、奉職した花園大学・京都女子大学や、参加させて頂いた学会・研究会においても、実に多くの先生方から御指導賜った。第一章に引いた通り、仮名本『曽我物語』は泣不動説話を載せて、「師匠の御恩は、かやうにこそおもき事にて候へ」と述べていたが、小著も、右のような数々の重き「師恩」の上に成ったものであるに違いない。なお序でに明かせば、続く第二章に取り上げたのは、親が子の、子が親の、それぞれ身代わりになるという話であって、そこには、私事に及んで恐縮ながら、これまで支えてくれた両親を始めとする家族らに対する、感謝の意を籠めている。

先に述べたようなまさに小著であっても、それが成るまでには、右の師恩のほか、はしがきにも触れたような霊験記や霊験譚について有益な研究を生み出された諸先学からの、数々の御学恩は無論のこと、それら以外にも実に多くの方々や関係機関より御高配を頂戴してきている。例えば、第一章についいては、佛教大学宗教文化ミュージアムの近藤謙氏や清浄華院の松田健志氏のお世話になり、また、両氏より種々御教示賜った。第二章は、八木意知男氏のお導きにより住吉大社にて講演させて頂いたのが出発点となったものであり、そうした機会を与えて頂かなかったら成ることのなかったものである。第六章では、矢取地蔵保存会の村上弥一郎氏や吉原慶一郎氏のお世話になり、第七章については、金光教教学研究所を始めとする金光教の各機関にて、金光教の信者でも何でもなく、金光教について全く無知であった稿者を、暖かく迎えて下さり、懇切なる御高配・御教示を賜った。付章は専ら、西寺の朱雀裕文師より賜った多大なる御高配によって成ったものである。すべて挙げることはできないけれども、お世話になった皆様・関係機関に、厚く御礼申し上げる次第である。

最後に、いつまで経ってもなかなか整わない拙稿を上梓に導いて頂いた、編集部の大島知子氏を始めとする臨川書店の皆様方に、記して深謝申し上げたい。賜った多大なる御高配に対しては、神仏の手助けでもない限り到底報恩し尽くせない。